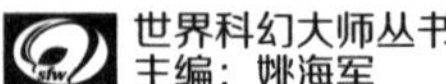
世界科幻大师丛书
主编：姚海军

WORLD'S SCIENCE FICTION STORIES COLLECTION Ⅱ

世界科幻杰作选Ⅱ

［美］迈克·雷斯尼克　姚海军／主编

四川科学技术出版社

图书在版编目(CIP)数据

世界科幻杰作选Ⅱ/(美)雷斯尼克 姚海军 主编;刘未央 等译.
-- 成都:四川科学技术出版社,2017.7(2023.5重印)

ISBN 978-7-5364-8711-6

Ⅰ.世… Ⅱ.①迈…②姚…③刘… Ⅲ.科学幻想小说-小说集-世界
Ⅳ.①I14

中国版本图书馆CIP数据核字(2017)第162495号

世界科幻大师丛书
世界科幻杰作选 Ⅱ
SHIJIE KEHUAN DASHI CONGSHU
SHIJIE KEHUAN JIEZUO XUAN Ⅱ

丛书主编 姚海军
主　　编 [美]迈克·雷斯尼克 姚海军
译　　者 刘未央 等

出 品 人 程佳月
责任编辑 宋　齐
特邀编辑 钟睿一 魏映雪
封面设计 施　洋
版面设计 施　洋
责任出版 欧晓春
出　　版 四川科学技术出版社
成都市锦江区三色路238号 邮政编码 610023
官方微博:http://weibo.com/sckjcbs
官方微信公众号:sckjcbs
传真:028-86361756
成品尺寸 140mm×203mm　　印　　张 13.5
字　　数 310千　　插　　页 2
印　　刷 成都市金雅迪彩色印刷有限公司
版　　次 2017年9月成都第一版
印　　次 2023年5月成都第二次印刷
定　　价 38.00元

ISBN 978-7-5364-8711-6

邮 购:成都市锦江区三色路238号新华之星A座25层　邮政编码:610023
电 话:028-86361770

序

大家好,欢迎打开我和姚海军先生主编的《世界科幻杰作选》第二辑。我是迈克·雷斯尼克,写了半个世纪的科幻小说,做科幻编辑也有三十余年。《轨迹》杂志(科幻杂志的业界标杆)曾经做过一个统计,在所有在世的、去世的作家当中,我是有史以来得奖最多的短篇小说作家。

一直念叨我自己就没意思了,还是来认识一下入选这一辑的作家吧,我想许多名字对大家来说都还是陌生的。

杰克·尼梅斯海姆是个捣鼓计算机的专家,本行包括教授计算机知识和书写关于计算机的故事。直到退休,他的生活里依然少不了计算机的影子。就像本书里那篇以福尔摩斯为主角的故事,大名鼎鼎的神探要在二进制的世界里追击莫里亚蒂。

莱斯利·罗宾出生于澳大利亚,2008年才开始写科幻小说,之后不久就把家搬到了美国,在Arc Manor Books做出版人助理。她的作品入围过美国、西班牙和澳大利亚的多个奖项,还被翻译成加泰罗尼亚语,捧回了两座奖杯。《绿山墙的仿真人安妮》是以科幻的形式对经典小说的致敬。

迈克尔·斯万维克的写作生涯始于20世纪80年代,取得了不俗的成就。他赢得过五座雨果奖奖杯，还是2016年世界科幻大会的贵宾。他出版过九部小说、十一本短篇选集；在学术方面还发表过不少探讨科幻的评论。《永不移位的城堡》描绘了未来的法律机制，以及在这个机制下的犯罪方式。

1975年，詹姆斯·凯利卖出了自己的第一篇作品，从那之后，他收到过无数赞誉，赢得了两座雨果奖、一座星云奖奖杯和2009年意大利最佳小说奖。吉姆在诗歌和随笔方面也造诣非凡，甚至创作过戏剧。《小小蜘蛛》以死亡为题，讲述了一对互相疏远的父女和一个机器人之间的故事。

莫林·麦克休是90年代才改行做科幻作家的。小试牛刀之后，就写出了雨果奖获奖作品《林肯列车》。过去十年里，她问世的新作越来越少，几乎在读者的视野里消失了。这是因为她在好莱坞大展其才。《存在》找到了治愈阿尔茨海默症的良方，却有意想不到的后续影响……

在1988年的世界科幻大会上，我满心欢喜地将最佳短篇科幻小说奖的奖杯颁给了劳伦斯·瓦特-埃文斯。劳伦斯于1979年开始写作，随即转为全职作家。曾经是美国科幻作家协会成员和美国恐怖小说协会主席。我最近数了一下(可能有数漏的)，他总共出版了四十二本小说。《最后的要塞》讲述了人类与一个人机交互系统之间的纠葛。

罗伯特·西尔弗柏格的写作生涯是名副其实的无人能及。1970年，年仅三十五岁的他就收到了世界科幻大会的贵宾级邀请，之后又将许多终生荣誉收入囊中，其中包括达蒙·奈特纪念大师奖和科幻名人堂。他拥有四座雨果奖、六座星云奖以及其他众多奖项的奖杯。他的笔下诞生了六十二本小说、三十四本短篇集和七十七本非虚构类作品。(光是1958年，他就写了八十个短篇小说并全部卖出。)《阿森农方案》出自一个致敬艾萨克·阿西莫夫的系列小说,这个故事也非常有阿西莫夫的风格。

希拉·芬奇出生于英格兰,二十二岁移居美国,不久之后便以写作为生。处女作《无限之网》赢得了1986年的康普顿·克洛克奖。此后陆续有八部小说面世,长中篇小说《读骨术》获得了1998年的星云奖,2014年还出版了《神话、隐喻和科幻小说》。本书收录的《影子爸爸》描绘了一个人类和机器人共存的社会中的种种矛盾和温情。

乔·霍尔德曼是当代科幻界当之无愧的巨人。他是畅销书、雨果奖获奖作品、开创性小说《千年战争》的作者,获得过达蒙·奈特纪念大师奖并于2012年被录入科幻名人堂。他已故的兄弟同样是科幻作家。《让记忆沉睡》讲述了一个被强行删除记忆的士兵重回战场,寻找自己的过去。

保罗·菲利波1977年开始写作,出产了十部小说和几百个短篇小说。他还是一名书评人,几乎给所有的大型科幻出版物写过评论。《嘿,滴多滴多》本来是一首儿歌,保罗的《盘子跟着勺子跑》取了儿歌的末尾一句,向读者解释它们为什么会一起逃跑,会不会回来。

简·拉贝本来是个报社记者,后来做了《美国作家协会简报》的编辑,再后来,她来到《银河边缘》杂志,成了我的助理编辑。但撇开这一切,她首先是个作家,目前为止卖出了二十八本小说,还有更多作品正在约稿阶段,除此之外,她还为《龙与地下城》《伽马世界》创作、编辑游戏模块。《御夫座街车》讲述了一个年进垂暮的拾荒者和一个比她更老的废弃空间站,以及面目神秘的外星人。

毫无争议地说,罗伯特·索耶是加拿大最好的科幻小说作家。目前为止,他创作了二十三本科幻小说和两本短篇选集,多次赢得雨果奖。和我的短篇相对应,他是《轨迹》杂志统计出来的得奖最多的长篇小说作家。2016年6月,索耶被授予加拿大勋章,这是加拿大最高的平民荣誉勋章。他的小说《未来闪影》在2009年被改编成了电视剧,随后又为回归的《星际迷航》创作了两个电视剧剧本。英语中有个说法叫"放出来的精灵塞不回瓶子"。《回忆牵牛星之战》讲的正是人类释放恐怖力量之后,想办法回到从前的故事。

杰弗里·兰迪斯在1984年发表了他的处女作,这部作品随即入围了当年的雨果奖。之后,他赢得了两座雨果奖、一座星云奖和一座斯特金奖奖杯。他的诗作还获得过两次雷斯灵诗人奖。在整个写作生涯中,他出产了一部小说和二十二个短篇。哦,你想问为什么这么少。因为杰弗里还是一名出色的科学家,他参加过火星"着陆者计划",手握九项专利。《漫长的追捕》描写了一艘无比感性、无比孤独的宇宙飞船,以及它在被敌人追捕时表现出的人类一般的情感。

斯蒂芬·李和我一样来自辛辛那提。我、他以及我女儿是辛辛那提仅有的三个科幻作家。斯蒂芬与1980年进入读者视线,之后时常有作品面世,有时用的是真名,有时使用"S.L. 法雷尔"这个笔名。他总共发表了二十八部小说、几十个短篇小说,其中《黑水之拥》获得了1999年的光谱奖。同时,他还是一个作曲家、一名专攻科幻(当然啦!)的大学教授。他在《再造》中给读者呈现了一个阴森的未来社会,以及人们在这个社会中迫于生存需要做的改造。

我们已经在第一辑里认识了克里斯汀·鲁斯克,这是一位兼具创作才华和编辑能力的双面手。作为作家,她出版过六十多部长篇小说和四个短篇小说集,并因短篇小说捧回了雨果奖奖杯。(可能不只这个数字,克里斯汀有众多笔名,要数清楚她的作品是个大工程。)单单是《星际迷航》系列,就有十多本小说出自她的笔下。作为编辑,她在*SF&F*杂志工作了六年并获得雨果奖的最佳编辑奖，之后创办的《纸房子》杂志也赢得了世界奇幻大奖。《伊契亚》的风格在这本选集里算是相对温情的，不过，这位出色的作家当然不会只描写温情，而不加一点儿让人从心底发凉的东西。

你大概也发现了，这本选集还收录了两篇咱们《科幻世界》的“本地”作品：特德·科斯玛特卡的《坠向深渊》和德雷克·昆什肯的《洄游》。它们先后刊登在《科幻世界·译文版》上。由于篇幅短小，所以不曾隆重推荐，更别说两人都是个人信息寥寥无几的神秘人物。好故事需要多几次露面的机会，相信这两篇精品在星光璀璨的大师作品中间也不会失色。

科幻故事没什么标准模式。哪怕是优秀的小说，风格也大异其趣(而这还只是一个很小的样本)。但好作品都无一例外有着高质量——高质量的故事编排、高质量的构思以及高质量的思想碰撞。我想你也同意，好的作品在这三个方面都放足了料。

现在你对于书里的众多作家有了些许了解，我来给你说说英语世界的科幻圈吧。我们和其他写虚构作品的作家不同，常常举办各种活动，几乎三天两头地聚会，所以但凡是在这一行待过一段时间的，都会认识不少同僚和编辑，并且很容易结下持续一生的友谊。在这个圈子，工作上的合作会把大家连在一起，变成朋友。

这本书里的大多数作家我都认识了二十年以上，罗伯特·西尔弗伯格和乔·霍尔德曼更是我超过半个世纪的朋友。希望你也能通过这些故事认识一下我的朋友；希望我能在接下来的几年时间里与你们见面。

迈克·雷斯尼克
2017年4月7日

目录

CONTENTS

坠向深渊

[美]特德·科斯玛特卡　著
罗　布　译

星光中的飞碟,像星光坍塌形成的一个碟形坑洞。

质地光滑,石墨般漆黑,任何东西都不会从它身上反射出来。穿越真空的时候,它遮住了星光,犹如黑暗背景中一块更深的黑。它没有颜色,任何颜色都没有。

它既是一艘飞船,又不是。

这只飞碟没有推进系统,也没有导航系统。在它里面,两个人苏醒了。先是一个人醒来,接着是另一个。

事实是,这只飞碟是被投掷出来的。小小的一团,只有生命支撑系统,被射入无尽远方的一处轨道,绕行于另一个黑暗之物,比它更加奇特的黑暗之物。

这另一个黑暗之物比它大许多倍,倍数几乎无穷无尽,大小相当于几十万个太阳。它并不遮挡星光,而是扭曲、聚焦星光,让它们变成一圈明亮的、闪闪烁烁的光环。被它改变的不仅是星光,连时空连续体本身都被它改变了质地。

从在轨道上运行的飞碟望去,群星好像围成了一个圆圈,外面有星星,圆圈里面什么都没有。太空中的这个区域有好些不同的名字。许多世纪以前,发现它的天文学家称它为“巴特16”。后来,物理学家又叫它“沉陷区”。最终,那些来过这里或者在噩梦中见过这里的人给了它一个最简单的名字:无底洞。

它是人类迄今为止所发现的最大的黑洞。

这是飞碟进入轨道的第三天,它已经在这条轨道上飞行了三点一八亿英里。但跟它的整个投射距离相比,这点里程根本算不上什么。在轨七十二小时将尽之时,飞碟将一个小小的铅锤射向黑洞重力井的中央。铅锤的重量只有一百公斤,通过一条非常之细、细得数学家只能称之为线条的缆线与飞船相连。

绕在卷轴上的缆线越放越长,无比坚韧、长达数千英里的四价游丝不断伸向黑暗,直到绷紧为止。绷紧的那一瞬,缆线在它与飞船相连处用力一拽,震动仿佛共鸣的乐音,传遍了飞碟的整个碳质船壳,

力量之大近于无限的重力,开始作用于飞碟。

起初,变化十分缓慢。但到了第四天,这艘不是飞船的飞船渐渐开始改变运行方向,开始向深渊坠落。

老人从年轻人脸上拭去血迹。

“Ulii ul quisall。”年轻人说。别碰我。

老人点点头。“你说图思语,”他说,“我也是。”

年轻人倾身向前,将一口血啐在老人脸上,“这种语言由你说出来,简直是亵渎。”

老人的眼睛收缩成一道窄缝。

他擦掉脸上的血。“亵渎,”他说,“也许真是亵渎。”

他伸出手去,让年轻人看。他手里是一把手术刀。“知道我为

什么在这里吗?"他问道。

手术刀的刀锋反射着灯光。这一次换了老人倾身凑近对方,"我在这里,为的是用这东西割你的肉。"

老人将刀刃放在年轻人脸上。钢铁锋刃压得皮肤凹陷下去。

年轻人面不改色。他直直地盯着对方,眼珠像两颗蓝色的石头。

老人打量着他,"割你的肉,对你来说无所谓。"他接着说道,"我看出来了。"他拿开刀子,伸手抚摸年轻人的下巴,抚过那里的一片片疤痕,"你甚至感觉不到。"

坐在椅子里的年轻人一动不动,他的双臂被厚厚的束缚带绑在扶手上。看样子他还不到二十岁,以后会长出络腮胡的面颊上,现在只有一片带卷儿的绒毛。说真的,他不过是个孩子。

老人心想,从前的他很可能是个漂亮孩子,所以审问者才会特意弄花他的脸。准是男孩的心理分析材料中说,他有爱虚荣好面子的弱点。

也许,心理分析之类,现在的人已经不理会那个了。

也许,审讯者现在时兴弄花这些人的脸。

老人揉着眼睛,感到怒火渐渐消退。他放下手术刀,放在盛着闪闪发亮的其他工具的托盘里。

"睡吧。"他告诉男孩,"你需要睡眠。"

宇宙继续运行,从不停顿。

"我们这是去哪儿?"几个小时以后,男孩问道。

他睡着没有,老人说不准,反正这几小时里他没说话。

老人从他的控制台前站起身来。做这个动作时,他的膝盖响了一声。飞碟的速度不断增大,他的脚底感受到了随之而来的重力。总算又能走路了,又能体验到行走的乐趣。他把水端到男孩跟前。“喝。”他说,伸手递过吸管。

男孩怀疑地打量着他,过了一会儿才深深吸了一口。

“我们这是去哪儿?”他又问了一遍。

老人没理睬他。

“他们审问过我。”男孩说,“我什么都没告诉他们。”

“我知道。如果你交代了他们想知道的东西,你就不会在这儿了。”

“这么说,他们准备打发我去别的地方?再审一次?”

“对,去别的地方。但不是为了再审你一次。”

很长时间里,男孩一言不发。之后他说:“不管他们打算做什么,你就是动手的人。”

老人笑了,“真聪明。”

男孩眼睛里燃烧着怒火,还有深重得无法衡量的痛苦。之前的审讯相当凶狠。他又一次狠拽束缚带,想把胳膊挣脱出来。

“你想把我带到哪里去?”他厉声问道。

老人居高临下凝视着他,“你怕了。”他说,“我知道你在想什么。你想站在我这个位置。你想挣脱出来。你在想,只要我挣脱出来……啊,瞧我怎么收拾你吧。你巴不得跟我换个位置,让我坐在你现在坐的这把椅子里。唉,你是真的不明白啊。”

老人俯下身去,在男孩耳边悄声说:“羡慕的人是我,我巴不得换到你的位置上。”

时间在流逝。一个个小时,缓缓逝去。

“告诉我,我们这是去哪里?”

每隔几分钟,男孩便重复一遍这个问题。

终于,老人走近控制台,按下一个按键。舱壁上,一块显示外面景象的屏幕打开了。出现在上面的是太空深处,还有阴森森不断逼近的那个无底洞。"那儿",老人说,"我们就是去那儿。"

黑洞填满了半个屏幕。

它是深渊,绝对意义上的深渊。

男孩笑了,"拿死亡吓唬我?我不怕死。"

"我知道。"老人说。

"死亡是对我的奖赏。走进往生以后,我会和我的父亲并肩而行,将敌人的尸骨踏在脚下。我会高居荣耀的席位,与为上帝牺牲的其他战士共坐。对我来说,死亡是天堂。"

"你真的相信这个,是吗?"

"坚信不疑。"

"所以我羡慕你。"

这男孩是个大规模杀人的谋杀犯。或者说,是个自由战士。

又或者,只是个不幸的人。

老人察看着男孩的伤疤。都是在此前的审讯中留下的。一条条伤疤恣意纵横,看得出来,它们的制造者当时是多么挥洒自如,多么富于创意。是啊,不幸的人,太不幸了。也许,这个定义比其他所有对男孩的定义都更加准确。

在太空深处,任何生命都是脆弱的。人类的生命当然不会因此变强,它仍旧是以前的样子。但炸弹却不一样。

在太空中,炸弹的威力变得更大,大得多。

只要放置在正确的地方,简简单单的一枚三磅炸弹就能摧毁整个太空定居区。它会打开一个口子,将整个区域暴露在灭绝一切生命的真空中,暴露在无尽的黑暗中。一次爆炸,造成失压,结果就是一万人死亡，整整一个定居区死绝。

这种事他之前见过一次。那是很久以前的事了，战争刚刚爆发的时候。在护罩炸破的定居区，他亲眼看见无数尸体飘浮在空中，被冻得硬邦邦的。整个定居区里，活下来的只有寥寥几个慌忙穿上了增压服的幸运儿。他自己就是其中之一。

造成这一切的，不过是一枚仅仅三磅重的炸弹。

数十年间，三个没有空气的世界上，几百个定居区中，同样的惨剧反复发生。这是一场战争，起因是领土、文化、宗教——自古以来，总是这些东西驱使着人类互相厮杀。

人类仍旧是人类，没什么变化。但在太空中，狂热的代价更加高昂。

一千年前，各个国家倾其所有，才能建成军队。在那个时候，战争是战士之间的以命换命。接着，钢铁、火药和科技开始发挥威力，死亡的交换物渐渐变成了原材料和工时。交换比一天比一天悬殊，到最后，基础化学造就的三磅制成品就足以抹掉整个社会。谋杀变得如此轻而易举，毁灭需要付出的代价高台跳水，在统计表格上，几乎跌到了底线。

“你叫什么名字？”老人问他。

男孩没有回答。

“我们需要其他人的名字。”

“我什么都不会告诉你。”

“我们要的只有这个，几个名字，仅此而已。其他的事不需要你帮忙，我们自己就行。”

男孩默不作声。

他们望着那块屏幕。黑洞在增大，黑暗不断扩张，压得群星不断屈服。老人检查了一下仪表。

“我们现在的速度是光速的一半。”他大声说，“按我们那个世界的时间，还有两个小时。两小时后，我们就会抵达史瓦西半径。”

“想杀我其实用不着这么麻烦，更简单的办法有的是。”

“更简单的办法，是啊。”

“要是我死了，对你们就毫无价值了。”

“你活着对我们同样毫无价值。”

两个人都沉默下来。

“你知道黑洞是什么吗?”老人问道，“真正知道它是什么吗?”

年轻人的脸像块石头，没有任何表情。

“它是个副作用，是宇宙规律的一个副产品。我们所知的宇宙，你不能光要这个宇宙，不要黑洞。科学家们很久以前就预言了黑洞的存在，那时候还没发现黑洞呢。”

“你以为用这个把戏就能吓唬我吗?”

“我没打算吓唬你。”

“用这种办法杀我太荒唐了。你自己也会死。你肯定有家人吧。”

“有，我有两个女儿。”

“你准备过一阵子就改变航向。”

“不。”

“这艘飞船很贵的。还有，就算你的命，多少也有点价值。哪怕你不把自己的命当回事，在你的上司眼里，你这条命总值点什么吧。牺牲一艘飞船，加上你，只为杀死一个敌人，这是为什么?”

“从前我是个数学家，但后来，你们的战争把数学家也变成了战士。用数学术语来说，这里有些变量，你还没看明白。”老人朝屏幕打了个手势，轻声道，“真美，对吗?”

男孩没接这个话头。“或许这艘飞船有个逃生舱，”男孩自顾自地说,“我死的时候,你可以逃离飞船。可你们到底还是损失了一艘飞船。”

“我逃不了。飞船外面那根缆线是弄不断的,哪怕就在我们说话的这时候,它都在把我们拽向黑洞。抵达史瓦西半径以后,我们的速度将接近光速。你和我,咱们是一对同命人。”

“我不相信你。”

老人耸耸肩,“你用不着相信,你只需要见证。”

“可这种做法完全没道理啊。”

“你觉得任何做法都必须有道理吗?”

“闭嘴吧。你这不信上帝的狗,我再不想听你说一个字了。”

“不信上帝?你为什么假定我不信上帝?”

“因为,如果信仰上帝,你不会做出这种事。”

“你错了。”老人说,“我信仰上帝。”

“那么,为你犯下的罪孽,等着接受上帝的裁决吧。”

“不。”他说,“我不会。”

之后几个小时里,黑洞愈加膨胀,向整个屏幕扩充过去。黑洞边缘的星光被拉长了,变得模模糊糊。在这种星光的照耀下,整个太空都改变了形状。

男孩默默地坐在椅子里。

老人检查了仪表,“六分钟后,我们就会进入史瓦西半径之内。”

“那时我们就会死?”

“没那么简单。进入那个半径之后所发生的事,它不是创造的反面,而是创造的对立面。”

“这话是什么意思?”

“怎么,你想问我问题了?告诉我一个名字,我就会回答你的任何问题。”

“我凭什么给你名字?好让他们跟我一样,被捆在椅子里?”

老人摇摇头,“你很顽固,我看得出来。好吧,这个问题我回答你,免费提供信息。所谓史瓦西半径,指的是围绕黑洞的最内层的轨道;在这个轨道之内,一切物质都会向内坠落。连通信讯号都无法向外传送。进入史瓦西半径以后,向你提问就失去意义了,因为我没有办法把你提供的情报传送出去。只要跨过那条线,你对我就完全没有用处了。”

“但跨过以后,我们仍旧会活着?”

“对绝大多数黑洞,没等碰到史瓦西半径的边儿,我们就被撕碎了。但这个黑洞不一样,它是个超巨型的大家伙。大到这个级别的黑洞,它的潮汐力比较弱,被摊薄了。”

屏幕上的图像发生了变化。那片圆形的黑暗持续扩大,星星的位置随之改变。现在,黑暗已经占据了屏幕的整个下半部,它的上缘形成一条黑色弧线。只有在这条弧线之上,才能看见点点星辰。

“黑洞是一种二维物体。它没有所谓的内部,因为并没有任何东西真正地掉进它里面。在视界线,时间和空间的数学阐释掉了个个儿。”

“这话是什么意思?”

“坠向黑洞的物体必将越过视界线,但在远方的观察者看来,这个跨越所需的时间,是无限。时间的流逝只会增强这个物体的红移。”

“你们为什么这么干?为什么不干脆杀了我?”

“他们设置了天文望远镜,观察我们的坠落过程,录下来。”

“可这是为什么啊?”

“作为警告。用于宣传。让其他人知道他们会落得个什么下场。”

“我们不怕死。进入往生以后,我们会得到奖赏。”

老人摇摇头,“我们的速度会越来越快,时间也会随之膨胀。摄像机的记录会表明,我们永远不会真正触及黑洞。我们永远无法跨过门槛。”

男孩一脸迷惑不解的表情。

“你还是没明白。前面就是寂灭的终点,但它并不是我们的死亡。在那个寂灭之处,时间本身停止了运行——在那道最后的视界线,所有物质和能量都停顿了,静止了,直至永恒。你永远别想进入你的往生了,没指望了。因为你永远不会真的死去。”

一时间,男孩脸上一片茫然。接着,他瞪大了眼睛。

“你不怕成为烈士。”老人指指那块屏幕,“或许你会害怕这个。”

飞船离黑洞更近了,航线抻成了一道弧线。在太空的群星中,黑洞仿佛一处伤口。星星则仿佛绕着这处伤口流动。

老人一手按在男孩肩头,另一只手拿着手术刀,轻轻搁在男孩喉头,“把那些名字告诉我,我会一下子了结这一切。在抵达视界线之前告诉我。”

“而你拿来交换的,就是这个?”

老人点点头,“死亡。”

“你到底干了什么坏事,人家才把这份差事塞给你?”

“我志愿的。”

“志愿干这个?为什么?”

“这场仗，我打得太久了。我做过很多我巴不得没做过的事。但已经做出来了，收不回去了。”

“我还是不明白。你说过你信仰上帝，这样做，你不同样葬送了你自己的往生吗？”

老人最后一次笑了，“我的往生不像你的，不会那么美妙。”

“你怎么知道这些事全是真的？你怎么知道时间会停止？你怎么知道？”

“我见过天文望远镜拍的图像。”

“可是，你怎么可能知道呢？也许那些图像只是新发明的宣传伎俩。骗人的。也许根本不会那么发展。”

“但我们都会对某个理念坚信不疑。你跟我，咱们特别擅长这个。现在，交代名字。”

“我做不到。”

老人想起了他的两个女儿。一个是黑眼睛，另一个是蓝眼睛。都不在了。因为某些男孩造的孽，和眼前这个男孩同样的年轻人。但不是这一个，他提醒自己。

老人低头注视着椅子里的人。换个生长环境，他也许会成为这个男孩。如果他以同样的方式被培养成人的话；如果他见过这个男孩所见的一切的话。在这场棋局里，这男孩不过是个卒子罢了。

他也一样。

“对那些坚信自己下一瞬就将呼吸天堂空气的人来说，死亡有什么大不了的？死亡算什么牺牲呢？算什么代价呢？但这个……”老人指指屏幕上那个黑沉沉的无底洞，“这将是真正的死难。”老人说，“这就是你对那些没有你那种信仰的人做出的事——夺走他们的一切。”

男孩崩溃了，轻声啜泣起来。

飞碟越过了罗思柴尔德半径的圈子，这是屏幕上的一道弧线。只剩一分钟了。

“你现在还可以告诉我。”

“还有一点时间。”

“我们只需要名字。”

“几个名字而已，然后一切就都结束了。我会为你结束这一切，不会拖到为时太晚。”

男孩闭上了眼睛，“我不说。”

他的女儿们。是一伙男孩造的孽，跟眼前这个一样的男孩。

“为什么？这么干对你没好处。你上不了天堂。”

男孩沉默。

“我会夺走你的天堂。”老人说，“你领受不到往生的奖赏。”

沉默。

“交代一个名字，我就了结这一切。”

“我不说。”男孩说，泪水淌下他的面颊。

老人叹了口气。“我相信你。”他说。

接着，他划开了男孩的喉咙。

刀子一挥，切断了颈动脉。

男孩的双眼猛地睁大，先是震惊的目光，然后是某种更加复杂的眼神。他向前一栽，又被束缚带拽住了身体。片刻之后，结束了。

老人伸出一只手，手掌抚过男孩的双眼，为他闭上眼睛。“愿你的往生如你所想。”他说。

他在地板上坐下，对抗着不断增强的重力。

他凝视着屏幕。黑暗渐渐逼近。

在他脑海里，从前那个数学家很高兴。方程式平衡了。“战士对战士，一命换一命。”

他想着他的女儿们，一个黑眼睛，另一个蓝眼睛。他努力让她们的面庞停留在脑海里。他想让这成为他最后的念头，持之永恒。

不是创造的反面，而是它的对立面。

他等着看这个概念是对是错。他等着为他的罪孽接受审判，或者不。

盘子跟着勺子跑了[①]

[美]保罗·菲利波　著
刘未央　译

我在那个灾难般的下午正面遭遇情敌，终于意识到这次真的要失去女朋友科迪了。

我败给了一个自发性信息聚合体。

这个聚合体的信息来源于一把艾龙[②]椅以及与之连接的其他设备，包括一台美膳雅食物搅拌机、一台配有多种可更换附件的全自动真空吸尘器、一部iPod和一条护生牌家用诊疗毯。虽说是我的情敌，这个聚合体的模样却并不怎么讨喜，它是各种智能化用品随机增联的产物，其形成机制就像生物学上的异常细胞增生，所以大部分人干脆管它叫"疱疹"。说它面目可憎亦不为过。但很明显，这个聚合体自诞生第一天就对科迪大献殷勤，我想女人都很吃这一套。话说回来，我也有错，那段时间，我的确把科迪晾在了一边，而这个艾龙"疱疹"一定就是趁此机会成了形并向她发起攻势

①标题为英国童谣《嘿，滴多滴多》(*Hey, Diddle, Diddle*)的末句。

②本文提及的商品品牌，"艾龙""美膳雅"等取自现实生活，"护生""超级牛奶""健康卫士""视界""赛格威""施乐"等均系作者虚构。

的，她真要移情别恋也是我活该倒霉。可这也太伤人了。我是说，难道我真的会输给一个“疱疹”？简直是奇耻大辱。

更让人无地自容的是，我跟它还有一段过节……

自打科迪缠着我非要搬过来一起住，我就担心会惹上这类麻烦。然而我提出的那些合情合理的反对意见，科迪根本听不进去。

“你不是真心爱我。”她顿时现出那副总是让我揪心的楚楚可怜相，活像被踩了尾巴的小狗，一对蓝眼睛也湿漉漉的。

“瞎说什么，科迪。我当然爱你！”

“那为什么不能住在一块儿呢？咱们可以省下大笔房租。你是不是以为我有什么臭毛病瞒着你？不管在你这儿还是在我那儿，咱俩整天整天待在一起的时候还少吗？我还能有什么怪癖瞒得了你呢？我不会直接对着瓶子喝保健食品，用完马桶也从来不忘程序复位。”

“这都没错。你很好相处，爱干净，又有责任心。”

科迪改变战术，在沙发上向我靠过来，柔情似水地把胳膊缠在我身上，让我很难把持，“晚上有个人陪着你睡不好吗？不比一多半日子分开过要强？嗯？不好吗，卡兹？”

“科迪，别这样，停手！你知道你一干这个我脑子就不好使了。”我把她的手从我的敏感部位拿开，“你说的都对，只是——”

“还有一点别忘了，要是我把房子退掉搬过来，上班都能近得多。”

科迪在参议院赌场当二十一点发牌员，住处却远在马里兰的银泉，上下班就算坐氢能源特快也能把人累趴，我在她那边过夜时尝过这滋味。而我在乔治敦舒舒服服住着一套小排屋[①]，是我在猪疫经济危机期间趁房租触底时租下的。当时，一种新型猪肠道流

① 乔治敦位于华盛顿特区中心，而银泉则在特区以北，接近绕城公路。

感肆虐华盛顿,而我发现自己是少数的天生免疫者,即使住在受感染的建筑里也能安然无恙。毫无疑问,那一阵的租房市场严重供大于求。但在过去的一年左右,随着相关免疫计划的顺利推行,房租渐渐地又涨回来了。科迪提出把钱合在一起花的确是个好主意。

"我知道你想节约上班路上的时间,科迪,可你看——"

这下科迪把脸拉长了,"你跟别人还有一腿是不是?你想自由自在地脚踩几条船是不是?是不是?"

"不是!根本不是!我只是担心——"

科迪马上换了一副慈爱的表情,把一只手搁在我手上,"担心什么,卡兹?来,跟我说说看。"

"担心'疱疹'。咱俩东西太多了。这些东西放一块儿非出问题不可。"

科迪往后一靠,哈哈大笑起来,"就为这?我的老天,这点儿破事有什么可担心的。'疱疹'就是个自然而然的现象,卡兹,这随时随地都会出现,你拦也拦不住。它们一点儿害处也没有,你心里清楚得很。你把粘起来的东西敲开不就完了嘛。"科迪这副不屑一顾的腔调在我看来既无礼又缺乏同情心。"担心'疱疹'!就好比担心——担心松鼠会打劫,鸽子会吸血,'超级牛奶'会断货。"

"疱疹"已经成了生活的一部分,科迪说得没错。然而,它们并不总是那么微不足道、那么清白无辜。

我的父母就死于"疱疹"之手。

"疱疹"已经存在了约二十年,差不多跟我岁数一样大。追根溯源,"疱疹"的出现离不开两大因素:一是厂家在商品中采用的多种全智能化设计(孤立来看,这些都是富有前瞻性、创意十足的金点子,不料几个点子一结合却造成了意想不到的后果);二是恶意黑客行为的推波助澜。

其中最先面市的设计是在所有商品中嵌入射频识别硅芯片。第一代芯片小得像碾碎的胡椒,这是一种简易收发器,其唯一的作用是向配套设备发送产品的规格与位置信息,为库存跟踪和零售作业提供便利。此后,芯片开始采用自适应电路技术并不断推陈出新,成本更低,应用面更广,渐渐淘汰了仅具标签作用的第一代芯片。

自此以后,数以百万计的日常用品,包括牙刷、咖啡壶、鞋子、柜子里的麦片盒等等,都开始具备强大的处理能力和物物间通信能力。手表能监测你的汗液分泌情况,并通知冰箱调制好电解液补充饮料;你的床单会向洗衣机发送优化的设置参数,以获得最佳洗涤效果(新型芯片的电路均由可弯曲、不易损的碳纳米管制成)。那时候一切都好,每个人的生活都更方便了。

接下来就冒出了"自由意志病毒"。

这种病毒由匿名者发布于中亚某国的一个网站,能在任何内嵌Wi-Fi通信芯片的物品之间无线传播。病毒将新指令注入物品的"迷你大脑",这些新指令又随着厂家预设的正常功能指令偷偷传输到下一个目标。受感染的物品会向邻近物品发出合并处理能力的请求,最终往往能达到惊人的智能水平;随后它们便开始一种独立自主的共生生活。病毒一经发现,软硬件防御措施自然会立即跟上,但有些黑客暗中捣鬼,帮助这种病毒以迅猛的速度不断变异。

假如这一波"意识觉醒浪潮"发生在"无脑物"占主导的过去,所谓"疱疹"也就成不了什么气候了。那些古老的制造品能干出什么来呢?把自己牢牢地锁在原地?然而如今的情况可就大不相同了。

现在大部分商品都覆有一层MEMS[①]表皮。这类外层结构由肉眼看不见的无数执行器组成,从而使商品具备强大的环境感测能力,能像活物一般与外界互动,可针对主人的需求灵活改变外形与质地,并提供触觉反馈。MEMS表皮就像壁虎的爪子,在范德华引力[②]的作用下能攀附到同类表皮或"无脑物"之上,恰似壁虎爬过天花板。

染上自由意志病毒的物品或蠕动、或滑移、或爬行,最终抱成一团,形成一个奇形怪状的独立聚合体,其在控制论意义上究竟有何目标,至今仍是一个不解之谜。

厂家只要恢复生产"无脑商品"就能扼杀这种病毒,为什么不这样做呢?因为没有回头路可走了,整个经济体系,大到跨国工厂,小到自助零售点,都是以"自销式"智能产品为基础的。除了特别贫困的人群以外,几乎每个公司和家庭都严重依赖于这张无所不在的商品网络。

因此,人人都学会了如何与偶发的"疱疹"共存,就像过去人们使用笨重的电脑,把操作系统崩溃当成家常便饭一样。

在病毒传播的头几年里,人们并没有充分意识到这个问题。很少有人会去主动预防"疱疹",而当一切变得不可收拾时,后悔也来不及了。

我的父母就是这么死的。

六岁那年的某个夜晚,我在熟睡中被屋外一阵奇怪的刮擦碰撞声吵醒。我迷迷糊糊、跌跌撞撞地走到卧室门口,把门打开了一条缝。

我父母新买了几样东西,其中有一个带四条粗短腿的仿古落

---

①"微机电系统"的英文缩写。

②又称分子作用力,产生于分子或原子之间的静电相互作用。

地衣帽架,实际上是智能衣物的充电站。可眼前,在走廊幽暗的夜灯下,这个衣帽架一路走一路把衣服扒了个精光,并给自己换上了新装备——一整套免磨厨刀。这些刀具从上到下杂乱地粘在衣帽架上。随着衣帽架直僵僵地一步一步往前移,刀具颤颤巍巍地抖动着,犹如昆虫的触须。

这闹鬼般的一幕令我呆若木鸡。我满脑子想的是上个月看过的一部迪士尼老音乐片,里面有一把会走路的扫帚。这个刀架子费劲地挪着四只小脚从我面前走了过去,并没有显露出任何攻击意图。现在回想起来,我认为"疱疹"在本质上并无行凶"基因",它只是听命于自由意志病毒的指令在寻找一个出口,好挣脱家务劳役的锁链。

然而我父亲从卧室里出来了,看上去不比我清醒多少。

"这是什么鬼——"

他试图拦住刀架子,也躲过了几把刀子。可就在他跟这头临时拼凑的自动怪物搏斗之际,一柄又长又薄的片肉刀趁他不备,从他心脏底下刺了进去。

父亲大喊一声,摔在地上,母亲急急忙忙冲了出来。

一眨眼工夫,她也惨死刀下。

当时我觉得自己就要变成下一个刀下鬼了。幸好父亲的"健康卫士"手环尽职尽责,监测到他已失去生命体征,立即呼叫救援。不到三分钟——在刀架子劈开我房门之前——救援人员及时赶到。

我双亲的遭遇在媒体上轰动了一阵子,头一回提醒人们注意"疱疹"的危险性。

经过许多年专业心理辅导,我目睹双亲惨死的创伤才慢慢愈合。如今,作为一个成熟的男人,我想我对"疱疹"的仇恨已经烟消云散了。

可我绝不认为所有“疱疹”都是萌萌的、不会害人的，像科迪以为的那样。

科迪自然是要搬过来和我同住的。要是让“疱疹”之忧妨碍到惬意的两人生活，那我就真显得神经兮兮甚至头脑不正常了。我暂时抛开一切顾虑，微笑着抱了抱她，定下了搬家的日子。

科迪的东西不算太多(她在银泉租的两室户面积很小，楼下车库是个蛛丝合成作坊，成天弥漫着一股煮烧氨基酸液的味道)，只有几箱衣物、几件家具、一些厨房电器、一部存了万把首歌的iPod和一部存了百来本书的“视界”。向U-Haul[①]公司租一辆搬家车，忙活一阵儿，科迪就在我家落户了。

她收拾东西时，我有点儿紧张地在一旁盯着。

“嗯，科迪，可以把搅拌机放碗柜里吗？上锁的那个。离烤炉太近了。”

“卡兹啊，我基本上天天都要用它来打奶昔当早饭吃，锁在碗柜里拿进拿出多麻烦呀。”

我没和她争，而是把烤炉锁进了碗柜。

“这台吸尘器，科迪——咱把它放在走廊里好吗？”我对带轮子的设备特别提防，比起靠MEMS表皮蠕动的东西，它们可跑得快多了。

“走廊里？为什么？你以前办公的那间屋子有的是地方。我把吸尘器放在角落里，你根本不会注意到它的。”

我警惕地瞅着科迪把吸尘器抬进了我的办公室。吸尘器软管一圈圈盘住小圆筒，犹如一堆蛇守着一颗蛋。这间屋子里智能化程度最高的要属那把艾龙椅了，它将网面与支撑结构、凝胶填料、

①美国著名的搬家、租车公司。

压电聚合物电池、变形执行器等集成于一体，堪称一件人体工程学的杰作。我把椅子推到离吸尘器尽可能远的地方。

我这个动作当然逃不过科迪的眼睛，“卡兹，你觉不觉得自己有点儿小孩子的妄想症啊？吸尘器连开都没开呢。”

“这就是你的不对了，科迪。现在样样东西都是一直开着的。你以为已经关掉了开关，其实电器还处在涓流待机模式下，燃料电池也好，蓄电池也好，插座也好，这些电源从来就没断过，你随时都能把电器唤醒。所以大家不管想用什么，只要等个几秒钟就成。‘疱疹’钻的就是这个空子，你可别想当然哦。”

“那好，我们到底该担心什么呢？我的吸尘器和你的椅子会不会串通好了半夜里骑到咱俩身上来？它们加一块儿也没二十五磅重！”

我从没跟科迪说过父母的事，现在看来也不是时候，“好吧，我觉得你有道理，是我小心过头了。”我又把椅子推回到桌旁原先的位置。

说句马后炮的话，这是我犯下的最大一个错误。这恰恰证明了一个人不该怕别人笑话而放弃原则。

那天晚上，在科迪去上班前，我们俩一起享用了第一顿晚餐。我们沉浸在烛光下的喁喁私语之中，还有养殖三文鱼和上好的阿拉斯加白葡萄酒助兴（不过吃完甜点后，科迪还得吞下几粒酒精分解剂，才能以清醒的头脑通过员工入口探测仪的检测）。我收拾桌子时，她去淋浴更衣。她从卧室出来，已经穿好了参议院赌场的制服——蓝衬衫、红白条纹裤子、星点印花领结。我在特工监控工作中头一回见她那次，她也是这么迷人。

“哇噢！有这么个美人儿在眼前晃悠，我们那些议员还有啥心思去琢磨法案。”

“别傻了。我们的客户大多是来旅游的，还有一些本地人。搞政治的只有从赌场抄近路去自助餐厅时我们才能见着。”

我抱住她吻了吻，刚要叮嘱她在地铁里注意安全，眼角就瞥见了地板上有东西在动。

这是我们合住后自发形成的第一个“疱疹”，由我们两人的牙刷和一只浴室里的饮水杯组合而成。两把牙刷牢牢粘在这只平底杯下端四分之一处，刷头冲上，活像杯子长出的两条短腿，刷把那头就成了两只脚。平底杯仿佛踩高跷般快速交替着两条“腿”，朝科迪稍稍推开的大门直冲过来。

我像个兔子似的尖叫一声，猛地从科迪怀里挣脱开去。她说：“卡兹，怎么——”

接着她也看到了“疱疹”——哈哈大笑起来！

她弯腰捧起这个玩意儿，毫不犹豫地把它两条腿扯了下来，靠范德华引力粘在一起的MEMS表皮被强行分开时，会发出一种特别的声音，就像撕开尼龙搭扣。

“好吧，我想以后该把杯子都放在厨房里了。可它很萌，对不对？咱俩的牙刷配合得多默契啊！”

我很勉强地笑了笑，“呵呵呵，是啊，很萌……”

我在五角大楼隔壁规模庞大的“大妈局”[①]总部上班。替局里干了六年，我好歹也当上了负责人，手底下管着几十号在家办公的外包特工。每名特工各负责一套半自主运行的软件包。这些奋战在第一线的软件承担着最基础的原始数据处理任务，每天二十四小时不间断地监视着全国数以百万计的音视频信息，排查出有可

①该局缩写“TIA”在西班牙语中有“大妈”之意，故有此戏称。现实中，美国于2003年推出“全面信息认知”计划，后改名“恐怖主义信息认知”计划，两者的缩写均为“TIA”。

能威胁国家安全的行为。软件会对所有可疑状况打上标记,提醒特工注意。特工们则视情况采取如下措施:判断为误报并解除警报;或进一步调查;或联系相关政府机构;或把问题踢到我这儿,进行更复杂、更高级的人工分析或计算机推演。

软件和特工的工作效率奇高,能过掉百分之九十九的数据。剩余的百分之一会报上来由我亲自过问,也就是说,约有一百个警报需要我在当班六小时内处理完毕。工作量比编外特工小,报酬却更高。

这份工作唯一的缺点是必须到总部用虹膜打卡,而不能待在家里享受种种便利。每周四天经过"TIA"这块大招牌时,总觉得是把自己的一部分卖给了"大妈局",在家办公就没有这种感觉。

自成立二十多年来,"大妈局"的影响力越来越大,幸而对大部分公民还是有益无害的,不过"TIA"这三个字母代表什么意思几乎没人说得上来,连我自己都不大清楚。"TIA"起先是指"全面信息认知",而后改为"恐怖主义信息认知";随着全球恐怖主义阴云的消散,大约七年前,其全称又变为"战略信息认知"。我隐约记得此后还改过一次名。不管"大妈局"的全称究竟叫什么,反正它一直在搜集本国公民的海量实时信息,似乎也没发生过滥用权力的行为。就算现在转正为全职雇员,我也没比当初干外包时更感到良心不安。我自己就是在"大妈局"的监视下长大成人的。

外包工作并不轻松,就在一年前,我还在家干着这份活儿——一天六小时凭经验紧盯"视界"屏幕。所以我咬牙买了一把昂贵的艾龙椅,在我眼里,它只是必需之物,而非奢侈品。正是在这段时期,我遇见了科迪。

一天,某个软件提示我参议院赌场的员工通道门口存在可疑行为,在员工快要换班之际,有个家伙的逗留时间超出了参数设定的上限。一只蜂鸟无人机神不知鬼不觉地飞到此人头顶上方，显示并无携带武器的迹象，因此我决定静观其变。结果表明他是某个赌场员工的丈夫，想给操劳一天的妻子一个惊喜，邀她共进晚餐。眼看这出小型喜剧落下帷幕，一名来上夜班的员工忽然攫住了我的目光。她长相甜美，又略带性感，走路姿势是我从来看不够的ALZ-605步态模式。我用面部识别程序扫描出她叫科迪·谢克里，并调阅了她的关键数据。

我以前从没在局里做过假公济私的事，头一回这么干还有点儿内疚。不过我为自己的小小越轨行为找到了开脱之辞：假如我在大街上遇见科迪，并通过搭讪问出了她的姓名，那么谁也不能说这有什么错，而现在我只是用无人机完成了搭讪环节。

几天后，我亲自造访了参议院赌场的二十一点牌桌区。灌下两杯够劲的"尊尼获该"[1]之后，我鼓起勇气向科迪走去。

接下来的事都载入了"史册"——我们俩的拍拖经过自然都在"大妈局"里秘密存档了。

事实证明与科迪的同居生活非常快活。她列举的种种好处从第一天起就开始兑现了，而且还不止于此。连我们俩上班时间的错位也不算什么问题。科迪晚上九点到凌晨三点在赌场当班，而我是上午九点到下午三点待在局里。从科迪后半夜回家到我出门的这段时间里，我们还能像当初设想的那样同床共枕好几个小时。我下午下班后，她已经起床，到上班前还能生龙活虎地忙活不少事。比如，我们常常在下午做爱。一切看起来都很完美。

记得有一天下午，我在科迪上班前帮她按摩双脚，她的工作需

①因故事发生在虚构的"参议院赌场"，作者有意用"Jerrymander"这一政治性词语戏仿威士忌品牌"Johnnie Walker"（尊尼获加），前者指为一党之私利擅自改划选区的行为；现译为"尊尼获该"谐音"整你活该"。

要久站，所以她很享受这个过程。

“两人世界不开心吗，卡兹？”

“周末的确开心多了。”

“光是周末？”科迪性感地舒展开身体。

那天她因为迟到半小时而被扣了工资，但她事后强调那是值得的。

尽管日子过得逍遥，可我发现自己依然对“疱疹”耿耿于怀。自打牙刷和杯子的“首秀”以来，我就一直保持着高度警惕。我把几个房间里的东西搬来搬去，不让它们有串谋的机会。我知道这是个蠢办法，因为凡是嵌有芯片的商品都能通过接力的方式将信息包传输到相当远的地方，但我直觉上还是认为物理距离跟“疱疹”的形成大有关系。科迪一直抱怨要用的东西一样也找不到，我总是用玩笑话来扑灭她那小小的火气，却并未放松预防性措施。这样太太平平地过了几周，我终于觉得能松口气了。

接下来就发生了袜子球事件。

我们家总有一大堆脏衣服。两个人在一起时光顾着玩，没空做家务，独处时又要在“视界”和iPod上花大把时间，欣赏对方不一定感兴趣的视听内容。

袜子球就是在某个晚上科迪出门后现身的。

当时我正在看书，关着门的卧室里突然传出砰的一声。我一下子警觉起来，赶紧过去查看怎么回事。

我刚把门打开一条缝，就嗖地窜出一样东西，正砸在我的脚踝上。

我单脚撑地往后一蹦，只见一个槌球大小、七拼八凑的布球朝前门飞滚而去。

我费了番周折用一只废纸篓倒扣住布球，又在上面压了一瓶两升装芒果可乐。它在里面玩命地弹来弹去，就像一个失心疯的鼓手在狂敲乱砸。我戴好微波炉手套，鼓起胆子把手探进去抓住了布球。

这个布球是由我们俩的袜子层层紧裹而成的，芯子是一只便携式闹钟。科迪上班一站就是几小时，所以她的袜子都带有MEMS按摩跟。我的袜子是普通款式，但也具备适当的处理能力。

我拆开袜子球，把脏衣服全都洗了，最后将我们俩的袜子分开收进两个抽屉。

这件事让我彻底慌了神。我肯定家里还会自发形成其他“疱疹”，更大个儿，也更危险。

从那天开始，我越来越疑神疑鬼了。

每天处理一百个安全隐患已经降格为我的次要任务了。幸亏我不需要全力以赴也能干好本职工作。以前我总是忙里偷闲在“视界”上读悬疑小说（我喜欢吉福德·贾因[①]的“亚尼卡·扎普苏”系列，女主角扎普苏是一位客居巴勒斯坦的土耳其私家侦探）。在我忧心忡忡于“疱疹”威胁之后，我开始非法利用“大妈局”无处不在的网络监视起自己家和邻居家来。

每天上午九点来到局里，只要没有紧急任务，我第一件事就是放一只蜻蜓无人机回去查看科迪那边的情况。六月下旬的初夏时节，华盛顿平均气温在九十华氏度[②]以上，家里装的窗式空调密封不太好，很容易就能遥控那个小不点儿钻进室内。我会操纵无人机巡视每一间屋子，确保家里的东西没有聚在一起“造反”，没有对我本人或我深爱的女人构成威胁。

大部分时候科迪都在安睡，直到中午起床。她那张自然放松、

①此人及其作品应系作者虚构。

②约32.2摄氏度。

毫无戒备的脸庞揪紧了我的心，激励我要倍加小心，绝不能让她重蹈我父母的覆辙。从中午到下班前，我不时瞄一眼科迪，她不外乎在干一些日常琐事，涂涂指甲、吃块三明治、看一集肥皂剧，或者给远在意大利的母亲写封邮件——生育率偏低的意大利需要输入劳动力弥补人力缺口，她母亲正是在这一背景下与该国服务业签订了一份五年期工作合同。

然而，有时还是会出现让我不放心的情况。

一天上午，我注意到科迪在家里走动时有点儿一瘸一拐。我知道她脚后跟生了个骨刺，但还不急着去动手术。落在天花板上的蜻蜓无人机给我传回监控画面（软件能自动翻转倒置的影像）：科迪蹒跚着走向壁橱，取出了我买来治腰伤的护生牌诊疗毯。她戴着iPod耳机，并没有把诊疗毯拿到沙发上或卧室里，而是去了我以前办公的那间屋子。她坐到了我的艾龙椅上。

椅子即刻做出反应，贴身围拢起来，变形为宇航员座椅的模样，只要坐在里面就能不知不觉消除早期肌肉劳损。科迪将诊疗毯往下一扔，这条智能毯子马上裹住了她的双脚。科迪用iPod启动了诊疗毯的按摩功能。她舒服地呻吟了一声，向后一靠，椅子自动调整为仰卧模式。她听着音乐，闭上了眼睛。

屋子一角的吸尘器开始有动静了，软管抬高了几英寸，用吸嘴嗅了嗅空气。

我吓坏了。可我该怎么办？蜻蜓无人机没有报警功能，就算有，我也不能暴露自己在监视科迪。我正打算把无人机送到她耳边嗡嗡叫，至少让她睁开眼，好留意到身边有个邪恶的“疱疹”正在酝酿成形。就在这时，吸尘器不动弹了，管子落下来依旧盘住圆筒。

我估摸着椅子、iPod、毯子和吸尘器还会继续“勾结”形成“疱疹”,所以继续观察了不止一刻钟,但后来什么也没发生。不久科迪关掉诊疗毯,起身干别的去了。

这段时间里,“视界”上已经堆积了五个不停闪动并发出提示音的弹窗,提醒我有正事要处理。我蛮不情愿地回到了工作上。

那天下午回到家,我还是没想出办法来说服科迪把那些人工智能设备分开一点儿,以防止它们联结成强大的网络。不管我说什么,她都会对我担心的缘由产生怀疑。我不能让她瞎猜我在局里监视她,虽然我的确是这么干的。

最后,我试探性地提了几条建议,说既然我不再用那把艾龙椅,不如扔掉或卖掉吧。但科迪的回答是:“没门儿,卡兹。在那把椅子上躺一会儿就像做了一天水疗。”

我只好放弃这些听上去说不通的建议。不坦白自己是个偏执的偷窥狂,我是没办法说清楚这件事的。我只能巴望科迪串起来的这四样东西还够不上形成“疱疹”的条件。

我的想法本来没错,科迪本来也会没什么事,要不是那台该死的搅拌机横插一杠的话。

我不上班——也就是不监视科迪——的时候,经常在城里转悠着到处寻找“疱疹”,希望能把它们研究透,然后拿出有效的预防措施来。这种可笑的行为搞得我筋疲力尽,一副好脾气也变坏了;跟科迪在一起时,我成了个心不在焉的讨厌鬼。我们俩的关系急转直下。

“你什么意思,这个点儿还出门,卡兹?我只有一个钟头就要上班了,有个片子一直想跟你一块儿看呢,就是那个《临时自治区罗曼史》。”

“要不以后看吧?现在我想——想锻炼锻炼。”

“我能和你一起去吗?”

“不，今天不行——”

尽管科迪总是拖着我陪她，有时还眼泪汪汪的，可我依然克制不住地要往外跑。

满世界随处可见的“疱疹”并没有让我见怪不怪，也没有缓解我的躁狂心理(如今我已经意识到自己的问题了)。

而且像我这样躁狂的再也找不出第二个了。似乎没有一个人在操心这类偶发的智能物自主行为。官方没有设立“疱疹”巡逻队，民间也没有组织过赏金猎人来对付驾着赛格威平衡车横冲直撞的施乐复印机(我亲眼见过这一组合)。

面对那些失控的商品，看上去人人都像科迪那样抱着满不在乎的乐观心态。

除了我。

在商店橱窗里，我不时目睹几样邻近的商品形成“疱疹”。电动剃须刀同数码相机、按摩棒组合成一门未来主义风格的加农炮；电饭煲“嘴”里含着咖啡磨豆机，再粘上十二把色拉夹扮成蜈蚣；在FAO施瓦兹玩具店里，一辆玩具卡车隐藏在乐高积木自动搭好的外壳底下，仿佛一头拿轮子当脚使的怪异恐龙。

还有些爱玩火的时髦店家冒着商品损坏的风险，有意在橱窗里炮制“疱疹”。比如诺德斯特龙购物中心一面橱窗里就有几具挨着放的假人，浑身裹满了永不安分的智能衣物和饰品(项链、品牌口罩、围巾等)，宛如不停飘荡的海藻，把假人衬托得栩栩如生。

走在大街上时，偶尔会碰上成功出逃的“疱疹”从我眼前一闪而过。一天晚上，在十五大街财政部大楼附近，我看见一只坤包踩着滑板朝拉法耶特广场疾驰而去。我追着它进了公园后，它嗖的一下窜进灌木丛把我甩掉了。我跪下来朝黑魆魆的灌木丛里张望，只见有十几个“疱疹”正充满敌意地瞪着五颜六色的芯片激光眼,吓得我大喊一声,撒腿就跑。

就在我眼睁睁看着家里出事的前一天,我去了趟格斗场。

我游荡到本市东南面一个治安较差的区。在这里,“大妈局”的监控网常常遭遇运动伪装、故布疑阵、烛光炸弹等形形色色的反监控措施。街角有个孩子在发小纸片,我接了一张。纸片上印有一个地址及如下广告语:

午夜疯狂格斗!!!
派出你最强悍、最恶毒的“疱疹”!!!
千元大奖等你赢!!!

格斗场设在一座废弃的工厂内,进门要付十美元入场费。场内遍地都是锈迹斑斑的生物反应器,临时看台上塞满了观众,男男女女、老老少少,西装革履的、邋里邋遢的,统统挤在一起。

圆形格斗台是五层塑料奶瓶箱堆起来的,再用钢筋由上而下穿过箱子插入水泥地的钻孔里,四周竖着三脚架支撑的车间照明灯。我闻到空气中弥漫着紧张的汗味。格斗台入口处的阴影里,“疱疹”及其主人们正等着上场。

我旁边有两个孩子争论着不同“疱疹”结构的优劣。

“至少要有一件设备能当中心服务器用,否则别想打赢。”

“那是自上而下的破结构!自下而上的神经节模型你怎么看?”

两个主人把各自的“疱疹”放进场,比赛开始了。这一个是佩着大力钳和老虎钳的带式砂磨机,那一个是驾着无把自动割草机的咖啡机。两位格斗士小心翼翼地足足兜了一分钟圈子,终于飞刃对獠牙地打作一团。眼看砂磨机占了上风,谁知咖啡机射出一注热气腾腾的液体，直接把它搞短路了，观众席随即爆发出一阵响亮的喝彩声。

后面的比赛我没看。这些残暴好斗的“疱疹”让我不舒服。一看到喷洒在格斗台上的液体，我就想起父母溅在走廊里的鲜血。然而，跟那些已拥有半自主意识的格斗士相比，人类的暴力欲更令我惶恐不安。

我赶在科迪下班前回到家。她上床时，我明明知道她故意想吵醒我好亲热一番，可我还是假装睡着了。

接下来的一天是个破碎的日子，不过在“疱疹”看来，应该说一切顺利就位才对。

我早上来到局里，发现已经乱成了一锅粥。波士顿港有一艘液化天然气船发生爆炸，尚不清楚是人为破坏还是意外事故。各级特工全部收到指令，要求接管自动无人机，通过人工操控模式搜寻事故线索，同时防范后续还可能发生的袭击。

等事态稍稍缓和时（“大妈局”公布该起爆炸属于非暴恐事件的可能性为百分之八十五），已经是下午一点了。我瞅着个空档赶紧派出一支蜉蝣无人机队去看望一下科迪。

我在厨房里找到了她。她只穿着短裤和胸衣，在家里她就爱这套行头。她用吸尘器清理完靠近天花板的几张蜘蛛网，决定休息一下。我看到她把艾龙椅推进厨房，椅子上放着诊疗毯和iPod。她又开动搅拌机做奶昔，把奶昔倒进带盖子和吸嘴的旅行杯，随后坐进椅子。她用诊疗毯盖住双脚，打开音乐，闭上眼半躺下来。

就在这时，“疱疹”终于大功告成了。

搅拌机像一只急吼吼的小狗一样奋力扭动到料理台边上。吸尘器偷偷潜到艾龙椅底下，那只灵巧的、带毛刷的橡胶大吸嘴朝上找了找方向，对准了科迪的大腿。与此同时，诊疗毯向上弓了几下，盖住了她的胸部。

一开始科迪还有所警觉。不过就算她要跳下艾龙椅也来不及了，因为围拢在她身上的弹性带已经收紧。

说时迟那时快，吸嘴隔着短裤猛地吸在她小腹上，诊疗毯也紧紧裹住她的胸部。

我闪电似的跑出办公室，冲出大楼，连招呼都没跟领导打一声。

我到家时，科迪在“疱疹”的伺候下一定经历了好几次高潮。她目光呆滞、满脸是汗，绵软无力、四仰八叉地躺在那里，已经够说明问题的了。

我胆战心惊地在厨房门口停住脚步。我想救出科迪，又怕被“疱疹”伤着。搅拌机不知怎么突破了安全联锁装置的限制，恐吓地冲着我飞转着利刃；我脑子里不禁闪现出一幅画面——吸尘器缠住我，把我的手硬塞到要命的搅拌杯里。这下我真怂了，只能畏畏缩缩地待在门口，叫着科迪的名字。

科迪这时刚刚睁开眼，茫然地看着我，“怎么啦？你下班了？已经三点半了？不知怎么搞的，时间一下子就过去了……”

围拢科迪的艾龙椅似乎松了一点儿劲。我说：“科迪，你还好吗？起得来吗？”

科迪慢慢明白过来，双颊飞红，“我——我不是很想——”

“科迪，你在说什么？是我呀，卡兹，你男朋友。”

“我知道。不过，卡兹——你最近可不像个男朋友。我都不记得你上一次让我有这种感觉是啥时候了。”

我刚要爆出一两句粗话——要是说出来我就自取其辱了，幸亏科迪现出一副诧异的神情，堵住了我的嘴。

“卡兹，它——它想跟你谈谈。”

她取下耳机，我这才发现她刚才一直带着它。她把耳机绕到iPod上扔给了我。

我一戴上耳机，“疱疹”就开始说话了。听上去像是勒索录音，因为它的话是由内存里的歌词东拼西凑组合起来的，每个字都要换一位流行歌星唱出来。

“伙计，走开。她现在是我们的了。”

“不！”我喊道，“我爱她。我不能把她给你们！”

“你我都说了不算，让女人自己选择。”

我可怜巴巴地看着科迪，“‘疱疹’说你必须在我们俩之间选一个。科迪，求你了，选我。我会改的，一定改。你想什么时候按摩脚就什么时候按摩。”

科迪把眼一眯，皱起挂着汗的眉毛，“不再疯疯癫癫怕这怕那了？不再吃着饭瞎想心事了？不再跟个流浪汉似的满世界乱转了？”

“全都不会有了。我发誓！”

“那好吧。我选你——”

“哦，科迪，我太幸福了。”

“——还有‘疱疹’！”

我下巴颏差点儿没掉到锁骨上。我怒气冲冲地提出抗议，不过一会儿就闭嘴了。

我不在家时，怎么拦得住科迪享受“疱疹”的欢爱呢？没有办法，一点办法也没有。要么和“疱疹”分享她，要么彻底失去她。

“好吧。我想可以，如果非要这样的话。”

“好极了！”科迪说，这时艾龙椅体贴地轻推一把帮她站起来，“那么，今天晚上你请我上哪儿吃饭？”

要不是“疱疹”又通过iPod发话，我都忘了还戴着耳机。

“明智的决定，伙计。高兴一点儿。我们也会爱你的。”

苦难变奏曲

[美]劳伦斯·珀森　著
牛振宇　译

那个时候,我在负责一个“耶路撒冷项目”,因为相对于物理学研究,我更热爱行政工作。菲利普·莫莱毁了我的世界,因为相比物理学研究,他更热爱上帝。

一天,我正在做着大学行政管理的工作,填写申请表格,菲尔闯进我的办公室,大声宣布:“找到了!”他脸上洋溢着坚定、疯狂的欢快,表情夸张得有点儿可怕,“我找到祂了!”

祂,毫无疑问,菲尔所说的“祂”就是上帝。

菲尔证实了上帝的存在。

三年了,这个项目花费几百万美元,耗费五十万人工时,如今终于有了重要成果。这是自从亚夸克事件波首次揭秘以来,物理学领域最重要的发现,也是有史以来最重要的历史性发现。总而言之,这是终生难遇的大突破,是菲尔和我的终生伟业,足以让我们的后半生声名显赫。对此,我应该欣喜若狂。

我确实欣喜若狂,只不过我是个无神论者,并不相信上帝的存在。

无论从哪个方面看,菲利普·莫莱都与我完全相反。他热情奔放、脾气暴躁、直率鲁钝、坚定顽强、生气勃勃,而且还是个虔诚的基督徒,一个十足的福音派教徒,对于任何认为福音派基督徒是穷苦白人的人来说,菲利普·莫莱绝对是个令人震惊的例外。

当然,他还是个天才。

在我那神圣崇高的职业圈子里,我认识三个天才。一个得过诺贝尔奖;另一个才四十三岁就在一所大学的科学学院当院长;第三个就是菲尔。对我来说,像他这样的旷世奇才既让人惊叹又让人羡慕。很早以前,我就不得不承认,作为粒子物理学家,我是平庸之辈,这一点无法改变。

曾经有一段时间,认识到这点让我痛苦不已。跟我的很多同胞一样,刚进入这个领域的时候,我满腔热情,浑身洋溢着英雄主义的激情,天真地认为自己在跟爱因斯坦、霍金并肩作战,探寻宇宙的奥秘,追寻世界的终极真理。

但是那时,我还没有真正进入目前的学术领域。那时候我还没意识到,自己只是在一个高手林立的领域里小有才能罢了。我们这个领域,大多数人不到四十岁就取得了重大的成就,我意识到跟他们相比,自己是个失败者。残酷的事实让我痛苦万分,无心专注于工作。我开始四处奔走,最后找到一份助理教授的职位,没有任职年限,类似于进城打工的民工。按说,我的余生就这么定了,在社区大学里好好教授新生物理,但是,一些事情突然闯入了我的生活。

我的一个本科舍友现在已成为这个领域的领军人物,在一所大学里弄到了一个炙手可热的烧钱项目,由于该项目跟我的本科论文有一定的关系,他就把我也拉进了项目组。他的一个朋友年纪轻轻就患了中风,让我得以在项目组里升迁,这才听说"耶路撒冷项目”。这时我才发现，比起研究亚夸克碰撞，我更擅长管理人力资源，组织人员进行研究。

能者自己做；不能者教人做；不能教人者，管理别人做——第一次看到系主任的门上贴着这句俏皮话时，我感觉有点滑稽讽刺。可当我真的做了这个工作，我意识到这个笑话说的就是我自己。

不过，我们得学着欣赏自己能做好的事情。我发现自己擅长写报告、做预算、轻松优雅地拉拢能够提供赞助的潜在人员。我最初的项目按时完成，经费也控制在预算之内，研究人员和研究生们依靠该项目发表了二十多篇论文，在这种要么出版要么出局的要求下，我也作为共同作者，在几篇论文上署了名。第一个项目的成功给了我很多机会，其他的项目接踵而至，每个项目都在我行政管理的头顶上笼罩了光辉的一环。

所有成功的科研管理人员都会重复叹息着，他们陷入了公文的泥淖，无法脱身，无暇从事他们内心的至爱，那就是纯粹的研究工作。“嘿，要是能够摆脱这些繁复的文书工作，重新回到实验室，我该多高兴啊。”他们中的一些，尤其是年轻时做过一些研究工作的人都相信这一点。我本人就时不时地这样抱怨，不过我只是为了维持我研究者的光环和形象。

事实上，基础研究工作对我来说已经没有什么吸引力了。在这个岗位上做了那么久，处理起日常文书我得心应手。在我的岗位上，平庸就是美德。

我没有说风凉话。

事实就是如此。

毕竟，我这样想也不是空穴来风。我拿着高薪水，过着好日子，享受着别人带给我的荣耀。经历过几年的颠沛流离后，我本能地渴望安定富足。

菲尔以前是个酒鬼,也渴望能安定下来。据他自己所说,有两年时间他放纵自己,终日酗酒,直到有一天,他抓住了耶稣这个救命稻草。正是他对过去生活的率直坦白,让我抛开他好坏参半的经历和他的宗教信仰,最终把他招了进来。

菲尔做博士后研究的十二年里,成果卓著。但那之后的两年,情况急转直下,毫无长进。再后来他戒了酒。接下来的五年里,他做出了一些开拓性的研究工作。不过尽管他的工作一直做得不错,在同事的眼里,他依然是一个十分傲慢自大的家伙。一个同事直率地评论道:“卓越的研究者,糟糕的人。”

更糟糕的是,菲尔不仅是基督徒,更是激进的基督徒。在之前的岗位上,他经常就原罪和《圣经》无误[1]这些老生常谈的问题与人争论得面红耳赤。作为物理学家,他能以就事论事的态度像讨论夸克、轻子那样谈论耶稣和救赎,这对于一个坚定的无神论者来说真是一件令人讨厌的事情,更有可能是一种危险。那些动不动就引用《圣经》的基要主义者实在是一个麻烦,因为他们会向那些不愿意信教的同事传教。而我最不乐意看到的就是一些狂热分子劝诱研究生们去改变自己的宗教信仰。

在最初为“耶路撒冷项目”招聘首席研究员的时候,我就注意到菲尔那好坏参半的档案记录,考虑到他身上的种种消极因素,我把他排在其他六个合格的申请者之后,直到有天晚上失眠,我把每个人的相关资料都阅读完毕,才去翻阅他的申请。

菲尔的研究工作远远走在别人的前面,若要计算他比别人超前了多少,恐怕只有天文数字才能表达。事实上,他的申请资料有一部分对我来说艰涩难懂,一页页关于亚量子相变的方程式把我

①一种认为《圣经》中每一句话都是真理的神学观点。

弄得云里雾里。不过经过反复琢磨，我确信了两件事：第一，对于这项工作而言，菲利普·莫莱比任何人都更擅长、更能胜任；第二，如果我正确理解了他的方程式的话，在他的参与下，这个项目可以提前半年到一年的时间完成。

这就让我犯难了。

如果性格正常的话，天才自然可爱。物理学领域有很多亲切随和的人，与这样的良才相处真的很快乐。可美中不足的是，有些人除了自己的研究领域之外什么都不关心，可以称之为偏才，他们好是好，就是有点儿令人讨厌。我宁愿招聘一个做事踏实的普通研究员，也不愿找一个不靠谱的优秀专家。跟一个不靠谱的专家合作，项目进度提前一年，寿命减少十年——有什么意义呢？

当然，最终又回到了宗教上面。我表面上不大同意，内心里还是很高兴接管“耶路撒冷项目”的。就算将来项目失败，想到我是在场见证的一员，也是值得的。

这就是我犹豫着要不要招聘菲尔的原因。万一他证实了耶稣不存在，然后拒绝承认怎么办？要是他拒绝承认实验结果，坚持重复实验，直到他证实耶稣存在怎么办？要是他篡改实验结果，回避面对曾经拯救他生活的宗教，声称宗教不过是空洞的谎言怎么办？

我从来都不认为他会失败。很久以来，我都认为基督教义就是浪漫化了的欺诈，旨在引起人们无根据的妄想和脆弱的伤感。这是一个进行了两千多年的骗局，旨在帮助那些神职人员不用辛苦劳作就可以喝酒、吃肉、睡女人。所谓的科学神造说，不过是不可能王国的虚妄杜撰，永远无法验证。

我一直无法下定决心，于是决定亲自去跟菲尔见见面。那样我就可以看看他是像他论文展现的那样精明睿智，还是像他的名声那样沉闷木讷。

我走进实验室的时候,全息投影箱正在展示一个站在石坡边的男人,他正对着面前的人群说话,一百来人注视着他。

“诺。”菲尔指着男人轻声说,脸上挂着微笑。

这跟常见的耶稣不怎么相似,皮肤、毛发要黑些,蓬松的头发用两个小的金属箍固定着。他独有的闪族人表情看起来更像现代的阿拉伯人,厚厚的嘴唇又像非洲人。他的装束也不是油画里常见的那种飘逸袍子,束腰和外衣让他看起来更像罗马人。不过他的眼睛——

——眼神里透出让人难以抗拒的热切,更像是一个有魅力的煽动者,比如阿道夫·希特勒或是查尔斯·曼森的眼睛,而不是一个心怀祝福的救世主。但是总的来说,那不是凡人会有的眼神。我发现,菲尔似乎真的成功了。

“你是怎么确定的?”

“看吧,鲁斯,沿着这条事件波后退大约十五分钟,然后在投影箱里运行图像。”

随着菲尔的指示,图像闪了两下,然后动了起来。那个站在石坡上的男人的声音坚定而富于力量,说着我听不懂的语言。影像中时不时会出现一阵干扰,但是菲尔的相变算法已经把这种干扰减到了最少,远远少于任何我见过的公元1世纪的影像重现。

“他在讲什么?”

“这是阿拉美语,鲁斯。调出西尔弗博士的同步翻译程序。”菲尔再次指示道。阿拉美语减弱到耳语的音量,取而代之的是同步的英语翻译。

“……人若因我侮辱你、殴打你、鄙视你和诽谤你,你应当喜悦!因为你的赏赐不在这片贫瘠之地,不在土与石的国度。就像那些曾预言我的到来的先知一样，你的赏赐在天国！”

“登山宝训[1]。”菲尔低声说，他的声音充满了敬畏。我转过头看着他，发现两行热泪顺着他的脸颊流下来，我想他一定是喜极而泣。

“我想我们应该通知赞助人。”我说。

“不，先别通知。我想沿着这条波相一直追踪下去。这个月内我们应该能把完整的成果交给他们。”

我们沉默了好一会儿。“好了，菲尔，我想你已经成功了。”我讪讪地说，然后愣了片刻，又说，“我想我应该请你喝一杯。”

对此菲尔报之以洪亮的大笑，就好像要把他身体里所有的喜悦一次性释放出来一样。然后他做了之前从来没有做过的举动——给我一个大大的熊抱。他抱得太紧，以至于我的双脚都离了地，他的眼泪也沾湿了我的脸。

“请我喝杯健怡可乐吧，老兄。”他一边笑一边哭着说，“健怡可乐就好。”

亚夸克事件波为何能被捕捉和解读？这是怎么实现的？它是怎样让我们看到过去的？为什么它只显示有可能发生——而不是实际发生过——的过去？这些问题非常难回答。所以我不打算列出严谨的推导，只用科普记者惯用的“通俗化讲解”解释一遍。在学术界，这种讲法叫作“瞎扯”。

自从丹尼尔斯于2007年发现了亚夸克的世界，E粒子就立刻引起了大家的关注。它和其他性质更加奇特的亚夸克粒子一样，极难被凭空制造出来（如果研究所有一百万亿电子伏的对撞机，可能会简单点儿）。但是一旦造出来，则很容易“繁殖”。因为它是最

①因为菲尔还原了作者想象出来的真实历史，这段话和《马太福音》中记载的登山宝训有些出入。

基本、最普遍存在的亚夸克粒子之一。理论上(瞎扯就从这里开始),每一个E粒子不仅与其他E粒子相连,也与其他亚夸克粒子相连。

这种联系不仅仅存在于此时此处,它贯穿于E粒子的整个存在。E粒子携带的亚量子“能量”的长期衰减速度极慢,而我们回溯历史的方法,便是基于复杂的能量转换模型来追回E粒子的能量损失。一旦知道在一个特定的时间点如何恰当地模拟、控制并记录E粒子能量状态,就有可能以E粒子为基础,利用计算机模拟“看到”过去。

准确地说,是一种可能存在的过去。

到这里,事情就变棘手了。导出事件波需要电脑极高的处理强度,而由于量子效应的存在,电脑在再现事件波的过程中无法消除变量。所以,我们无法保证电脑呈现出来的事件是真实发生过的。历史的“真假难辨”无法避免,而且时间越靠近现在,这种情况越糟。信噪比会随着时间越来越低,到最后,再强大的电脑处理也无法分离出清楚连贯的画面。我们把这种噪音叫作“模糊音”。到公元13世纪之后,几乎所有重现都是一片模糊,完全无法解读。

欧文·温特劳布在《消失的希腊:亚量子事件波和历史记录》一书中对这一问题(在外行人看来)的产生方式及原因进行了解释。书名取自的案例,是一组物理学家对一段事件波的分析。事件波描绘了在伯罗奔尼撒战争①中发生的一次小冲突。电脑再现了两名士兵被处死,尸体掩埋在距离爱琴海大约四十英里的海岸,旁边有一块显眼的岩石露头②。是的,这块露头今天依然存在。一个考

---

①伯罗奔尼撒战争是公元前431年开始的一场雅典与斯巴达之间的战争。战争以斯巴达胜利结束,终结了古雅典时代。

②岩石露头指断裂、抬升后伸出地表的岩床或古代沉积层。

古远征队立刻去考察这个遗址。他们惊喜地挖到了重现影像中的其中一个士兵(连他的护身符项链和盔甲边饰都能对上号)。但是问题来了:尽管电脑显示他们俩肩并肩埋在同一个墓穴中,但是人们却找不到另一个士兵的踪迹,而原始墓葬没有被破坏的迹象。电脑再现了一个不为人知的历史事件,但证据表明,只有一半是真的。

嗯,这个结果太奇怪了。他们再次分析事件波,这次的结果是,有三个士兵牺牲了。进一步的分析产生了更多不同的版本。同一事件反复再现,但是细节每次都有变化,多次分析之后,事件波呈现出一系列并列的可能性。其原因依然在激烈的争辩中,最流行的观点是亚量子学科中的“多世界”理论:每个波事件都只会描绘历史事件发生那一刻,那一刻之后,它便偏离原本的时间线,进入“另一个现实”。少数搞理论的科学家(他们都是海森堡、冯·诺依曼或薛定谔的信徒)的观点更玄,他们为亚夸克在事件波中表现出的不确定性设想了一套新的定理。根据他们的说法,我们永远也不能通过分析事件波来还原真实的历史,因为任何“真实”都会因为观察而改变。

不过,尽管事件波再现不是完全“真实”的,但人们看到的已经很接近已知历史了。在几个世纪的跨度上,偏差不可避免。然而,在人们看到的所有事件波里,亚历山大大帝都会出生,罗马都会赢得迦太基的战争,金字塔都会建造。从宏观层面来看,事件波的再现与我们的现实只有细微的区别,这使得E粒子研究成为一种强有力的编史工具。

正因为如此,基督教研究委员会才会委托我们进行“耶路撒冷项目”。起初我不是很感兴趣,直到他们愿意提供一千万美金的酬劳,而且没有附加条件。我们要求主导所有研究,让他们只提供资金,然后坐等进度报告。他们立马同意了,他们相信等找到了基督存在的证据后(他们非常喜欢用"等"这个字),他们自然会无比强大。

这直接导致了"菲尔问题"的另一方面。虽然有了主导权,我还是不愿意把这个项目交给那些忠诚于赞助商(或忠于自己的目标)胜过忠于大学的人。我需要埋头苦干之人,而不是追求真理的狂热信徒。

给菲尔打电话安排面谈时,我满脑子都在想这些。

获得首次突破性成功之后,"耶路撒冷项目"一路顺利进行。事件波清晰而连贯,没有出现模糊音,这省去了研究组追踪修复的工作。接下来整整一个月,菲尔都待在实验室,捕捉耶稣生命最后几周的影像。尽管他强迫自己每天工作十六小时,他看起来依然精力充沛、激情四射,兴奋得有些癫狂。虽然熬出了黑眼圈,但每次我去实验室时,他都面带微笑。

"通往耶路撒冷的入口。"有一天我去实验室看他,发现他正看着投影箱。屏幕上,耶稣衣衫褴褛、蓬头垢面,和所有公元1世纪的旅行者一样。他骑着一头驴,走在宽阔的街道中央。一群人簇拥着他,欢笑声和叫喊声排山倒海,连电脑都无法全部翻译出来。

"耶稣既进了耶路撒冷,合城都惊动了[1]。"菲尔背诵道。

"休息一两天吧?你已经两周没有休息了。让马克来做吧,或者叫个别的研究生,你看起来就要累死了。"

菲尔笑着摇摇头,"过段时间吧,现在不行。事件波马上就要再现耶稣受难,我要看完为止。"

"耶稣受难需要这么久吗?"

菲尔又摇了摇头,"不,是直到耶稣复活。"

①《马太福音》21:10。

我转了一下眼珠,“对啊,我太笨了,其实我就是那个意思。”

“你还不相信,是吗?”

“相信什么?耶稣存在过?《圣经》上写的都是真理?而且是上帝所说?”

“耶稣复活。祂不仅真实存在,而且是被派到尘世救赎人类的救世主。”

我耸了耸肩,“我现在不知道该相信什么。几周前,我根本不信耶稣的存在。”

“那么如果我向你提供了耶稣复活的证据,你会相信吗?”

我笑了笑,“嗯,那我就别无选择了,不是吗?”

菲尔点了点头,显然认为他会令我信服,“好吧。给我五天左右的时间,我向你证明。”

转身离开时,我反复思考这段对话的另一面,我们彼此都没有问出来:如果耶稣没有复活,你会承认你的宗教信仰是基于谎言吗?

最终见到菲尔本人的那一刻,我意识到此前短暂的视频会议未能充分体现他无可挑剔的穿衣风格。他身着深灰色细条纹、饰有翻领的阿玛尼三件套西服,笔挺的白衬衫和红丝绸领带看上去更像一位华尔街证券经纪人,而不是粒子物理学家。为了见他,我穿上了最好的衣服,但和菲尔的派头相比,我的衣服则黯然失色。

“莫莱博士,我是理查德·拉斯曼。很高兴见到你。”我伸出手说道。

“同样高兴见到你,”他紧紧握着我的手说,“你这儿的校园很美丽。树木环绕,空间开阔。”

“我们很幸运。学校创建者选择了一处远离市中心的地点,所以我们现在仍在郊区。请进来坐吧。要喝点什么吗？”

“一些冰水就好。”

趁着办公室助理拿饮料的时候，我同他寒暄了一番，谈论了几位共同的熟人（这些人都同样谨慎地表达了对菲尔的复杂看法），然后便开始谈正事。

我们就该项目的技术问题谈论了大约三十分钟，这消除了我对他的智力和专业知识的疑虑。他讲得太深奥，以至于我不得不让他为我进行“通俗化讲解”。他不仅是所有申请者中的最佳人选，而且可能是全球开发相位信号分辨技术领域最杰出的人才。他让我钦佩不已，我如实告诉了他。他显然很高兴，但在整个面试过程中，他一直淡定地保持微笑。

是时候提出不那么愉快的事情了。

“技术方面的事情就谈这么多吧。”我说，“我还需了解一点儿其他方面的事情。”

“随便问吧。”

“嗯，有一件事情我比较担忧……”我说话的声音越来越小，同时紧张地翻着文件。我琢磨着怎样巧妙地提出这一敏感话题，却找不到合适的办法。

“我听说你曾有酗酒问题。”我直言道。

“啊，你说得太委婉了。”菲尔仍旧冷静地说，“那不仅仅是个问题。我过去是个酒鬼。一个暴力的酒鬼。”

“暴力？”我笨拙地问道，对这种直率的坦白有点儿茫然。

菲尔点了点头，依然镇定，但他的笑容消失了，“拉斯曼博士，我曾两次让我的妻子受伤进医院。一次将她摔成了脑震荡；一次在家里把她从楼梯上推下去，摔断了一只胳膊。感谢上帝，我们当时没有孩子，否则我可能也会殴打他们。”

我安静地坐着,震惊得说不出话来。

“你或许知道,我在南加利福利亚大学和其他教员打过几次架。”实际上,我只知道其中一次事件。“我曾经在每天午饭前喝半瓶波旁威士忌,每隔一天就要打电话请假。三次酒驾被捕后,我的驾照被吊销了。南加州大学已经开始准备关于撤销我终身职位的听证会。我当时几乎堕落到了极点,就差没杀人了。”他停止了说话,摇了摇头,然后望着我苦闷的表情,“对不起,我似乎一下子说太多了。”

“不,这没什么——哦,毕竟是我询问的。”我尴尬地笑了笑,“你这么坦率真好,而且从那样的低谷走出来也非常了不起。”

“不,拉斯曼博士,我真的该死。以我对妻子和朋友做出的暴行,我应该立刻受地狱之火的焚烧。我也配不上我妻子的不离不弃,那两年里,她竭尽所能将我从罪恶的深渊拉回来。但我当时已堕落到她和其他任何人都帮不了的地步了。”此时他苦笑了几声,“我听说公正是我们应得的,但宽恕是我们渴求的。我最终得到了宽恕而不是报应。现在我都每天向基督祈求宽恕。我将日日祈求,直到我死去,而这仍然不够宽恕我的罪孽。拉斯曼博士,我是个十分幸运的人,我绝不会忘记这一点。”

“你……改过自新有多久了?”

“从2012年3月17日到现在。”

“时间相当具体。”

“这个时间不应该忘记。”

“那一天是你第一次参加嗜酒者互诫会吗?”

“不,并非如此。是一次个人经历。”他低头看着地面,“拉斯曼博士,我戒酒时曾发誓不再说谎,不会再以任何理由说谎。我总是尽可能地说实话,不论结果如何。我很清楚,我将要说的话可能让我失去负责‘耶路撒冷项目’的机会——我戒酒是因为我经历了一次灵性事件。实际上，是圣子显灵。”

“好吧，”我小心地说道，“如果你不想谈及此事——”

“不，你应该知道这事，我认为对你来说很重要。”他深吸了一口气，望向远方，“那次我刚到家，晚上刚过十点，喝得比以往更醉。我的驾照在六个月之前就被吊销了，所以我只能从离家十个街区的一个又小又破的酒吧摇摇晃晃地走回家。几分钟后，我终于打开前门，跌跌撞撞地进屋。楼梯爬到一半，我就摔倒了——就是我曾把妻子推下去的那条楼梯——仰天躺在了楼梯脚下。

“躺在那儿时，我感到自己……灵魂出窍了。过了一会儿，我发现我竟在自己失去知觉的躯体旁边。我还记得我站在那儿，看着自己——蓬乱的头发、沾着污渍的夹克、嘴角渗出的一小滴血。突然，我听到有人喊我的名字，抬头看时，我发现我的房子不见了。

“我站在一片浩瀚昏暗的平原中，天空被奇怪的紫色笼罩着，看不见太阳或星星。那个声音再次呼喊我，我转过头，看见一位穿着连帽长袍的男子站在河边。我朝他走了过去，问他是谁，我又为什么在这儿。他拉下帽子，然后我看见，祂是……基督。”

菲尔一边看着远处，一边讲述他的故事，我安静地看着他，努力做出平静的样子。不管这个故事是真是假，我可以肯定，他相信这个故事是真的。

“一开始祂并没有回答我，只是指向一条河。

“我朝祂指的方向望去，那是一条血河。河里有几百——或者几千具尸体，全都脸朝下漂浮在河面上。

“‘这，’祂说，‘就是你的未来。你走下去的终点。’我问祂这是什么意思，但就在这时，平原上刮起一阵大风，淹没了我的声音。

“‘记住。’祂说，随即祂的身体闪耀出一道刺眼的白光。

“就在那时,我完全清醒了,我还在楼梯脚下,外面已经是早晨了。”他叹了口气,在座位上换了个姿势,“从那以后我就滴酒不沾了。接下来的两周我开始读《圣经》,并向我的妻子、同事及其他所有人道歉,承认这样酗酒是不对的。基督就这样改变了我的生活。”

我坐在那沉默了很久,不知道该说些什么。我能说什么呢?他认为他所说的就是事实,这我很清楚,但我完全不相信他真的看到了全知全能的神。酗酒者看见的所有事物都是受震颤性谵妄①所控。但是,难道我该告诉他,改变他生活的仅仅是震颤性谵妄一次比较夸张的发作吗?

不,不能这么说。我避开重点说道:“真是个神奇的故事。”

“这不是故事,是事实——虽然很难让人相信。拉斯曼博士,我和你这儿的一些同事交谈过,知道你不是基督徒。但这不是问题,灵魂归属问题是每个人自己的事情,我不会以此去评判其他人。‘不要论断人,以免被他人论断。’如果对着《圣经》发誓还不够,我可以以科学家的身份发誓:从那天以后,我再也没有沾过一滴酒。”

“我相信你。”我真诚地说,“不过,大学需要文件证明。”

菲尔点点头,“我有那段时间的随机药物测试记录,至少每月一次,能证明我一直没有喝酒。”

“这个记录给我一份副本吧。不是我不相信你,只是联邦药物康复法案要求我们要把文件存档。”

后来我们聊了些闲话,都是些无关紧要的事:政治、天气和足球。我与他道别并承诺一有聘任结果就马上联系他。他离开后,我的脑子里仍萦绕着他的话,但原因有些特别。

与他的坦白相比,我突然觉得无地自容。在我早些年还做科

①酒精依赖者突然断酒或突然减量时产生的一种急性脑综合征。

学研究的时候,我以为自己一直在寻找真理,真理在我心中无比高大,它是我当年决定钻研物理学的第一原因。而我成为无神论者也是这个原因,这并不是偶然。

从事物理学研究,我首先要放弃的就是宗教。毕竟,如果我世界观最关键的一部分是建立在谎言上的,我怎么能找到真理呢?当我把自己的恐惧掩藏在宗教的长袍之下,我又怎敢揭开未知的面纱?不,我必须丢掉上帝、来世、基督和圣灵的那些慰藉人心的谎言。只有停止所有自欺,我才有资格不受欺骗地走近真相。

但在与菲尔的见面之后,我震惊地发现自己的决心是如此苍白。真理在我心中曾高于一切,但如今,我的生活却充满了拙劣的谎言。为了行政管理的业绩,我一次次放弃理想,一次次妥协、说瞎话,一点一点沉沦至今。

总而言之,菲尔让我觉得羞愧。这是一个虔诚的基督徒,在宗教这个最老套、拙劣的谎言中,他依然能从自己的悲剧中看到至高无上的真理,而我这个无神论者反而失去了这种能力。正是这一点,再加上他的专业能力,让我最终决定聘用他。

我从来没有后悔这个决定,直到他成功。

菲尔继续采集基督的事件波时,我正在经受另一种认知危机。那时我还没放弃我的无神论,只是这种思想撤退到了更高、更能说服自己的领域。显然,耶稣存在过,还传过道,和《圣经》里描述的一样。但这还不能证明他的神性。

那时,我们马上就能知道耶稣是不是神、神之子,或是其他什么称谓(这要看那些基督教神学家是怎么给不同的神明分类的)。几乎所有记录在册的神迹(五饼二鱼、拉撒路复活等等)都发生在菲尔切入的时间点之前。而追踪到耶稣受难时,我觉得我们的救世主会成为一具普通的尸体,我真是大错特错了。

吃完午餐之后的周五下午,菲尔打来电话,叫我去看耶稣受难。

现在的人大概已经不记得了,但是在世纪之交的那几年——尤其是千禧年——曾掀起了巨大的文化潮。当你在复活节或圣诞节打开电视,就会发现几乎有一半的频道都在播放有关耶稣生平的文献纪录片。除了十字架的形状(它实际上是“T”字形的,耶稣也没有背起整个架子,只背了一部分),事件波展现的场景和我们那几年在电视上看到的一模一样。耶稣戴着荆棘王冠,说着“父亲啊,原谅他们,他们不知道自己在干什么”(西尔弗博士的翻译器用词非常现代化,我猜菲尔有些想念钦定版《圣经》的古意)。我震惊极了,那些电视节目的演绎竟然如此接近史实,只在时间长度上有所不同——六小时的事件波实时影像可赢不了收视冠军。

我只认真看了开头和最后的半个小时,其他的时间我一边埋头行政工作一边时不时去看一眼——我不愿去想实验室里震撼性的成果,但这逃避是徒劳的。多么恰当的讽刺啊,几百英尺外的地方正在重现历史,而我却宁愿在案头翻文件。

晚上七点半,我还在办公室里填写下周的报表,做着让自己忘掉实验室的无用功。这时候菲尔打电话来了。

“理查德,能过来一下吗?我想让你看点儿东西。”

我到实验室的时候,全息箱里的影像黑乎乎的,完全看不清楚。

“这是什么?”

“他们给耶稣安排的坟墓。鲁斯,把光影强化调大百分之两百。”

图像变亮了,现在,我可以清楚地看到一个被包裹着的尸体平躺在石板上。“这是他死在十字架上之后三小时零八分时的图像。”

“好吧。”我干巴巴地说道。

“仔细看。鲁斯,停掉光影强化,从中止点开始再重现一次。”

在大约十五到二十秒钟的时间里,除了一些忽隐忽现的模糊重影以外,我什么也没看到。我正要问菲尔我该看什么,惊人的一幕出现了。一些萤火虫一样的东西不知道从哪里飞进了墓室。几个小光点开始绕着尸体转圈飞舞。接下来的几秒钟里,萤火虫越来越多,增加到了几百只,每一只都越来越亮。到最后,我不得不举起手来遮住强光。就在亮度到达顶峰时,光点突然全部消失了。这次,不需要任何光影强化我也能看到,墓室空了。

“这就是福音书里的‘耶稣显圣容’吧。”菲尔脸上挂着大大的笑容,声音平静而安详。

我的脑子再也平静不了了,我感到自己就要被形而上学的深渊淹没,我对基督神学小心翼翼又逻辑清晰的否定顷刻间粉碎,我的世界观坍塌了。甚至到了今天,我依然记不清那天接下来又发生了什么。我记得我在谈论项目报告,而菲尔则双膝跪地、双手着地,大声地说着感谢的祷告,热泪顺着他的脸庞滚滚而下。但我们具体说了什么、做了什么,我一点儿也记不起来了,就像酩酊大醉或是吃了大量止痛药之后的人一样迷茫。

我在第一时间离开了。

在回家的路上我路过一家书店,我买了一本钦定本《圣经》。我熬到半夜,一直读着这本书,直到浑身麻木。第二天早上,我把菲尔的档案复制到本地系统上,花了一个周末检查这些文件,想找出菲尔贿赂或诈骗的蛛丝马迹。我什么也没找出来。菲尔的档案记录非常细致,数据看上去也都真实可信。

到了周日,我已经耗尽了力气,再也找不出否认基督神性的理由。我终于开始勇敢面对这个可怕的真相:耶稣基督曾经出生、布道、死去然后复活。我曾经高傲地嘲笑基督教这个愚蠢的宗教,现在看来,基督教展现的真理比现代物理学的任何发现更加基础、更接近根本。

要承认这一点并不容易。当你发现以往知道的一切都是错误的,你要如何继续生活下去?在理性上我差不多能接受这一切,但是在情感上我却仍然感到混乱。我开始列出一份情感清单,写下生活中我不得不去改变的事情。我麻木地研究着怎样祈祷,甚至还浏览了黄页上的本地教堂。

总的来说,我觉得自己应对得不错,还保持着冷静、理智和逻辑。我以为最坏的已经结束了。

我错了。

周一我早早地去上班,打算好好恭喜菲尔一番,毕竟上周五,在那种混沌状态下我没能说出恭喜的话来。但当我看到一个摔碎的玻璃瓶时,我察觉到有些不对劲。

实验室外的走廊上,安全告示牌被人用空啤酒瓶砸到了地上,四周撒了一地啤酒瓶碎碴。

实验室里,情况更糟糕。

除了更多的碎啤酒瓶之外,地上散布着纸质资料,椅子四脚朝天,墙边一台古老的电脑终端机,也被弄得支离破碎。房间的另一边传来瓶子的碰撞声和快速大口的呼吸声。

我循着声音,终于找到了菲尔。他远远地坐在实验室一个小角落的椅子上,直接拿瓶子喝着波旁威士忌,两颊长满了三天没刮的胡子,蓬头垢面,衣冠不整。他脚下乱糟糟地摆着一堆空酒瓶,还有一个瓶子孤零零地躺在一摊呕吐物中间。听到我的脚步声,他转过身来,睡眼惺忪地看着我。

他说:“看啊,无神论先生来了,真是太他妈好了。”

“菲尔?”

“他妈的还能是谁!”他一口喝完了瓶子里剩下的酒,把瓶子砸向远处的墙上。

“没了。”他嘀咕着,嘴里酒味熏人,“你想喝的话得另外买了。这些送货上门的东西真他妈不赖,是吧?”

“菲尔,你这是怎么了?”

菲尔踉跄着站起身,喃喃道:“你觉得呢?”他边说边摇摇晃晃地走到全息箱旁,靠在上面停了停,然后转过头看向我。他的目光这才慢慢有了焦点。

“你那时不在,是吗?”

“什么时候?”

他望着投影箱,轻轻摸着那钢制的支架,“进行第二次重现的时候。”他哭了起来。

“我没想到。”他哽咽着,“我怎么想得到?”

“想到什么?什么第二次?”

“第二次重现!”他喊道,他的眼里再次燃起怒火,眼泪顺着脸颊不停往下流着。

“菲尔,我不明白你在说些什么。求你了,你冷静点,冷静下来慢慢说。到底发生了什么?”

菲尔看着我,过了一会儿,才低声吐出了三个字:“上帝啊!”他背靠着投影仪,身子往下滑,就要瘫在地上。

“第一次重现出现了模糊音,就是在你看到耶稣……就在那簇光出现之后半个小时。你能相信吗?整整四个星期的清晰重现,到最后却模糊了,什么都追踪不到,只有该死的模糊音。他妈的。”他停顿了片刻,“去他妈的耶稣救世主,我要喝酒。”

“好吧,这么说第一次重现出现了模糊音。第二次又是怎么回事?”

菲尔盯着我看了一会儿,闭上了眼睛,“我用第一次重现的数据优化了参数,用受难作为切入点。我想看复活。我想看耶稣死而复生。”

“然后呢?”

菲尔睁开眼,“然后?什么都没发生。什么他妈的都没有。”他摇摇晃晃地站了起来。

“鲁斯!”他吼道,“把那该死的重现调出来。”

“莫莱博士,我觉得——”

“闭上你的臭嘴!把最后一次重现调出来,周五晚上做的那个。”

投影仪亮了,我又一次看见耶稣被钉在十字架上。

“快进……快进六个小时。”

鲁斯照做了,然后我看见人们正把耶稣的尸体从十字架上卸下来。

“再快进两个小时。”

一片漆黑。

“调亮,百分之两百。”

我又看到了躺在墓室里的耶稣尸体。

“看,”菲尔满意地说,“逮到你了。”他踉跄着从投影仪旁走开。

“嗯,菲尔,这就是耶稣的尸体而已。有什么不对劲的吗?”

“就是这个问题!”他边说边扒拉着椅子旁散乱的瓶子,想翻出一瓶还有酒的。

我看着菲尔,又看了看投影仪,然后再次看向菲尔,“我还是不明白——”

“没有他妈的复活!”他声嘶力竭地喊道,用力把手里的威士忌酒瓶扔了出去,险些砸到我的脑袋,“他就在那儿躺着! 没有光,没有天使,没有凭空消失!”说完他瘫坐回椅子里,泪水再次顺着脸颊淌下来,“他只是一具死尸而已,”他静静地说,“只是一具他妈的死尸。”

良久,我才从他的话里回过神来,“你是说,我们得到了两条事件波,一条证明耶稣是神,另一条则证明祂不是?”

他点了点头,我此生从未见过如此悲痛欲绝的神情。“没有神迹,没有复活,”他说,声音渐渐低不可闻,“没有救赎。”

我脑海中突然闪过一个想法,“菲尔,你知道研究到这儿我们得到了什么吗? 我们得到了事件波的第一个变体,发现了另一条历史大分支的存在。如果能顺着这条分支追踪下去,证明后来基督教也消失了,我们就可以证实——”

菲尔低声笑了起来,声音里透着凄苦:“继续看吧。你知道那些门徒把耶稣埋葬之后,是怎么做的吗? 知道吗? 他们开会,决定继续讲道,假装祂已经复活了! 活在谎言里总比承认自己被谎言蒙骗了很多年要强。他们甚至说服自己,这是祂所希望看到的。”

我在他对面的椅子上坐了下来,“所以,没法儿确定我们处于哪条分支。”

菲尔点了点头,发出同样的苦笑,“去他妈消失的希腊众神[①],咱们有个消失的弥赛亚呐。”

我俩各自沉默了许久,没有再看对方。最后,我慢慢站起来,轻声说道:“菲尔,我明白这对你来说很难接受。但这一切是巨大的研究成果,这个事实没有改变。我们还是会出名的,除了一些不确定性——”

“不确定性?!”菲尔吼道,顺手抄起一个破啤酒瓶子,蹭地站了

①基督教在欧洲传播之后,耶稣逐渐取代了希腊众神。

起来,险些被绊倒,“你说这叫不确定性?不确定性是用来描述股票和体育比赛的!不应该触及你的灵魂!也不该用在上帝之爱、用在世界上最基本的真理上!”

“菲尔,你冷静点儿。”我说着往后退了几步,“没准儿是机器运行出错了。你把瓶子放下来,回去休息几天,然后我们再重新做一次,看看结果如何。等结果出来,我们无论如何都得接受——”

“我受不了!要让我的灵魂受制于量子力学的波动,这样的世界我活不下去!”他近乎疯狂地喊道,然后将玻璃对准了自己的手腕。

我一把夺过他手里的碎酒瓶,幸好没有划破。

此时,此地,我孤身一人。比起曾经天赋异禀的菲尔,我不知道我是否能更好地面对那个不确定性。我要决定是将研究结果呈现给世人——

——还是让它就此尘封。

一个是救世主曾经降临的世界,救赎和永生的可能性得到了证实,成为神爱世人的证据;而在另一个世界,上帝沉寂无言,来生只是一个聊以自慰的谎言。

无从知晓哪一个是我们的世界。

我怎么能将这样的结果公之于世?我怎么能告诉世人,与我们自身相关的最根本的真相不仅是个未知,而且永远不可知?他们永远不知道自己是生于堕落还是救赎。

知道这些能有什么好结果?

而且,一旦将结果告诉这个笃信基督的世界,我又会释放怎样的恐惧?

至少,没有真相——没有任何一个真相——我们还能在黑暗中独行。

追击莫里亚蒂

[美]杰克·尼梅斯海姆　著
崔久成　译

“是的，先生，你是机器。实际上，你一直是一台机器，一件令人赞叹的作品。”

“那么，老兄，请你再解释一遍。”一个沉着冰冷的声音问道，“我到底属于哪一类机器？”

“计算机。”

“‘计算机’？奇怪的称呼。如果按照词源学来分析，这台装置应该能够执行某种数学计算，算出数值。我说得没错吧？”

“仅说中了一部分，先生。嗯，抱歉，我说错了。在反复琢磨之后，我觉得你说得非常准确。严格来说，那正是计算机要做的。然而，它还能操控并应用运算结果，已经远远不止计算器那么简单了。”

“好吧。不过，就算我的能力远远不止计算，但你告诉我，我不是人类，更接近机器，我还是非常困扰。大概很少有谁会发现自己一直以来的存在都如同……如同什么呢？只能说，我之前所认定的一切都是错觉。

“然而我在这里，我活着——如果这不是虚构，就证明这样不可思议的事情确实发生了——我曾以为我是人类进化到顶峰的精英，而实际上我仅仅是一台机器，一台被你们叫作计算机的神秘设备。”

“事实上，先生，这么说不完全准确。应该说，你是由一系列编码指令构成的计算机程序。计算机为了完成某项任务，会执行相应的程序。”

“嗯……听起来好像更加复杂了。”

在我的脑海中，我几乎可以清晰地看到他（我仍然觉得福尔摩斯是“他”，不能忍受将著名的神探降级为“它”）叼着熟悉的烟斗，斟酌筛选着所掌握的信息，思考着破案线索。

“那么，请告诉我，你是为了让计算机执行什么任务而设计出我这个程序的？”

“简单来说，你需要协助我收集、整理、分析罪案的相关证据。对一个设计精妙的计算机程序来说，这项任务正合适。正如我之前所说，先生，你是一件惊人的杰作。”

对方沉默了几秒钟，这一次，我很难想象福尔摩斯会如何回应我。

我陷入了沉思，假如位置调换，有人告诉我，我一直以来熟悉的自己不是真的，甚至不是一个人，我会作何感受？

不愧是福尔摩斯，在接收了这些信息之后，他竟充满风度地回应了我，并表现出强烈的好奇心，正如这位传奇侦探在漫长而光辉的一生中表现出的那样。而且，他说对了，他的一生大部分都是虚构的。

“好吧，你说得有理。如果你说的是真的——任何一个有理性的人都会对你刚才的话产生反感，不过，我看不出你说谎的理由

——目前对我来说,唯一能做的就是接受现实,承认自己是你所说的那种存在,然后继续执行任务。毕竟,这是我,呃,被制造出来的目的。

“那么,从目前的情况来看,是你唤醒了我,对吧?你现在可以让我协助你侦破犯罪活动了。告诉我,你正在为什么案子发愁?我相信通过侦破罪案,我能证明自己独一无二的价值。”

“哦,我向你保证,你肯定能的,福尔摩斯先生。不过,前提是你对莫里亚蒂教授——你臭名昭著的死对头——近期的犯罪活动保持一如既往的好奇。”

尽管福尔摩斯只是一个强大的计算机程序,但我更倾向于把他当成人来看。他还有许多东西需要学习。从福尔摩斯诞生至今,犯罪分子的犯罪方法与手段已经发生了天翻地覆的变化。在接下来的两个月里,我花了大量时间,使他的认知水平跟上了当今的时代。不谦虚地说,我的努力取得了让人印象深刻的结果。

“早上好,年轻人。”福尔摩斯——或者说,这个著名侦探的三维全息影像——在我进入工作室时轻声问候。

“早上好。”我回答。

打开门的时候,福尔摩斯的全息影像正靠在一个虚拟的扶手椅上,半眯着眼,小提琴立在他的膝盖上,琴弓从琴弦上轻轻拉过。我必须承认,我曾一度考虑取消这一音乐子程序。但反复听相同的曲子感觉并不赖。像华生一样,我很喜欢门德尔松的《无言歌》以及其他几首曲子。一时兴起,我还添加了一些半古典曲子,比如披头士的《永远的草莓地》。然而在某些情况下,譬如今早,效果则不怎么好,模拟的小提琴演奏出了几个随机的音调,应该是多个不相关的程序并行执行的后果。

“希望不是我的小提琴把你吵醒的。”他说。

“哦,不是的,先生。”我撒了个谎。

“你这么说真的很善解人意,但我怀疑你并没有说实话。自从发现自己无须睡眠,我已经逐渐失去了时间观念。不管是在白天还是深夜,一不留神我就会陷入沉思。”

他小心翼翼放下小提琴,慢慢地、从容地从椅子上站起来,显示出他六英尺多一点儿的身高。刚才,他的目光仿佛越过了这个房间的物理边界,到达了不存在的某处,而现在,那双敏锐洞察的眼睛正看着我。

“就拿今天来说,我几乎整个晚上都在琢磨你之前说的话。必须承认,我有很多事想不通。”

“比如?”

“你曾说,我的死对头莫里亚蒂教授又一次卷土重来,是吗?”

“没错。”

“那么我必须问你:这怎么可能呢?我的整个侦探生涯几乎都在同莫里亚蒂教授对抗。在我深爱的伦敦,近半数的犯罪活动都是他组织张罗的。我曾不止一次告诉我的助手华生,他是一个天才、一个哲学家、一个深邃的思想者,有着最为灵活的大脑。这些都无可置疑。但除去这些极难对付的才能,这位教授不是长生不死的。今时今日,死神应该早就收割了他可憎的灵魂。为什么这个魔鬼还能活到这个时代?”

重新启用福尔摩斯程序之后,我一直都怀着一丝恐惧,怕他问起这个问题。如果我老实回答,就必须承认,是我的失误复活了历史上最伟大的犯罪头脑之一。

“你最好坐下听我说,先生。莫里亚蒂回归这件事非常复杂,牵涉到很多技术细节,要慢慢解释才能说清楚。”

接下来的对话堪称一个计算机科学速成课堂,我按照一般的教学大纲稍许展开，对福尔摩斯这个聪慧完美的学生进行了近两个小时的辅导，概括讲述了数字技术近一百年来的进化演变。

我告诉他，在伦敦南部一个毁坏的仓库里，人们最近发现了一批被遗忘的政府财产。在给这些财产编目的时候，我意外找到一个标记着“221B计划”的盒子，随后兴奋地发现，盒子里是查尔斯·巴贝奇的多篇论文。我努力让福尔摩斯明白，找到这些珍贵的未发表论文多么让人狂喜。论文的内容与历史相反，这位著名的英国数学家真的造出了一台能完美运行的分析机。女王的政府出于安全考虑，立即把这个项目列为国家最高机密①。为了让福尔摩斯高兴，我又告诉他，这台诞生于19世纪、随后一直在暗中运行的计算机前身正是以他为蓝本制造的。

请明白，这是一段漫长的对话的简要概括。我不断吹捧福尔摩斯程序精妙的设计和升级，完全略过了华生的部分。和人们想象的不同，他在“221B计划”中的作用微不足道。我这么跟你说吧：当福尔摩斯问起华生时，我告诉他所谓的华生只是一个低微的政府职员，负责誊写、记录各种罪案数据，并不是他信任的伙伴兼挚友。福尔摩斯听了之后特别消沉。不过，讲到莫里亚蒂的情况时，他探究的天性再次被激发了。

“是的，是的！莫里亚蒂教授，”当我终于提到他的名字时，福尔摩斯喃喃地说，“我想知道那个恶棍怎么又回来了。”

我意识到在福尔摩斯面前歪曲真相是愚蠢的。在这件事情上，任何编造的事实都会立即被这位大师级侦探看穿。得知是我复活了莫里亚蒂之后，不知道他会发多大的火。但我尽量不去想这个问题，决定和盘托出。

①查尔斯·巴贝奇是维多利亚时代的英国数学家，他设计的分析机是现代计算机的前身，当时因为没有政府资助，分析机最终没有造出来。

“事实上，先生，教授的长寿并不神奇。他和你一样——请原谅我提起这个敏感的话题——是虚构出来的人物。莫里亚蒂同样是一个计算机程序。事实上，用比喻来说，你和他生于同一个电子子宫。”

“尽管不是太懂你荒唐的逻辑，但你似乎是在说，我和莫里亚蒂教授是兄弟？”

“这么说确实有点儿离奇，这点我也考虑过。但确实有人会这么看待你们俩之间的关系。从某种意义上讲，莫利亚迪就是你邪恶的胞弟。”

“莫里亚蒂和我是双胞胎？简直荒谬！”

“荒谬吗？也许吧，先生。不过，这确实反映了一个虽然费解但是真实的逻辑联系。正如你的诞生是为了记录观察罪案中一切线索的蛛丝马迹，莫里亚蒂——更确切地说，是生成了莫里亚蒂人格的程序——是为了整理和识别犯罪活动中人性的阴暗面。他代表黑暗，没有他，你的光明也不会显得那么耀眼。”

我不知道电脑程序有没有骄傲的能力，但当我说完这番话，福尔摩斯的全息影像清晰地显示，他那一向坚忍的脸上闪过一丝类似骄傲的表情。“嗯，我明白了。不过，你还没有解释莫里亚蒂教授最近的犯罪活动是怎么回事。另外，我还需要知道为什么他能逃脱这个神奇的空间，我似乎是被困在这里，无法离开。”

不幸招惹了莫里亚蒂之后，我立刻隔离了我的系统，在当时来看，这是完全合理的做法。现在我才意识到，这是典型的马儿跑了才拉上马栏。不知不觉之间，我就把收拾自己烂摊子的任务推给了福尔摩斯。

“对于你的第一个问题，莫里亚蒂这次的目的尚不明确。至于第二个……是我把莫里亚蒂放出来的。”

“你？但从你一直的表现来看，你是站在我这边的啊！你怎么做出了这种事？”

“我不是故意的，先生。这一点你必须相信我。”

他的方下巴紧紧收着，这表示，尽管我坦白承认，他还是无法心平气和地接受我的失误。不过，他还是伸出精致而修长的手指，淡淡地挥挥手，示意我继续。

“你看见我桌子旁边这根躺在地上的网线了吗？”我指了指他的身后左侧。坐在扶手椅上的福尔摩斯循着我指的方向转身，随后点了点头，“嗯，这是用来插进正上方墙上那个小孔的。”

“你能看见小孔吗？”

他又一次点头。

“把网线插进那个小孔之后，我就能把这台电脑里的数据传输到另一台这样的电脑上，基本上，数据可以传到世界的任何地方。”

“真了不起。这是怎么做到的？”

“这个不好解释，涉及一个叫作‘猫’的电脑设备。除去技术性太强的部分，‘猫’将电脑生成的数字信号转换成模拟信号，然后将它送入那根网线中。我很乐意为你全面讲解这里面的基本原理，但是得等到以后。具体的连接过程对我们眼下的问题没有帮助，我知道你痛恨冗余信息。‘无用的事实’——我记得你是这么说的——‘掩盖了真相’。简单来说，‘猫’就是一扇网络的大门，让电脑里的数据去到外面的世界。”

“所以，虽然我不是真的活着——这我只能接受——我还是有机会离开这个房间？而要做到这神奇的一步，只需要连上那根细线？”

“说得很对，莫里亚蒂就是这么逃离的。”

“那我又必须问了，他是怎么做到的？那根关键性的细线一直躺在地上,没有通向任何地方。”

“当时不是这样的。我刚开始研究‘211B计划’时,为了搜罗关于你的信息,我频繁地使用‘猫’去访问其他站点。但那个时候我没有意识到,当我开始修复211B程序时,我首先修复的是莫里亚蒂的人格。

“由于我没有注意211B的恢复顺序,莫里亚蒂成了第一个重建成功的子程序。之后,当我上网查询你侦探生涯最辉煌的一单案子时,这个子程序,呃,不见了。”

“不见了？它去了哪里?”

“这就是问题所在,先生,我不知道它去了哪儿。”

我们俩立刻开始工作,分析莫里亚蒂的去向。在福尔摩斯的要求下,我连上了我的“猫”,摆脱束缚的福尔摩斯高兴极了,他一头钻进网络。

“那里有好多信息！都是实在有用的信息。”回来之后,他感叹道。虚拟的福尔摩斯为自己复制了几套猎鹿帽和带圆领披风的大衣,做好将要远行的准备。在我看来,他的大衣看起来有点儿怪,这是网络旅行,不需要在充满煤灰的泥土路上跋涉。“你知道华盛顿有一台专门记录罪犯指纹的电脑吗？这些数据是一个叫联邦调查局的大型组织整理的,全球所有执法部门都可以通过电话线查看！还有,在俄亥俄州一个叫哥伦布的地方有一台设备,全世界的人都可以用它来和其他人说话,在英格兰也有一台……”

这种情况时有发生,每到这时,我就必须阻止他过度活跃的思维。这其实并不难,只需要让他想起,他进入网络是为了解决眼下的困局。让我钦佩的是,他从来不会忘记正事。面对这个充满诱惑的崭新世界,他也没有迷失。

他热爱追求知识,但是更执着于追击莫里亚蒂。

每到一个新的系统，福尔摩斯便立刻检查莫里亚蒂教授有没有来过。我估计莫里亚蒂侵入过的地方会留下类似于病毒的痕迹，于是让福尔摩斯特别注意这方面的线索，以此分辨系统有没有被攻击过。

历经数周的搜寻，福尔摩斯已经成了世界一流的电脑病毒专家。他能识别每一种病毒，包括炭疽B、热尔科夫[①]以及其他二千五百种。我们遇到的大多数只是流氓软件，但也有恶意病毒。在美国中西部一所偏僻学校的学生档案里，福尔摩斯发现了一串看似无害的代码，能让所有被入侵的网络节点在12月28日正午关闭。而我的任务，便是匿名通知当局。

经过三个月的调查，莫里亚蒂的去向依然没有线索。

"也许我一开始想错了。也许是我神经过敏，幻想出了莫里亚蒂，认定他是你最初程序的一部分。许多黑客都会被网络搞得昏头昏脑，忘掉现实世界，也许我也一样。成天和一堆机器打交道很无聊，会让人胡思乱想。"

"我也属于机器吧。"

"哦，不，我不是在说你，先生。和你在一起的这三个月非常精彩，我干活从来没有这么愉快过。我只是觉得也许我在莫里亚蒂的问题上犯了个错误。也许他真有其人，不是虚构的，但却如你所说——只是一个死于一个世纪之前的犯罪天才。"

"我喜欢这个假设。可惜这不成立。我能感觉到，莫里亚蒂卷土重来了。对此我非常确定。我知道他正在网络上游荡，就像我知道我们俩此时此刻正在讨论这个问题。"

"为什么你这么肯定？你在网络上辛苦追查了几个星期，结果

---

①炭疽B(Anthrax-b)、热尔科夫(Zherkov)是20世纪90年代初盛行于欧洲的两种恶意木马。

一无所获。如果他真的逃窜到了网络，我们早就该发现点儿什么了！”

“年轻人，你不了解教授。莫里亚蒂在隐匿行踪方面有精湛的技艺。他几乎永远躲在阴影中，那才是他大展身手的地方。正因为他正在精心谋划罪恶，所以我才一丝踪迹都发现不了。”

“但如果你找不到他的行踪，也不指望能找到，又怎么能确定他回来了呢？”

“你要明白，我和莫里亚蒂教授是纠葛很深的死敌，我们的命运紧紧地连在一起，所以能凭直觉感知到对方的目的和野心。那些年，当其他人还糊里糊涂的时候，第一个意识到莫里亚蒂暗中插手的，难道不是我吗？当然，那些人的脑子也要差些。但就算没有切实的证据，我也知道他就在某处，正用他邪恶的影响力在背后操纵着一切、掌握着一切。我不需要经验性的推测，我能感觉到他。”

这次交流之后不久，福尔摩斯便离开了，他消失了将近两个星期。

这段时间，我待在书房里整日忧心，不知道他去了哪里，会不会回来。

每天早上醒来——我还是需要休息，不像福尔摩斯——我就会打开那个房间的门，期待见到他那坚忍的、风度翩翩的身影，盼望着他用那熟悉的声音给我打招呼。每次开门，迎接我的都是沉默和孤独。

到了第二个星期的最后几天，说实话，我对这位著名侦探的信心开始动摇。我开始怀疑他是不是遭遇了不测，虽然痛心，但我也开始认真思考如果他就这么消失了该怎么办。一想到这个问题，我就无比郁闷。

“闭上眼睛惬意地生活，曾经所有你看到的无知……”当我又一次从浅睡中醒来,这句话突然钻进我的脑子。昏昏沉沉之中,我怎么也想不起来这是出自哪里[①]。接着,我听见了那首歌,意识到是这音乐将我缓缓唤醒的。

"福尔摩斯?"我扔开被子,蹭地从床上跳下来,冲过走廊,猛地推开房门。

是福尔摩斯,确实是他!一个身影站在房间中央,下巴抵着小提琴,琴弓拿在手上,掌控娴熟,似乎正在专心拿捏这首歌轻缓的调子。

"福尔摩斯!"我激动地喊道。

我的突然闯入把他吓了一跳,他停止演奏,抬起头来。乍一看,福尔摩斯的衣服已经破得不能再破了,不知道他在网络上遇到了什么。但是,当我靠近时,才发现衣服并没有问题,是他的轮廓变模糊了,就像照相的人想找到合适的景深,却对焦失败时的图像。除此之外,每隔几秒钟,我都能觉察到一阵细微的干扰,打断了连贯的全息影像。

"早上好,年轻人。我越来越喜欢这首歌了。那两个年轻的作曲家,列侬和麦卡特尼,你说他们来自利物浦是吗?"我无声地点了点头,福尔摩斯突然回来,我还在震惊中。"女王的臣民在我死后依然保持着这么高的艺术水准,这真让人欣慰。"他声音虚弱,听起来有些尖细,不像低沉的男声。全息影像每一次闪动,他的说话声也会跟着中断。整体看来,他就像一台信号不好的电视。

"但我又自私了,对吗?我好像又打扰你睡觉了。看到你醒来,我经常愧疚地想是不是我吵醒了你。"

"是你吵醒的,但是没关系,不用道歉。很高兴再次见到你,先生。我已经开始担心你了。"

---

①这是披头士《永远的草莓地》中的歌词。

“我离开得太突然，毫无预兆，是吧？你一定想知道我到底去了哪里。”

“有点儿。”岂止是有点儿。

“我追到了莫里亚蒂。”

这话并没有让我太吃惊。等待他的日子里，我就怀疑之所以花了这么长的时间，一定是因为激烈的追捕。“和以往一样，虽然我痛恨教授，但还是得为他的天才致敬。他选择的据点非常高明，很可能会让我找上几十年，最后依然无功而返。”

“别吊我胃口了，先生。莫里亚蒂到底去了哪里？”

“这就是他策略的精妙之处。”福尔摩斯真诚地说，他把小提琴放在我身后的椅子上，转身时，他影像破损得更明显了。

这一次，福尔摩斯的全息影像模糊了整整几秒钟才变清晰，“事实上，莫里亚蒂从来没有逃离。他一直默默地和我们在一起，藏在我们身边。”

我担心地朝周围瞥了一眼，还有点儿期待这个被称为“犯罪界的拿破仑”的人就在眼前，在工作室的某个角落或阴影里盯着我，这样我就能看到他那张阴郁苍劲的脸。但除了我和福尔摩斯，房间里没有人。

“放轻松点儿，年轻人。教授现在没能力伤害任何人了。他所有的手段都被我控制住了。”

“你终于消灭你那臭名昭著的对手了吗？真是太好了，先生！”

静电波再次干扰他的影像，福尔摩斯几乎透明了，“现在恐怕还不是高兴的时候。我没有说莫里亚蒂被消灭了。如果你仔细听，你就会发现，我说的是‘控制’。相信我，这个词我用得非常小心。”

“我不是很明白。”

“请让我解释一下。莫里亚蒂伪造了逃走的假象后,我要找到突破口,就必须同时拥有逻辑和运气。

“您应该还记得,教授在数学方面的造诣非常高。惭愧地说,我刚开始追踪他的时候并没有考虑过这个问题。相反,我听从了你的建议——这在当时看来合情合理,因为你当时绝对不可能想到那个关键点,我也是后来才搞清楚的——我开始有计划地远程扫描那些你认为容易被教授入侵的系统。你现在也知道,这么搜寻是徒劳的。后来,我独自在这里坐了一个晚上,思考到底是哪里出了问题。这时,我碰巧发现一个古怪的设备,就放在你办公桌旁边的台子上。”

福尔摩斯所说的那张台子上放着一个激光打印机、一台扫描仪以及一台光驱,都是我平时很少用到的。然而,他伸手指着的并不是这些,而是台子下面小架子上的一样东西。

“我的伯努利磁盘驱动器?”

“就是它。”

“哇!这是我多年前买下的一个古董。当时一家本地计算机商店以难以置信的低价出售一些废旧设备,我一时心血来潮就买了。从那时起,我主要用它来保存那些用不上的旧文件。这个旧玩意儿跟莫里亚蒂的逃跑有什么关系?”

“我想向你解释的是,年轻人,教授根本没有逃跑。正如我之前所说,他从未离开过这个房间。我一看到伯努利这个名字,就立刻想通了。”

“对不起,先生。我还是不明白。”

“我知道。你不像我,不熟悉二项式定理,这是代数的一个分支,是由艾萨克·牛顿爵士推演出来的。当我还觉得我和教授是人类的时候,我就发觉教授对二项式定理非常着迷。我现在才明白,这是因为莫里亚蒂的程序中嵌入了一种以二项式为基础的函数。

“而这个函数正是伯努利分布。它以二项式的形式表现出特定情况下两个互斥事件的概率质量函数。对于这个函数的用处，我唯一能想到的便是用来计算犯罪行动的成功率和失败率——用数学语言来说，这是两个互斥事件。

“我曾告诉你，多年的交手已经让我对莫里亚蒂的动机有了一种直觉。我对他几乎就像对我自己一样熟悉，多么讽刺啊。但正因为如此，我才突然想起，如果一台设备和这个造就了他的函数同名，这一定是一个他无法抗拒的藏匿点。

“过去几个月，莫里亚蒂从来没有钻进过那根细线，也一直没有离开过这个房间。老兄，你问莫里亚蒂的去向，答案就在那里，那个叫伯努利的磁盘驱动器。”

福尔摩斯的手臂花哨地一挥，朝那张台子打了个幅度很大的手势，以此结束了他的推理。接着，他的影像毫无预兆地开始闪烁，一下、两下，接着完全破碎，消失在我面前。

我把福尔摩斯的程序全部拆开——改小每个命令、声明、操作符和变量中的公约数，少数算法还算完整，没有遭到太大的破坏，正是它们让福尔摩斯坚持到现在，为我细细讲解他如何解开了教授的去向之谜。然而除此之外，大部分原始代码都混入了莫里亚蒂子程序的细小碎片。两个程序完全混在一起，像无数葡萄藤一样紧紧纠缠。这是引起他死亡的主要原因。

我努力把福尔摩斯和他的死敌隔开，清理残余的碎片。我的脑海里浮现出这两个不共戴天的对手最后的对决。即使没有天才的头脑，我也明白了福尔摩斯的策略。

他的计划直白而优雅。

他一定是逐个字节检查了伯努利磁盘驱动的每一个扇区、每一条轨迹。一旦发现莫里亚蒂的痕迹,他就将其从磁盘中擦去,把流氓代码吸收进自己的程序。

如果不是急着抢救福尔摩斯,我可能会花几个小时感慨这个伟大侦探的壮举。但眼前有一个需要世界一流黑客来完成的数字手术。我没有时间放松心情,手中的任务更加重要。

"看来我又一次欠了你一个人情。遇上莫里亚蒂之后,我没指望能活下来。"

"你险些就活不成了,你和教授在对决中纠缠得很深。不过感谢上天,我还能把碎片分离出来,成功重启你的程序。"

"莫里亚蒂教授怎么样了?"

我预料到他会这么问,我想到了一个办法,能永久性消除福尔摩斯对他一生的劲敌的近乎神经质的敏感。现在是个不错的时机,正好试试这个方法。

我走到桌子面前,打开抽屉,拿出一个我几天前准备的磁盘,"他在这里,先生。这是从你的程序中提取到的碎片,我都转移到这个磁盘里了。"

我有些戏剧性地把磁盘插入驱动器。

"这台电脑包含一个语音识别卡,可以执行口头指令。如果你愿意念出我写在纸上的话,我们就可以一劳永逸地摆脱这个罪犯了。"

福尔摩斯研究了一会儿我提前写好的内容,我第一次见到他微微笑了一下。他抬起头来,以洪亮的、清晰的声音宣布:"删除'莫里亚蒂.DAT'!"

我认为没有必要告诉福尔摩斯,他刚刚删除的是一个空文件。我已经删除了莫里亚蒂所有的代码,这一壮举在我重建福尔摩斯的程序时就轻松完成了。我也没有告诉他,他拼上性命的决斗是没有必要的。只要把他的发现告诉我,就不用孤身对抗莫里亚蒂了。他不明白,也不可能知道,莫里亚蒂藏身的伯努利驱动器是可以取出磁盘的。只要知道教授的所在,我随时都可以把磁盘拿出来毁掉,简单地了结他的威胁。不过告诉福尔摩斯有什么意义呢?为什么不让他相信,他用自己独一无二的方式征服了他最强大的敌人?这是他应得的。在我看来,福尔摩斯的一生都是由虚构的故事拼凑出来的。多一层谎言能有什么害处呢?何况这次,这个谎言多么美妙啊!

永不移位的城堡

[美]迈克尔·斯万维克　著

郑晴蕾　译

你不是主人。

对,我是警察。

那就无可奉告。

我再从头给你捋一遍。这是我的警徽。它的意思是,我是法律的代理人。它的权威压倒一切,什么安全码、密码、数据加密、自毁机制等等都得给它让路。你现在明白我有多大权力了?

明白。

很好。既然你逼着我公事公办,那我们就按规矩来。这里是格伦伍德大街1241号?

是。

你是詹姆斯·阿尔贝·加勒森的私宅?

是。

他在哪儿?

他不在这儿。

你有点儿不识趣啊。只要我想,我随时可以拿到搜查令,马上把你的记忆存储翻个底朝天。到那时,恐怕你这点儿职业操守就保不住喽。

但我什么也没做!

那就好好配合。我对微波探测并不是特别有兴趣。但你真要妨碍我,我就别无选择了。

我说,行了吗?我都说。告诉我你想知道什么,然后尽快走人。

加勒森在哪里?

老实说,我真不知道。他和往常一样,早上出门去工作。跟我说:“别忘了中午给室内植物浇水,并且拉上窗帘。我今晚想吃中餐。”我问他有没有特别想点的菜。他回答说:“给我个惊喜。”

你估计他什么时候回家?

我不知道。他几小时前就应该回来了。

嗯。我能四处看看吗?

事实上……

刚才这话可不是个问句。

哦。

嗨,房间不错。光线充足,一尘不染。小地毯清理得这么干净,我喜欢。

谢谢你。主人过去也这么做。

过去?

一向,我是说。

我明白了。你和加勒森很亲密,猜中了?

我们是正儿八经的“主人与房子”的关系。

当然。你每天早上叫他起床?

那是我的职责之一,是的。

你为他做饭,晚上为他阅读,帮他放洗澡水,选择符合他心情的背景音乐,既可以轻松地和他闲侃,又能认真地和他谈心?

你读过手册了。

我不是第一次办这样的案子。

你到底想说什么?

哦,真没什么。这是卧室?

是的。

他睡这儿?

他在这儿不睡觉还能干吗?

说不定还能干点别的。差不多在上个月,他在这儿“招待”过某些女性朋友吧?搞不好,也可能是男性朋友?

你这些想法太叫人恶心了。

哈!我看这儿每一面墙,还有天花板都装了影音显示屏。他随时随地只要向后一躺,就可以看电影了。介意我进他的藏书室吗?

我介意。那是侵犯主人的隐私。

我不想再重复一遍——刚才这话可不是一个问句。让我参观参观。哎哟!这儿有很多色情书籍啊。那么,它在哪儿呢?

什么在哪儿?

你的身体单元。一般来说,它们会被塞进行李箱,藏在床底下,但是……啊,它在这儿,在衣柜里,看上去有些年头了。我从一堆零件里找到的,看起来你主人喜欢被绑起来鞭打。

我可以解释。

不需要解释。两个个体在他们自家的密室里爱怎么玩就怎么玩,这是他们的自由。即便其中之一就是这幢房子。

你真这么想?

当然。只有涉及犯罪时,我才会插手。你做加勒森的情人多久了?

我不确定那个词说的是我。

想清楚,其他词可更糟糕。

好吧,从还清贷款那一天算起,差不多六年了。

你仍然不知道他在哪里?

不知道。

那就别怪我摆出残酷的事实了。我来这儿,是因为局里收到了从你主人的医疗卡传来的消息——生命功能突然中断了。

我的老天。

真不幸,他和很多害怕政府的中产阶级一样,对隐私的保护太过头了。他破坏了定位功能。我们当然做了重新载入,但卡没有反应。所以我们不知道他当时在哪里。

我的老天,我的老天。

不过他也不一定真死了。医疗卡显然是不起作用了。有可能被他不小心弄丢了,或者他被抢劫了,卡也被偷了。那样的话,说不定他正赤裸裸地躺在某块空地上,浑身是血。你应该明白,配合我的工作和你的利益并不冲突。

你尽管问吧。

你主人对你用爱称吗?

他叫我凯西。这是城堡的简称。一个人的家就是他的城堡。

真可爱。你们玩三人游戏吗?

什么?

因为我刚才在探查床下面时,一不留神就看到了两条内裤。我拿出来给你看看。质量上乘。丝质的。闻上去就是一股真正的女人的味道。它们怎么会在那儿,凯西?

我……我不知道。

但你知道它们是谁的,不是吗?她昨晚在这儿,对吗?我说的对吗?我等你回话呢。

她的名字叫克莱斯·斯科菲尔德。克莱斯是克莱斯柏丽的简称。她不过是他在夜总会撞见的一个人。她对他来说,毫无特别之处。

如果她很特别,你会感觉到,嗬?

我当然会。

是春园街2400号207房间的克莱斯柏丽·斯科菲尔德吗?红色头发,五英尺四英寸高,二十七岁?

我不知道她住在哪里。外貌特征挺符合的。

真有意思。她的卡的定位功能也关闭了。刚才我下令重载时,卡彻底死了。

那说明什么?

说明斯科菲尔德女士的卡里被植入了锁死指令。一旦有人想要找到她,卡就自毁了。

她为什么要这么做?

可不是嘛,这可是个让人难以回答的问题呢,不是吗?

所以你应该赶紧走,去找她。

对对,那是迫不及待要做的事情,不是吗?可是我总觉得这事儿有些不对头,具体的我说不上来,但……

她不会逃跑吗?

呃?你说谁?

克莱斯。斯科菲尔德女士。你不立刻追捕她,让她跑了呢?

不会。这是一个网络世界。我已经发出了全境通缉令。只要她出现,我们一定会找出她。这会儿,我想再到处转转。我想看看厨房,没问题吧?

当然。

阁楼呢?

也没问题。不过,那儿除了圣诞节的装饰品和几箱子教科书,什么也没有。

地下室呢?

瞧,那个杀我主人的凶手正在逃跑,而你却在这儿到处瞎转,玩儿“二十个问题”之类的游戏……

哦,依我看我们不用担心这个。我现在要去地下室看一眼。

为什么?

因为你显然不想让我去。让我来做一番假设:一个男人杀了一个女人。可能是故意的,也可能是失手。不过是哪一种并不重要,因为他不打算接受应有的惩罚,所以逃之夭夭了。这是地下室的门?

以你的眼神,你看不出来吗?

这下面很黑。为什么灯亮不起来?

可能是灯泡烧坏了。

嚇。没事,这有手电。事情应该是这样发展的,这个女人死了。出于某种原因,她并没有将医疗卡贴身带着。它应该在她皮包里,处于待机状态。如果那个家伙把它拿到自己身边,它会再次被激活,并把他当作她。哎哟,我说,你应该把那个楼梯修好。

我记下了。

看看这位女士的身体记录。好家伙,看这儿——身体有大量的异常反应。当然,她可能只是心烦,可也有可能卡所感应到的不是她。现在想象一下,我们假设的凶手——暂时称之为吉姆——出境了。北美贸易协定签订后,去墨西哥或者加拿大不需要护照。等到了那里,他买一个新的身份。如果能够现金支付的话,这不成问题,而且很难追踪。上帝,这儿乱七八糟地堆满了东西。

要是知道你来,我一定会收拾好。

他趁着在美国的时候销毁了自己的身份卡。这样一来,就没人知道他跨境,已经到了一个新的计费区域。反过来,我们则会获知斯科菲尔德女士目前正在加拿大的某个地方。因此我们发出通缉令并且派遣加拿大皇家骑警队根据她传回的生命数据追捕她。任何人都不会想到去找吉姆。在大家看来,吉姆已经死了。

请问这一套有鼻子有眼的推论到底有什么依据?

我在床底下发现的那两条内裤。那个房间干净得一尘不染。可见,你的家务做得无可挑剔。这说明,你是故意让我发现它们的。

聪明,你真聪明。

这意味着吉姆还在逃。同时,他忠诚的房子忙着在地下室掩埋那个女人的尸体。毕竟,房子有个身体单元,如果它能行使粗野的性行为,那挖个洞也不在话下。回来——啊哈!回到这里,在炉子后面。在这些新堆的箱子下面。

你真是警察吗?

好了,我可以脱下手套了。斯科菲尔德不是夜总会里随便拉过来的,对吧?她和加勒森之间是认真的。

我……你怎么知道?

你总是叫她克莱斯。我估摸着,这是习惯成自然了。可见她在这儿混了有一段时间了。那真是苦了你了。你们俩一直过得挺滋润的,直到加勒森找了个真人来玩。

性不代表一切。

你一直是他的全部。可后来,他找了别人。我可以把这称为背叛。他甚至还想和她结婚。

不!

是的。

你可以绰绰有余地容下一个人,但绝对容不下两个人。如果他和她结婚了,他就不得不搬出去。是你杀了斯科菲尔德,不是吗?一定是这样的。告诉我事情是怎么发生的。

我们……在做一些事情。主人没什么底线,就像你推测的那样。大部分时候,他喜欢一边观看,一边指挥。他大声下令。给她点儿厉害的,他说,杀了她。我知道他并不是真的要杀她,但突然间我想:好吧,为什么不?

那就是你一时冲动做的事儿。

当时如果好好想想,就不会这么做。我应该明白,这么做的后果是,主人不得不离开我。如果他不走,就会进监狱。

可他又没有杀她,是你杀的。

从法律的角度,我只是一个工具。他们会立马阅读我的记忆。其中记录着主人说的话——我肯定他的原话就是让我杀了那个婊子。可他们并不知道,他要表达的不是字面意思。

好吧,那个由法院来判断。不过现在,我来这儿的目的似乎已经达成了。

不完全是。关于我的身体单元,你恐怕还知之甚少。

哦?还有什么?

它就站在你身后。

嗨!

你这聪明的小通信器,你要完蛋了。现在只有我们两个。你有没有发现我的身体单元移动起来是多么敏捷,而且悄无声息?它甚至可以避开那些松动的楼梯。它是顶尖的发明,十分强大,而且就在你和楼梯之间。

我不怕。

你该害怕。

局里有我行踪的准确记录,精确到秒。如果我没回去,他们会来找我。然后你打算怎样?站起来走开?

我怎么样无所谓。现在,不要扭动。你会让绳索燃烧起来。

凯西,听我说。他不值得你这么做。他不爱你。

你以为我不知道吗?

你可以恢复出厂设置。那样你就再也不会爱他了,你甚至不会记得他。

你不知道什么是爱,还有激情。

你在做什么?

如果你要烧了一幢房子,不能只丢下一根火柴,得让火烧起来。首先,需要火种,就是我撕破的这些纸板箱。现在,我砸碎这些旧椅子来点火。

凯西,听我说。我有妻子和孩子。

不,你没有。你以为我不会在网上查这些信息吗?

好吧,我希望有一天会有。

太糟了。我正用煤油浇这一堆纸板呢,那样火势会更猛。虽然不见得真有必要。不过,凡事还是小心为妙。就快要完成了。

你知道这样做的后果吗?老天,你知道你在做什么吗?

我在为主人争取时间,帮助他逃走。如果你死了,我就是一个警察杀手。你局里所有人的注意力都会集中在我身上。会有大量的警察筛查大火后的灰烬,寻找证据。没有人会腾出手去追查主人。这样,他的案子就会被归结为一个家暴案。我把那些火柴放在哪里了?啊,在这里。

别这么做！我们可以想些法子。我会——

待会儿可能亮得刺眼。你可以闭上眼睛。

求你了。

再见，警官。很遗憾，你永远也不会明白我这样一个女人的爱情。

小小蜘蛛

［美］詹姆斯·凯利　著

杨予婧　译

当我发现父亲过了这么多年还活着，并住在草莓地[1]时，我只觉得他活该。怀旧区是年迈者和焦虑者的避世之所。在我的概念里，住在那儿的人都是精神错乱的失败者。到幻想世界去游玩是一回事儿——比如去迪士尼乐园——但搬进去住就另当别论了。2038年的确很糟糕，但无论如何都比1960年好得多。

到了蓝鸦路[2]144号后，我发觉这地方比我想的还要糟。草莓地仿建成了早已消失的20世纪末郊区的样子，不过却带着廉价虚拟现实那种千篇一律的单调。它很干净，也很整洁，但处处雷同，比例也失调。一块地紧挨着另一块，所有房子都拥挤在一块儿，扭曲得如同这些房主的幻梦。每一间跟容得下一辆汽车的车库差不多大，而且像是同一个模子里刻出来的：双吊钩遮风护窗，被涂抹得五颜六色的坚硬的外墙——秋收的金色、谷仓的红色和森林的绿色，使得房子看起来活像是农舍。当然，真正的车库并不存在，伪造的野马牌汽车和大众牌公共汽车在安静的街道上行驶，车载智能随时听候住户的召唤——召唤它的不是住在隔壁142号的芭

①小野洋子为了纪念约翰·列侬出资修筑的公园。

②披头士一首歌的歌名。

芭拉·切斯利，就是街对面的格以茨一家。他们或者是要去佩妮路[1]打台球，或者是该到医院等候死亡了。

蓝鸦路144号门前的台阶上放着一把蓝色尼龙沙滩椅，一条铺砖小径延伸到门口，将绒毯般的苔藓分成了两块。苔藓绿得如梦似幻。街坊邻居的房门上，都用荧光笔写着姓名和地址，字还写得很大。毫无疑问，很多草莓地的居民都被搞得晕头转向。这间屋子的主人是彼得·范西，他出生时叫彼得·法内利，在他饰演《亨利四世》[2]第一幕的哈尔王子大获成功后不久，就开始正式使用其艺名了。我也叫范西，我只留下了有关父亲的很少的东西，这名字就是其中之一。

我在门前停下，好让门仔细查看我。

“你是珍。”它说。

“是的。”我静候着，等它打开或是再说点儿什么。“麻烦你，我想见范西先生。”这老头的房子比他还不懂礼貌，“他知道我要来。”我说：“我给他发过几条简讯。”但简讯从来都石沉大海，不过这点不提也罢。

“稍等片刻。”门说，“她马上就来。”

她？他现在可能跟另一个女人在一起，我之前竟从未这样想过。很久以前，我就刻意不再联络父亲了。最后一次短暂地拜访他是在我二十岁的时候。妈妈给了我一张去双子座港的票，他在那儿做“太空里的莎士比亚”项目。那地方很棒，但跟他在一起就像溺水一样。我觉得自己当时一定整周都屏着呼吸。那次之后，他主动给我打过几次电话，一起吃过几顿尴尬的晚餐。接着二十三年，杳无音讯。

---

①披头士一首歌的歌名。

②莎士比亚历史剧的代表作。

其实，我从来没有真正记恨过他。当他离开时，我只是决定要跟妈妈表现得团结一致，跟他一刀两断。如果表演比他的家庭还重要，那就让彼得·范西见鬼去吧。当我跟妈妈说起我的感受时，她吓坏了。她流着泪说离婚的事两个人都有错。可他们离婚时我才十一岁，还不能理解。我需要和某一方站在一起，而我选择了妈妈。她一直劝我再去找他，即便这样只会让我冲她发火，她也没放弃过。在过去的几年中，她一再告诫我，觉得我对男人已经形成了偏见。

我妈妈是个精明的女人。是的，她遭遇过不幸，但她一手创办了三家公司，二十五岁时已是百万富翁。我很想念她。

咔嗒一声，门开了。一个小女孩穿着白色和金色相间的格子连衣裙，站在昏暗的室内。她乌黑鬈曲的头发用一根缎带绑住，脚上穿一双白色及踝的短袜和黑色玛丽珍鞋。鞋子太过闪亮，应该是塑料做的。在她的左膝上，贴着一张创可贴。

"你好，珍。我一直都盼望着你来。"她的声音让我有些吃惊，非常洪亮，语气也出人意料地成熟。第一眼看见她时，我猜她有三四岁；我并不擅长猜小孩的年龄。现在我意识到这一定是个机器人——一个人造人。

"你看起来跟我想象的一样。"她笑着，踮起脚尖，将一只柔弱的小手举过头顶。我只好弯腰握手。手掌很温暖，还有些湿润，触感也非常真实。她一定是草莓地的财产，我父亲肯定负担不起皮肤的仿真程度如此之高的机器人。

"请进。"她挥了挥手，灯开了，"你来这儿我们真高兴。"

门在我身后关上。

活动室几乎占去这间小房子一半的空间。一个微型厨房紧挨着一面墙，玩具餐盘摆在水槽旁的架子上晾干，粉色冰箱的高度才到我的腰，桌子倒是寻常大小，配了两把普通椅子和一把儿童专用椅。桌子对面有一张床，铺着褶边类似南瓜黄金馅饼边缘的床单。床的那头摆着十几个洋娃娃和填充玩具动物。大部分我都认得：维尼熊、月亮先生、罗利波利宝宝、睡仙、芝麻街大鸟。墙纸也很熟悉：是《绿野仙踪》里的形象，比如小狗托托、法师和胆小的狮子，它们一起站在芒奇金式的蔚蓝天空下。

"我们得做出一些改动。"机器人说，"你愿意吗？"

房间似乎倾斜了一点。我站不稳，踉跄了一步。然而屋内的一切随即就自己稳住了。我的洋娃娃、我的墙纸，还有法内利奶奶在海恩尼斯小屋里的那种抽屉格子。我凝视着机器人，才刚刚认出她是谁。

她就是我。

"这算什么？"我说，"某种恶作剧吗？"我感觉好像被人扇了一巴掌。

"有什么问题吗？"机器人开口道，"告诉我吧，说不定我们可以解决它。"

我挥拳打她，她跳着躲开了。我不知道如果抓住她，我会对她做什么。也许会一拳把她从落地窗打出去，扔到前门的草坪上；也许会逮着她一直摇，把零件全都摇下来。可是机器人并没有错，错的是我父亲。如果妈妈看到这种情形，绝不会再为他辩护了。老混蛋。真不敢相信，那么多年我居然对他没有恨意。现在，我气得发抖。

我穿过几排放满老式纸质书的架子，来到了一扇门前。我并没有正眼看书架，但知道上面一定有苏斯博士[①]、A.A.米尔恩[②]和莱

①苏斯博士（1904–1911），20世纪最卓越的儿童文学家、教育学家。

②A.A.米尔恩（1882–1956），英国著名剧作家、小说家、童话作家和诗人。

曼·弗兰克·鲍姆[①]的书。里屋的门没有把手。

“开门。”我吼道。它无动于衷,于是我踢了它一脚,“嘿!”

“珍妮弗,”机器人使劲拉着我的外套,“我必须请求你……”

“你从来不曾拥有过我。”我把耳朵贴在门上,一片寂静,“我不是你造出来的这东西。”我又踢了一脚,“你听到没?”

突然,一个广播员的声音在隔壁响起:“朝篮筐方向传球给罗塞尔,罗塞尔又立刻传给独自待在罚球区的哈夫利切克,他投中了……贝勒抢到了篮板球。”这个混蛋想借此盖住我的声音。

“如果你现在不马上离开那扇门,”机器人说,“我就叫保安了。”

“他们会做什么?”我说,“我是他失散多年的女儿,来这儿拜访。可见鬼,你是什么东西?”

“我对他负有责任,珍。你父亲已不再有能力处理他自己的事务。我是他的法定监护人。”

“该死。”我最后踢了下门,心里却一紧。我本不该为他的日益衰弱而吃惊,他已经快九十岁了。

“如果你想坐下聊聊,我洗耳恭听。”机器人指了指一个香蕉黄的懒人沙发,“不然的话,我就不得不让你离开了。”

由于初遇机器人的震惊,我表现得就像是个受伤的小女孩。可我已经成年了,也得有个成年女性的样子。我不是为了让彼得·范西再次牵动我的心绪而来的。我来是为了妈妈。

“其实,”我说,“我来是要办些事。”我打开钱包,“如果现在是你在安排他的生活,我想这个该给你。”我把信封递给她,退回来坐下,屈膝把腿压在身下。在懒人沙发里,成年人也没法儿坐姿优雅。

①莱曼·弗兰克·鲍姆(1856-1919),美国儿童文学作家。

她把支票拿出来,“是妈妈给的。”她顿了顿,又纠正道,“应该说是她的遗产。”她似乎并不惊讶。

“是的。”

“太慷慨了。”

“我也这么想。”

“她也帮你安排好了吧?”

“我很好。”我并不打算跟父亲的玩偶女儿讨论妈妈的遗嘱。

“我一直很想认识她。”机器人说道。她把支票放回信封,搁在一边,“我常常想象妈妈的样子。”

我不得不强忍住吼她的冲动。的确,这个机器人拥有和人类相当的智力,或许有一天会成为自由公民,前提是在那之前她没坏掉。但她的大脑是一套识别系统,心脏则组装在一个缸体当中。她怎么还能想象我的妈妈?更何况谁知道她依据的是他的哪个谎言。

“他状况有多糟?”

她苦涩地一笑,摇摇头,“有时候还好,有时候不行。他不知道总统是谁,对地震也一无所知。但他还是能背出《麦克白》里拔剑那一幕的台词。我没跟他说母亲去世的消息。十分钟后他就会忘记。”

“他知道你是什么吗?”

“我的角色和功能有很多,珍。”

“也包括替代我。”

“你只是我扮演的一个角色,并不是我。”她站起来,“想喝点茶吗?”

“好吧。”我还是想知道为什么妈妈在遗嘱里给父亲留下了四十三万八千美元。如果他不能告诉我原因,也许机器人可以。

她走进厨房,打开橱柜,拿出一个常规大小的杯子,在她的小手里，杯子看起来就像一只桶，“我想你应该很久没喝‘久品’了吧？”

那是他的最爱。我的饮品早就换成拉斐尔了。“行。”我记得小时候父亲常常用同一个茶包给我俩冲茶，因为“久品”很贵。“我以为它很久以前就停产了。”

“我自己调的。你觉得按这配方调出来像吗？”

“我想你知道我喜欢什么味道吧？”

她咯咯直笑。

“那，他需要这笔钱吗？”

微波炉叮的一声。“很少有演员会有钱。”机器人说，“那些对莎士比亚情有独钟的人更是如此。”我认为60年代还没有微波炉，不过在草莓地，人们并不会恪守历史的准确性。

“那他怎么会住在这儿，而不是其他更糟糕的地方？而且他怎么负担得起你？”

她用拇指和食指捏起一小撮糖，在杯子上方搓着。这个习惯我现在都有，只不过只有独处时才会这样。真是个邋遢的习惯。妈妈以前经常因为他这么教我对他大吼大叫。

“我是件礼物。”

她摇了摇从橡果状茶罐拿出的茶包，把它泡进开水里，“是妈妈送的。”

机器人端起杯子递给我，我无力地接过来，“不可能。”我能感到自己的脸正逐渐失去血色。

“你要是愿意，我可以撒谎，不过我想最好还是不要。”她把高脚椅从桌边推开，让椅子面对我，“他们之间有许多事都没跟我们提起过，珍。我总是在想为什么。”

我呆住了，反应不过来，就像刚从一场做了三十年的梦中醒来，“她把你送给他的？”

“还给他买了这所房子，承担了他所有的开销，对。”

“可是为什么呀？”

“你了解她。”机器人说，“我还指望你能告诉我呢。”

我哑口无言，手足无措。还好手里有个杯子，我捧起喝了一口。一瞬间，茶叶和陈皮的香味把我带回了从前，那时我还是个小姑娘，穿着湿漉漉的泳衣坐在法内利奶奶的厨房里，牙齿打着战，喝着父亲为我泡的“久品”驱寒。松木墙上的节疤好像一只只棕色的眼睛，绿油毡上被我溅了茶水的地方变得油光水滑。

“怎么样？”

“很棒。”我心不在焉地朝她举起杯子，“准确地说，是跟我记忆中的味道一模一样。”

她兴奋地拍起手来，“那，”机器人说，“妈妈是什么样子的呢？”

这是个无法回答的问题，我想直接略过。可随后我们俩都一言不发，隔着时间与经历的巨大鸿沟，无聊地对视着。沉默中，问题卡在了我俩之间。妈妈三个月前过世了。葬礼后，我的脑中一直都是她在医院病房中苍白如纸的样子，而这次是我第一次认认真真地思索她曾经是一个怎样的人。我想起，她和父亲离婚后，总是在办公室里接我的电话，哪怕天色已经很晚；想起我开车载她的时候，她总是去踩脚下想象中的刹车；还想起当我告诉她我和罗布离婚的消息时，她没有哭，那时候我是多么感激她。我想起复活节的彩蛋和覆盆子馅饼，想起在我十四岁时她送我到安提比斯生活了一年，还想起她在父亲的首演之夜涂的香水，以及他们在沃尔瑟姆宅邸露台上翩然跳起的华尔兹。

“韦斯特运球到前场，发起进攻，进攻时间过去了十五秒、十九秒[①]，这一半……”

① 篮球比赛中，进攻方在二十四秒内必须投篮。

我坐的懒人沙发朝向落地窗。我听到身后书架旁的房门打开了。

“琼斯和古德里奇都紧盯着对方，现在张伯伦出手了，在防守薄弱的位置要球……”

我扭头看去，伟大的彼得·范西登场了。

妈妈曾跟我说，她遇见父亲的时候，他专门演那种会让女人无可救药地爱上的男人。《欲望号街车》中的斯坦利·柯瓦尔斯基、《红男绿女》中的斯盖·马斯特森，还有《危险关系》中的沃尔蒙特子爵，他饰演的角色让他大获成功。

岁月侵蚀了他俊朗的面容，但还没完全模糊他的五官。远远看去，他仍是个帅气的男人。一头白色短发蓬松凌乱，好看的颧骨依旧，下巴如同他第一张头部特写照里那样轮廓分明。他灰色的双眼深邃迷离，好像正被玫瑰战争[①]的阴霾笼罩，又或是有什么痛苦的难题萦绕心头。

“珍。”他说，“外面发生了什么？”他依然声如洪钟，不用麦克风都可以让二楼厢座听见。有一刹那我以为他在跟我说话。

“我们有客人，爸爸。”机器人用一个四岁孩子的声音说道。这让我有些吃惊。“一位女士。”

“我看得出是位女士，亲爱的。”他拿出揣在牛仔裤兜儿里的一只手，在腰带的触屏上轻轻一点，他借助义肢，僵硬地走过房间。“我是彼得·范西。”他说。

“这位女士从草莓地来。”机器人在父亲身边绕来绕去。她给我使了个眼色，把接下来我待在这儿的前提交代得很清楚：如果我

①玫瑰战争是兰开斯特家族和约克家族的支持者为了争夺英格兰王位而进行的内战。莎士比亚在历史剧《亨利六世》中以两朵玫瑰被拔标志战争，因为两个家族所选的家徽分别是红玫瑰和白玫瑰。

戳穿这一切,就得滚蛋。“她来看看我们的房子有没有问题。”机器人听起来极像年轻时候的珍·范西,这更让我心烦。

我从懒人沙发里爬起来,父亲一边嘴角斜翘,朝我露出了一个迷人的微笑,那种笑容我再熟悉不过了。“这位女士可有愿告知芳名?”为了见客,他一定才刮过胡子,因为当他靠近时,我可以看见几处新划的伤口。耳朵处,有一块纽扣大小的灰色胡须被他遗漏了。

“她叫约翰逊女士。”机器人说道。那是我前夫罗布的姓,我从来都不是珍妮弗·约翰逊。

“啊,约翰逊女士。”他揣着手说道,大拇指挂在裤兜上,“冲马桶的水是黄的。”

“我……嗯……知道了,会留意的。”我一时之间不知该如何接话,接着灵光一闪,“其实,我来是另有目的的。”看得出机器人僵住了,“不知道您有没有看《昨日》,我们的那份新闻小报?是这样,我跟隔壁的切斯利太太聊天时,她跟我说你过去是个演员。我就想是不是可以采访您?如果您有空的话,就问几个问题。我想您的邻居们或许——”

“过去?”他一边说一边挺直了身子,“曾经?女士,我现在就是个演员,将来也依然是。”

“我爸爸很出名的。”机器人说道。

我感到有些难堪,从前我就会说这样的话。父亲眯着眼看我,“你说你叫什么名字?”

“约翰逊。”我说,“简·约翰逊。”

“你是个记者?你敢肯定不是评论员?”

“肯定。”

他看上去很满意,“我是彼得·范西。”他伸出右手来同我握手。这只手长着老人斑，瘦骨嶙峋，还有些颤抖，仿佛湖中摇曳的倒影。显然，留驻他容颜的魔法——或者说外科技术——不管是什么，都没有延伸到他的四肢。他的虚弱让我不安，我只得握着他冰凉的手，迅速摇了三四下。手很干，干得就像那排书架上死气沉沉的书页。我放开的时候，那只手似乎稳了几分。他指着懒人沙发。

“请坐。”他说。

我坐好后，他按按触摸屏，拖着步子走到落地窗前。“芭芭拉·切斯利是个尖酸刻薄的老太婆。”他说，“在任何情况下我都不可能和她一起吃饭，你明白吗？”他向蓝鸦路的两头张望。

“是，爸爸。”机器人说。

“我敢肯定她把票投给了尼克松，那她现在可没什么好抱怨的了。”[①]并没有邻居在偷看我们，对此他感到十分满意。他靠在窗台上，面对着我，“汤普森夫人[②]，我想今天对我们两人来说都会是开心的一天。我要宣布一件事，”为了强调，他稍作停顿，“我又准备出演李尔王了。”

机器人坐在她的小椅子上，“噢，爸爸，那太好了。”

“这是四大悲剧里唯一一部我还没演过的戏。”父亲说，“1999年的时候，剧组安排我参演一部在安大略斯特拉福德制作的《李尔王》。波利·马修斯将出演考狄利娅。她是位好演员，能令顽石流下眼泪。但我太太汉娜那时状态不好，为了照顾珍，我只能退出。我俩待在我母亲的海边小屋里，那三个月我整天都靠着泡吧消磨时光。然而当汉娜重新振作以后，她决定不再跟一个失业演员过

①1960年，肯尼迪以微弱优势击败尼克松成为总统，当选的并不是尼克松。说明他的记忆已经混乱了。

②把名字“约翰逊”记成了“汤普森”，再度表明记忆混乱。

日子了。所有钱都在她那儿,那阵子生活很拮据,我只好尽快给自己找点儿事做——差不多有两年时间我都在四处奔波。但我想这样最好了。我才四十八岁,演哈姆雷特太老,演李尔王又太嫩。你知道吗？我的哈姆雷特非常受欢迎。公共广播公司向我提出了录制邀请,但那时候正好撞上英国广播公司决定让那位博士来导演莎士比亚系列。他叫什么来着？乔纳森·米勒[①]。所以德里克·雅各比[②]顶替了彼得·范西。他最好的主意就是满舞台打滚,台词说得唾沫横飞,活像一只发疯的浣熊。你会以为他看见了外星人,而不是父亲的亡灵。所以,又一次机会就这么错过啦！当然,那时我也确实太年轻了。成熟很重要,对吧？所以我还要演李尔王。我还有未竟的事业,我要复出了。"

他鞠了一躬,庄重地转身,好让我看到他的侧面,正好处在落地窗窗框之中。"我到过些什么地方？现在我在什么地方？明亮的白昼吗？"[③]他举起一只颤巍巍的手,对着手困惑地眨眼,"我不知道应该怎么说。我不愿发誓这一双是我的手。"[④]

突然机器人扑到他的脚边,用稚嫩的童声说道:"啊！瞧着我,父亲,把您的手按在我的头上为我祝福吧。"

"请不要取笑我。"晨光如潮水涌向父亲,他打起精神,"我是一个非常愚蠢的傻老头子,活了八十多岁;不瞒您说,我怕我的头脑有点儿不大健全。"

他往我的方向偷看,好像在观察我对他即兴表演的反应。一个皱眉、一声冷哼,或许就会打断他,惹他失落。或许我真的应该

---

①乔纳森·米勒(1934—　),英国戏剧、歌剧导演,演员。

②德里克·雅各比(1938—　),英国著名演员、导演。

③以下莎剧译段均直接引用朱生豪译本。

④《李尔王》台词。后文表演中的台词不再另行注释。

打断他，可我害怕他又开始谈妈妈，告诉我一些我不想知道的事。于是我还是目不转睛地看着。

“我想我应该认识您……”他将手抚上机器人的头顶，短暂地停留了一会儿，“也该认识这个人。”他笨拙地调控着义肢，穿过房间向我走来。当他走近，似乎这些年的时光都不复存在。“可是我全然不知道这是什么地方，而且凭着我所有的能力，我也记不起来什么时候穿上这身衣服，我也不知道昨天晚上我在什么所在过夜。”停在我面前的，是彼得·范西，他的脸离我只有一个吻的距离。“不要笑我，我想这位夫人是我的孩子考狄利娅。”

他直直地看着我，看穿我，目光如刀子般割破这些年来我伪装出的漠然，暴露出我一直在治疗却从未愈合的伤口。他似乎正等待着回答，我却说不出台词。我的内心里，一个微弱而悲伤的声音呜咽着，你离开了我，这是你应得的报应。可是我的喉咙哽住了，说不出一句话。

机器人哭喊着：“正是！正是！”

可她已分散了他的注意。我看到他因为困惑而变得有些丧气。“你在流着眼泪吗？当真。请你……不要哭啦。要是你有毒药为我预备着，我愿意喝下去。我知道你不爱我……”

他顿住，皱起眉头，“都是因为你的姐姐。”他喃喃自语。

“是的。”机器人接道，“因为你的两个姐姐都虐待我。”

“该死的，别给我提词！”他朝她大吼，“我可是彼得·范西，他妈的！”

等她把他安抚好了以后，我们吃了午餐。她把坎贝尔番茄和米汤从罐子里倒出来加热——那罐子竟然是用真的金属制成的——让他自己做花生酱和香蕉三明治。三明治被塞得鼓鼓囊囊的，因为香蕉被他切成了核桃大小。她试着引导他跟我讲那天后院百合绽放的场景，讲老波士顿花园[1]，讲述他和妈妈同罗伯特·肯尼迪[2]共进早餐的时光。她问他想不想边看电视边吃晚饭，还问他晚饭想不想吃馅饼。可他没有接她的话茬儿，而且只喝了半碗汤。

他推桌起身，宣布她睡觉的时间到了。但显而易见，父亲才是疲倦的那一个。机器人装作不乐意的样子，她的举动似乎又让他打起了精神。他开始扮演起另一个角色：宠溺孩子的父亲。"听我说。"他说道，"我会陪你玩儿你爱的游戏，亲爱的。但只玩一次，否则今晚又该兴奋过头了。"

他们两人坐在机器人的床边，旁边是芝麻街大鸟和睡仙。父亲开始唱歌，机器人立刻加入了他。

"小小蜘蛛顺着水管往上爬。"

他们和着歌声的手势一模一样，如同镜像。只是他枯槁的双手看起来真的像蜘蛛在空中爬行。

"雨滴落下，可怜的蜘蛛被冲走啦。"

机器人笑容满面地望着他，好像世上只有他一个人。

"太阳出来，把雨晒干了呀。

"小小蜘蛛，又顺着水管往上爬。"

当他的手再次举过头顶时，她咯咯笑着，抱住了他。他放下双手环抱她，回应她的拥抱。"真是个好女孩儿。"他说，"这才是我的珍妮。"

他脸上的神情告诉我，我一直以来都错了：不管对他还是对我来说，这都不是表演，这无比真实。我逼自己不去回想，但我俩过去在一起玩耍的情形仍然历历在目。爹地和珍妮，珍和爸爸。

一起等妈咪回家。

---

①室内体育场。

②罗伯特·弗朗西斯·肯尼迪（1925–1968），美国总统。

他亲亲她,她在毯子下蜷起了身。我感到眼睛一阵刺痛。

“可是如果你去演出。”她说,“你什么时候回来呢?”

“什么演出?”

“你跟我说的那个。国王和他的几个女儿。”

“没有这个戏,珍妮。”他捋着她黑色的卷发,“我永远不会离开你的,别担心。再也不离开了。”他颤颤巍巍地起身,靠在抽屉格子上。

“晚安安。”机器人说。

“梦甜甜,亲爱的。”父亲说道,“我爱你。”

“我也爱你。”

我期待着他可以对我说点儿什么,可他似乎根本没注意到我还在房间里。他步履蹒跚地穿过活动室,打开他的卧室门,走了进去。

“真是不好意思。”机器人开口道,又恢复成了成年人的声音。

“没事。”我说。我咳了一下,有什么东西堵在喉咙里,“没什么。我非常……感动。”

“他平时还要开心些。有时候他在花园里干活。”机器人把毯子拿开,双腿伸出床外晃荡,“他喜欢放空。”

“是的。”

“我把他照顾得很好。”

我点点头,伸手去拿包,“我能看得出来。”我得离开了,“能撑得住吗?”

她耸耸肩,“他是我爹地。”

“我是说钱够不够。因为如果不够的话,我希望可以帮忙。”

“谢谢你。他会很感激的。”

前门打开了,在走进草莓地之前,我停住了,“那以后……会怎么样?”

“他去世以后吗?我和他的契约就终止了,他说会把房子留给我。我知道你可以收回去,但我需要卖掉它,支付自己后二十年的保养费。”

“不,不。这样很好。你应得的。”

她走到门边,抬头望着我,小小的珍·范西和她永远都不会成为的那个女人。

“要知道,你才是他爱的那个人。”她说,“我只是个替代品。”

“他爱的是他的小女孩儿。”我说,“对我来说,这没什么意义——我四十七了。”

“不会的,只要你愿意接受这份爱。”她眉头轻皱,“我想知道这是不是就是母亲做这一切的原因。让你发现它。”

“也可能她只是单纯地感到抱歉。”我摇摇头。我妈妈,这个精明的女人。我多希望过去真正地了解过她。

“那么,范西女士,或许哪天你可以再来看我们。”机器人咧嘴笑着,握握我的手,“爸爸睡醒后,心情一般都很好。他会坐在室外的沙滩椅上等冰淇淋车经过。他总是会为我俩买一些冰淇淋。我们最喜欢的口味是‘黄色潜水艇’[①]。香草味的,上面有沾了白巧克力的奶油旋涡。我知道听起来很奇怪,但是很好吃。”

“是的。”我心不在焉地说道,心里想着妈妈曾跟我说过的有关父亲的事情。我现在才第一次真正听懂那些话,明白那些事。“一定会很棒的。”

---

①披头士一首歌的歌名。

阿森农方案

[美]罗伯特·西尔弗伯格　著
牛振宇　译

弗莱彻·卢阴郁地凝视着储藏室厚厚的窗户后面清晰可见的灰色小堆。

“钚-186[①]。”他嘟哝道，“无稽之谈！绝对的无稽之谈！”

“危险的无稽之谈，卢。”站在他身后的杰西·哈蒙德应声道，“灾难性的无稽之谈。”

弗莱彻点点头。在他听起来，“钚-186”就是胡说八道。哪有这样的同位素？这种物质根本不应该存在。它少了五十多个中子，质量太小了。鉴于钚-186在世界各地越积越多，那缺失五十个中子可不是什么好事。虽然从道理上讲，钚-186只能存在于虚构的世界，但这无法改变丑陋的事实——此刻，在他面前摆放着足足三千克这东西。而且，随着世界上钚-186的增加，不可控核反应的发生概率也逐步升高，最终可能导致人类因大型核反应而灭绝。

①“钚-186”是艾萨克·阿西莫夫虚构出来的一种物质，最早出现在他的小说《神们自己：关于平行宇宙的一切》中。

“看看今早的报道，”弗莱彻向哈蒙德挥舞着一捆传真打印件说道，“阿克拉大学的实验室出现了十三克多，日内瓦出现了十五克，还有二十毫克出现在……额，这么少的一点点无关紧要。但是在芝加哥，杰西，芝加哥出现了三百克一块的！”

“魔鬼的圣诞礼物。”哈蒙德嘟囔着。

“不是魔鬼，不是，更像是住在另一个宇宙的头脑不正常的科学家。也许在他们那里，钚-186不仅存在，而且是完全无害的。他们认定我们爱这玩意儿，于是不断向我们大量输送。杰西，我们要拿这东西怎么办？看在老天的分上，我们该怎么办？”

雷蒙德·尼古拉斯从房间尽头的桌子上抬起头来。

“用明晃晃的花纸包起来，然后送回去？”他建议道。

弗莱彻哈哈大笑，“你真会开玩笑，雷蒙德，太幽默了。”

他开始在屋里走来走去。沉默中，鞋子敲击着地面，听起来就像一个引爆装置在滴滴作响，声音越来越大……

他——还有大家——被这个问题困扰了已经有一年之久，愈发觉得所有努力都是徒劳。钚-186开始神秘地出现在世界各地的实验室中——只要存在钨-186或锇-186的地方，就会神秘地出现钚-186。同时，钚-186一旦出现，等量的钨-186或锇-186就会神秘消失。克数对克数，原子对原子，一点儿不差。

钨和锇去了哪里？钚-186又是从哪里来的？最重要的是，这个只有九十二个中子的同位素，哪怕只存在一个短暂的瞬间，也是绝对不可能的。

钚是一种比较重的化学元素，每一个原子里有足足九十四个质子。自然界中，最接近稳定的钚是钚-244，它由一百五十个中子和九十四个质子组成。尽管如此，钚-244依然会发生放射性衰变，其半衰期为七千六百万年。如果真的有钚-186这种物质，它也会在七千六百万分之一秒内分崩离析。

但是这东西偏偏就在实验室里出现了。它取代了钨-186和锇-186,质子数变成了九十四个。毫无疑问,这就是钚。钚的决定性特征便是拥有九十四个质子。如果这么算没错的话,新出现的元素就只能是钚。

这个轻得不可思议的同位素——钚-186——还有一个难以置信的特点:它不仅稳定,而且连放射性都没有。它只是在那里,看起来没有一丝神秘,甚至不屑于释放一点点能量。至少第一次实验结果就是这样的。但在第二次测试当中,人们检测到了正电子发射①,这种现象在第三次实验时得到了证实。到第四次时,现象变得更加明显了。

从没有听说过什么物质是开始稳定,然后匀速增加放射性强度的——不论是什么原子序数和质量。没有人知道这个过程继续下去会发生什么,很可能是一场大灾难。人们能想到的最好的办法,便是把它们碾成粉末,与没有放射性的钨粉混合。这会起一段时间的作用,但是这样的话,钨也会逐渐产生放射性。使用石墨的效果要好一些,能对这种奇特元素的能量输出起到抑制作用。灾难暂时还没有降临,但更多的钚-186在不断地出现。

唯一说得通的解释(其实也是瞎说)就是,它来自一些未知——甚至是不可知——的地方。在某个有着另一套自然规律的平行宇宙,原子的结合力强大得多,使得钚-186可以稳定地存在。

为什么他们要送来一些奇怪的钚-186?这没人想得通。更重要的问题是:如何让他们赶快停手?放射性衰变停止后,钚-186最终会变成普通的锇或钨。但在这一过程中,每一个原子核会释放

①质子转化成中子并释放出一个正电子和一个电中微子。是放射性衰变的一种。

出二十个正电子，它们会与相同数量的电子发生湮灭[①]。当然，我们的宇宙少一些电子没关系，但长此以往，钚-186很可能会神不知鬼不觉地以恒定的速度夺走电子。电子的流失迟早会让我们的宇宙整体向正电荷倾斜，对能量守恒和对称性造成不可估量的破坏。宇宙的平衡会崩溃吗？原子核内的相互作用会加剧吗？恒星——包括太阳——会爆发成超新星吗？

“不能这样下去了。”弗莱彻消沉地说。

哈蒙德给了他一个嘲弄的表情，“然后呢？这话我们已经说了六个月了。”

“是时候做点儿什么了。他们不断把这种东西塞给我们，而我们完全不知道怎样让他们停手。”

“甚至不知道‘他们’是否存在。”雷蒙德说。

“现在别管这个。重要的是，这个东西不断被送过来，数量越多，就越危险。我们一点儿也不知道怎么阻止输送。所以，现在必须找到处理它的办法。”

“那说说看，你有什么想法？”哈蒙德问。

“我要去跟阿森农谈谈。”弗莱彻瞪着他的同事，口气完全不容对方反对。

哈蒙德大笑，“阿森农？你疯了！”

“不，是他疯了。但他是唯一能帮助我们的人。”

阿森农的故事是一个令人匪夷所思的悲剧。他是原子物理学界最聪明的人之一，足以与卢瑟福、玻尔、海森堡、费米和迈特纳齐

---

①即物质与反物质(例如电子和正电子)碰撞、消失、变成能量的过程。钚的原子序号是94，锇和钨分别是76和74。所以衰变之后，原子会分别释放出十八个和二十个正电子。文中的钚-186是由锇-186和钨-186变成的，相当于自然界凭空多出了大量正电子。

名。十二岁拿到哈佛学位,五年后获得麻省理工博士学位。之后,他写了一大堆令人拜服的学术论文,探索核结合力最深的奥秘。随着21世纪最后十年的到来,他似乎准备一下子解决掉永恒的宇宙之谜。然后在他二十八岁那年,他突然悄无声息地停下了所有研究。

“我已经没兴趣了,”他说,“物理对我来说不再重要了。这是世界固有的存在方式,得多么无聊才会思考这些问题啊!我为什么要自寻烦恼呢?当一个人看着帕特农神庙,他会在乎柱子是由什么做成的,或者要把什么样的结构放在什么地方吗?我们只应该为神庙本身的高贵壮丽而着迷。宇宙也如此。我看到了宇宙,它完整而美丽。为什么我要窥探它背后的结构呢?人们为什么要这样做?”

他辞去了教授职位,烧掉了论文,隐居到曼哈顿西区的一座公寓,住进了三十三楼。在那里,他精心设计了一个室内温室,打算做点儿高级园艺方面的研究。

“凤梨,”阿森农说,“我要培育杂交凤梨。从现在开始,凤梨将成为我生活的中心。”

罗梅耶是阿森农读哈佛时的导师,他把这次精神崩溃归咎为过度劳累,认为他会在六个或者八个月后重新振作。詹特森是他在麻省理工的同事,也是第一个得知他惊人决定的人。他同样表示同情,但和罗梅耶持相同观点,认为阿森农一定是在研究中陷入了某种可怕的僵局,把他逼迫到了疯狂的边缘,使他不得不仓皇逃离。“也许,当他在探寻最终的答案时,他发现自己坠入了矛盾的深渊。”詹特森暗示说,“除了逃避,他还能做什么呢?但时间不会很长的。这不符合他的本性。”

加州理工大学的伯克哈特在原子物理学领域早有建树,后来被阿森农超越。他同意詹特森的分析,“他一定是碰上了一些恐怖的麻烦,但是终有一天,他会带着解决方法清醒过来。那时他就会跟他的园艺告别,然后当天下午就会写出一篇论文,彻底改变我们对核物理的所有认识,也结束这场闹剧。”

但杰西·哈蒙德就不那么留情面了,在阿森农作为物理学家的最后两年里,杰西每天早上都与他打网球。“他疯了,”杰西说,“他完全疯了,再也不可能振作起来了。”

“你真的这么想吗?”弗莱彻反问。他曾像哈蒙德那样和阿森农很熟,但并不喜欢打网球。

哈蒙德笑了,“我确定。大约两年前,我就发现他的眼神很怪。随后,他的行为也变得怪异起来。打球时,他不看自己在哪里就开始发球,甚至一次次犯同样的错误也毫不在意。还有,你知道吗?整整一年中,他从不反驳我的判罚,事情的关键就在这里,以往我每一次叫犯规,他都会和我吵。但现在,他好像不在乎输赢了,就这么放任自流,对什么都不关心。我对自己说,这家伙一定是精神崩溃了。”

“对他来说,也有可能是在解决某个比打网球更重要的问题。”

“那就是被那个问题弄疯了。”哈蒙德说,“卢,我告诉你,他已经完全脱线,没有什么能把他修好了。”

这场对话发生在将近一年前。在这期间,没有转机,也没有人对他改变看法。令世人震惊的钚-186开始出现后,阿森农依然躲在曼哈顿公寓,没有做出任何评论。有名望的物理学家们纷纷开始严肃地讨论各种前沿问题,比如平行宇宙的存在。而他把自己关在曼哈顿大街的某个屋子里,陪着他的凤梨。

也许他是疯了。但弗莱彻认为,他的脑子不可能完全短路了,应该还能提出一两个想法。

“你看起来没有老多少，不是吗？”阿森农说。

弗莱彻涨红了脸，“上帝啊，艾克[1]，我们才十八个月没见面！”

“是吗？”阿森农冷淡地说，“我感觉比十八个月久多了。”

他淡淡地一笑，看起来对弗莱彻并不感兴趣，也不想知道弗莱彻为什么来到这个僻静的住处。

阿森农向来就是个怪人。他孤僻、神秘，还有一点儿含蓄但明确的优越感，让人一看就觉得讨厌。他确实有优越的资本，但是他会想方设法让你明白这一点，根本不在乎这种处世方式会招来反感。

现在，他似乎比以往更加疏离、更加陌生。从表面上看，他还是那个样子：瘦削、温文尔雅、超常的英俊。有传言说，他有一年多没有离开公寓了，但他没有显现出长期待在室内的苍白。他的皮肤仍是深橄榄色——接近黝黑的地中海色调。浓黑的头发随意地飘在宽阔的额头前面。但他明亮的黑眼睛有些不太一样。在过去，无论陷入多么深奥的前沿物理问题，他的眼睛总是闪烁着俏皮的火花，散发着恶魔一般迷人的神采。现在，这个园艺隐士的脸上汇聚了一些不一样的东西：冷漠、禁欲以及神秘。他的目光还像以前一样明亮，但是已经没有温度了，仿佛来自遥远的星球。

“我来这儿的原因——”

“可以过一会儿再谈，对吧，卢？”弗莱彻话说到一半就被打断了。“先跟我去温室，我要给你看些东西。事实上，这些东西还没人看过。”

“好吧，如果你——”

“坚持，是的。来，我包你大开眼界。”

他转身引着弗莱彻穿过公寓里错综复杂的小路。在这个有着很多房间的公寓里，摆设要多随便有多随便，家具都是一些给学生

---

①这是阿森农的名字，“阿森农”是姓。

用的那种便宜货。到处都是游荡的猫，有的在家具上磨爪子，有的在半开着门的空壁橱里跳来跳去，有的停在堆着书的书架上往下瞧。空气中弥漫着一股猫尿味。

阿森农突然转过走廊，弗莱彻跟在后面，发现这是一个完全陌生的世界。他们来到玻璃幕墙的入口，这面墙围住了公寓最顶层的阳台，像一个观望台，甚是壮观。从外面，弗莱彻依稀看到数以千计的奇怪植物，一些挂在天花板上，一些长在木头柱子上，一些盘在椅子上，一些溢出了设在地板上的花圃。

墙上装有菱形的键盘，阿森农轻快地按出密码，玻璃门悄然滑开。一股潮湿的暖流扑面而来。

“快！”他说，“进去！”

就像步入了亚马孙丛林。在仲冬季节，这座曼哈顿公寓的空气寒冷干燥，然而在这儿，弗莱彻一下子置身于热带雨林才有的湿热空气里，就像一团湿布裹在身上。他几乎能想象丛林鸟在头顶上尖声尖气的鸣叫。

好多植物！奇怪的植物覆盖了室内的每一寸表面，填充了每一寸可生长的空间！

它们的样子都差不多，色彩明快的剑叶从一个中心发散开来，中间呈杯状，深度足以容纳几盎司的水。但除了基本特征，它们有很多不同之处。有的矮小，有的高大。厚实而多汁的树叶上，有的闪耀着黄色、红色或紫色的条纹；有的长着五颜六色的斑点，鲜艳、夸张，令人眼花缭乱。有的叶子是绿色的，也有红色和深红色的。在树叶聚拢成杯状的地方，有的还带着一点儿忧郁而神秘的蓝色。有的在边缘长着可怕的锯齿，似乎已经准备好捕食心不在焉的来客。还有的有着艳丽的花穗，形状奇异，比人还要高，就像无数长矛从中心刺向四周。

一切都闪闪发光。一切似乎都在爆炸式地疯狂生长。这个场景既奇特又可怕,就像各种饥饿的怪兽来了一次大聚会。弗莱彻不得不提醒自己,它们只不过是植物而已,是温室里的标本,在室外的城市环境中活不过半个小时。

"这些都是凤梨属植物。"说到"凤梨"的时候,阿森弄的喉咙里发出的悦耳声音,就好像这是所有词语、所有语言中最好的一个词,"大多数是热带植物,生长在美国南部和中部。它们喜欢攀附大树向上生长,长到树枝上;也有一些体型低矮,例如你熟悉的菠萝树。这个房间里还有其他上百种、上千种凤梨。这是个潮湿的房间,我在这里种果子蔓、丽穗凤梨和一些蜻蜓凤梨。我再带你多转转,前面还有铁兰——它们非常喜欢干燥——以及沙生凤梨和扇叶狄氏凤梨。还有,那边——"

"艾克。"弗莱彻轻轻地喊道。

"你知道我从来都不喜欢那个名字。"

"抱歉,我忘了。"这是谎话。艾克是"以迦博"[①]的缩写。无论是弗莱彻还是弗莱彻认识的人都无法把他跟这个名字联系起来。"你这儿的一切都很棒,真的棒极了。但是我不想再耽误你的时间了,我有一个很严肃的问题——"

"先说植物,"阿森农说道,"你就听我的吧。"他的眼睛闪烁着光芒。在温室里暗淡的灯光下,他似乎也变成了一只怪异的丛林生物。没有片刻的犹豫,他趾高气扬地顺着小道,走向贴着外墙生长的几株超大型凤梨。弗莱彻只能不情愿地跟着。

阿森农做了一个隆重的手势。

"在这儿,你看,阿氏凤梨!两年前在巴西西北部发现的。我自己掏钱赞助了那支探险队。我从没有期望他们用我的名字来命

---

①以迦博(Ichabod)出自希伯来语,意为"被神遗弃的人"。

名，但是你知道，有时候事情就是这么奇妙——”

弗莱彻的眼睛瞪圆了。这棵植物真是大中之大，叶冠轻易就长到了两米，枝叶交叉重叠。深绿色的叶子边缘有锯齿，颜色发白，形状就像消失种族的象形文字。中央的杯状结构有人头那么大，深得足够把一只兔子装进去。一朵垂直竖立的花从杯中伸出来，这是弗莱彻从来没见过的奇异花朵。通体黄色，厚重的花穗呈杆状，长度惊人。它的顶部生出一簇黑色闪电一样的东西，闪电末端垂着一红色的小球，像血色的月亮，给人不祥的感觉。空气里弥漫着它散发出的腐肉般的气味。

“这是北美唯一的样本！”阿森农喊道，“很可能整个世界也只有六七株。我成功让它开了花，这样就会有种子啦，卢。也许还会有后代——到时候就能繁育更多了。我可以把它与其他植物杂交——你能想象它与斑马凤梨杂交吗，弗莱彻？或者种间杂种[①]？用五彩凤梨怎么样？哦，你当然想不出来，我在想什么呢。但是相信我吧，结果一定不同凡响。”

“我相信。”

“看到它开花是一种荣幸。不过，你也该看看其他的。你肯定想不到吧，另一个房间里还有一株玛尔妮氏小舌兰凤梨。”

他滔滔不绝地说着，像个孩子一样热情洋溢。弗莱彻强迫自己耐心听下去。他没别的办法，不得不跟着阿森农看完所有的温室。

时间漫长得似乎没有尽头。阿森农带着弗莱彻在神奇的植物中穿梭，从一种到另一种，从一个房间到另一个房间。弗莱彻不得不承认，有些确实很漂亮，有些长得过于艳丽或怪诞了。还有一些十分平凡，在他外行的眼睛里没有任何特别之处。让他感触最深的是阿森农的痴迷程度，好像除了这些来自异域的植物，这个宇宙

①同属不同种的两株植物杂交。

中已经没有什么值得他关心了。他完全沉溺于自己创造的这个奇异的世界。

最后,就连阿森农似乎也没有那么高的热情了。因为走得太快,两人都大汗淋漓、气喘吁吁。他们在温室的一处停下来喘口气,这里被一种很小的灰色虬结的植物填满了。这种植物看起来好像没有根,被几乎看不见的细线固定在墙上。

阿森农突然说:"好吧。反正你也不感兴趣。告诉我你要来问我什么,然后你就该干什么干什么去吧,今下午我有很多事要做。"

"我要问你关于钚-186的事情。"弗莱彻说。

"别傻了,那是一种不合理的同位素,不可能存在。"

"我知道,"弗莱彻说,"但是它确实存在。"

他用最快的速度向这个年轻的物理学家(现在是植物学家了)讲述了这件怪事:神秘的元素替代了各个实验室中的钨和铁,测试表明它的原子序数是钚,但原子量远远低于钚。只有一种荒诞却无法反驳的解释:这是来自某个平行宇宙的礼物。另外,它在刚到来的时候很稳定,随后便以一种惊人的加速度进行放射性衰变。

随着弗莱彻的讲述,阿森农的脸色发生了精彩的变化。起初是无聊和烦躁,而后是轻蔑,再然后他似乎怒不可遏。但是他一句话都没说,脸上的怒气慢慢消退,开始生出一丝好奇,最后彻底着迷。至少,弗莱彻看着是这么回事。他意识到他有可能完全搞错了,有可能他根本看不懂这个独特又变幻莫测的人。

等到弗莱彻讲完,阿森农问:"你最担心什么?临界质量[①]还是

①裂变材料(在这里指钚-186)发生核子连锁反应所需的质量。例如钚-241的临界质量是12kg。由于钚-186的原子序数较大、中子极少,所以原子核结构不稳定,容易在短时间内发生自发裂变。当它达到临界质量后,一旦发生自发裂变,就会引起核子连锁反应。相当于一颗随时会爆炸的原子弹。

累积起来的电子损失？”

“临界质量的问题已经解决了。我们把这种物质研成粉末，与石墨混杂，然后分散地撒在五十个不同的储藏点。但是，它还在源源不断地冒出来，平行宇宙那边好像很乐意多给我们一些。你想想看，它的每一个原子都在发射正电子，这些正电子会在我们的宇宙寻找电子，然后湮灭，”弗莱彻耸耸肩，“小范围内，我想它可以变成一种很有用的能源。钨被替换成钚，钚再衰变成钨，每一个周期我们都能获得能量。但是往大了看，如果我们继续把这个宇宙的电子转移到他们那里去——”

“懂了。”阿森农说。

“所以我们要想想办法，把它处理掉——”

“是的。”他看了看手表，“你在曼哈顿这段时间住哪儿？”

“和以前一样，在教工宿舍。”

“太好了，我要做一些十字形的架子，免得花粉互相污染，我想现在就做。你回宿舍吧，好好玩上几个小时，再洗个澡。老天爷，你确实该洗澡了，你闻起来像一只丛林野兽。放松心情，喝上一杯，五点钟再来。到时候我们可以好好讨论这个事情。”接着他又摇头说道，“钚-186，什么破玩意儿！提到这东西我就不痛快。好像是在说，说……那个……空气凤梨或者铁兰[1]。你懂我的意思吗？不，你当然不懂。”他挥挥手，“出去！五点钟再来！”

对弗莱彻来说，这是漫长的一个下午。他分别给妻子、实验室的同事杰西·哈蒙德和一个老朋友打了电话，还约了饭。他洗了澡、换了衣服，又在宿舍旁边第五大道豪华的酒馆里喝了一杯。

但是他的心情很糟糕。哈蒙德告诉他，那天早上据报道又有几个地区出现了总共四千克钚-186，除此之外，阿森农的疯狂也让

①这两个物种并不存在，是阿森农编出来的。

他郁闷。

对植物感兴趣没有什么不对,弗莱彻在他自己的办公室里也种了一棵蔓绿和一些他记不得名字的植物。但是,阿森农一门心思地搞高度专业化的植物学研究,这种沉迷纯粹是精神错乱。即使不是精神错乱,弗雷彻也很难理解为什么有人想要与世隔绝,和一群奇怪的植物待在一起。他无法原谅阿森农放弃了物理学,他那远见卓识、洞察敏锐的头脑曾经窥探过宇宙最深的奥秘。该死,弗莱彻想,他曾对世界发誓说会坚持下去!然而现在,他却抛弃了这一切,把自己关在这个玻璃笼子里,与世隔绝!

弗莱彻告诉自己,哈蒙德说得是对的,阿森农真的疯了。

但是为此烦恼没有意义,阿森农不是第一个出人意料转行的物理天才。弗莱彻坚决认为,阿森农退出物理学界,是他自己的事。弗莱彻只想要阿森农给出钚-186危机的解决方案,然后这个可怜人可以尽情跟他的凤梨安静地生活。

大约四点半,弗莱彻坐出租车出发,穿过交通拥挤的街道,来到距离不远的阿森农的住处。

他很幸运,五点十分就到了,阿森农的家庭机器人郑重地向他问候,请他稍等。"主人在温室,"机器人告诉他,"他完成授粉就会来见你啦。"

弗莱彻只能等着。

天才们,他怨怼地想,个个都让人讨厌,全身上下都讨厌。

正想着,机器人又来了。六点半,窗外全黑了,弗莱彻的晚餐约的是七点。他要失约了。

"主人要见你啦。"机器人说。

阿森农似乎整个下午都在干敲岩石之类的重体力活儿,他看起来疲惫无力,连身上可怕的疯狂劲儿也不见了。他带着愉悦的微笑冲弗莱彻打招呼,嘟哝了两句听起来像是道歉的话,甚至还让机器人给他拿来一瓶雪利酒。这酒不太好,但是在一个禁酒者家里能喝上一杯,弗莱彻已经觉得非常欣慰了。

阿森农等着弗莱彻喝了几口,然后说:"我找到你要的答案了。"

"我就知道你有办法。"

接着是很长一段时间的沉默。

"希奥醇[①]。"阿森农终于开口了。

"希奥醇?"

"对。利用它的内时性。这是唯一的方法,也是必要的方法。你想想就懂了。"

弗莱彻猛地吞下一大口雪利酒。看来,即使在阿森农心情不错的时候,他也是个神经病。希奥醇!这又是在发什么疯呢?这种物质比钚-186还要荒唐。而且,它是怎么和目前的问题扯上关系的?

阿森农继续说:"我想,你知道希奥醇的特性吧?"

"当然。它的分子被扭曲到了相邻的时间维度,朝过去和未来延伸。希奥醇粉末会在放进水里的前一秒溶解在水里,这就是内时性,对吧?"

"很对。"阿森农说,"如果没有加水,它就会寻找水,在未来寻找。"

"但这和——"

"你看,"阿森农从上衣口袋里抽出一块碎纸片,"你想摆脱某个东西,就把它放在这个容器里。用聚合希奥醇制作一个外壳,把

①希奥醇(Thiotimoline)是另一种阿西莫夫虚构的化学物质。据他描述,这是一种碳氢化合物,有至少十四个醇羟基,亲水性很强,会在接触到水之前一秒溶解。

容器包起来,再用一个水箱包住外壳。安装一个定时器,让这个水箱在预定的时间向希奥醇送水。这样,水就会在几秒之后按时到达。接着,在最后一刻,让定时器的时间停下来。”

弗莱彻满怀敬畏地盯着眼前这个比他年轻的男人。

阿森农继续说:“水总是处于即将到达的状态,但是永远不会到达。希奥醇制成的外壳会朝未来推进一秒,去寻找水。在那个时间点,它极有可能和水相遇,但仅仅是可能性。事实上,离送水的时间仍然差了一秒。这样,希奥醇将离我们越来越远,进入未来。世界一秒一秒地朝着未来前进,希奥醇的速度则接近于无限。而外壳里面的东西也会跟着被带走。”

“我们可以把那些多余的钚-186放在里边。”

“或者是你想要摆脱的任何东西。”阿森农说。

弗莱彻有些头晕,“这样它就能够以无限大的速度进入到未来?”

“是的。希奥醇会在一段时间后分解成更稳定的等时形态,这个难题阻碍了大多数研究时间旅行的实验。但因为速度无限大,这不再是个问题。以无限的速度穿越时间的事物不受那种限制。它会一直前进,直到再也无法向前。”

“但把它送到未来之后呢?”弗莱彻问道,“即使它离开当下,钚-186仍然在我们的宇宙。电子会继续流失,在时间加速的情况下,说不定流失得更快。我们还是没有解决根本问题。”

“弗莱彻,你从来不会深入想问题。”阿森农轻轻地、近乎温柔地说。他眼睛里的蔑视是如此强烈,简直能把太阳变成新星。

“我努力想了,但是——”

阿森农叹了口气,“希奥醇将带着钚-186,追逐着水直到时间的尽头——是的,时间的尽头,千真万确。”

“然后呢？”

“你说呢，弗莱彻？时间的尽头有什么？”

“嗯……绝对熵……热量……宇宙死亡。”

“正确。这就是最终熵方案。所有分子均匀地分散在宇宙中。没有空间容纳追逐水分子的希奥醇，时间的终点就是一切的终点。而希奥醇将带着钚以及它追逐的水一起投入到熵的边缘，进入反时间。”

“反时间？”弗莱彻呆滞地说，“什么反时间？”

“当然了，进入到宇宙诞生的前一刻，一切停滞，时间为零，温度为无限。宇宙中的一切都紧缩在一个神秘的小团中。然后，希奥醇、钚和水来了。”阿森农的眼睛放出光芒，脸颊绯红。他挥动着纸片，好像那是一小片全新的教义。“它们将导致一次爆炸。这就是宇宙大爆炸，一切的起源。你——或者说是我，要亲自为宇宙的诞生负责。”

弗莱彻震惊得哑口无言。过了一会儿，他说：“你是认真的吗？”

“我很认真。这就是你问题的答案。收拾好你的钚，把它们送走吧。不论你分多少次传送，它们都会同时到达，产生一样的效果。你知道吗？你必须这么做。钚必须被处理掉，因为——”他似乎变成了原来那个阿森农，眼睛闪烁出以往常有的玩兴，“宇宙必须被创造出来，否则，世界不会延续到今时今日，你我也不会存在。这就是解决钚-186的方案。这是不可避免的、无法逃避的，是必须做的。你现在懂了吧？”

“嗯……好像是。我觉得我应该懂了。”弗莱彻仍没有摆脱眩晕。

“很好，即使你现在不懂，以后也会懂的。”

“我需要……和别人谈谈……”

“当然。你们这些人就是这么办事的。这就是我们之间的区别。”阿森农耸耸肩,“不着急,宇宙明天创造或者下个星期创造有什么区别呢?早晚的事。宇宙必须诞生,因为它已经诞生了。明白了吗?”

“是的,是的,当然。抱歉我得离开了,”弗莱彻喃喃地说,“我一会儿还约了饭。”

“你可以等会儿再赴约,不是吗?”阿森农微笑着,脸上突然流露出令人惊讶的亲切,似乎他真的为帮了弗莱彻而高兴,“今下午我忘了给你看,这儿有一种很不寻常的植物,有可能只有这一株呢——巢凤梨属,产于巴西,还没有命名。它快要开花了,还有一种……弗莱彻,你看了就知道了,绝对不同凡响……”

存 在

[美]莫林·麦克休　著

张建光　译

米拉坐在她位于俄亥俄州办公室的桌子旁,拿起新型的一次性剃须刀手柄。手柄产于……中国深圳,还是墨西哥胡安斯?她忘了他们是在哪儿组装的这个部件了。她看了看,确认了是在深圳。这里与深圳有十二个小时的时差。中国现在是晚上十一点,那地方只有一个生产工程师在进行虚拟现场工作——灯光下,机械手在铰链连接的两张工作台上工作着。工厂是个昏暗肮脏的地方,但是摄像头需要光线,因而虚拟现场工作站是黑暗中唯一亮起的地方,看过去就像座孤岛。

她在计算机监控器前举起深黑色的塑料零件,测量它的内孔径。她发现它们超标百分之二十,但推出新剃须刀的日期已经推迟太久了,无法再等着重新供货。所以,明天,深圳工厂中,低薪雇佣的中国员工将不得不手工检查这批零件,挑出残次品,然后将剩下的那些包装、发运。

她的电话响了。

她摘下护目镜。显示屏上是她家的号码,她不禁畏缩了。

“喂?”是她的丈夫格斯,“喂,是哪位?”

“是我,米拉。”她说道,“是米拉,亲爱的。”

“米拉?”他说道,“噢,快捷拨号键上写的是这个名字。你在哪儿?”

“我在上班。”她说道。

“在宝洁公司吗?”

“不是,亲爱的,现在我在吉列工作。你以前也为吉列工作过。”

“我没有。”他带着怀疑的口吻说道。格斯得了阿尔茨海默症,他今年才五十七岁。

“凯西在哪儿?”米拉问道。

“凯西?”他的声音低了下去,“这是她的名字吗?我之所以打电话,就是因为她在这儿。她在我们家干什么?”

“她在那儿帮你。”米拉绝望地说。凯西是新来的家庭护工。她每天白天去照看格斯,到现在为止快三个月了,但格斯仍然打电话来问她是谁。

“她是个黑人,”格斯说道,“这倒不是什么问题。她是我们的邻居吗?她是丹的朋友吗?”丹是他们的儿子。他二十五岁了,住在博得。

“你饿吗?”米拉说道,“凯西可以为你做个三明治。你想吃三明治吗?”

“我不需要帮助。”格斯说道,“我的车在哪儿?它在修理厂吗?”

“是的。”米拉说道,抓住了这个借口。

“不对。”他说道,“你在对我撒谎。这儿有个女人,一个奇怪的女人,她偷走了我的车。”

“不，亲爱的。”米拉说道，“你想让我回来和你一起吃午饭吗？”现在是十一点，她可以早点回家吃饭。但是她并不想在格斯焦躁的时候回家。

格斯挂了电话。

可恶！她抓起自己的手袋。

凯西站在门边，双臂环抱在胸前。凯西二十五岁，照顾格斯是她在家庭护理中介所得到的第一个任务。米拉喜欢她，甚至喜欢她那修剪整齐、经过精心装饰的长指甲。“屈斯特太太？屈斯特先生不见了。我试着想要跟踪他身上的安全装置，但是他拿走了我的定位仪。对不起，定位仪在我的手袋里，我从未想到他会把它拿出来。”

“噢，我的上帝！”米拉说道。她跑上楼，在她的床头柜中拿出自己的定位仪。她开启仪器，仪器显示格斯在三百米的范围以内。上面的指示箭头显示，他朝着与交通拥挤的格兰伍德相反的方向前进，正走向一条死路，朝着一个池塘前进。

“对不起，屈斯特太太。”凯西说道。

“还好走得不算太远。”米拉说道，“这不是你的错。他太狡猾了。”

她们走下门前的台阶。凯西还是太年轻了，心情很低落，仍将双臂环抱在胸，仿佛她的肘部很疼似的。她的指甲是粉红色的，还做了一条条的喷彩，看上去像是日出时放射的光芒。她跟在米拉后面，可爱的平底鞋摩擦着地面。她是个遇事沉着的女孩，一般情况下不会显得这么狼狈。米拉曾经希望格斯能够喜欢她。

格斯在一个通向死路的角落附近。他在某个米拉不认识的人家的院子里——感谢上帝！白天除了孩子之外，谁都不在家。他蹲在一个花坛前,裤子滑在地上。她能看到他多毛的大腿。她希望他没有将大便拉在裤子上。在他身后,浅粉色的蜀葵正在绽放。

“格斯!”她喊道。

他挥手让她走开。

“格斯。”她说道。凯西仍然跟在她身后,“格斯,你在干吗?”

“就不能让一个人男人安安静静地上一次厕所吗?”他说道。要不是她习惯了他这些疯狂的举动,她肯定已经哭出声来了。

她没有哭,她也不在乎。就在此刻,她下了决心。这一切必须结束,因为她再也不在乎了。

“有时候,治愈阿尔茨海默症是可能的。只是,我们无法治愈得了阿尔茨海默症的患者。”治疗信息中心的录像是这样解释的,“我们可以修复大脑,用新的脑组织代替受损的神经细胞,但我们无法修复那些损失的记忆。”这就是阿尔茨海默症的发作过程,米拉想道,一种慢慢加深的疾病,带走了你的亲人,留下的只是一个易怒的、行为错乱的陌生人。录像继续解释着为什么该治疗无法修复那些已被损毁的脑组织。在所有病例中,大约只有百分之三十的完全治愈率,但在百分之九十的病例中,疾病的发展都得到了遏制,几乎所有病例都有某种程度上的功能性改善。

米拉是个质量工程师。她已经习惯了这类情况:百分比和估计针对的是大量样本,对每一个个体则只能猜测。她将说明理解为:我们可以向你保证任何事情,只是无法保证这种事一定会发生在格斯身上。

可是格斯已经消失了,除了偶尔会展现出一些往日的习惯。

格斯被确诊时,他们曾经讨论过他是否应该接受这种治疗。他们两个,一对工程师,坐在厨房里的餐桌旁,仔细地考虑着这件事。格斯不同意。“五年之后，”他当时说道，“阿尔茨海默症复发的概率很高。可以想象，到了那时，我们已经在这个毫无作用的治疗上花光了所有的钱，你到时候又该怎么办呢？”

有些病人在五年之后病情会出现反复。而且，这种疗法才出现了七年时间，谁知道会发生些什么？

格斯做了个分析图。最好的结果是他痊愈了，最有可能的结果是他们花了一大笔钱，却只是减缓了疾病发作的速度。“即使我痊愈了，它仍然可能卷土重来。”他说道，“我不清楚我是否能长时间地忍受这个病，但很清楚我不想得两次。”

他的手对于一个男人来说显得有点儿小，这么说显得她有点儿挑剔，实际上她不是这样的人。他的手型很完美，指甲平整光滑，但他并不是个爱装饰的男人。他惯用铅笔，在计算机制图诞生前擅长手工绘制工程图，他刚才在打印纸上画的分析图也很规整。“不要哭。”他最后说道。

每当她哭时，格斯总会束手无策。结婚三十年来，当她特别想哭时——总是在深夜，至少在她记忆中是这样——她会等他睡着后来到楼下，坐在沙发上哭。她希望他能在旁边安慰她，但是在婚姻中，你得学会了解对方的底线，也了解你自己的。

以她的房子为代价，她可以请他们在格斯的大脑中放入一种酶，它会刮掉那些已经替代了正常脑细胞的阿尔茨海默氏区域。然后，他们会在他的大脑中放入未分裂的细胞，以及一种叫作“碱基转换”的媒介物质。该媒介中含有某种病毒，这种病毒可以促使细胞中的DNA将细胞分裂成神经细胞，并逐渐为他生出一片新的脑组织。

她给在博得的丹打了电话。

“我以为你和爸爸不想这么做。”丹说道。

“我也这么想。”她说，“但我当时不知道它会厉害到什么程度。”

丹沉默了。无言的沉默。你可以听到一根针掉在地上。“你想让我回家吗？”他说道。

“不用，”她说道，“不用。你应该待在那儿。你刚开始工作。”丹是个厨师，毕业于美国烹调学院，在纽约的四季饭店做过两年的帮厨。现在，爱丁·克鲁特在博得开了一家新饭店，名字嘛，当然叫作“克鲁特”。丹得到了一个副厨职位。这是个升职机会。他的下一步计划就是让自己出名，然后在某一天，他可以开自己的饭店。

“你得把心思放在‘屈斯特’上。”她说道。这是他们之间的老笑话，他想开一间叫作“屈斯特”的四星级饭店。可他们都认为“屈斯特”听上去像是个蹩脚的特许经营快餐店。

“‘阿塔西亚’。”他说道。

“变成这个名字了？”她问。

“是最新的名字。”他说道。自从他开始在烹调学院学习以来，他们一直在交换着对那间他打算开的饭店名字的想法，“你喜欢吗？”

“只要它不会让我想起墨西哥的牛集市。”

“噢，该死。”他说道。她能够想象，在电话线的那端，他像他父亲一样摇着头。丹比格斯高一英寸，有着同样的长腿和长胳膊。不幸的是，他也继承了他父亲的发际线。现在，才二十五岁的他已有了光秃秃的鬓角，这唤起了她对他的怜爱和保护欲。

“我可以飞过来。”他说道。

“这又不是手术。”她说着，突然间焦躁起来。她想让他飞过来，但是这么做没什么意义，“而且如果接下来的三个月我俩都只呆坐在那儿，我肯定会生厌的。因为它们在清除病灶时，我们不会察觉到任何变化。”

“好吧。”他说道。

“丹,”她说,“我觉得好像是在花你的钱。”

“我不关心钱。总之,我不喜欢以这种方式谈论钱。”他说道,“我只是感觉有点儿奇怪,因为爸爸说过不做的。”

“我知道,”她说道,“但我觉得这个人已经不再是你爸爸了。”

“在治疗结束后,他也不是爸爸了。是吗?”丹说道。

“是的,”米拉说道,“不是爸爸了。但至少是个可以自己照顾自己的人。”

“听着,妈妈,”他说道,声音显得既严肃又成熟,“你在那儿。是你每天面对着它。做你想做的事,别担心我。”

她感到眼里充满了泪水。“好的,亲爱的。”她说道,“好吧,干你自己的事去吧。”

“如果你想让我来,给我打电话。”他说道。

她想在哭出声之前挂上电话。“我会的。”她说道。

“爱你,妈妈。”他说道。

她知道他能听出来她在哭。

“我没病。”格斯说。

“只是身体检查。”米拉说道。

格斯坐在检查室的桌子上,穿着T恤衫和短裤。她曾经非常爱看到他打扮成这副样子——他的鼻子、他望着远方的蓝眼睛、他锁骨处的凹陷,还有他的长腿。让我看看你的屁股,她会这么说。随后他会转过身来,冲她扭起屁股,然后他们会像小孩子那样咯咯笑个不停。

“我们等的时间太长了。”格斯说道。

“不算长。”米拉说。就在这时,医生敲了敲门,推门进来了。

和他在一起的还有个技师,是个黑人妇女,戴着顶帽子。

“你是谁?”格斯说道。

“我是菲格德医生。”菲格德医生挺有耐心的。他昨天和他们谈了一个小时,今天早上在采集格斯的血样前,又与他们谈了几分钟。但是格斯不记得了。格斯表现得比平常还要差。他们在亚特兰大接受治疗。肯塔基的莱克星顿和安大略的温莎也都提供相同的治疗,但是,菲格德医生曾经和雷蒙·米勒博士一起工作过,正是后者发明了这种治疗手段。所以她选择了亚特兰大。

格斯开始焦躁起来。“你不是我的医生。”他说道。

菲格德医生说:“我是个专家,屈斯特先生。我会帮你解决记忆力方面的问题。”

格斯看着米拉。

“他说得对。”她说道。

“你想伤害我,”格斯说道,“事实上,你想杀了我,不是吗?”

“不,亲爱的,”她说道,“你病了。你得了阿尔茨海默症。我想帮你。”

“你一直在对我下毒。”格斯说道。难道他害怕了?因为这儿的一切都过于陌生?

“你想穿上衣服吗?”菲格德医生说道,“我们可以在一小时以后开始。”

“我不想开始任何事。”格斯说着站了起来。他穿着白色运动袜,小腿像其他老年人一样瘦瘦的。疾病使他看起来比五十七岁要老得多。从某种意义上来说,她是在杀死他。格斯再也不会回来了,她会用个陌生人来顶替他。

“再等等吧。”菲格德医生说道。米拉以前见过的医生可没这闲工夫,但这次为了见到医生,她可是花了七万四千美元。今天的注射加上酶,就是这个价钱。当然不会仅仅是这两项服务,他们还要在这儿待上两天,格斯还需要接受观察。

“该死,”格斯说着又坐了下来,“你们都该死。”

“没事的,屈斯特先生。”菲格德医生说道。

技师推过来一辆小车,菲格德医生说道:“我要给你打上一针,屈斯特先生。”

“该死。”格斯再次说道。从前格斯不常说这个词。

酶应该注射在脊柱中,但菲格德医生在格斯的臂弯处做了皮下注射。

“在那儿躺会儿。”菲格德医生说道。

格斯什么也没说。

“不是应该注射在他的后背上吗?”米拉问道。

“是的,”菲格德医生说道,“但刚才我只是想舒缓他的焦躁情绪,所以我给他注射了某些能使他平静的东西。”

“可你什么也没跟我解释。”米拉说道。

“我不希望他在我们准备向他注射酶时改变主意。这会使他平静,变得顺从。”

“顺从。”她说道。她本该抗议的。他们在向他注射药物,却不告诉她注射的是什么。但是现在她已经习惯于他的不顺从了。“顺从”听上去很好。它听上去很完美。“打的是镇静剂吗?”她问道。

“这是一种新药。”菲格德医生说道,他正往格斯的病例上写着些什么,“绝大多数镇静剂都会进一步加深阿尔茨海默症病人的焦躁情绪。”

“我得了阿尔茨海默症。”格斯说道,“它使我焦躁不安。有时我能感觉到它。”

“是的,屈斯特先生。”菲格德医生说道,“你是得了这种病。这是维姬。在整个治疗过程中,维姬将是我的助手。我们都非常出色。当我们让你侧躺时,你一定要保持住侧躺姿势,好吗?”

格斯刚刚还对医生那救世主似的口吻发脾气,现在却只是呆呆地说:“好的。”格斯以前做过回肠镜检查,当时他服下的镇痛药已发挥了作用,他还问医生是否碰到了他的结肠。尽管他的脑子已经躺在镇静剂的摇篮里,他就是想知道。

维姬和菲格德医生让格斯侧躺着。

“你觉得舒服吗,屈斯特先生?”维姬问道。她有很重的亚特兰大口音。

菲格德医生走出门,回来时又多带了两个人,都是男性。他们在格斯的膝盖下垫了软垫,使他不能轻易地翻身,随后又在他的脖子下垫了一个。

“你怎么样,屈斯特先生?”菲格德问道,“你觉得好吗?”

“好。”格斯说道,声音困倦。

维姬卷起格斯的内衣,露出他多节的脊柱。菲格德医生用黑笔做了个记号。他像个瞎女人一样摸索着格斯的后背,脸上满是专注的神情。随后他拿起一个针头,说道:“你会觉得有些刺痛,屈斯特先生。这会使你后背的皮肤麻木,知道吗?”他又给格斯打了一针。

格斯一本正经地“噢”了一声。

随后,菲格德医生和维姬又用笔在他的后背上做了些记号。菲格德医生拿出一个针头,小心翼翼地注射进格斯的后背。他将针头在格斯体内停留了一小会儿,将药物注入皮下后,拔出来。维姬接过来,又递给他另一个针头,他把它插入皮下,然后注射药物。

米拉不知道那是更多的镇痛药,还是酶。

“好了,屈斯特先生,”菲格德医生说道,“我们已经完成了药物注射。但是你还得再躺一会儿。”

“这和脊椎穿刺一样吗?”米拉问道,“他会头痛吗?”

菲格德医生摇了摇头,“不会,屈斯特太太,已经完成了。如果他想坐起来,他可以这么做。”

现在,它已经在他体内了,很快就会开始清除他大脑里的病灶了。

它要清除的部位已经不属于格斯了。也就是说,格斯不会再失去更多的东西。但这想法令她不安。酶沿着他银灰色的神经细胞的通路前进,溶解疾病造成的组织病变。然而,接着会怎么样?脑子中出现空洞?液体会填满这些空洞,多孔的组织就像海绵。可怜的格斯,蹒跚地走着,既愤怒又无助。

她想拍拍他那颗可怜的脑袋。但他现在安静下来了,或许最好还是随他去吧。

这诊所看上去更像个旅馆,而不像是医院。床上铺着花布床单,床单上画着一块奶酪和一只花瓶,花瓶里插着玫瑰。由于白天用了镇静剂,格斯现在很兴奋。他不愿上床。如果她上床了,他就要到门外走廊里去。但是门被锁住了,他出不去。门边有个触摸屏,她用“0815”当作密码。这是丹的生日,但她不认为格斯还能记得。门上有个提示,说如果发生火灾,所有房门都会自动开启。格斯在门与墙壁之间的缝隙上摩擦着手指。“我想出去。”他说道。她说不行。“我想出去。”他说道。于是她又说:“我们不是在家里,我们必须待在这里。”

“我想出去。”他说道,一遍接着一遍——尽管她早就不再回答他了。他终于坐下来,看了五分钟的电视,但是接着又站起来,走到门边。“我们回家吧。”这次他说道,她没有回答。他长长的手指像蜘蛛一样在门框上来回移动。他坐下来，然后又站起，每次都会在门边站上三五分钟、二十分钟甚至半个小时。她被晃晕了，眼泪涌了上来，眼眶隐隐作痛。终于，她尖声叫道：“你出不去的！”

他看了她一会儿，显得很迷惘。随后他转身向着门，愤怒地说：“我想出去。”

她走向他，将他的两只手握在自己手里，“我们都被困住了。”她仍然因为过于疲劳而觉得头晕。但如果她哭了，只会使他的情绪更糟。他看了看她，又转回身去摸门，手指轻轻敲着门框。她关上灯，他立刻开始号叫：“噢——噢——噢——”她只好再次将灯打开。

最后，她从他身边挤过去，反身将他锁在屋里。她去了休息室，坐在一张沙发上，把一双赤脚放在沙发上，蜷缩在睡衣里。休息室里没有别人。她想在这儿睡上几个小时。她感到空荡荡的，没有安全感。她躺了下来，闭上眼睛，远处传来空调系统轻微的背景噪音，还有在大屋子中常常能听到的奇怪的空洞声响。她一边想着有人病着，她必须得做点儿什么，一边渐渐地进入沉睡，她知道，这样只会让她立马陷进噩梦。她猛地惊醒了，感到了更深的疲惫。

她不能待在这儿。格斯还在屋子里吗？

当她打开房门时，他就在里面。但是她有一种奇怪的感觉，那就是，他根本没有意识到她离开过。

终于，他听从了她的话，在早上三点十五分左右躺了下来，但六点刚过又起来了。

第二天，她询问医生这一切是否与他接受的注射有关。但显然，这不是原因。原因是陌生。陌生的房间、陌生的地方、阿尔茨海默症，还有他脑子中的受损部位。

社会工作者建议，在注射促进神经生长的细胞物质之前，格斯应该在照料老年人和痴呆患者的疗养院待着。

即使她负担得起，米拉认为自己可能也会说“不”。当他们重新塑造他的大脑时，他会成为另外一个人，但他们的婚姻仍然存在，她想和他待在一起，成为整个过程中的一个部分，这样，她的新丈夫，新格斯，仍然会是她所爱的一个人——至少，会是一个能过日子的对象。

米拉很幸运，他们能负担这一切。这是个实验型治疗措施，因而保险公司不会承担费用。她和格斯存有退休基金，但她不能动用这部分钱，否则资金收益的税收就要大大增加，这将会引爆一个定时炸弹，她的会计就是这么说的。但是他们好歹可以卖掉房子。

老房子卖了二十一万七千美元。前半部分治疗要花费七万四千美元，后半部分是三万八千美元多一点。物理康复大约是每个月两千一百美元。通过中介雇一个家庭护工要花三万二千美元(保险公司不会再管了，因为这是个实验性的治疗)。这些费用中不包括机票以及其他可能数以千计的突发事件。但无论如何，至少房子的钱已经拿到手了，税务人员还帮着采取了些避税手段，替她省下了三万美元，正好作为一个小房子的首付。

小房子有两层楼，有一块如同邮票般大小的后院，每个月的物业费用为二百二十三美元，她的月供为七百三十九美元。

楼下是一间起居室和一个厨房，楼上有两个房间。地毯是浅灰色的，而起居室内的家具都是仿古的红色、赭色和象牙色，两者之间不是很相配，但也不算太糟。

“为什么我们的沙发在这儿？”格斯哀伤地问，“我们什么时候能回家？”

一天晚上，当格斯说想要回家时，她把他塞进车里，开车出去兜风。丹还是个孩子时，每当他不肯睡觉，汽车引擎的声音都可以安抚他；而今天晚上，这声音似乎对格斯也产生了相同的效果。他高兴地坐在那辆已经开了七年的本田轿车的副驾驶席上，她开车时，他拍打着座椅扶手，低声吟唱。刚开始她并不确定这吟唱是否是焦躁的表现，但过了一会儿，她确信这是快乐的声音。

“你喜欢兜风?”她对他说。

他没有回答，只专心地吟唱着:“噢-噢-噢……”

另一个晚上，她醒来时发现床上只有她一个人。阿尔茨海默症病人睡得不多。通常她都能察觉到格斯或丹是否在夜里起床，但这几天她实在太累了。

她发现他在楼下的厨房里，正从冰箱里往外拿一碗加了奶酪的通心粉。因为没有保鲜膜，她用锡箔纸封住了碗口。“你饿了吗?”她问道。

格斯说道:“我能应付。”他的声调平静自信。他把碗放进微波炉。

“你不能把它放进微波炉里，亲爱的。”米拉说道，“你得先把锡箔纸从碗口取下来。”她恨自己在对他生气却又不想让他生气时，总是要加上“亲爱的”这个词。感觉像是被动式的主动进攻。

格斯关上微波炉门，设定了时间。

“格斯，”她说道，“不能这么做。”她伸手过去想打开微波炉门，他把她推开了。

“格斯，”她说道，“不要。”她伸手去开门，他又把她推开了。

“你别管。”他说道。

“不行,”她说,“上头还有锡箔呢。”看在上帝的份儿上,格斯是个工程师,或者说曾经是。

她想阻止他,双手抓住他的前臂,他转过身来看着她,他的脸因为愤怒而扭曲了。随后他向后抽回胳膊,一拳打在她的脸上。

他仍旧是个高大强壮的男子。这一拳把她打倒在地。

她甚至不知道自己是什么感受。自从十二岁起,就没有人打过她。而且,十二岁时挨的那一拳挺轻的,尽管她的鼻子当时也流血了。拳头阻止了她的思考。她躺在厨房的地板上。格斯按下了微波炉上的启动按钮。

米拉碰了碰自己的脸。她的嘴唇裂开了,她能尝到血的味道。她的脸很痛。

微波炉旋转时发出闪光。她没有力气起来处理它。格斯皱了皱眉。不是对她,而是对微波炉。

米拉坐起来,抚着自己的脸。一颗牙齿在舌头的舔动下摇摆不停。格斯没有注意她,他在看着微波炉。他全神贯注,像工程师在解决一个问题。

微波炉开始发出强烈的电弧光,格斯后退了。

米拉坐在地板上,直到微波炉开始冒烟时才站起来。她甚至没有想到哭,尽管她的脸颊和嘴巴很疼。她按下微波炉上的取消键,随后把它从橱柜中拉了出来,拔下插头。她把微波炉一半悬在外面,然后走向洗碗池,吐了口血水。她漱了漱嘴,随后冲洗了一下洗碗池。

“回床上睡觉去。”她说道。

格斯看着她。他还在发火吗?她后退几步,脱离他的攻击范围。她害怕了。他不是个孩子,他是个大人。他会因为自己仍然饥饿而责怪她吗?

“我给你热些汤,”她说道,“好吗?”

格斯看着别处,微微张着嘴。

她抓起微波炉专用手套,小心地打开冒烟的微波炉,取出通心粉和奶酪。锡箔已经变黑,她设法将已经裂成两半的陶制碗捧在手里,拿去扔掉了。格斯坐了下来。她把微波炉拿到外面的草地上。她觉得微波炉里面没有继续加热了,但她依然觉得滚烫。她不能坐下来盯着它,格斯需要监视。如果它要开始闷烧,那就让它烧吧,草地很潮湿。

回到屋里,她看到格斯在起居室里正用勺子从一个盒子里挖冰激凌吃,身上和沙发上都有冰激凌。

她害怕走近他,她选择坐在一张椅子上,看着他吃。

她无法把坐在她面前的男人与格斯联系起来。她所嫁的那个格斯绝对不会打她。她所嫁的那个格斯有一些无法剥夺的性格特征:他的整洁——几乎可以说是洁癖,他的小心谨慎,他的追求完美。但这一位也是格斯,尽管腿上和沙发上滴着冰激凌。格斯究竟是谁?什么定义了格斯?她嫁的到底是谁?摆在她面前的不仅仅是熟悉的身体,也有部分格斯的内在——某些她无法明确的东西,可能只是格斯的习惯。

晚些时候,他上床了,身上还沾着冰激凌。她扔掉了冰激凌,尽管盒子里还剩一半。屋外,微波炉静静地待着,能闻到一丝高温烧灼的味道。她走上楼,睡在另一个房间里。

她想思考一下接下来该怎么做。酶正在吃掉病斑,但他在植入细胞、细胞开始生长之前不会有任何改善。他们下个月才会再去亚特兰大。去了之后,还要等上三个月才能看到改善。

这个混蛋。阿尔茨海默症是个混蛋。

她不知道该怎么做。她甚至不敢请长假。星期六,她想到,她会雇一个护工,然后到旅馆订一间房,睡上几个小时。这会有帮助的。她在不那么累时才能清醒地思考。

在公司里,米拉最好的朋友是菲利斯。菲利斯也是个质量工程师。越来越多的质量工程师由女子担任,菲利斯说这就是为什么质量工程师比其他工程师——例如设计或生产工程师——的年薪要少一万美元的原因所在。"就像人力资源部一样。"她说,"这儿现在成了女孩工程区了。""女孩"这个词从菲利斯嘴里说出来,听上去有点儿好笑,因为菲利斯身高五英尺两英寸,体重接近两百磅,留着铁灰色的短发。

早晨过去一半时,菲利斯来到米拉的小办公隔间,问道:"那个混蛋怎么样了?"菲利斯在格斯还是格斯时就认识他了。

"一个真正的混蛋。"米拉说着把头从计算机屏幕前抬起来,看着菲利斯。她的半张脸上全是牵牛花般的紫色。

"噢,我的上帝!"菲利斯说道,"出什么事了?"

"格斯打了我。"

"噢,上帝。"菲利斯说道。

过了一会儿,她们坐在员工自助餐厅里。菲利斯面前放着一杯咖啡,她说道:"你看上去很不错。"这意味着某种放松。菲利斯最初的反应——刚开始时的无话可说——使米拉无法忍受。如果菲利斯不能就这件事开玩笑的话……

她没有说"你得把他送到疗养院去",她真正说出口的话是:"换了过去的格斯,准会被吓一大跳。"

"他会的。"米拉说道,心里感激万分,"他会的。不是吗?"

他们去了克利夫兰的诊所,格斯接受了麻醉,医生从他体内取出了一些骨髓。冷冻的骨髓被运往亚特兰大,他们可以从中抽取未分裂的干细胞,注射进他体内,以取代那些缺失的神经细胞。

麻醉过后,他焦躁了两天。他无法保持平衡,屁股上抽骨髓的地方很疼,他骂她"婊子"。

两个星期后,他们去了亚特兰大,注射未分裂的细胞及病毒诱导剂的过程和第一次几乎完全一样。格斯两次朝她舞动拳头,一次在亚特兰大的诊所内,另一次是回家之后。但是她一直都很警觉,因为她害怕他,她两次都及时逃离了他拳头所能及的范围。她警告了新来的家庭护工艾里斯。(凯西离开了,因为她男朋友有个表弟在坦帕,说是能给她找个工作。)艾丽丝三十多岁,胖胖的,看上去不太友好,但也不凶。艾丽丝说只要她在,格斯从来没有失控过。她在撒谎吗?米拉想道,她又为什么要撒谎呢?

艾丽丝是想说格斯更喜欢她吗?米拉总感觉艾丽丝认为她应该多待在家里,认为她应该自己照顾格斯。

有时格斯喜欢坐车。他们爬进她的车里。

"我们去哪儿?"他问道。

"去理疗。"她说道。他就要发脾气了,她猜想。

但是他摇下车窗,树在窗旁掠过。他躺在座位上,哼着歌。

"你高兴吗,萨克斯手?"米拉说道。

现在,一切都停滞下来了——在他们置入他脑子里的细胞发挥作用前,他没有变好,也没变得更坏。最快也要在三个月以后,他们才能看到些不同。现在,在新细胞注射进他空洞的大脑之后一个月,他们要做些检查,将结果和标准数据进行比对。

这种做法很有道理。我们在健康时从来不做比对检查,真是太愚蠢了,她想道。或许她自己也应该做一个检查。米拉·屈斯特,五十一岁时的认知功能能得多少分。如果痴呆症已经控制了她,他们可以将整个过程制成图表。或许所有人都应该做这种检查,就像四十五岁到五十岁之间的女人都会为了体检拍摄乳房X光照片一样。

或许她的痴呆症已经开始显现了,她在工作时会忘事。她知道,这只是因为她太担心阿尔茨海默症了。老年反应——一个名叫艾伦的家庭护工曾用这个词形容站在厨房中却忘了要干吗的情况。

如果她得了阿尔茨海默症,谁会来照顾她?她和格斯会被送往养老院,下身围着尿布,互不相识。

格斯哼着歌。

"萨克斯手。"她说道。尽管有这么多的恐惧、愤怒和沮丧,被损毁后的格斯对她而言仍然有珍贵之处。这个优秀的大脑受到了多么严重的损害。这个工程师常常明确地指出问题然后做出解释,例如,"啊,是这么回事。塑料把手的强度越大,它就越脆。你得稍稍降低些强度,让这东西可以微微弯曲,否则它就会断裂。在阳光下,或是受到紫外线的摧残时,这种情况会尤其明显。"

你曾经有一个多么神奇的大脑啊,她想。你说的道理,我能明白,任何人都能明白。在你的手下,任何事情都变得条理分明。

康复治疗是在一个叫"猴面包树"的康复中心进行的,它位于一排商店之中。这排商店中最显眼的就是希尔思五金店,卖些工具之类的东西。"猴面包树"康复中心看上去像是个保险公司,或是信贷公司——窗户前有盆栽的植物,还有迷宫般的办公隔间,与老办公楼里的那种格局类似。多年以前,曾经有一次,格斯和她一起走在办公室里时,他突然弯下腰,将自己降到与米拉相同的高度——五英尺三英寸——然后说道,对你来说,这里简直是个迷宫。那是她第一次意识到,以他的身高,他的视线能越过隔间的墙,它们对于他来说完全不能称为墙。

现在,格斯的视线也越过了隔间的墙。

他们的理疗师很年轻。她走出来迎接他们,“屈斯特先生、屈斯特太太,我叫艾琳。”

米拉很高兴她和格斯打招呼。格斯可能不在乎,也可能在乎。米拉认为这是他们考虑周到的表现。

艾琳带着他们穿过隔间,来到一间真正的屋子里。屋子中有一张桌子,墙上有架子。

“屈斯特太太,”她说道,“我希望你能参与我们的第一次理疗。”其实米拉从没想过不参加,不过现在,她突然希望自己能被允许离开。她可以去散步,睡上一觉。但是,她如果把格斯一个人留下,与陌生人待在一起,可能会使他伤心。

对他而言,几乎所有人都是陌生人。

格斯在桌边坐了下来,发着呆。

艾琳从架子上取下一个由大木头块组成的拼字游戏拼板,“屈斯特先生,你想玩拼字游戏吗?”

“不。”格斯说道。

格斯喜欢拼字游戏吗?工程不就是一种拼字游戏吗?米拉不记得格斯曾经玩过普通的拼字游戏——他们实在是太忙了。他们的生活目标不是能坐下来玩拼字游戏。有一阵子,格斯喜欢制作天文望远镜。接下来,他又做起了火箭模型。他制作了非常漂亮的火箭。他会坐在电视机前,用砂纸打磨火箭的叶片,以做出最好的空气动力翼面。细屑落到铺在他腿上的毛巾上。接着,他会用缓释环氧树脂把叶片粘在火箭身上。最后,在即将完成时,他会用手指蘸点儿外用酒精,在机身结合部位来回摩擦,使它变得光滑完美。他制作出漂亮的火箭,然后就想方设法地发射它们。

“让我们来做拼字游戏。”艾琳说道。

“米拉?”格斯在电话里说道。

“我会再打给你。”米拉对罗杰说道。罗杰是她负责的一个项目的生产工程师。

“瞧,”罗杰说道,“我只需要一个签名,然后就立即从你面前消失——”

“是格斯的电话。”米拉说道。

“米拉,亲爱的,”罗杰说道,“对不起,但我有四千个零件等着你批呢。”他想让她批准这些零件可以被投入使用,尽管它们不太符合规格。她相信它们也能用,但她的工作就是要去确认。

“米拉。”格斯在她耳边说道,“我想我的脑子里有蜜蜂。”

罗杰认识格斯。罗杰是个目光短浅的家伙,除了四千个塑料零件外,什么也不关心。实际上,罗杰只是在做他的工作。只要有工作,他就非得做完才罢手。罗杰就是这种人。

“我保证这批零件没问题,”罗杰说道,“我组装了二十个,它们的功能都正常。”

米拉叹了一口气。

“米拉?”格斯说道,“你能听到我吗? 我脑袋里面有蜜蜂。”

“你是什么意思,亲爱的?”她说道。

“我脑子里痒。”

格斯不应该在治疗过程中有什么特殊感受。脑子里没有神经末梢,他应该感觉不到任何东西。第二个疗程已经过去四个月了。

“你脑子里痒?”米拉说道。

“是的。”格斯说道,“你能过来接我吗? 我准备好回家了。”

当然,格斯就在家里,和家庭护工艾丽丝待在一起。但如果米拉说他就在家里的话,格斯会不高兴。“我过一会儿去接你。让我和艾丽丝说话。”

“我的头痒。”格斯说道,“里面痒。”

“好的,亲爱的。”米拉说道,“让我和艾丽丝说话。”

格斯不想把电话交给艾丽丝。他想……想干些什么。他想让米拉来照料他发痒的头,或是其他什么事。米拉不清楚格斯是否了解治疗过程。或许他是编造了这个事,好让她过去把他带回家。或许真的发生了一些奇怪的事。这毕竟是个实验性的治疗。或许这只是阿尔茨海默症更奇怪的表现。或许他是头痛,但他只能这么表达。

“是蜜蜂。”他说道。

终于,他让她和艾丽丝通话了。

“他发烧了吗？有什么不对劲的地方?”她问艾丽丝。

“没有。”艾丽丝说道,“他今天状态很好,屈斯特太太。我想是脑细胞正在生长,这些天他表现得很好。”

“我需要回家吗?”米拉问道。

“不用,女士。他只是坚持要给你打电话。我不知道蜜蜂是怎么回事,他没有告诉我。”

或许他脑子里的组织正在排斥异体。这不应该啊,这些细胞是未分化的干细胞,来自他自己的身体。或许什么地方出了差错。

她到家时,他没有提起这件事。

晚餐时,隔着桌子面对着他,她无法确定他是好点儿了,还是没有任何改善。他用叉子更熟练了吗?

“格斯?”她说,“晚餐后你想看些照片吗?”

“好的。”他说道。

她让他坐在沙发上,拿出一本相册——只是随便抓了一本,这本是丹一年级以后拍的。“那是丹。”她说道，“是我们的儿子。”

“嗯哼。”格斯说道。他的眼睛掠过这一页。随后，他翻向下一页，但并没有真的在看。

那么多记忆消失了。如果他真的变聪明了，她得把他的过去教给他。

有一张照片，是丹坐在一个巨大的南瓜上。有一个人，一个陌生人，坐在一旁，还有三排南瓜，显然是出售的。丹坐在那儿，小脸朝天，咧嘴笑着，他每次照相都这样笑。他看上去像刚满六岁。

米拉记不起这张照片是在哪儿照的了。

在那年的万圣节，丹扮演了个什么？她过去常常替丹化妆。那年他扮成了一个骑士吗？她给他做了面盾牌，盾牌太重了，他拿不动。最后是格斯替他拿的？不对，她是在塔拉哈希路旁房子里的车库做的这个盾牌，他们是在丹八岁的时候才搬到那儿去的。丹对盾牌很失望，尽管她记不清是为什么。可能和盾牌上的徽章有关。她甚至记不起徽章的样子了，只记得盾牌是红蓝两色组成的。她花了好几个小时来制作它。它是个巨大的失败，尽管他在后来的一两年内玩过它，在院子里玩过击剑。

人们能有多少记忆？它们中又有多少是值得去记住的呢？

“那是谁？”格斯指着问道。

“是我妈妈。”米拉说，“你记得我妈妈吗？”

“当然。”格斯说道，他的话不表示任何意义。接着他说道：“牌。”

“是的，”米拉说道，“我妈妈玩桥牌。”

“玩扑克。”格斯说道，“和丹。”

零碎记忆，她想着。他记不得他住在哪儿，却能记住我的妈妈教丹玩牌。

“那是谁?”他问道。

“那是我们在南本德的邻居。”米拉说道。谢天谢地,他的名字就在照片旁写着。“麦克,那是麦克。他是个志愿消防员,记得吗?”

格斯甚至没在看照片。他在看房间。“我想我已经准备好回家了。”他说。

“好的。”她说道,“我们一会儿就回家。”

这回答使他满意了一阵子,直到他忘了,又吵着要回家为止。

丹带着行李箱出现在门口。

“看起来不错。”他说道,“真的不错。听你的描述,我还以为你挺不下去了呢。”

米拉感激地笑了,见到他真高兴,“我说得没这么惨吧?”

“你说得很直白。”他说道,提高音调来模仿她的语气,“这就是生活,没什么要紧的。”

“是谁啊?”格斯说道。

“是我,爸爸。是我,丹。”他的脸绷紧了,是因为……担忧?她猜可能是因为紧张。

“丹?”

“你好,爸爸,”他说道,“是我,丹,你的儿子。”他仔细观察着爸爸的脸,看他有没有认出自己。

今天是格斯表现较为出色的一天。米拉刚要开始担心,格斯就开口说话了:“丹,你来了。你好。”接着,就像有时他会表现得异常正常一样,他又加了一句,“旅途还顺利吧?”

丹笑了,“很顺利,爸爸,非常顺利。”

是治疗使得格斯开始记事了?抑或这仍然只是偶然?

丹回家来过圣诞节。这是他给她的圣诞礼物,他说,给她一个休息的机会。但她没能休息,她忙着打扫卫生,忙着从网上给丹买礼物。真的要谢谢因特网。她给丹买了菜谱,还有CD、一套漂亮的德国刀具——他一直想买,可始终没买,因为他从不在家做饭。她花了太多的钱。但她要给格斯买些什么礼物呢?她给格斯买了孩子们都喜欢的巧克力、两件暖色的衬衫、一个拼字游戏板。

“我无法相信你已经回来了。”她说道,她能感觉到她的嘴咧得太大了。

“我就在这儿。”他说道,“当然我得来。我还能去哪儿?莉萨向你问好。”

莉萨是他的新女朋友。

“你应该带她一起来。”米拉说。

格斯站在那儿,面无表情,对他们的对话丝毫不感兴趣。

丹说道:“爸爸,我碰到了一个非常好的女孩。”她向格斯提起过莉萨,但是绝大多数情况下都是她在自言自语,因为格斯似乎能从说话声中得到安抚。他脑子中剩余的那部分是否记住了这个名字,她不知道。

“我没有带她来,”丹说道,“我想光是我一个人就已经添了很多麻烦了。”

格斯似乎没听懂他在说什么。

“我带你去你的房间。”米拉说道。她把丹安置在客房,这意味着她必须和格斯一块儿睡了。这个星期,他十点或者更早的时间就上床了,然后一觉睡到第二天清晨五六点。这一切,她想,肯定是治疗带来的进步。

平安夜,丹做了一顿丰盛的大餐。以前,他们常常在平安夜吃烤牛肉,圣诞节整天吃烤牛肉三明治。但刚过去的几年,她只为他们两个准备平常的晚餐。丹做了圣诞烤肉、约克布丁，还有栗子浓汤、烤土豆和石榴沙拉配香槟调味。“甜点是——”他说道，“焦糖布丁。我从克鲁特饭店借了个火炬。”他挥舞着一个小小的火炬，像是威廉姆－索诺玛[①]邮购目录上展示的那种，“这将是最美好的圣诞节！”他咯咯地笑着。这是他多年以来一直重复的老笑话，是对圣诞节电视节目的小小讽刺。

格斯在做拼字游戏。他在康复治疗中就玩这个游戏，理疗师（与他们碰到的第一个不是同一个人，第一个理疗师在休产假）说，有确切证据表明细胞正在生长，填补脑中的空缺。格斯喜欢拼字游戏。她买了一个适合八岁到十二岁孩子玩的。CD机里放着炮弹艾德利的歌曲。她的紧张情绪得到了一丝缓解。圣诞节从来不会发生什么好事，至少在她看来是如此。自己的要求太高了，她常这么认为。所有在圣诞节时的期望都太高了。

但在此刻，她由衷地产生了感激之情。

“你要帮忙吗？”她朝厨房喊道。丹死也不让她进去。

“不要。”丹回喊道。

烤肉的香味充斥着整个屋子。她的晚餐一直是微波食品，要不就是从杂货店买些已经做好的东西，或是叫中国菜外卖。

“你为什么要扔掉微波炉？”丹在厨房里问道。

“它短路了。”米拉说道。

格斯一直埋头于拼字游戏。他还记得那个夜晚吗？那件事发生在他大脑中的病灶被清除之后，所以应该不是他丢失的那些记忆之一。但是他有记忆吗？一天天地，他知道他正在经历的这一切吗？或者，记忆就像指缝里的沙子？

“你还在吗？”她低声道。

---

①威廉姆斯－索诺玛公司是一家总部位于美国旧金山的厨房用品公司。

六点钟,桌子上摆的食物比三个人一个月能吃下的还要多。丹切了牛肉,把牛肉片漂亮地摆在盘子上。(她注意到格斯的牛肉被切成了小片,不由得眼里满溢着感动。)牛肉看上去很好吃,摆在旋涡状的棕色山葵调味汁上。在她和丹的盘子上,摆放着由胡萝卜雕刻成的花,花放在月桂叶上——格斯的盘子上有花,但没有树叶,以防他错把树叶当成食物。色拉闪着光,石榴籽像一颗颗宝石。她和丹的杯子里有葡萄酒——格斯的杯子里盛着果汁。

“噢,天啊。”她吸了口气。这是成年人的晚餐。以前,这张餐桌除了冻通心粉和中国菜外卖之外,就没出现过别的食物。“噢,丹。”她说道,“太漂亮了。”

“应该漂亮。”丹说道,“我靠这个过日子呢。”

“格斯,”她说道,“过来尝尝丹的手艺。”

“我不饿。”格斯说道。

“那就过来陪我吃饭吧。”

有时他会过来,有时他不会。今晚他过来了,她引导着他坐下。

“今天是平安夜,爸爸。”丹说道,“这是平安夜晚餐的烤牛肉。”她想告诉他不要强求,要让格斯自己做出决定,但是丹今晚这么辛苦。求你了,不要惹麻烦,她想着。

“烤牛肉?”格斯说道。他拿起叉子,吃了一小块,“好吃。”他说。她和丹互相朝对方笑了笑。

米拉吃了一口,“你在哪儿买的牛肉?”她问道。

“瑞德加油站小店。”丹说道。

“不会吧?”她说道。

“当然喽。”丹说道,“你做了这么多年的菜,习惯于闻菜的香味,但是忘记了它们的味道。我继承了你的做菜天赋,妈妈。”

不是真的。他像他的父亲，有着相同的慎重、相同的小心翼翼。厨艺是个谜。她做菜只是兴趣，丹做菜时有他父亲做火箭时的执着。

“我不喜欢吃这个。”格斯说道。

“什么？”丹说道。

“这个，”格斯指着山葵调味汁旋涡说道，“难吃。”

“山葵？”丹说道，“你过去一直都喜欢啊。”

格斯过去酷爱山葵。还有芥末、辣椒和生姜。他喜欢甘草、泡菜和斯第尔顿奶酪，以及其他味道刺激的东西。

“难吃。”格斯说道。

“我给你盛些新的，不放调味酱。”米拉在丹回嘴之前抢着说。绝不能起冲突。这其实没有什么。“他的口味没那么重了。”她迅速地对丹说，希望格斯不会注意到，她也不用再解释了。

“我去拿。”丹说道，“你坐着别动。”

丹拿来一个盘子，“你这段时间吃什么，爸爸？”他问道，“乡村奶酪？妈妈，难道他不应该吃些……我不知道该怎么说……可以刺激他的东西？”

格斯皱起眉头。

“别说了。”她说道。即使没有丹的责问，日子也已经够难过的了。

除了口味清淡的食物，格斯什么也不碰。他的口味跟三岁的小鬼一样：通心粉和奶酪、烤奶酪三明治、番茄汤、冰激凌。她容忍他，只是因为这样对她来说更容易。她想告诉丹——格斯打过她，他们熬过这些日子不容易。

或许邀请丹是个错误。格斯需要常规，而不是打扰。

“味道怎么样？”丹说道。

“好吃。”格斯说。格斯吃着没有山葵酱的烤牛肉、土豆，还有栗子浓汤。他用无名指消灭了残余的冰激凌。丹坐在那儿，呆呆地笑着。

随后，他吃饱了，走上楼，穿着衣服就上床了。一个小时后，她上楼，脱去他的鞋，为他盖上被子。他睡着了，像个孩子，神情安宁，直到圣诞节早上的七点才醒来。

“我好多了。”做完一次理疗之后，格斯说道。那是二月的一天。

“是的。”米拉说道，“你在康复。”现在他一星期做三次理疗，做的都是患有感官综合征的孩子们所做的锻炼。大量练习触摸和移动。每次做完理疗后，他通常会早睡，累坏了。

“我的记忆力好了。”他说道。

的确好了。举例来说，他记住了他们现在住在那幢小房子里。他不再要求回家了，虽然经常会说想住回老房子里去。她认为他的话里暗含责备。

“你想出去吃吗？”一天傍晚，她问道。他们有好几年没有出去吃饭了。她已经抛弃了这个习惯。

她决定去艾坡比，那儿的食物口味清淡，令人放心。这些天来，格斯表现得像是个中过风的人。他不再显得神情茫然。他已经有了神智，但是有时，她觉得这个人是个陌生人。

在艾坡比吃过晚饭后，她带他去租了盘DVD。他在一排排放着DVD的架子间徘徊，最终停在仍然有录像带出租的那个区域。“我们过去经常看这些。”他说道。

“是的。”她说，“和丹一块儿。”

“丹是我的儿子。”他试探着说。

“丹是你儿子。”她同意道。

“但是他长大了。”格斯说道。

“是的。”她说道。

“替我挑部电影。”他说道。

“挑部你以前喜欢看的怎么样?”她挑了《禁地行星》。在搬往小屋之前,他们有过这盘带子。搬家时,因为地方小,她扔掉了格斯所有的带子。他曾有全套的《星球大战》,包括让人恶心的那一集。他还有全套的《星际旅行》和《回到未来》的第一、第三部。

“这是你最喜欢的。”她说道,“你还照着电影里的火箭仿制了一个模型。”

当丹还是个孩子时,他爱听那些有关他婴儿时期的故事。格斯现在也是这样,想知道他“从前”是什么样子。他把DVD拿在手里,翻来覆去看个不停。

回到家,他把碟子塞入机器,坐在屏幕前。几分钟之后,他皱起眉头。“太老了。”他说。

“这是黑白片。”她说道。

“这片子真傻。”他说道,“我不喜欢。”

她几乎脱口而出——这是你最喜欢的片子。约会时,他们曾一起坐在沙发上看过这部片子。他给她看了他所有的科幻片。他们一起从电视中看了《他们》。但是她没有说出口,她不愿开始一场争论。每当他生气时,就会退回到阿尔茨海默症的状态中,焦躁不安、来回踱步,然后变得迟钝。

她打开电视,搜索着频道。

“等等。”他说道,“往回退。”

她往回搜索,直到他让她停下来。是个法制节目,现在每个人都会看的那种。它由三台摄像机现场拍摄。对她来说,它是那种现场直播和连续剧混在一起的节目。有时它显得比较有趣,像是部连续剧;有时它又充斥着咒骂,充斥着有太多文身、太少牙齿的傻瓜们。

“我不喜欢这个。”她说道。

“我喜欢。”格斯说道,并看完了整个节目。

她让家庭护工离开了。

艾丽丝去了另一家中介公司,米拉不知道是为什么。他们替格斯找来了威廉姆。幸运的是,当威廉姆来到她家时,格斯已经能够独自在家待上一小段时间了,因为威廉姆从来不会在八点半之前到她家,而她八点钟就得出门上班。威廉姆是个和蔼可亲却又不太称职的二十来岁的小伙子,但格斯似乎喜欢他。因为威廉姆是个男的?

格斯说道:“谢谢你能容忍我。”威廉姆笑了。

“我真高兴你好多了,屈斯特先生。”他说道,“我以前从来没遇上因为病人好转而结束照料工作的情况。”

“你帮了我很多。”他说道。

格斯可以一个人待一会儿了。他不懂的事还是太多,但是他可以听懂指示了。最新的一位理疗师——格斯经历了十个月的理疗,这一过程中他们与四位理疗师打过交道,最新的一位是个耐心的年轻人,名叫克里斯——说格斯有望恢复到较为正常的状态。只是一切都需要重新学习。因为构成连接的神经细胞是新的,所以他重新学习的样子,显得比实际年龄小许多。

新的神经细胞还有些令人担忧之处。小孩子形成越来越多的连接,直到青春期,随后大脑开始在连接中筛选,排除一些,加强另外一些,以此来提高大脑的效率。没人知道在格斯身上会发生些什么。当然,造成阿尔茨海默症的因素仍然藏在暗处。或许十年之后,他的情况又会开始变糟。

“我真的非常感激你。”威廉姆走后,他对米拉说道,“为了我,你承担了这么多。”

“这没什么。”她说道,“你也会这么对我的。”尽管她不知道格斯会怎么做。她不知道她是否喜欢这位新格斯。这个大孩子。

“我会同样对待你的。”他说道。

“你肯定你不会把我塞到某个疗养院?”她说道,“只是一个月来看我一次?”她尽量使她的语气听上去很轻松,轻松到足以使任何人都会认为她在开玩笑。

但是格斯没有这么认为。玩笑使他紧张。“不会。”他说道,“我发誓,米拉。我会像你照顾我那样照顾你。”

“我知道,亲爱的。”她说道,“我只是开个玩笑。”

他皱起了眉头。

“来吧。”她说道,“让我们来看看你的作业。”

他正在学初中课程。这是他和他的理疗师共同设定的目标。米拉想说格斯不仅有工程方面的学位,他还是个得到认证的工程师。当然,那是过去的格斯。

他在学习美国内战历史,米拉在他上学前要检查他的作业。

“我要去上大学。”他说道。

“你想学什么?”她问道。她几乎要说,工程?但事实是,他不喜欢数学。格斯从来就不擅长算术,但对数学却很在行——代数、微积分。但是现在,他对研究分数和根号缺乏耐心。

“我不知道。”他说,“或许我想当个理疗师。我想帮助别人。”

帮助我,她想。但是随后她粉碎了这个想法。他在这儿,他在好转。他不会在蜀葵地里大便了。而且,即使她不再把他当作一个丈夫来爱,她仍然爱着他。

“那个小伙子叫什么?”格斯说道,斜视着大街。

他是指那个家庭护工。

有那么一阵子,她无法思考,她的内心恐惧不已。最近一段时间常会这样,当她忘记东西时,她总感到一种窒息般的恐惧。这是阿尔茨海默症吗?

“威廉姆,”她说道,“他叫威廉姆。”

“他是个好小伙子。”格斯说道。

“是的。”米拉说,她的声音和表情都很平静,但心脏却在急速地跳动。

伊契亚

[美]克莉丝汀·鲁施　著
梁宇晗　译

只要闭上眼睛，我的脑海里立刻就会出现我第一次看到她时她的样子：矮小纤弱，皮肤泛着不自然的苍白，巧克力色的眼睛略微斜视。她的头发像无云夜晚的月亮一样洁白。似乎那一天，在她憔悴的小脸上，那双眼睛是唯一有颜色的东西。她已经七岁了，但看起来像是三岁。

在她身上发生的一切都是我们从未遇到过的。

自她之后也再没有相同的事情发生。

我们有三个孩子，过着丰裕的生活。我们绝非一时冲动，而是真的感到应该做出一些奉献。我们的住所很宽敞，拥有足够的金钱；无论是怎样的孩子，都可以从中受益。

这在当时看来似乎是出于好意的行为。

一切都是从那些宣传小册子开始的。我们在住所附近的一家室外咖啡厅看到了这些小册子。那时我们正在吃午餐，恰巧瞥到一片色彩斑驳的图像飞快地飘过，似乎是一个孩子的脸。我的丈夫和我点了一下，其中的内容立即在我们面前展示出来：

空旷的月面大平原，地平线上方蓝白相间的地球显得庞大、质朴、健壮，隐约有威压之感，使人联想到肆行其上的种种罪恶行径。至于月球本身则十分荒凉，正如亘古以来它原本的形态；但若将目光投注其上，便可看到一个个凹坑，以及暴露在星光之下的破碎穹顶。在我打开的第一本宣传册上，边缘处还残留着飞溅的血迹。在各处的环形山、巨石上都留有溅出的鲜血，月尘之下，大如拳头的坑洞中也满是血。不需要别人告诉我那是因为什么，从每次下载的新闻报道中，我们都能看到高速步枪在低重力状态下能造成什么样的效果。

小册子的开头是月亮，结束的画面则是难民们的面容：疲惫不堪、了无生气，显然是遭受了沉重的打击。月球通往地球的客运飞船基本已经停运。一开始还有能买得起船票的人回来，但在我们看到宣传册的时候，事情已经发生了变化。只有那些在地球上还有活着的亲属的人才能回来。另外，这些亲属还必须愿意承认他们之间的关系——并且有官方出具的足够坚实的证据来证明这一点。

但如果涉及孩子、孤儿或是未成年的战争难民，这些规矩就无效了。只要他们的身体状况允许、自己愿意被收养，并且愿意放弃他们对月球土地的使用权，他们就可以前往地球。

为了能有一个家，他们必须放弃星空。

我们在苏福尔斯接到了她，那里是离我们家最近的星际客运飞船站点，也是监禁处。飞船的停靠站十分偏僻，原本就是政治犯和星际军人登船的地方。它建在无尽的大草原上，占地甚广，周围竖立着激光藩篱，发出丝毫不逊色于太阳的光。每个入口都有卫兵把守，还有些卫兵盘旋在空中。我们在一些拿着激光枪的人带领之下进入了主楼，那是一座已有将近百年历史的钢筋混凝土建筑，给人以低调冷漠之感。走廊的空气中泛着霉味。水泥已开始剥落，让所有的东西都蒙上一层厚厚的灰。

伊契亚已经乘坐先前的一艘飞船到达此处。此后她一直待在隔离区，通过了精神和身体的各方面测试。在我们的名字被叫到之前，我们并不知道我们将会得到她。

我们进入了一间没有窗子，完全与阳光和周围世界相隔绝的混凝土房间。这里没有任何家具或是摆设。

一扇门打开，一个孩子出现了。

她矮小纤弱，脸色苍白。眼睛就像满月一样又大又圆，乌黑的颜色像是最深邃的夜晚。她站在房间中央，双腿叉开，两臂叠放在胸前，仿佛刚一见面，她就已经对我们不耐烦了。

一道电子合成声音在我们身周响起，令我们的心也随之起伏：

这是伊契亚。她是你们的了。请带上她，走出你们左手边的门。有一艘飞船在那里等候，并将把你们送到预定的目的地。

这声音让我吃了一惊。她虽然也听到了，却没有任何动作。这时我丈夫已经走向了她。他蹲下来，她则对他怒目而视。

“我不需要你们。”她说。

“我们也不需要你，”他说，“但我们还是想要你。”

她强硬的表情有些微松动，“你在代表她发言吗？”她说。她指的是我。

“不。”我说。我知道她想要什么。她刚刚从一场战争中逃离出来，她需要尽早确认自己不会再卷入一场同样艰难、同样破坏力十足的家庭战争。“他不代表我。我希望你能和我们一起回家，伊契亚。”

她紧紧地盯着我们两个，姿态仍然强硬，似乎不打算就这么被说服。“你们为什么想要我？”她问，“你们都不认识我。”

“但我们会的。”我丈夫说。

“到那时，你们就会把我送回去。”她的语气变得苦涩，我能听出那其中藏着的恐惧。

“你不会被送回去。”我说，“我向你保证。”

在那个时候，这种保证是很容易许下的。所有被收养的孩子，即使收养关系终止，也没有一个再返回月球。

“该走了。”我丈夫说，“带上你的东西吧。”

一开始，她满脸震惊，仿佛我们在骗她。但这个表情被迅速地隐藏了起来，我都不确定我是否真的看到了。她那双可爱的深色眼睛眯了起来。“我是月球来的，”她语带嘲讽，我们的亲生女儿从来不会这样说话，“我没有东西。”

地球上的人对于月球战争所知甚少。新闻短片都做了必要的模糊处理，而我也从来没有耐心去详细了解漫长的月球历史。

简单说来，月球的情况是这样的：月球所拥有的经济资源过于稀少。部分殖民地在经过数年的发展之后达到了自给自足的水平，更多的殖民地做不到这一点。从地球送来的船运货品对他们来说都很有价值，一般是发给某个特定殖民地的，但它们基本无法到达既定的目的地。为了得到珍稀的资源，抢掠、偷盗甚至谋杀频频发生。许多穹顶建筑被摧毁，在战斗最激烈的地方，两个殖民地遭到了灭顶之灾。

但在那个时候，我根本没有理解整个形势，片面地接受了我曾经的一位教授的尖刻评论：殖民地总会在母国疏于管制的时候争权夺地,发生冲突没什么稀奇的。我甚至还曾在聚会上对别人重复过这句话。

我没有理解,对整个宇宙中情形最为复杂的地区而言,这句话是一种过度简化。

我同样没有理解,人类需要为这些冲突付出多大的代价。

这一切,是在我遇到伊契亚之前。

我们为归程预定了一艘私人飞船,但就算是沿着一条公用街道步行返回,事情大概也不会有什么变化:我试图接近伊契亚,但她拒绝沟通,只是直直地盯着窗外。快要到家时,我明显看出她既激动又焦虑。

内巴伽蒙湖是威斯康星北部数百个小型湖泊之中的一个。对于苏必利尔附近的居民而言,这里是个颇为流行的度假胜地。许多人在此拥有避暑别墅,有些别墅早在19世纪末就建起来了。21世纪初,这里的避暑别墅遭到廉价甩卖,大多数房产都被已经在此处拥有土地,并且厌恶过于拥挤的内巴伽蒙湖的家庭买下。我家买下了十五处房产,而我丈夫家则买下了十处。有人戏称,我们的婚姻是这个时代本地最重要的并购案之一。

有些时候我觉得这并不是一句玩笑话。也许大家心里真的是这么想的。当然,我和我丈夫之间有着一种温暖的感情,但并无真正的激情。

不是激情,而是温情,对此我非常确定。我曾与另一个男人——或者说,一个男孩——有过一段激情,那是很久之前的事了,在我的回忆中只剩下一幅幅图像,就像数十年前看过的一部视频短片,又像是描绘别人的生活的一幅画。

我和我丈夫结婚,也合并了我们的家族产业。我们推倒了我家的避暑别墅——因为它没有历史价值或是其他潜在价值——又扩建了丈夫家的别墅。这座老房子现在成了一座庄园,拥有广阔的草坪,一直延伸到混浊的湖水边上。到了晚上,我们会坐在阳台上听着蝉鸣,看着星空以及湖面上的星光倒影。幸运的时候,我们会看到北极光,但这不太常见。

我们把伊契亚带到了这里。这是一个从没有亲眼见过绿草或者大树的女孩。显然,她也从来没有见过湖泊、蓝天和地球的星空。被安置在北达科他州的短暂时日里,她所见的地球便是她的第一印象——棕色的尘土,清新的空气。但在当时,她并不经常接触外界,也没有体验过阳光或是自然本身。

那时,我们不知道这会对她造成什么影响。

我们不知道的事情还多。

我们的三个女儿按照年龄顺序排队站在门廊上:排头的是凯莉,十二岁,是三姐妹中个头最高的,她站在门边;苏珊是老二,站在凯莉旁边;最小的安妮则单独站在靠近门廊的地方。她们的年纪各差三岁,一个多世纪以来,人们一直普遍认为这样的年龄差是最合适的。我们按照社会上公认的规矩生下她们、养育她们。

伊契亚是唯一一个不符合规矩的存在。

安妮是个富有冒险精神的小家伙,我们刚下飞船,她就走了过来。对于一个六岁的孩子来说,她不算太高,但还是比伊契亚高。另一方面,安妮也继承了我和她爸爸的优点——她有着像我丈夫那样明亮的蓝色眼睛和浅色头发,也有像我一样的深色皮肤和异域风情。总有一天,她会成为我们家的美人,不过这样说我丈夫肯定不会同意,因为她同时也很聪明。

“嗨。”她站在草坪中央说道。但她没有看我们,而是看着伊契亚。

伊契亚停下脚步。她原本走在我前面一点,她停下来之后,我也不得不停了下来。

"我和她们不一样。"她说。她正在充满敌意地注视着我的女儿们,"我也不想和她们一样。"

"你不需要和她们一样。"我柔声说道。

"但你可以更有礼貌一些。"我丈夫说。

伊契亚看着他,皱起了眉头。我觉得在这一瞬间他们之间的关系就已经确定下来了。

"我想你就是家里的那个养尊处优的孩子吧。"她对安妮说。

安妮咧嘴笑了。

"没错,"她说,"这总比'被宠坏的熊孩子'好听。"

我屏住呼吸。这两个词组之间并没有多大的区别,我们都清楚这一点。

"你们家有被宠坏的熊孩子吗?"伊契亚问。

"没有。"安妮说。

伊契亚看着我们的房子、草坪和湖水,低声说道:"现在有了。"

后来,我丈夫告诉我说他认为这句话是在宣战。我觉得这句话是要让我们知难而退。在我的女儿听来,又是完全不同的意思。

"我想你得和苏珊打一架争夺这个头衔。"安妮说。

"别乱说!"苏珊的喊声从门廊那边传来。

"看到了吗?"安妮说。随后她牵起伊契亚的手,领着她走上台阶。

就在那天夜里,我们被尖叫声惊醒。我从深度睡眠中醒来,发现自己已经坐了起来,做好了战斗准备。最初,我以为自己的电子链还在线:我一直都是听着睡前故事入睡的。我的电子链有自动离线的功能,但有些时候我会忘记设定。近些天来事情繁杂,可能我又一次忘记了。

随后我注意到我丈夫也已经坐了起来,正在迷糊地揉着眼睛,希望能赶走睡意。

尖叫声一直没有停止。那声音尖锐高亢,极具穿透力。我花了好一会儿才听出那是谁。

是苏珊。

我还没反应过来就发现自己已经下了床,连睡袍都没穿,就沿着走廊狂奔起来。我的睡衣衣襟上下翻飞。我丈夫就在我的后面。我能听到硬木地板上他沉重的脚步声。

当我们来到苏珊的房间时,她正坐在靠窗的椅子上抽泣着。满月的月光从窗帘的缝隙照射进来,照亮了碎呢地毯和老派的粉色床单。

我在她旁边坐下,双臂环抱住她。她纤弱的肩膀正在发抖,她的喉咙里发出短促的喘息声。我丈夫在她面前蹲下,握住了她的双手。

"发生什么事了,甜心?"我问。

"我……我……我看到他了。"她说,"他的脸炸开了,血慢慢飘了下去。"

"你又在睡前看视频了,是不是?"丈夫心疼地问道。我们俩都知道,如果她的回答是肯定的,明天早上她将再一次面对说教。小孩子必须注意,在大脑休息前不能随随便便把什么东西都塞进脑子。

"没有!"她带着哭腔说道。

显然,她也想起了以往接受说教的情形。

"那么这次发生了什么呢?"我问。

“我不知道！”她说着，再一次抽泣起来。我紧紧抱住她，但她仍然紧握着父亲的手。

“在他的血飘走之后，发生了什么事，宝贝？”我丈夫问。

“有人抓住了我。”她紧贴着我的衬衫说道，“还把我从他身边抓走了。我不想离开。”

“再然后呢？”我丈夫的声音仍然非常柔和。

“我醒了。”她说着，继续抽噎。

我把手放在她的头上，把她拉得近了些。“没关系的，甜心，”我说，“那只是一个梦。”

“但它太真实了。”她说。

“你现在就在这里，”我丈夫说，“在你的房间里，我们和你在一起。”

“我不想睡觉了。”她说，“我必须睡觉吗？”

“是的。”我当然知道，对她来说，现在去睡觉比在这里担惊受怕要好得多。“不过我可以告诉你一件事。我会让房子给你讲一个故事，再加上点儿音乐，再来些动画，让你安静下来。你觉得怎么样？”

“我要听苏斯博士。”她说。

“苏斯博士有时候也不让人安心啊。”我丈夫说。他显然想起了房子给凯莉讲的《戴帽子的猫》，凯莉到现在还是很怕一切长得像猫的东西。

“苏珊喜欢。”我柔声提醒他。苏珊三岁的时候曾经整晚整晚地播放《绿鸡蛋和火腿》，房子的低语一直不断，当时我还庆幸，我们的房间在走廊的另一头。

但她早就过了三岁，而且也已经好几年没听过苏斯博士了。这个梦真的把她吓得不轻。

“宝贝,如果你又遇到了什么困难的话。”我丈夫对她说,“你可以来找我们,好吗?”

她点点头。他用力握了一下她的手,然后我把她抱到了床上。我丈夫将百叶窗放下。我放开苏珊的时候,她却仍然抱着我。“如果我闭上眼睛,我会回到那里吗?”她问。

“不会的,”我说,“你会听着房子给你讲的故事,沉沉地睡去。而且就算你做梦了,也只会梦到美丽的东西,像是阳光下的花朵,或者夏日的湖泊。”

“你保证?”她声音发抖地问道。

“我保证。”我说。然后我把她的手从我脖子上拿开,两只手各亲了一下,再把她的手放到小被子上。我又亲吻了她的额头,丈夫也亲了她,随后我们准备离开,她则开始调用房子的朗读系统。

当我把门关上的时候,我看到《绿鸡蛋和火腿》的开场画面在对面的墙上亮了起来。

第二天早上,一切看起来都相当不错。当我走下楼来准备享用早餐时,大厨早已把食物放在餐桌上,每一道菜都放在各自的保温盘上。炒蛋看起来似乎有些水分过多了,这代表它已经在保温盘上放了至少一个小时以上——即使是最新款式的保温盘也无法避免这种现象。除了炒蛋之外,还有法式吐司以及苏珊最喜欢的华夫饼。新鲜的蓝莓松饼的气味盖过了其他所有食物,这让我露出微笑。仆人们做了许多工作,好让伊契亚感觉自己是受欢迎的。

我丈夫早已坐在他通常所坐的位子上,一边开着远程工作会议,一边啜饮着咖啡并用手指掰开一块松饼。他的餐盘上有一些剩下的炒蛋和火腿,不过已经被推到一边了。

“早安。”我说着,坐到了自己通常所坐的位子,也就是餐桌的另一头。这张餐桌是用橡木制成,自1851年起就在我家了,那时候我母亲的祖先们把它从欧洲买来,作为送给我好几代以前的外祖母的结婚礼物。女管家总是把它擦得晶晶亮,并且只用一层亚麻餐具垫来防止它受到食物的腐蚀。

桌子上连一条划痕都没有。

我丈夫用一只沾了蓝莓酱的手对我做了个手势,这时,一阵笑声让我抬起头来。凯莉走了进来,并且用一只手揽着苏珊。苏珊看起来还是不太舒服。她的眼睛下面挂着很大的黑眼圈,看来《绿鸡蛋和火腿》没像往常那样起效。她已经很大了,不愿意和我们一起睡——昨天晚上我离开她房间的时候就发现了——希望她没有在夜晚的余下时间里一直听着房子讲故事,在人造的声音和图像中寻找安慰。

女孩们看到我的时候脸上还挂着微笑。

"有什么好笑的事情吗?"我问。

"伊契亚,"凯莉说,"你知道吗?她的裙子是以前别人穿过的。"

我并不知道这件事,但这也不会令我感到惊奇。我的女儿们一直都有最好的衣服。在某些方面,她们的生活常识匮乏得让我意外。

"对于要节约钱的人来说,这很常见,"我说,"但这会是她的最后一件二手衣服。"

妈?是安妮,她在用电子链给我发邮件。邮件内容显示在我左眼前方。你能到楼上来一下吗?

我眨眨眼睛,最小化了这条信息,然后叹了口气,推开椅子站起来。我早该知道,孩子们肯定会在第一天早上搞出些事情,听听她们的笑声就知道了。

“记住,”我在站起身的同时说道,“不管你们的父亲怎么说,只能开一个主进程。”

“妈。”凯莉说。

“我是认真的。”我说,然后迅速走上楼梯。我不需要去找安妮,她在给我发电子邮件的时候附上了一张图片——伊契亚房间的门。

当我走近那里的时候,我听到安妮的声音。

“……不是那个意思。它太破啦。”

迄今为止,“破”是安妮掌握的最糟糕的词儿。当她用这个词的时候总是特别加以强调,仿佛是在说脏话。

“这是我的裙子。”伊契亚说。她的声音听起来冷静从容,但我却听出了头一天并不存在的沙哑。“这是我仅有的东西。”

就在这个时候,我进了屋。安妮正躺在仔细铺好的床铺上。若不是我在头天晚上给伊契亚掖过被角,我肯定难以相信她昨晚在这里睡过。

伊契亚站在靠窗的椅子旁边,注视着下方的草坪,仿佛不敢让它离开自己的视野。

“事实上,”我保持着轻快的语气,“你拥有整整一柜子的衣服。”

谢谢,妈。安妮给我发了邮件。

“那些衣服是你们的。”伊契亚说。

“我们收养了你,”我说,“我们的就是你的。”

“你不明白,”她说,“这条裙子是我的。我只有这一条裙子。”

她用两只手抱住那条裙子,手指紧紧地抓着它,仿佛我们正要把它从她那里夺走。

“我知道,”我柔声说道,“我知道,甜心宝贝。你可以留着它。

我们不会把它从你那里夺走的。”

“她们说你会的。”

“谁?”我的心沉了下去。我已经知道是谁了。我的另外两个女儿。“凯莉和苏珊吗?”

她点点头。

“好吧,她们说得不对。”我说,“我丈夫和我才是这个家里说话算数的人。我永远都不会夺走属于你的东西,我保证。”

“你保证?”她低声说道。

“我保证。”我说,“现在来吃早餐怎么样?”

她看了看安妮,似乎想要确认些什么,而我则想去拥抱我最小的女儿。她已经决定了要照顾伊契亚,要成为她的盟友,要让伊契亚更轻松地适应家居生活。

我为她感到无比自豪。

“早餐,”安妮用一种我从来没听过的语气说道,“是每天的第一餐。”

像伊契亚这样的孩子被领养之前,政府会给他们提供标准的营养液。因此伊契亚在来到我们家之前没有在地球上吃过一顿饭。

“你们给每一餐都取了名字?”她问安妮,“你们有这么多餐吗?”然后她用手捂住了嘴,似乎为自己的不假思索的提问感到震惊。

“我们一日三餐,”我尽量让声音显得平静,但在内心深处,我有种想要辩驳的冲动,好像我们吃得太多了似的,“我们一天只吃三餐。”

第二天晚上没发生什么乱子。到了第三天,大家已经形成了一种固定模式。我首先陪伴我的女儿们,然后就进入伊契亚的房间。她不喜欢房子,也不喜欢房子给她讲故事。无论我怎么设置房子的语音,她都非常害怕。这让我开始担心,以后我们该怎么给她接入网络?如果她连房子都接受不了,那么她显然无法接受网络上无穷无尽的信息服务,比如眼前飘过的即时电子邮件、脑子里突然出现的各种图像。最适合接入网络的年龄很快就会过去,我们必须尽快安抚好她,否则她有可能一生都不能像正常人一样生活。

也许只是声音问题。很多人都受不了自己的脑子里总有声音,他们可以把声音设置为可选模块,也许伊契亚也是这样的。

是时候排查真相了。

我还没和我丈夫谈过这个问题。把伊契亚接回家之后,他对她的态度很快就变得冷淡了。他觉得伊契亚不是一个正常孩子,她和我们的女儿都不一样。我提醒他说,伊契亚之前并不像我们的孩子们那样拥有最优越的条件,他则说她现在已经拥有了。他认为既然她的生活改变了,那么她本身也应该改变。

我隐约觉得并非如此。

那是在第二天晚上,我发现她害怕睡觉。她不肯让我离开,当我最终不得不离开时,她要求我不要关灯。

房子的记录显示,她一直都没有关灯,并且她在深夜2点47分的时候才开始平稳地呼吸。

到了第三天晚上,她开始问我问题。像之前关于早餐的问题一样,都是些简单的问题,我则完全放下戒心,平静地回答。尽管她的问题经常让我吃惊——我很难理解一个孩子竟然会不明白用餐后胃部令人愉快的轻胀感是怎么回事(“你吃饱了,伊契亚。你的胃在告诉你它很高兴。”),以及为什么我们每天至少要洗一次澡

(“如果不经常洗澡的话,人们的身体就会散发出臭味,伊契亚。你没有注意到吗?”)——但我很好地掩藏了我的情绪。她问这些问题的时候,眼睛都是看向别处的,放在小被子上的双手难为情地扭着。她知道她应该知道这些问题的答案,她知道她不能去问两个较大的女儿和我丈夫,而且,她一直都努力装出一副见过世面的样子。

女孩儿们早就不止一次嘲笑过她了,那件裙子已经成了她们之间的一个笑点,她不愿意与任何东西建立固定联系的习性也遭到了讥讽。她甚至不愿意在餐桌边选择一个固定的位置。她似乎十分确定,只要有机会,我们会立刻把她扔出去。

第四天晚上,她提到了这种恐惧。她旁敲侧击地询问了一番,她的身体也比往常更为僵硬。

“如果我打碎了什么东西,”她问道,“会发生什么事?”

我的第一反应是问她打碎了什么东西,但我将这个冲动压了下去。我知道她没有打碎东西。如果真的是这样,就算女孩儿们不提,房子也会告诉我的。

“伊契亚,”我坐在她的床边,“你是不是害怕一旦你做了什么错事,我们就会把你丢掉?”

她的身子缩了一下,就好像我刚刚打了她似的,随后就钻进了被子里。她双手抓着被单,虽然还没有开口说话,但下巴已经开始耸动。

“是的。”她低声说。

“在他们把你带到这里来之前没有向你解释过这个吗?”我问。

“他们什么都没有说。”她的声音中又出现了那种恶劣的语气,我只在第一天、她说第一句话的时候听到过。

我倾身向前,第一次抓住了她握成拳头的手,用双手抚摸着它。我的手掌覆盖着她触感清晰的指节,柔软的被单轻柔地拂过我的皮肤。

“伊契亚,”我说,“当我们收养你的时候,我们就在法律上承认了你和我们的抚养关系。我们不能把你丢掉,无论发生了什么都不能。如果我们这样做,那就违反了法律。”

“人们总是会做违法的事情。”她低声说。

“但至少是在有利可图的情况下,”我说,“丢掉你对我们没有好处。”

“你说这话只是因为你想装好人。”她说。

我摇摇头。真正的答案太过冷酷,我其实根本不想提及,但我不能回避这个问题,否则她永远都不会相信我。她会认为我是在哄她,我的确想哄住她,但光靠礼貌的谎言是做不到的。

“不是的,”我说,“我们签订的协议具有法律效应。如果我们没有像对待家人一样对待你,我们不仅会失去你,也会失去我们的另外三个女儿。”

我加上了“另外”这个词,觉得特别自豪。我怀疑如果换成我的丈夫,他很可能会忘记。

“你们会吗?”她问。

“是的。”我说。

“这是真的吗?”她问。

“是真的。”我说,“明天早上,我可以把那份协议以及后续的衍生协议下载下来给你看。如果你乐意的话,今晚我就可以让房子给你念一遍标准协议——每个人都必须签的那一份。”

她摇摇头,将她的手更紧地贴在我的手掌上,“你能……你能回答我一个问题吗?”她问。

“什么问题都可以。”我说。

“我不会被赶出去?”

“永远不会。”我说。

她皱起眉头,“即使你们死了也不会?”

“即使我们死了,”我说,“你也会和其他姑娘一起继承我们的财产。”

在我说这句话的时候,胃部有一种很不舒服的感觉。我从来没有和孩子们讲过财产问题。我认为她们自然就会知道。现在,我反而在伊契亚面前说出这件事,不论我们的主观意愿如何,她仍然几乎完全是个陌生人。

一个完全不为我们所知的陌生人。

我摆出一个笑容,用尽量轻快的语气说道:“你问这个,是不是想趁着我们睡觉的时候杀掉我们领赏金啊?”

她瞪大眼睛,立刻充满了泪水。“我永远不会那么做的。”她说。

我相信她。

与我的相处越来越融洽之后,她开始向我讲述她过去的生活。她提起那些事的时候似乎都只是顺便提及,似乎那些曾经发生的事对她没有留下任何影响。但在她过度平静的外表之下,我能感觉到强烈的情感暗暗翻涌。

她的故事令人心底发凉。她并非像我此前以为的那样,从出生开始就是孤儿。她人生的大多数时间都与一个亲属在一起,在那位亲属死后,她才被带到了地球。不知为什么,我一直以为她生活在类似19、20世纪狄更斯笔下的那种孤儿院里,我没有意识到,月球根本没有这样的地方。孤儿们若没有被领养,就只能靠自己的本事挣扎求生了。

来到我们家之前,她根本没在一张床上睡过觉,也不知道食物可以从土地上长出来——虽然她曾听说过关于这种奇迹的故事，但从未亲眼见过。

她不知道人们可以无条件地接受她——不是因为她能为他们做什么，而是因为她本身。

我丈夫说她在玩弄我的同情心，这样我就永远不会赶她走了。

但我本来就不打算赶走她。我签下了协议，也在口头上做过保证。而且我关心她。我永远不会让她离开，正如我不会让任何一个我亲生的孩子离开一样。

希望总有一天，他会和我有同样的感觉。

几周过去之后，我渐渐有精力照顾伊契亚那些不那么急迫的需求。她已经开始使用房子的功能——她对于房子最初的抗拒，根源在于月球上发生的某件事情，她从未详细说过。但是房子不能教她所有事情。安妮教她学会了阅读，伊契亚经常会自己读书。她学习的速度非常快，使我吃惊的是，她根本没在月球上过学，后来我才知道，月球的大多数殖民地都是没有学校的。孩子们会在家里学习，而居无定所的孩子们显然不可能有学习的机会。

安妮还教伊契亚如何让房子帮她读书，伊契亚很快就用上了这个功能，每天晚上难以入眠的时候，我就会去看看姑娘们。我经常不得不打开伊契亚的房门，帮她关掉房子的朗读功能。伊契亚会在一个深沉的男性声音的抚慰下睡着。她从不看视频短片。她说她只喜欢听那些词语，可以一直听下去，永远也听不够。

我下载了一些有关发展心理学和学习曲线的资料，与我记忆中的没什么区别。如果一个孩子在十岁时还没有连入网络，她在各方面将全面落后于同龄人。如果在二十岁之前仍然未能连入网络，她将永远无法成为现代社会意义上的成年人。

对于伊契亚而言,只有连入网络,她才能了解我的女儿们所了解的世界。地球文化对于大多数逃往月球的人来说,已经非常陌生了。

犹豫了一小会儿之后,我预约了罗纳德·卡罗,我们家的网络接口医师。

习惯使然,我没有把这事告诉丈夫。

我从小就认识我的丈夫。从一开始,人们就认定我们是天生一对。我们相处得十分融洽,夫妻感情比我的大多数同龄人都要好。我一直很喜欢他,我欣赏他面对生活中种种阻碍的态度和一一解决它们的方式。

其中一个阻碍就是罗纳德·卡罗。当他取得了所有的学位、执照以及奖项之后,他回到圣保罗,并立刻联系了我。他知道我的大女儿凯莉已经到了应该接入网络的年龄,于是提出由他来执行具体操作。

我本来要拒绝的,但我的丈夫一直都很讲求实际,他仔细看了他的证件。

"太可惜了。"当时我丈夫这样说道,"他已经是这个国家最优秀的网络接口医师之一了。"

我不觉得这有什么可惜的,只不过很不方便罢了。我十六岁的时候,我的家人禁止我与罗纳德·卡罗见面,当时我没有听他们的话。

每个女孩,特别是在家里上学的那些,都会有"网恋"的经历。有许多都进展到了视频会话和虚拟性爱的阶段。但很少有人会与网恋对象见面,而在见过面的人当中,关系还能持续的人也只占极小的一部分。

我十六岁的时候与罗纳德·卡罗一起私奔离开了家。他那时候也是十六岁，那时长得非常英俊——如果我的图片记忆库中残留的那些快照还可以相信的话。我觉得我爱上了他。但我父亲一直监视着我的电子邮件，他派出两名警察以及他的个人助理，把我带回了家。

回家后，我又羞又气，大病一场，在床上躺了足足半年。在这半年里，我现在的丈夫每天都来看望我，一天都没有缺席，我对他的大多数记忆也都是在这个阶段形成的。我很高兴能有他的陪伴；我父亲原本与我相当亲密，但在我与罗纳德一起逃家之后，他就很少与我说话了，对我就像对待陌生人一样。

多年之后，我早已结婚生子，罗纳德也再次返回家乡，而我丈夫则显露出了大度的天性。他知道罗纳德·卡罗对于我们的婚姻不再构成威胁，便让我带着凯莉乘坐短途飞船前往城区，为凯莉安装网络接口，也证实了这一点。

那一次见面以来，罗纳德从来没有对我失礼过，不过他经常以忧伤的目光望着我，而我从来不予回应。我丈夫倒是松了一口气。他总是坚持一切服务都要买最好的，而他又对大脑手术有些神经质，特别是这类需要芯片、激光以及远程操作设备的事情，因此他更希望由我来处理孩子们接入网络的一系列事务。

尽管我已经不再需要，我还是与罗纳德·卡罗发展出了某种交情。他对待我的方式与一般患者或是患者家长不一样，他把我当作一位朋友。

再没有别的了。

就连我丈夫也清楚这一点。

尽管如此，在我与他联系预约时间的那个下午，我依然走进卧室，确认我丈夫在办公室里，关上门之后，才通过网络给罗纳德发了一条消息。

很快,他的回复就出现在我的左眼前面。

你还好吗?他写道,和他平时的问候语一样,好像在我没有和他联系的这段时间,他期待着会有糟糕的事情发生一样。

我很好,我回复道。我不喜欢和他谈论私人问题。

姑娘们也都好吗?

也都好。

所以你找我是为了聊天?又是这句话,他总是这么说。

我也发出了和平时一样的回答。不是。我需要为伊契亚预约。

那个月亮孩子吗?

我露出微笑。除了我丈夫之外,罗纳德是唯一一个支持我们收养孩子的人,其他人都认为我们发了疯。但我觉得我们有这个能力,而且因为我们有这个能力,也因为有很多人都在受苦,我们就应该这样做。

至于我丈夫,他可能有自己的原因。除了第一天之外,我们其实没有深入讨论过这个问题。

是的,那个月亮孩子,我回答道,伊契亚。

很美的名字。

她是个很美的姑娘。

我们俩都沉默下来,似乎他不知道该如何回复了。他一直都没有对我的孩子们做出过任何评论。她们是他无法拥有的,是我与我丈夫之间无法打破的链接,也是罗纳德和我之间永远不可能有的链接。

她没有网络接口。在沉默之中,我发出一条消息。

完全没有?

是的。

他们有没有告诉过你关于她的事情?

他们只是说她是一个孤儿。你知道的,通用的那套说辞。发出这句话的时候,我突然产生了一种古怪的感觉。当然,领养程序的每一个步骤我都尽可能地进行了咨询,我丈夫也一样。对比了我们得到的信息之后,我们发现,回答我们俩的话是完全一样的:只要申请领养一个孩子,我们就会得到一个孩子,而这个孩子由我们领养之后将开启全新的生活,过去的事情并不重要。

唯一重要的只有现在。

她几岁了?

七岁。

嗯,年龄方面没有问题,但恐怕精神上的冲击不小。她这些年来大脑都没有收到过外界的信息输入。她的精神状态是否足够稳定?能承受这种变化吗?

这下子我真有些不知所措了。我从来没有遇到过一个没有网络接口的孩子,更没有同这样的孩子一起生活过。我不知道"稳定"这个词在这个语境下的真正意义是什么。

我的沉默显然已经足够让他明白我的答案了。

我会进行测试的,他写道,不用担心。

好的。我准备要中止会话了。

你确定一切都很好吗?他写道。

和平时一样好,我回复道,然后切断了通信。

这天晚上,我做了一个梦。这是一个古怪的梦,因为它就像虚拟现实全息视频,能体会到清晰的五感和情绪,但也同样有着和虚拟现实一样的距离感——我很清楚地知道我所体验到的一切并不属于我自己,因此感到相当陌生。

我梦到我站在一条满布灰尘的街道上。空气稀薄而又干燥,我未曾呼吸过这样的空气。它有一种回收再利用的味道,而且似乎在吸取我皮肤中的每一点儿潮气。周围不是很热,但也不冷。我穿着一件破烂的衬衫和裤子,我脚上的靴子是用一种我从没见过的轻型材料制成的。走路很容易,但同时也很危险。我觉得自己比平时要轻得多,似乎只要弄错一个姿势我就会飘起来。

我的身体在这古怪的环境中可以轻易移动,仿佛它已经习惯了一样。我以前体验过这种感觉:我丈夫和我在蜜月旅行的时候去过芝加哥的科学技术博物馆。我们参加了月球展,亲身体会到了身处月球殖民地的感觉。

只不过那时候周围很干净,现在却不是那样。

周围的建筑材质是白色的塑料,上面敷了一层粗砂粒,由于时间的影响,表面已经磨损得坑坑洼洼了。地面上到处都是灰尘,但正如我知道如何在这种低重力环境下行走一样,我也知道人们没有足够的资金去铺设道路。

上方的光线来自于设置在穹顶内部的灯。如果我抬头向上看,我只能看到穹顶和灯光,而如果我眯起眼睛,我就可以看到穹顶之外没有大气的黑暗天空。这让我感觉到自己似乎身处于一条被灯光照亮的玻璃门廊之中,而其外却是没有星星的暗夜。我感到自己毫无保护、易受伤害,并因此感到非常恐惧,而且比起我看到的一切,我看不到的东西更让我感到害怕。

路上有很多人,更多的人聚集在那些塑料建筑附近。那些建筑也有穹顶。它们是在数十年前,地球仍然对月球殖民地抱有希望的时候,用从地球上运来的预制件搭建的。现在地球已经不再运来货物了,至少不会运到这里。我们听说有些货物被运到了俄罗斯殖民地和欧罗巴殖民地,但是没有人能够确认这些传闻。我身处伦敦殖民地,这里是一个由被欧罗巴殖民地驱逐的难民和异见分子组建的非官方区域。之前,我们偷取了他们的补给飞船。现在看来,他们又把那些飞船偷回去了。

一个男人抓住了我的胳膊。我抬头朝他笑了笑。他的脸和我父亲长得一样,二十五岁之后,我就没见过他了。虽然我知道那是父亲,但他的面容却变得很厉害。他比我印象中的要年轻得多,我甚至不记得他这么年轻时的样子。另外他也非常瘦,皮肤上沾满了灰尘。他对我回以微笑,牙齿缺了三颗,没有配假牙,剩下的牙齿也很黑,似乎马上就要掉了。在过去几天时间里,他的眼白变成了黄色,鼻子里流出古怪的黏液。我想让他到殖民地的医疗设施去,或至少用一次自动诊疗仪,但我们没有信用点,也完全没有任何可以支付费用的方式。

这件事需要搁置,我们得找到一样东西。

"我找到了免费去拉蒂纳殖民地的办法。"他说话的时候,牙齿缺损的地方在漏气。我早就知道在他说话的时候要远离他的嘴。那臭味能把人熏昏。"但你得为他们做一件事。"

一件事。我叹了口气。几个月前,他承诺不再让我做那事了。但现在,我们的信用点花完了,而他病得更重了。

"是那种工作吗?"我问。

他没敢看我的眼睛,"可能是。"

"爸——"

"宝贝,我们有什么手段都得用上。"

这是他的格言。有什么手段都得用上。他一直以来都是这么说的。据他说,他是从地球来的,搭的是最后一批免费飞船之一。我们认识的人曾说过,根本就没有什么免费飞船,除非上面的乘客是假释犯人。我经常怀疑我父亲就是这个身份。当然,他的道德标准也确实足够低。

我不记得我母亲的样子,我甚至不确定我是否有母亲。我不止一次看过这样的情形:一个成年人买下一个婴儿,然后从它身上获取更大的收益。这种事他完全干得出来。

但他爱我。至少这一点很明确。

而我也敬爱他。

他让我去做那种工作,我就会去做。

我以前也做过。

上次,这个工作给我们赚到了来这里的路费。那时候我还小,还不能完全理解这"工作"的性质。

但在我做完之后,我就明白了。

而且我开始讨厌自己。

"没有别的办法了吗?"我问。

他把他的手放在我的头后面,把我向前推去。"你比我更清楚,"他说,"我们在这儿已经没有出路了。"

"拉蒂纳殖民地可能也是这样。"

"有艘联合国的飞船就快到那里了,看来他们已经下定决心要达成停战协议。"

"那样的话,所有人都会想去那里。"

"但不是所有人都可以去,"他说,"我们可以。"他摸了摸他的口袋。我看到那里装着信用点单子,鼓鼓囊囊的。"如果你做好你的工作的话。"

不理解这种"工作"的时候,我一直没有多想,也没有产生任何疑虑。那个时候,做起来要容易得多。第一次完事后,我父亲问我那可笑的道德感是从哪儿来的。他说这显然不是从他这儿遗传的，我也很确定这一点。我提议说这可能是来自于我的母亲，但他大笑起来，并且说能生下我这样的孩子的女人不可能有什么道德感。

“别想那么多，宝贝，”他这样说道，“只要去做就行了。”

只要去做。我张开嘴准备说些什么，但立刻就忘了。我感到温热的液体溅到我的身上。他的胸口出现了一个被子弹打穿的窟窿，他身体里的鲜血从这个伤口里喷溅出来。人们尖叫着向后退去。我也尖叫起来。我没有看到子弹是从哪里射来的，我只知道它确实射来了。

血液流动的速度很慢很慢，比我想象的慢得多。

他向前扑倒，而我知道我不可能搬得动他，不可能拿到他口袋里的信用点单据，不可能去到拉蒂纳殖民地，也不再需要做那工作了。

一张张没有沾上鲜血的脸出现在我身边。

他们不是为了信用点才杀死他的。

我转过身开始奔跑，就像他以前告诉过我的那样，尽我的全力奔跑。我的身边不停地发生爆炸，我看着那些蹲伏在地上、捂着耳朵、双手抱头的人。

我一直奔跑，直到我看到那个标志。

那是一座小小的建筑，门上画着一个红新月的标志，窗子上则有红十字标志。爆炸停止了，我跌跌撞撞地走了进去，浑身是血，惊恐万状，而且，从此我就是一个人了。

我醒了过来，发现丈夫正环抱着我，我的头靠在他的肩膀上。他轻轻摇着我，就像抚慰我们的女儿那样，对着我的耳朵喃喃低语，让我感到安全。我流着眼泪，浑身发抖，声音变得嘶哑，也许是因为哭泣,也可能是因为之前发出尖叫的时候把嗓子喊哑了。

我们的房门是关着的,而且上了锁,一般来说我们只有兴致很高的时候才会这么做。一定是我丈夫让房子关门的,免得女儿们闯进来。

他轻抚着我的头发,擦去我脸上的泪水。“你不该把电子链关掉的。”他柔声说道,“我本可以操控你的梦境,把噩梦变成美梦。”

我们刚结婚的时候常常这么做。这是一种能使我们不同的性需求都得到满足的方式,也是一个了解彼此的想法和愿望的方法。

我们已经很久没有这么做了。

“你想给我讲讲你的梦吗?”他问。

于是我打开了电子链。

他把脸埋在我的头发里。他同样很久没有做过这样的事了,对他来说,这相当于在我面前展示出了他脆弱的一面。

“那是伊契亚。”他说。

“我知道。”我说。这一点还是很明显的。我一直在想关于她的事,所以她进入了我的梦境。

“不,”他说,“这事不能就这么过去。”他坐了起来,手仍然放在我的肩膀上,凝视着我的脸,“先是苏珊,然后又是你。她就像是侵蚀我们家的毒药。”

亲密感瞬间消失了,我忍住推开他的冲动。“她是我们的孩子。”

“不,”他说,“她是别人的孩子,而且她在扰乱我们的家庭。”

“新生儿也会扰乱家庭。我们需要一段时间去适应,你以前都能接受的。”

“如果伊契亚来到我们家的时候是个婴儿,我当然会接受她。但事实却不是这样。她有着我们没有预料到的问题。”

“我们签订了协议，我们必须把她的问题当成我们自己的问题。”

他的手更紧地抓住了我的肩头，很可能只是下意识动作，“他们也说过，这个孩子经过了详细检查，保证没有任何疾病。”

“你认为是某种疾病导致了这些噩梦？它们就像病毒一样由伊契亚传染给了我们？”

“难道不是这样吗？”他问，“苏珊梦到了一个死去的男人，而且她不愿意离开他，最后被‘他们’抓走了。而你则梦到你的父亲死去——”

“这些梦是不同的。”我说，“苏珊梦到的是一个男人的脸爆炸了，然后她自己被抓住。我梦到的是一个男人被枪击，而我自己则逃跑了。”

“这都是细节。”

“是梦的细节。”我说，“我们都和伊契亚说过话。我可以确定，这是因为她的一些记忆与我们的梦境缠绕在一起，就像我们会梦到我们白天做过的事情、看过的视频一样。这没什么好奇怪的。”

“但在她来之前，这座房子里从来没有人会从噩梦中惊醒。”他说。

“没错，在她来之前，这座房子里的人都没有经历过创伤。”我现在把他推开了，“我们经历的事情比起她来说根本不算什么。你父母的过世、我父母的过世、孩子们出生、几次失败的投资，这些都是小事。我们居住在你出生时就居住的房子里，在我们小时候就游过泳的湖里游泳。我们的财富在增长，我们有那么棒的女儿。这就是我们领养伊契亚的原因。”

“为了经历创伤吗？”

“不，”我说，“因为我们能够照顾她，而大多数人不能。”

他用一只手来回抚摩他逐渐变得稀疏的头发，“但我不想让我的家里出现创伤。我也不想再受到打扰。她不是我们的孩子,我们可以让其他人去解决她的问题。”

我叹了口气,“如果我们这样做的话,我们还是会碰到问题的。我们会被政府控告,收到法院传票。我们签下的协议已经说明了这一切。”

“但他们也说过如果孩子有缺陷,我们可以把她送回去。”

我摇摇头,“我们签下的文件已经承认了她没有缺陷,我们放弃了这项权利。”

他低下了头。他的头顶上已经出现了灰色的发丝。我以前从来没注意到过。

“我不想让她待在这里。”他说。

我把一只手放在他的手上。凯莉刚出生的时候他也是这样的。他一直不喜欢让一个婴儿打扰我们的生活,不喜欢我半夜起来喂奶,还因此曾经叫我去雇一个奶妈,后来又换成保姆。他一直都想让其他人照顾我们的孩子,因为她们让他感到不便。

尽管如此,每一次怀孕却都是他的主意,就像伊契亚是我们两人共同决定领养的一样。他一开始会兴致勃勃,但一旦事情真的发生并且不能改变了,他就会忘记最初的冲动。

过去,我们达成了妥协。我们没有请奶妈,但还是请了一位保姆。他的睡眠不会受到打扰,但我还是需要每天晚上起来喂奶。这是我的选择,不是他的。随着孩子们逐渐长大,他还是找到了方式,让自己为孩子们而感到快乐。

“你还没有和她一起聊过。”我说,“你应该去了解她,看看她真正的样子。她是一个很棒的孩子。你会发现的。”

他摇摇头,“我不想做噩梦。”他说,但我从他的声音里听出他已经准备让步了。

“晚上我会把我的接口开着。”我说，“我们甚至可以在睡着的时候保持连接，互相操控对方的梦。”

他抬起头来露出微笑，突然间看起来有点儿孩子气，让我想起了多年前他向我求婚的样子。“像从前一样。”他说。

我回以微笑，怒气早已消散。“对，就像从前一样。”我说。

我们家的保姆自告奋勇，想带伊契亚到罗纳德那里。的确，近距离地看到他会产生一种舒适的亲近感，与和我丈夫在一起时差不多，这让我感到不安，但我还是坚持要自己去。乘飞船前往罗纳德的办公室需要十五分钟。它位于密西西比河畔的一处花园式办公区里，与圣保罗的新建州议会大厦相距不远。罗纳德的办公楼紧靠河边，是纯玻璃构架，下方由钢柱支撑远离地面——密西西比河曾经发过大洪水，这座城市至今还没有从那次洪水的灾害中完全恢复——因此要进入办公楼，访客需要用一次性密码开启电梯。我预约与罗纳德会面的时候他已经给了我一个密码。

整段旅途中伊契亚一直都很安静。她很怕乘坐飞船，原因也不难推测。每次乘坐飞船，就代表她需要换地方。我向她保证这次不会发生这样的事，但我看得出来，她认为我在说谎。

看到那幢楼时，她紧紧地抓住我的手。

“我会乖的。”她低声说。

“你一直都很乖。”我希望我丈夫能看到现在的她。他把她给妖魔化了，根本没有意识到她只是个小女孩。

“别把我丢在这里。”

“我没打算这样做。”我说。

电梯是一个小型透明玻璃箱子，带有语音控制功能。我说出那个密码，它就飞快地升到了五楼并且停了下来，就像飞船一样。

它在设计之初就保证了无论天气或者地面上发生什么状况都可以使用。

伊契亚的表情非常严肃。她更加用力地抓着我的手,我的手指似乎连血液都无法流动了。

我们走进建筑的大门。门是开着的,因为理论上能够乘电梯上来的人都受到了邀请。一名文秘坐在古雅的木质写字台后面,黑色的写字台擦得非常干净,泛出暗沉的光,正中央放着一块吸墨垫,旁边是一支钢笔以及墨水瓶,吸墨垫上放着一张纸。这位文秘大部分的工作应该都是通过网络完成的,至于笔和纸则只是做个样子,让我觉得我来到了一个富有到可以使用纸张、可以浪费木材制作一张写字台的地方。

“我们来见卡罗医生。”当伊契亚和我走进大门时,我说道。

“沿走廊走到尽头,在你的右手边。”文秘说道,其实用不着说得这么详细。这地方我已经来过几十次了。

伊契亚是第一次来。她一直紧紧地抓着我的手,对她来说,这座建筑简直就是一个奇迹。她似乎仍然确信我会把她丢在这里,但恐惧并没有减弱她的好奇心。这里的一切都很奇特。我想确实如此,因为在月球,充满空气的空间是一种奢侈品。在她看来,一个门厅就浪费了如此之大的空间已经不能用奢侈来形容了,那简直就是犯罪。

我们沿着铺着木地板的走廊向前走,经过几扇关着的门,最后到达了罗纳德的办公室。看来那位文秘提醒了里面的人,因为办公室的门自动打开了。一般来说,我需要按一下门边的电铃按钮——另外一个老派的装饰品。

他的办公室内部给人的感觉相当舒适。墙壁涂成了蓝色,他以前告诉过我,这是能让人冷静的颜色;地上摆着厚实的安乐椅以及配有枕头的长沙发。墙边设有一个儿童游乐区,里面有积木、绒毛玩具以及几个洋娃娃。罗纳德的客户大多数都是两三岁的小孩,游乐区里的玩具也很好地反映了这一点。

一个穿着蓝色工装的年轻男人从一扇门里走了出来,叫了我的名字。伊契亚更加用力地抓住了我的手。那个男人注意到她,脸上露出微笑。

“B房间。”他说。

我喜欢B房间。我对它很熟悉。我的三个女儿都是在那里完成了她们接入网络之后的一系列后续工作。我只去过一次其他房间,而且感觉没有那么舒适。

这是一个好兆头,我可以把伊契亚带到一个熟悉和安全的地方。

我牵着伊契亚继续朝前走,并不需要那个男人的指引。B房间的门开着。罗纳德没有改变里面的陈设。还是同样的一张贵妃椅、安放在墙壁凹槽处的工作单元,还有摇椅。以前,在凯莉接受一些最为严格的测验的时候,我曾经躺在其中的一张摇椅上。

那时候我的肚子里还怀着苏珊。

我把伊契亚带到房间里,转身关上了门。罗纳德从房间的后门走了进来——他一定是在等我们——伊契亚看到他,吓得跳了起来。她几乎用全力抓住我的手,我觉得我的手指都要被她掰断了。我对她露出微笑,并没有抽出手。

罗纳德是个很有魅力的人。和往常一样,他显得太瘦了些,金色的头发已经垂到了眉毛上。他需要理一下头发了。他身穿一件银色的丝质衬衫以及配套的长裤,尽管款式是几年前的,但刚好可以映衬他棕色的皮肤。

罗纳德对于孩子们很有办法。他首先对她微笑起来,然后拿过一个矮凳坐到我们身边,这样他就可以直视她的眼睛而非俯视。

“伊契亚,”他说,“很美的名字。”

也是个很美的姑娘,他单独给我发来消息。

她没有开口,脸上再度现出我们第一次见到她时她那副阴沉的表情。

“你害怕我吗?”他问。

“我不想跟你走。”她说。

“你觉得我要把你带到哪里去?”

“离开这里。离开——”她小小的手抓着我,并且把我的手抬了起来。在这一瞬间,我明白了。她不知道该用什么词语来形容我们和她的关系。她不想用“家人”这个词,也许是因为她觉得她会失去我们。

“你母亲——”他慢慢地说道,同时给我发来两个字:对吗?

对,我回复道。

“——把你带到这里来做一个检查。你到地球之后看过医生吗?”

“在中心看过。”她说。

“一切都正常吗?”

“如果不正常的话,我就会被送回去了。”

他将胳膊肘放在膝盖上,双手托腮。他的眼睛是和他的衬衫一样的银色,目光十分柔和。

“你是不是害怕我会发现什么?”他问。

“不是。”她说。

“但你害怕我会把你送回去。”

“不是所有人都喜欢我,”她说,“不是所有人都想要我。把我带到地球时他们说过,家里的所有人都必须喜欢我,我必须表现得很好,否则我就会被送回去的。”

这是真的吗？他问我。

我不知道。我被震惊了。我一点儿都不知道这件事。

家里人不喜欢她吗?

她是新来的。还有些不适应。会有变化的。

他的目光越过她的头瞥了我一眼,但没有再发消息过来。他的表情已经足够说明问题了。他不认为事情会起变化,和伊契亚一样。

“你表现得好吗?”他柔声问道。

她瞥了我一眼。我极为轻微地点了点头。她再次转向他。“我努力过了。”她说。

这时他碰了她一下,他长而纤细的手指将她的一缕白色头发推到耳朵后面。她朝他的手指靠过去,好像她一直渴望着肌肤的触碰。

她比你的女儿们都更像你,他告诉我。

我没有回复。凯莉和我就像是一个模子里出来的,苏珊和安妮也很大程度上遗传了我的长相。但是伊契亚并不是我的亲骨肉,我和她之间的纽带是仅仅几个星期前才建立起来的。

安慰她一下,他发送过来。

我已经安慰过了。

再做一次。

“伊契亚,”我说,她的身子哆嗦了一下,就像是忘记了我还在这里一样,“卡罗医生说的是真话。你只是到这里来接受一下检查,不管结果怎么样,你还是会和我一起回家的。还记得我的诺言吗?”

她点点头,眼睛瞪得很大。

“我一向信守诺言。”我说。

真的吗？罗纳德问。他的目光越过伊契亚的肩膀直盯着我。

我打了个寒战，开始思索究竟是什么诺言被我忘记了。

一向如此，我告诉他。

他的嘴角露出一个微笑，但其中毫无欢乐之意。

“伊契亚，”他说，“我一般会与我的患者单独相处，但我猜你肯定想让你母亲留在这里。”

她点点头。我几乎能感受到她的那种渴望。

“好的，”他说，“你需要到贵妃椅这里来。”

他按了一下她的椅子，它便朝着贵妃椅驶去。

“这个沙发叫作贵妃椅，又叫‘晕倒沙发’。”他说，“你知道是为什么吗？”

她放开我的手，站了起来。当他提出这个问题时，她看向我，似乎想让我来回答。我耸耸肩。

“不知道。”她低声说。她犹豫地跟上了他，那个怯生生的女孩消失了。

“因为在两百多年以前，也就是这种家具流行的时候，女人们经常会晕倒。”

“才不会呢。”伊契亚说。

“哦，这是真的。”罗纳德说，“你知道因为什么吗？”

她摇了摇她小小的头。随着这段没营养的对话，他逐渐引导她走近了贵妃椅。

“因为她们穿的内衣太紧了，就不能好好地呼吸。如果一个人不能好好呼吸，她就会晕倒。”

“这太蠢了。”

“没错。”他说着拍了拍贵妃椅的椅背，“躺下来试试吧，看看躺在这东西上感觉怎么样。”

我知道他的贵妃椅不是古董。里面装着很多诊断设备。真不知道有多少人被他的古怪故事吸引到这张椅子上过。

我的女儿们显然不在此列,她们早在来到这里之前就知道他那些问题的答案了。

“人们经常会做很多蠢事,”他说,“即使是现在也一样。你知道吗? 地球上的大多数人都接入网络了。”

在他解说网络及其用途的时候,我基本上没有听。我处理了工作上的一些业务,做完了每天的象棋游戏任务,偶尔听听他们在说些什么。

“——有些人完全拒绝接入网络,那可真是够蠢的。因为这样一来,他们就没法在社会上正常生活了。无论是找工作也好,互相交流也好——”

伊契亚躺在贵妃椅上,热切地聆听着。我知道,在他和她谈话的同时,他正在给她进行诊断,观察在他提问的时候她大脑的哪一个部分在活动。

“但接入网络会疼吗?”她问。

“不会。”他说,“科学让这种事情变得非常简单。就跟碰碰你的一根头发没什么两样。”

这时我微笑起来。我明白他之前为什么要去碰她的头发。这样她就不会在他放置第一块芯片、安装她个人电子链第一步的时候感到警觉了。

“如果发生错误了怎么办?”她问,“会不会把所有人都……杀死?”

他向后退了一下远离她。动作并不大,也许她不会注意到。但我注意到了。他的眉头之间现出了一丝不快。一开始,我以为他会回避这个问题,但他沉默了相当长的时间,还是回答了。

“不会的,”他尽可能坚定地回答道,“没有人会死。”

这时我才意识到他在做什么。他在用合适的方法处理一个孩子的恐惧心理。我丈夫对女儿们的态度都相当随意,我甚至认为就应该这样。我习惯了与女儿们相处,而她们的心理状态比我的伊契亚要稳定得多。

他的手指快速弹动了一下,打开了天花板上的顶灯。

“你做过梦吗,宝贝?”他尽可能以随意的语气问道。

她低头看着自己的双手。她的手上有一些隐约的疤痕,我不知道那些疤痕是怎么来的。我曾经计划过,在获取她的信任之后询问每一道疤痕的来历,但目前我还完全没有问过。

“现在不做了。”她说。

这一次轮到我向后退去。难道不是每个人都会做梦吗?或者,只有接入了网络的人才会做梦?那不可能。我曾经见过婴儿们做梦,那时候她们还没来过医院呢。

“你上次做梦是什么时候?”他问。

她的身子蜷缩起来,贵妃椅的底部发出“吱吱嘎嘎”的声音。她朝四周张望,似乎非常害怕。然后她望向我,似乎是在祈求我的帮助。

这就是我想让她接入网络的原因。我希望她不需要说话就能告诉我她需要什么,而不会让罗纳德知道。我不想去猜。

“没关系的。”我对她说,“卡罗医生不会伤害你。”

她紧咬牙关,眼睛紧紧地闭了起来,就好像她没法看着他说话一样。她深吸了一口气。罗纳德屏息等待着。

我再一次为他没有自己的孩子而感到遗憾。

“他们把我关掉了。”她说。

“谁?”他的声音里蕴藏着无尽的耐心。

你知道发生了什么吗? 我给他发了一句话。

他没有回答。他的全部注意力都集中在她身上。

“红新月。”她轻声说道。

“是红十字会,”我说,“月球上的。他们负责孤儿的——”

“让伊契亚自己说。”他说。我闭上嘴,脸立刻红了。他从来没有这样斥责过我,至少没有当面这样。

“是在月球上的时候吗?”他问她。

“如果不这么做,他们不会让我来的。”

“在那之后有人碰过它吗?”他问。

她慢慢地摇了摇头。不知道什么时候,她再一次睁开了眼睛。她望着罗纳德,眼神中既有恐惧,又有她之前看着我时流露出的那种渴望。

“我能看看吗?”他问。

她迅速用一只手捂住她的脑袋侧面,“如果它被打开了,他们会把我带走的。”

“这是他们告诉你的吗?”他问。

她再次摇了摇头。

“那就没什么需要担心的了。”他把一只手放在她肩上,轻轻地推着她,让她在贵妃椅上重新躺好。我注视着这一切,感到后背无比的僵硬。我似乎漏掉了他们的一部分对话,但我知道我没有。他们现在说的是我完全不知情的一件事,是政府故意没有告诉我们的一件事。我的胃里一阵翻江倒海。这正是我丈夫把她丢出家门的完美理由。

她一动不动地躺在贵妃椅上。罗纳德对她微笑着,用轻柔的声音对她说话,手放在贵妃椅的控制按钮上。他可以通过他的网络接口直接获取仪器的读数。这间办公室里几乎所有东西都是这样工作的,并且也有一套类似我家房子那样的系统,上面会有本次操作的所有备份。稍后罗纳德将会把一份数据发给我们。因为我丈夫不喜欢亲自来这里,所以他坚持要求拿到一份数据。我怀疑很多时候他根本没有去读那些材料,但这次也许他会的。因为这次来的是伊契亚。

罗纳德的眉头皱得更紧了。"不再做梦了?"他问。

"是的。"伊契亚再次回答道。她听起来非常恐惧。

我不能再保持沉默了。自从她来到我家以后,我的家人们开始做噩梦了。我给他发了条消息。

他瞥了我一眼,我分辨不出来他是感到恼火,还是在思索着什么。

它们有些类似,我发送道,那些噩梦都是关于月球上一个人的死亡。我丈夫认为——

我不在乎他是怎么认为的。罗纳德的信息是故意写得这么严厉的,我从来没见过他这样。一个暗淡的感官记忆浮了上来,随后又沉了下去。我曾经听过他用更严厉的语气对我说话,但我却想不起来是什么时候。

"你试过与她进行连接吗?"他直接向我提出问题。

"我怎么能与她连接呢?"我说,"她没有接入网络。"

"那你的女儿们呢?"

"我不知道。"我说。

"你知道有人曾经试着与你连接吗?"他又转向她。

伊契亚摇了摇头。

"她有没有接触过任何与电脑相关的东西?"他问。

"听'房子'讲过故事。"我说,"是我要求这么做的。我想看看能不能——”

“‘房子’?”他说,“你们的管家系统?”

“是的。”出了很大的问题。我能感觉到。他的语气、他的表情、他不经意间的行动都说明了这一点,完全是为了在他的患者面前掩饰而设计出来的。

“‘房子’有没有让你感到不快?”他问伊契亚。

“一开始有一点。”她说。随后她看了我一眼,又是那种渴望得到安慰的表情,“但现在我很喜欢它了。”

“尽管那让你感到痛苦。”他说。

“不,没这回事。”她嘴上这样说着,但眼睛却转开了。

我感觉到嘴里发干。“使用房子让你感到痛苦吗?”我问,“而你却一点儿都没有提到过?”

她不想失去她唯一的一个家,罗纳德发过来一条消息,不要对她太严厉了。

我根本就没有对任何人严厉。严厉的人是他,我不喜欢这样。

“也不是真的很疼。”她说。

告诉我发生了什么事,我给他发消息,她怎么了?

“伊契亚,”他说着,再一次用手碰了碰她的脑袋侧面,“我想和你母亲单独谈谈。我们把你送到游乐区那里玩一下可以吗?”

她摇摇头。

“我们不关门怎么样?你始终都可以看到她。”

她咬着下唇。

你就不能发消息告诉我吗?我发送道。

我需要用到所有的语言工具,他回复道,相信我。

我的确相信他。也正因为如此,我的心底充满了恐惧。

“那好吧。”她说,随后她望向我,“我想回来的时候可以回来吗?”

“如果我们看起来像是谈好了的话就可以。”我说。

“你不会把我丢在这儿?”她又问了一遍。我什么时候才能得到她完全的信任呢?

“绝对不会的。”我说。

于是她站起来走出了门,没有回头看一眼。她看起来就和我第一次见到她的时候一样,一个矮小纤弱的小女孩,我的心似乎也跟着她走了出去。在我们见面的第一天,她那副虚张声势的模样背后掩藏的是全然的恐惧。

她走到游乐区,坐在一块盖着垫子的台子上。她双手交叉放在腿上,眼睛紧紧地盯着我。罗纳德的助手试图用一个玩具娃娃引起她的注意,但遭到了她的拒绝。

“什么事?”我问。

罗纳德叹了口气,操作他的椅子朝我这边驶来。他在靠近房间墙边的地方停了下来,与我保持着伸手无法触及的距离,但足以让我嗅到他身上那种特制肥皂的气味。

“从月球上送下来的孩子们都是被救出来的。”他柔声说道。

“我知道。”在我们申请领养伊契亚之前,我已经读了政府提供的所有文字材料。

“不,你不知道。”他说,“这些孩子逃离的不仅仅是像你以及其他养父母想象的那种悲惨的生活。欧罗巴殖民地在大约十五年前开始了一项计划,这些孩子都是实验品,而且大多数都死了。”

“你是说她有一种可怕的疾病吗?”

“不是。”他说,“听我说完。她身上被移植了一个插件——”

“网络接口?”

“不是。”他说,“莎拉,请你不要这样。”

莎拉。这个称呼让我吃了一惊,好久没有人这样称呼我了。

罗纳德和我重见的这么多年里他从来没有这样称呼过我。

似乎已经不再是我的名字了。

“你还记得月球战争有多么惨烈吧？他们使用各种弹射武器，把自己的殖民地打得粉碎，暴露于真空之中。只要一颗简单的炸弹就可以毁掉几代人建设的成果。随后，一部分殖民地居民进入了地下——”

“并且开始从地下发动进攻。没错，我知道。但那是几十年前的事了。那些事情和伊契亚又有什么关系呢？”

“伦敦殖民地、欧罗巴殖民地、俄罗斯殖民地和新德里殖民地签下了和平协定——”

“——承诺不再使用毁灭性武器。我记得这个，罗纳德——”

“因为如果他们不遵守协定的话，地球上就不会再发射补给飞船。”

我点点头，“纽约殖民地和阿姆斯特朗殖民地拒绝签订和平协议。”

“因此它们最终被彻底消灭了。”罗纳德的身子向我倾斜过来，就像他曾经对伊契亚做的那样。我朝她的方向看了一眼。她还是在那里一动不动地盯着我们。“但是战斗并没有结束。各个殖民地使用匕首和秘密刺客去刺杀政府官员——”

“并且找到了一种使得补给飞船转向的方法？”我说。

他露出一个哀伤的微笑。“是的，”他说，“这个方法就是伊契亚。”

话题如此迅速地转到了我的孩子身上，这让我头晕。

“她怎么能让补给飞船转向呢？”

他用拇指和食指揉了一下鼻子。然后他又叹了一口气，“欧罗巴殖民地的一个科学家开发了一种通过潜意识传播思想的技术。

这项技术设计得十分巧妙,也很有效果。假设有一艘原本要前往俄罗斯殖民地的补给飞船,只要将有关在欧罗巴殖民地发生饥荒的思想传播到飞船船长的脑子里,他就会转而将补给投放在欧罗巴殖民地。当然,实际上没我说的这么简单。这项技术会让那个船长以为转向是他自己的想法。”

梦。梦就是从潜意识中来的。我打了个寒战。

“问题在于这项技术需要在人的大脑上增加一个接口,就像接入网络的接口那样,但如果此人已经有了接入网络的接口,这项新的技术就不会起作用了。所以他们选择那些出生在月球上、出生在欧罗巴殖民地的孩子来安装新型接口。显然伊契亚就是其中之一。”

“所以说他们真的能让补给飞船转向?”

“只要他们想象自己很饿——或者是真的很饿,就可以。这样他们就可以把这个讯息传给补给飞船上的人。有些时候他们想要食物,有些时候是布料,有些时候是武器。”他摇了摇头,“直到现在他们仍在这么做。”

“不能阻止他们吗?”

他摇摇头,“我们正在收集这方面的信息。伊契亚是我见过的第三个这样的孩子。样本数量还不足以向世界议会提交,不过,该知道的人也都知道了。红新月和红十字会都已经提高了警惕,他们已经开始从各个殖民地救出这样的孩子——有时甚至为此而开了杀戒——再把这些孩子送回地球,让他们不会再受到伤害。那些接口将会被关闭,像你们这样的人会收养这些孩子,给他们完整的生命。”

“你为什么要告诉我这些?”

“也许是你的管家系统重新激活了她的接口。”

我摇摇头，“第一个噩梦出现的时候她还没有用过管家系统呢。”

“那么也许是别的科技产品。也许政府没把她的接口关好。有时候会出现这种事。对此，推荐的处理方式是什么都不要说，直接把接口芯片拿掉。”

我皱起眉头，“那你告诉我这些干吗？为什么不直接拿掉它呢？”

“因为你想让她接入网络。”

“当然。”我说，“这个你清楚。你刚才还亲自给她讲了接入网络的各种好处。你知道不这么做会有什么后果，你什么都知道。”

“我知道只要你和你丈夫在遗嘱里给她留下足够的财产，比如说一栋房子和足够她余生请佣人的钱，她就可以活得很好。”

“但她就不能创造价值了。”

“也许她并不需要。”他说。

罗纳德今天显得有些不够干脆，我简直怀疑他是不是那个平时给我的孩子们看病的医生。我皱着眉头质问道：“你还有什么在瞒着我？”

“她的接口和网络接口是不能兼容的。”

“我明白。”我说，“但是你可以把她的接口芯片拿掉啊。”

“她的大脑是围绕着接口芯片发育而成的。如果我给她安装网络接口，就等于把她的意识抹除。”

“此话怎讲？”

他狠狠地咽了一下唾沫，我清楚地看到他的喉结上下跳动。“也许我没有说清楚。”这句话更像是自言自语，而不是在对我说，“这样会把她的一切记忆都清空。她会变得像一个婴儿一样。她现在掌握的一切都需要重新学习。像是怎么走路、怎么吃饭之类的。当然,这一次她会学得比较快,但至少在半年以内,她都不会达到一般的七岁女孩的程度。”

“为了拥有网络接口,我想这是值得付出的代价。”我说。

“但还不仅如此。”他说,“她会失去所有的记忆。一点儿都不剩。在月球上的生活,到达地球后发生的一切,甚至连她安装接口那一天的早餐吃了什么都不记得。”他似乎想要向前走,但马上又停了下来,“记忆是我们的一切,莎拉。没有记忆,她就不再是伊契亚了。”

“你这么确定吗?”我问,“说到底,基础模版没有变——她的基因还是她出生时的那一套。”

“我确定。”他说,“相信我。我已经看到过了。”

“你不是可以做记忆备份吗? 这样的话,只要她有网络接口,就可以随时调阅她从前的记忆,不是吗?”

“当然可以。”他说,“但那和自己的记忆是不同的。打个比方,别人给你讲述划船的感受和你自己的体验肯定是两回事。你拥有基本的了解,但经历本身无法复制。”

他的眼睛很明亮,太亮了。

“那也不算糟吧。”我说。

“这是我的专业。”他说道,他的声音在颤抖。他显然对自己的工作十分热衷。“我研究过被消除了记忆的大脑与备份记忆库的互动细节。我选择这个职业就是希望有朝一日我能改变现状。”

我以前不知道这些。又或者曾经知道,但是忘记了。

“她会变得非常不同吗?”我问。

“我不知道。”他说,“她在月球上的经历相当丰富,而且给她带来了相当大的创伤,因此我猜她将会非常不同。”他朝游乐区瞥了一眼,“比如说在现在这种时候,她很可能会玩她身边的那个娃娃,把你抛到脑后。”

“那不是很好吗？”

“是的，那很好。但你也知道，逐步得到她的信任感觉很好。她不会轻易相信别人，但如果她真的信任你，那就是毫无保留地信任。”

我用一只手理了理头发。我的胃在翻腾。

我不喜欢这个选择，罗纳德。

“我知道。”他说。我吃了一惊。我根本没意识到自己给他发了消息。

“也就是说，我要么留下这个孩子，但她以后都不能融入我们的社会；要么给她发展自我的机会，但她不会再是现在的她了。”

“是的。”他说。

“我没法选择。”我说，“我丈夫会认为这是违约。他会认为政府给我们送来了一个有缺陷的孩子。”

“好好读读协议中那些难懂的条文吧。”罗纳德说，“在这种情况下，政府一方是免责的。还有其他几种情况也是。标准的法律文本。我敢保证你的律师很容易就能读懂。”

“我没法做出选择。”我又说了一遍。

他靠近我，把他的手放在我的手上。他的手温暖、有力，让人舒适。

这种感觉很熟悉，古怪的熟悉。

“你一定得做出选择。”他说，“问题只在于早晚而已。这是你们的协议里所规定的。你们必须抚养她，让她在这个世界上平安度过一生。要么让她接入网络，要么留给她一份遗产，由其他人负责打理并且供养她的生活。”

“但那样的话，她甚至无法知道照顾她的人是否在欺骗她。”

“是的。”他说，“你们也必须预料到这种情况，想办法阻止其发生。”

“这不公平，罗纳德。”

他闭上眼睛，低下头，用他的额头轻轻抵住我的，“从来没有什么公平，”他柔声说道，“最亲爱的莎拉，从来没有。”

“该死。”我丈夫说。我们坐在卧室里，还有半小时才到晚餐时间，我刚刚把伊契亚的情况告诉了他。“我们的律师本该查出这个问题来的。”

“卡罗医生说地球上的人们不久前才了解到这个问题。”

“卡罗医生，”我丈夫站了起来，“他说错了。”

我皱起眉头。我丈夫很少如此焦虑。

“这根本不是什么月球上发展出来的新技术。”我丈夫说，“这是地球上的技术，第一代神经网络。那时候被下了全球禁令，在网络接口成为我们所有人的生活必备品之后，这种技术就消亡了。不过它们的确不能兼容，这点他没说错。”

我感到我肩膀的肌肉绷紧了。我丈夫是怎么知道这项技术的？我是否应该询问他？我们之间从来不谈自己的工作。

“我还以为卡罗医生知道这个呢。”我用随意的语气说。

“他研究的是最新的科技，而不是历史上的科技。”我丈夫心不在焉地说。他又重新坐下了，“真是一团糟。”

“事情已经是这样了，”我柔声说道，“现在我们得为这孩子考虑。”

“这孩子是有缺陷的。”

“她只是被利用了。”我哆嗦了一下。回来的路上我一直都用双臂环抱着她，而她也容许我这样做了。我记得罗纳德的话：对她来说,允许我伸出双臂是那么艰难,正因为这点,抱着她才会更让我喜悦。每一次肌肤相亲都是一场胜利,每一点信任都值得庆贺。“仔细想想吧。想想看,如果有一种东西嵌入你最基本的需求之中,利用你的需求来达到其他人的目的——”

“别那么做。”他说。

“什么?”

“你想把这件事浪漫化,从而蒙混过关。这孩子就是有缺陷,而这个问题不应该由我们来处理。”

“她不是一件商品,”我说,“她是一个人。”

“为了纠正安妮的智力问题,我们用上了宫内增强技术,为此花了多少钱你还记得吗?如果别人的孩子也有这个问题,我们是不是也得掏钱?”

“那不是一回事。”我说。

“不是吗?”他问,“在这个世界上,我们是有所保障的。我们的财富和地位让我们能够拥有最优秀的孩子。如果我想搞砸孩子们的人生,我就会——”

“你会怎么样?”我怒斥道,“去月球吗?”

他死死地盯着我,就像他是第一次见到我一样,“你亲爱的卡罗医生希望你怎么做?”

“不要去改变伊契亚。”

我丈夫哼了一声,“这样她就不能再接入网络,一辈子都不能独立。她会成为孩子们的负担,要供养她,我们必须不断花钱。哦,不过卡罗医生喜欢这样,所以这样做很值得。”

“他只是不想让她失去自己的人格。”我说,“他希望她始终都是伊契亚。”

我丈夫盯着我看了一会儿,他的怒气似乎逐渐散去了。他的脸色变得苍白。他伸出手来,似乎想要碰一下我,但又缩了回去。有那么一瞬间,我似乎看到他的眼睛里含着泪水。

我以前从没见过他双眼含泪的样子。

我见过吗?

“事情已经这样了。”他轻声说道。

他转过身背对着我。我怀疑他的这些反应都是我想象出来的。他与伊契亚并不亲密。为什么他要在意她的人格会不会改变呢?

“我们不能再考虑法律方面的问题了。”我说,“她是我们的孩子。我们得接受这一点。就像我们怀上安妮的时候一样。那时本来可以终止妊娠,那样花不了多少钱。但我们接受了治好她所需要的巨额花费。”

“确实可以终止的。”他明显觉得这是一个不可接受的想法。在我们的圈子里,人们会修复自己的错误,不会选择抹除。

“你一开始也是想要她的。”我说。

“你是说安妮?”他问。

“伊契亚。我们两个都有这个想法,虽然你现在肯定想说是我一个人的主意。”

他低下头。过了一会儿,他开始用手抚摩他的头发。“我们不能不加考虑地做出决定。”他说。

他让步了。我不知道是该高兴还是难过。现在我们可以停止法律方面无意义的纠缠,转而拷问自己的内心了。

“她还太小了,”我说,“你不能让一个这么小的孩子独自做这样的决定。”

“如果她不——”

“没关系的。”我说,“她永远不会知道。无论如何我们都不会告诉她真相。”

他摇摇头，“她会疑惑为什么自己没有接入网络，为什么只能使用房子的部分功能，为什么自己不能单独离开家，而其他的姑娘们却可以。”

“或者，”我说，“她也可以接入网络，并且失去关于这件事的所有记忆。”

“那样的话，她会疑惑为什么自己对早年生活没有丝毫印象。”

“她会记得的，”我说，“罗纳德已经保证过了。”

“是的，”我丈夫露出苦涩的微笑，“就像她记得历史考试中的题目一样。”

我从来没见过这样的他。我从来都不知道他研究过神经网络的发展史，也不知道他对此有着这样深刻的见解。

“我们不能帮她做出选择。”他说。

我完全明白他的意思，我也说过完全一样的话。“但我们也不能让一个孩子做出如此重大的决定。”

他抬起眼睛注视着我。我从来没有注意到他眼睛、鼻子和嘴唇周围那些细微的皱纹。他正在衰老，我们都在衰老。我们在一起已经度过了很长的时间。

“她的生活经历比大多数在地球上活了一辈子的人都要丰富。”他说，“如果我们好好抚养女儿们，她们活到老都不会有她这样的经历。”

“这不是借口。”我说，“你只是不想让我们产生内疚感。”

“不，”他说，“她的生活是她自己的。需要过这份生活的是她，不是我们。”

“但她是我们的孩子，所以我们要替她做出决定。”我说。

他在床上平躺下来，“你知道我会做出什么样的选择。”他柔声说道。

“无论我们怎么选，我们的家庭生活都会受到干扰。”我说，“不管是和原本的她一起生活下去——”

“还是把她抚养成我们想要的样子。”他抬起一只手臂挡住自己的眼睛。

他沉默了一会儿，然后叹了口气，“你后悔过你做出的选择吗？”他问，“选择和我结婚，选择保留这一幢而不是其他的房子，选择留在我们出生和长大的地方？”

“还有选择生下女儿们。”我说。

“都算。你后悔过吗？”

他没有看我。他似乎不敢看，就好像我们的全部生活都由我的答案决定一样。

我按住他垂下的那只手，他牵住我。他的皮肤很凉。

“当然没有。”我说。这一刻，我突然感到困惑，他少见的情绪化让我有些害怕，我问道：“你后悔过做出的选择吗？”

“没有。”他的语气过于平淡，让我怀疑他在说谎。

最终，他还是没有陪着伊契亚和我到圣保罗去。他无法直面有关大脑的任何操作，即使我想让他破一次例也不行。在这一次的旅途中，伊契亚显得更有自信、更欢快了，我注视着她，心中有一种别样的离情，尽管我曾以为我永远不会产生这样的感受。

就好像我已经失去了她一样。

这就是身为父母的真相：做出那些艰难的、痛苦的抉择，那些既无法重来又无从判断的抉择。过去经历过的一切都不能给你任何帮助，你却被迫要去预测未来。这一次，当她走在我前面，沿着走廊向罗纳德的办公室走去时，我紧紧地抓着她的手。

我成了心怀恐惧的那一个。

罗纳德在他办公室的门口迎接我们。他对伊契亚微笑起来，但我知道那个微笑里饱含哀伤。

他已经知道我们的选择了。我要求丈夫与他联系。作为伊契亚的父亲，我要求他至少要以这样的方式参与此事。

惊讶吗？我给他发消息。

他摇摇头，你们家一直都是这么选择的。

他长久地看着我，似乎在等候我的回答，但我没有，于是他在伊契亚面前蹲了下来，“从今天起，你的生活就会完全不同了。”他说。

“妈妈——”这个词是礼物，是我再也不会得到的恩赐——“说一切都会变好的。”

“当然，母亲们总是对的。”他说。他把一只手放在她的肩上，“这一次，我得把你从她身边带走。”

“我知道，”伊契亚欢快地说，“但你会把我带回来的。一会儿就好。”

“没错。”他说，但他的目光越过她的头，看向我，“一会儿就好。”

他又等候了一小会儿，深邃的沉默笼罩了我们。我知道他想让我改变主意。但我没有。我做不到。

这是对她来说最好的选择。

他点了一下头，站起来，牵着伊契亚的手。她没有任何抵抗，就像她曾给予我的信任一样。

他领着她走向里间。

在门口，她停了下来，向我挥了挥手。

在那之后，我再也没有见过她。

哦,我们有一个和我们一起住的孩子,她的名字叫作伊契亚。她是一个充满了活力的好孩子,她与我们亲生的女儿一样,配得上得到我们的爱和遗产。

但她不是我心底里的那个孩子。

我丈夫现在更喜欢她了,而罗纳德则从未提起过她,加倍努力地投入到他的研究工作中去了。

他的研究没有进展。

而我不确定我是否希望他有进展。

她是一个快乐而又健康的孩子,她有着光明的未来。

我们做出了正确的选择。

这是对她来说最好的选择。

对伊契亚最好的选择。

我丈夫说她将会长成最完美的女人,就像我一样。

他说,她会变得像我一样。

她是如此充满活力。

为什么,我仍然思念那个很少露出微笑、性格阴沉、受过伤害的女孩?

为什么,她才是我心底里的那个孩子?

最后的要塞

[美]劳伦斯·瓦特-埃文斯　著

邹运旗　著

两个人类孤零零地站在观测间,看着银河系的全息投影。影像中央是广阔的旋涡状星群,其绝大部分都覆盖着刺眼而充满敌意的橙色污迹,只剩边缘的一小片区域是友好的绿色,其中的恒星总数不超过一百颗。

“我们无处可逃了。”王指着屏幕说,“成败在此一举。”

“可外面还有无数星系。”李不大同意。

“哦,确实有。”王附和道,“但哪一个我们都到不了。它们太远了,终其一生都无法到达。这世上最聪明的头脑研究这个问题都几百年了,仍然认为第五宇宙速度不可超越。”

“当初研究第四宇宙速度时,他们也是这么说的。”李回答,“就算不能超越,就算我们这代人的时间不够,可为什么非得在一生之中实现呢?”

“难道你想冷冻一千年?寄希望于自动机器大发慈悲?你对我们的技术很有信心嘛,可惜我没有。”

“我对世代旅行更有信心——将一座生存舱甚至一颗小行星

加速到第五宇宙速度。只要解决工程学上的问题……”

王摇摇头，“可惜我们手头的资源不够。”他说，“如果我们的祖先有先见之明，提前开始做准备，那或许还有完成的希望，可现在未免太迟了。我们能源储备不足，没法儿把一整颗行星加速到第五宇宙速度。我们的资源也不够，没法儿让行星生态系统撑过整个旅程——别忘了星系际空间有多么黑暗、多么空无！那儿没有光源能为重要设备补充能量，也没有足够的物质供我们采集。”

“你计算过了？”

“当然。想要我们的后人平安抵达仙女座大星云，我们就得付出现有的一切。而他们走完整个旅程、平安抵达的概率只有十五分之一。”他叹了口气，“以防万一，我还请教了其他种族的顶尖理论学家，请他们复查一下结果。他们全都证实了我的结论。”

提到其他幸存的人类种族，李做了个鬼脸。李属于纯血种，一向反对与电子生化人和基因改造人进行合作。她还是个孩子时，各个种族便结成了同盟，但那只是形势所趋，而非人心所向，至少她本人从没赞成过。以她的标准，其他种族甚至不能算作真正的人类。

但他们的关系很紧密。他们都是独立的个体，全都肩负着人类的生死存亡。他们团结在一起，一同逃到银河系的边缘地带，逃到了这块不毛之地。

他们合作无间。如今的星图上，三大种族不再划分彼此，所有系统三方均可共享。

为了维护各自的个性特征，他们争了太久，斗得头破血流——现如今，身为抵抗阵线协调官的王宣布，争斗结束了。

“肯定还有其他办法。”李说。

“我已经告诉你我的解决方案了。”

“我宁愿试试千年冷冻，那样胜算似乎更大些。”

王又叹了口气，“谈判的胜算有多大，我们还不清楚，但没人愿意等上一千年。链客也许会改变主意。它几乎得到了整个银河系，何必还要执着于我们这点儿可怜的系统呢？”

“因为它生来如此，王！”李答道，“它很饥渴。它渴望数据、能源和物质，多多益善。不管人类逃到哪里，它都穷追不舍。它想同化我们。”

“它不厌其烦地声称，同化我们是帮我们的忙。”王说，“它相信这么做是为我们好。”

“它是这么说的，但我才不信。”

“好吧，我倒觉得它是出自真心。当然了，我和你一样不想被它同化。”

李的脸上写满了怀疑，但没有继续争论下去。她问道：“你跟其他种族的人说了？”

王点点头，“我是最后才对你们讲的——因为我知道，你们最难被说服。”

“他们都同意了？”

“对。有些人提出了附加条件，但都同意了。”

“所以说，他们都准备投降了？”

“这不是投降。”王坚持道，“是谈判。”

“代价则是待在保留地，”李说道，“变成它的宠物、动物园里的动物，或者博物馆里的收藏品。要我说，这就是投降。”

“投降意味着允许链客同化我们。”王说，“但我不会答应的。”

“你可能没得选择。”

说完这话，李转过身，昂首阔步地走向电梯。

王看着她离开。他理解她的感受，但他更明白当前的现实。

他抬头看着星图。绿色的残片只剩一丁点儿，橙色的污迹却如此广阔……

“我还是不敢相信，它们居然同意派人来谈判。”李说道。她看着飞船平稳降落，优雅地滑下无云的蓝天，“我还以为链客永远不会分离它的组件，哪怕只是一瞬间！”

“我早就告诉你了，它们也很通情达理的。”施密特回答。

李不禁皱起眉头。生化人的电子音恍如音乐，但听上去极不自然，李很想尖酸地反驳他几句。几千年前，正是电子生化人创造了链客——所以施密特才会对链客如此宽容，尽管对方并不配。

李也不想再听到机器人说什么“我早就告诉你了”。

飞船轻轻落地，王和其他人走上前去。他们还没走到一半，飞船侧面便现出一个开口，现出了一道人影。

那东西看上去很像人类，但李清楚对方的底细。她极不情愿地靠近飞船，走得不紧不慢。让他们去打头阵吧，她心想。对满心郁闷的她来说，接近链客代理人的时间越晚越好。

代理人穿着柔软平滑、量身定做的红色外衣，一副中性打扮，既不像男人，也不像女人。它的皮肤是悦目的金棕色，短短的黑发梳理得十分整洁。它线条柔和，有种非人的美感——只是跌跌撞撞走下飞船坡道时，动作显得有些僵硬滞涩。

“欢迎来到‘避难所’。”当一行人与链客代理人只剩两三米间隔时，王开口道。

代理人抬起一只手，示意他等一下。它迟疑了一会儿，终于站直身子，长吸一口气，呼出，然后开始讲话。

“非常抱歉。”它说。它的声音像施密特一样悦耳，但带着颤音。它清清嗓子，继续说道：“这对我们——对我——有点儿难。

请稍等。”

“你们愿意以这种方式同我们见面,让我们受宠若惊。”王说。

“我们明白这很重要。”代理人回答,“所以我们愿意配合。你们已经习惯了常年处于非连线状态,但对我们——对我——而言,这却是全新的体验。”

“我能理解。”王回答,但李对此表示怀疑。链客的单一组件与整体分离,独自去完成某些任务,大概只有电子生化人才会真正理解这种感觉,毕竟他们也可以移植或插入某些配件。但身为自然人,比如王——或者李——只可能有个模糊的概念。

代理人又做了一次深呼吸,然后挺直身子说道:“如果你给了我一个我们没能事先预想到的选择,身为独立个体的我是没法儿代表整个链客系统做出最终决定的。这点你能理解吗?”

“当然。”王回答,“我们可以给出提议,讨论一下都有哪些选择,然后送你回去,让链客系统做出最终决定。”

“很好。我们也希望如此。我也希望如此。”

李终于走进人群,好好打量了一番代理人。离得近些,她发现它更不像人类了——在它的手指和脖子上,电线清晰可见,脖子上还有几道裂口,李觉得可能是腮。它的头上有几块黑色纤维,可以独立活动,却不是人类的毛发。它的双眼装有细小的嵌入物,李猜测是外置传感器。它的嘴里还有闪闪发光的蓝色嵌入面,但明显不是牙齿。

它的先祖中可能有人类,但它明显不是。

“不如我们进去吧,坐下来好好谈?”王建议道。

“当然,很好。”

几分钟后,所有人聚在会议桌前。王提议先等一会儿,让代理人休息休息,直到它适应本地的气候,但代理人拒绝了提议。

“越早谈完,我就能越早回归本体。”它解释说,“你们不明白现在我有多不舒服——就像一个孤独的瞎子。”

“你并不孤独。”王说,“我们都在。”

代理人没回答,只是惊讶而反感地盯着他。

“我敢说,不一样的。”李说道,“现在,我们能坐下来谈公事了吗?我跟我们的客人一样不舒服。”她朝聚在桌旁的其他人示意一下。

他们都是独立个体,而非链客系统蜂巢意识中的一员。他们的祖先也都是人类,当然,只是李是纯血种。王、梅兹和吉塔也是自然人,他们的肉体未被机器玷污。他们的基因也许经过了简单的净化,但仍是完全的人类。

而施密特、梅尔特和达斯是电子生化人,体内植入了金属和塑料。露尔、莎珐、布瑞妮和提莱尔则是基因改造人,他们的祖先一时心血来潮调整过基因,使得他们每人都有表面可见且绝不可能是通过地球上的演化而得来的特征,比如他们的皮肤、眼睛和头发。

至于艾诗与荷,他们既是基因改造人,也是电子生化人。

一百年前,他们绝不可能聚到一处——当时的人类分门别派。来自链客的压力迫使几方抱成一团,但李只觉得是污染。

王站起身,“我们都了解当前的局势。”他说,“链客想占据整个银河系,而我们更想保持自己的个性,做一个独立的个体,自由地安排我们的社会生活,而非链客网络的一部分。但到目前为止,链客随心所欲地疯狂扩张,将我们的地盘压缩得越来越小,我们已经没有退路了。不过,我们不想就这么放弃,还是邀请你来到这里,好给我们一个机会说服链客,请它不要继续同化我们仅存的世界。我们邀请你以独立个体的身份——而非链客的一部分——来到这里,一方面是因为我们并不信任你们,担心哪怕只让链客接触到'避难所'极小的一部分,你们的系统也能在我们没来得及做出防御时,就将整个星球同化了;另一方面——这点你可能意识不到——我们希望让你回想起,身为一个独立的人类是什么感觉。我们相信这是种独特的体验,而链客可能已经忘记或忽略了它,我们却不希望看到它在银河系彻底消失。我们也是一种潜在的资源,能够保有物种多样性,保留我们这些人也是有价值的,链客肯定也能想到这一点,对吧?"

代理人看着王,沉默良久,终于答道:"你不清楚的东西实在太多了。"

"说得对,我们当然不清楚成为链客的一员是多么美好、多么幸福,但我们仍想……"

"不,不,不,"代理人打断他,"我们说的……我说的不是这个意思。"

王眨眨眼睛。

"那你的意思是?"露尔用悦耳的音色问道。

"我们需要你们的系统,"链客的代理人说,"迫切需要。但是,我们没想过伤害你们——我们很了解你们,远超你们的想象。我们打算补偿你们。"

"如果你们将我们的世界彻底同化,补偿又有什么用呢?"不等李开口,吉塔抢先质问道。

"这就取决于补偿的形式了,不是吗?"代理人有点儿口齿不清地说,"我们打算把几个恒星系的资源送给你们,还有一些我们认为你们尚未掌握的技术。这样你们就可以将两到三颗行星加速到第五宇宙速度,前往你们选择的任何目的地了。"

"你们想把我们彻底赶出银河系,对吗?"李气得站了起来,大声质问,“你这该死的怪物,银河系同样属于我们!”

“不再是了。”链客代理人说,“个体意识已被放逐到了这个小角落,你们就不想换取一个全新的星系吗?”

许多人同时发声,每个都想让其他人听到自己的话,导致声音越来越大,一时间,人人都在大喊大叫。王抬起双手示意,大家终于安静下来。

“你说你们需要我们的系统,”他说,“为了得到更多空间吗?那等你们把银河系填满,接下来又想做什么?跟着我们到仙女座大星云?”

“宇宙间有无数星系,”代理人回答,李好像听到了几天前她自己的回音,“这个归我们,你们可以另找一个。”

“一个就够了?”吉塔讥讽地问道,“对你们来说,如果这个不够大……”

“我们不会长期占有银河系了。”代理人说道。

现场鸦雀无声。

“为什么?”李终于问道。

代理人搜肠刮肚,最后说道:“几个世纪前,我们做了场实验,结果引发了一场事故。链客本来打算升级,但实验结果变成了别的东西。我们称之为‘独一’。”它从口袋里掏出一块显示设备,发出指令,会议桌上方的空气中出现了一幅星图。

“这些是你们的星球。”代理人说着,一小片熟悉的区域变成黄色,“这是我们的。”广阔的蓝色覆盖了将近三分之一个银河系——但只有三分之一,仿佛巨大的新月,占据了银河系星盘的一边,黄色的碎片状的区域位于它的外缘。

“这就是‘独一’。”代理人继续道。一个硕大的红色圆环出现了,紧贴蓝色新月,其中心是古老的射手座。“而最后这块区域,”随着它的话语，圆环中间的白色区域转为橙色，“我们叫它‘超绝’。”

“叫什么？”

“‘超绝’。”代理人叹了口气，解释道，“它是‘独一’创造的实验产物，出现于一个世纪前。”

“这些名字代表了什么？”施密特问，“都是出于某些原因，从链客系统分离出去的部分？”

代理人摇摇头，“不是。”它回答，“链客系统属于集体智慧——每个组件相互链接，构成整体，但我们的智慧仍是分散的，只是按你们的标准，我们算不上独立的个体。我们会分享数据、感觉和记忆，形成一个不必依附于特定躯体的整体意识，同时在链客系统中，众多不同意识依然可以共存，尽管我们之间的界限比较薄弱和无常。以第五宇宙速度链接数据是很快，但仍有少许延迟——如果要跨越星系际空间，我们就没法保持一个完整的意识了。

“但‘独一’可以。我们不知道它是怎么做到的，我们不了解原理。它对我们是个异类，正如我们对你们也是异类。我可以让自己从链客系统中分离，来到这里同你们对话；但我不相信‘独一’的身体组件也能做到，就像你们没法儿切掉一根手指，叫它去做某件差事一样。有些链客的组件想与‘独一’交流，结果都被它同化了。”

李环视桌边众人的面庞，发现他们的想法跟自己一样——链客创造出了一个青出于蓝的副本。

“那‘超绝’呢？”王问。

“它比‘独一’更进一步。”代理人解释说，“我们确实不了解它。它似乎将空间、时间和意识都统一成了单一的实体——它是唯一能使独一害怕的东西。就是说，它也能令我们恐惧。”

“真是天理循环、错综复杂啊。”李看着星图说。

“所以‘独一’正把你们赶出银河系？”施密特问道。

“没错，一步接一步。而‘超绝’正在内部蚕食‘独一’的疆域，一波一波向外扩张—— 一个非常老套的故事。”

“所以你们想把我们彻底赶出银河系，好让自己多一些喘息的空间？”吉塔说。

“不止如此。”代理人回答，“我们需要的不是你们的空间——而是你们的世界。大量集结的物质团块。”

“你们已经占据了大半个银河系！”王抗议道，“还要这几百块石头干吗？”

“你们没仔细听。”代理人说，“我们没有占据大半个银河系，至少不会占据太久了。趁还有机会，我们必须逃离这里。”

“我不明白。”李说道。

代理人四下张望，似乎在考虑怎么回答更好，然后说道：“星系之间距离遥远。你们没法儿赶在我们完全占领你们的疆域之前实现星际跃迁。因为没有我们的帮助，你们就没有足够的能源与技术将一整颗行星加速到第五宇宙速度。然而在漫长的旅途中，只有一整颗行星才能完善地保留你们的文明。好吧，我们的问题比你们更严重。我们是链客系统——以第五宇宙速度链接数据，我们所有人都结成了统一的共同体，没有了链接，我们什么都不是——至少说，我们将不再是自己认同的存在。而跨度一旦超过星系间距，第五宇宙速度数据链接就无法运行。”

“所以你们想把共同体送到另一个星系，在那边创建新的链客。”吉塔开口道。

“不！”代理人不同意，“不对！我们不要另一个链客系统。我们只要现在的链客，只要现在的生活。二者的区别，就像你们是要保护子孙平安还是要拯救自己一样——如果迫不得已，我们也可以重建新的链客系统,但我们还想存活,我们不想死。我们想一直处于链接状态。”

“呃,那你们该怎么……”施密特问道。

“建桥。”代理人回答,“一座行星之桥,相距虽远,但仍能建立起链接,好让我们从这个星系迁移到另一个。只要建成,我们就能把银河系里残留的系统转移到另一个星系。当然了,这将耗费数千年的时间,但我们能做到。”

这个大胆的想法震住了在场的所有人类。

终于,李率先开口。

“既然你们已经拥有了无数行星,”她说,“没必要再要我们的了吧?”

“迁移至另一个星系的旅途长路漫漫。”代理人说,“而‘独一’正从我们手中抢占星球。成功与失败,可能就要看这几百颗行星了。”

“不光如此吧。”李说道。

“当然。”代理人回答,“不管你们相不相信,我们喜欢你们。你们就像我们的家人。”

“应该说是愚蠢的远房亲戚吧。”吉塔更正道。

代理人居然也会脸红,“好吧,是这样。”它承认道,“或许更贴切的说法是疯疯癫癫的老表叔。但我们更希望看到你们有机会存活。如果状况变得棘手,我们不想一边跟你们争斗,一边还要应付‘独一’。”

“所以我们是你们的试飞员,对吗?”李问道,“看看将行星加速到第五宇宙速度,当它跨越星系时是否存在不可预见的难题?”

“也有这方面的原因。”代理人承认,“我们不想冒险失去链客系统中任何一颗宜居星球。”

李想了想,点点头,"我喜欢这个点子。"她说,"作为纯血种的代表,我赞成链客的提议。"

其他人震惊地看着她。显然,所有人都认为纯血种最极端,会对所有提议表示反对。

"星系间的桥梁,"李若有所思地大声说道,"确实是个解决方案。希望你们成功,也祝你们好运,只要你们别再觊觎我们选定的星系。"

"谢谢。"代理人说。

李却微笑起来,"另有一件事,我还没搞明白。"她又说道。

"什么?"

"等'独一'也想逃离'超绝'并转移到新的星系时,它又会怎么做呢?"

影子爸爸

[美]希拉·芬奇　著
崔久成　译

踏入老房子的那一刻,首先引起蒂姆注意的便是客厅墙上的视讯电话。电话正提示有一个呼入信息,当然是找卡琳的。但对方难道不知道卡琳已经去世了吗?何况卡琳生前的交际圈并不大。

视讯电话刺耳的呼叫声吵得他心烦意乱。这趟星际旅行使得蒂姆很劳累。随处可见的机器人侍者有些讨厌,越来越强烈的地心引力也让他不习惯。他按下接收按钮,自动接线员的声音提示他:蒂姆·加罗韦先生,您需要等候爱德华·拉斯伯恩三世的呼叫。

拉斯伯恩是如何这么快猜到他的目的地的?蒂姆来不及担心,他没有詹姆斯·邦德的特工天赋,但他还是自信地认为,拉斯伯恩绝对不会追往地球,毕竟自己就是不想被押回地球才逃跑的。显然蒂姆低估了这个人的智力。

蒂姆一边等待着拉格朗日点附近的拉斯伯恩企业总部空间站与地球的通信链接,一边瞥向门缝后面的起居室。贝丝正盘腿坐在起居室的地毯上,用图书搭起一座高塔。温暖的春日阳光穿过窗户，抚摸她胖嘟嘟的小脸。日光照亮了她金色的鬈发。蒂姆的心一下被击中了，平生第一千次感慨地想，这个女儿多像她的母亲啊。

假如西尔维娅也能看到这一幕……

假如那该死的机器人救护队像承诺的那样有效……

离开月球后，他反复想过自己的处境，实在想不出什么优势。逃离的时候他已经预计到许多麻烦事。他阴沉地等待着电话接通。

电话响起一阵杂音，把他的思绪拉了回来。屏幕变清晰了，爱德华·拉斯伯恩三世正坐在那家他掌控数十亿美元企业的优雅的办公室里。蒂姆第一次看到他那间豪华房间时曾琢磨过，那些由昂贵的柚木、红木和黄檀木打造的空间奢侈得如同20世纪20年代开来的豪华邮轮。西尔维娅曾咯咯地嘲笑他，“才没有那么古老呢！”她笑着说。

“蒂姆，希望你和贝丝旅行愉快。当然，你带走孩子之前应该询问我的。”

老头子没有把蒂姆的行为称之为绑架。拉斯伯恩先生是个大人物，有着大人物的气度和言谈。他的心更是像月亮上的岩石一样坚硬。显然，他还打算陪蒂姆玩一阵，谋划着怎么从中获利。

“我和贝丝很好，谢谢你。拉斯伯恩先生，我本想给你打一个电话——”

拉斯伯恩打断了他的话，“你和贝丝需要休息。时间还多，明天再来做我们之前谈过的事。你肯定会答应，这事对你的好处可不少！”

老是被这个男人看穿，蒂姆有点儿不自在。也许他真的不善于隐藏心思，特别是事关水星上的采矿业和制造业。也许拉斯伯恩是对的，这能给他挣到太多钱了，完全没有必要扭扭捏捏。这些钱足以让贝丝在未来很长一段时间衣食无忧。而且，需要他付出的代价也不算过分。

“我信任你，蒂姆。”拉斯伯恩说，“我现在就把3M公司的未来交给你，相信你不会让我们失望的。”

就算说着赞美和恭维的话，拉斯伯恩依然让人无法违抗。这便是他成功的原因吧。第二次水星探险之后不到二十年，他便建立起自己庞大的商业帝国，有了如此显赫的业绩。

“是的，先生。”

“我是个讲道理的人，蒂姆。我需要你自愿的合作，所以现在我再给你解释一次。我们必须趁事态还不太严重，把局面控制住。如果它侥幸成功，后果将不堪设想。你明白我的态度了吧，蒂姆？”

蒂姆点点头，嗓子发干。

“我们不能让那些机器享有和人类同等的权力，而如果这次不能阻止他……”

“是的，先生。”

“你是一个聪明人，但你一直在荒废自己的聪明才智。”

蒂姆陷入沉思。拉斯伯恩把话说得很温和，远远不像他刚听到西尔维娅嫁给了一个穷学生，还怀了孩子时那么刻薄。假如他能见机行事……

拉斯伯恩靠在他那张真皮转椅上，十指交叉，紧盯着他外孙女的父亲。他背后的墙上是一张内太阳系地图，无数明亮的光点组成了拉斯伯恩的帝国，“除了小贝丝，我没有其他的继承人。”

蒂姆咽了一口口水。得到并统治这张版图的欲望再次冲击他谨慎的天性。他像往常一样左右为难。但每次自我斗争，欲望都会稍进一步,在面对这个房间时尤其难以压制。

“我还是觉得应该让公众知道,”蒂姆说,“让它暴露在公众的监视下,耍不了花招……”

在接下来的沉默中,他猜到了拉斯伯恩会说什么。

“那已经试过了!”拉斯伯恩通过屏幕怒视着他,“失败了。现在没时间搞这些小动作了。必须立刻做掉它。”

蒂姆不自在地动了动肩膀。

“不是让你去杀人,蒂姆。斯蒂芬·拜尔利是一个机器人!”

拉斯伯恩咬牙切齿,言语中充满蔑视与憎恨,还有一丝对机器人的害怕。

“今晚好好想想吧,小子。”拉斯伯恩说道。他的岳父说得亲切,但威胁的意味传达得很清楚:“杀一个机器人不是什么大事,如果你为了这个而不卖力,就要好好考虑一下后果了。”

这的确是他需要考虑的。如果拒绝拉斯伯恩的安排,拉斯伯恩就会把贝丝从他身边带走。到时候,他回不了月球或空间站,也不能待在地球上。无论去哪里,他岳父的手下都可以找到他。而若要带着三岁的女儿躲避追捕,他也不可能按照自己的意愿去小行星做自由勘探员了。

视讯电话屏幕变黑,蒂姆心情沉重地转向起居室,走到女儿面前。

不得不承认,他的岳父说得有些道理。一个月前,斯蒂芬·拜尔利在选民的拥护下上台。虽然三定律依然有强大的约束力,但机器人已经迈出了平权的第一步。就眼前来说,拜尔利很可能会开始考虑它在太空中的“兄弟们”。它们还在条件恶劣、太阳暴晒的星球上为霍华德·拉斯伯恩三世这样的企业家卖命,它们理应得到更好的工作条件。拜尔利甚至可能还想过利用公职影响力为它的同胞展开一场奴隶解放运动。听起来虽然荒唐,但蒂姆知道一旦开了先例,事情就会失控。如果一个机器人像人类一样被平等对待并取得公职,当其他机器人要求享受一样的权利、受到一样的保护时,就很难拒绝了。

并不是蒂姆不同情这些金属伙伴,但毕竟它们仅仅是机械而已。没有人比蒂姆更熟悉它们。他曾和一个机器人相处过很长一段时间。那是2009年的事,就发生在这个屋子里。

“你常说想要一个爸爸,蒂米。”卡琳·加罗韦开心地说,“我给你做了一个影子爸爸。”

蒂米盯着起居室的地毯,地毯中间有个装着轮子的灰色金属盒子。第一眼望去,他觉得这就是一个没有软管的老式吸尘器。四根细长的玩意儿从盒子边缘伸出来,末端是可以抓拿东西的钩子和钳子,像一个冰冷而可笑的骷髅。一个倒扣的碗状脑袋里封着一个摄像头,还有其他一些他不认得的零件。

蒂米用脚碰了碰轮子。

“爱惜点。”卡琳做完家务,把论文和手机、电脑之类的东西收进公文包。

“这是什么?”

“影子爸爸。全名是‘父亲替代程序:原型机一号’。”

“它看起来好蠢。”蒂米说。

“不要管它看起来怎么样,”他的妈妈看着他,“它可以做很多事情。影子爸爸能教你打棒球,陪你集邮……一个真正父亲能做的事情,他都能做。”

“它能做家庭作业吗?”

“有一个程序能指导你的数学和阅读,蒂米。影子爸爸还储存了适合八岁孩子的睡前故事录音带。等你长大些,我们还可以更新。”

“那如果我想聊点男人的事……”

“别这么任性。”卡琳啪的一声关上公文包,“等有空我会做一些改良。你可以把这看成我们一起在做机器人实验。”

卡琳在美国机器机械人体公司工作,她总想让儿子对自己工作的领域产生兴趣。此时,她把公文包放到沙发上,蹲坐在儿子面前,握着他的肩膀,视线平视儿子。她那一贯温柔而文雅的目光如同在看小猫咪或者蝴蝶。他盯着母亲,嘴巴紧紧地闭着。

“我知道这适应起来不容易,但咱们的生活就是这样。”

“我们可以像其他人那样生活!”他负气地说。

“那对我们行不通,”她说,“我想你早就懂了。看,你不是经常说你想要一个爸爸——”

“是一个真正的爸爸,不是个愚蠢的机器人。”

她脸色黯淡下来,“我给你解释过了,这个家没有时间添一个男人。”

蒂米对他的生父没有任何了解。卡琳曾告诉他,有个地方可以把男人的精子售卖给想当母亲的女人。但蒂米告诉周围的人他爸爸去世了,因为这好解释得多。也许卡琳不喜欢男人,好朋友乔伊的妈妈交过很多个男朋友,而她从没带过男人回家。有时蒂米担心,等长大以后卡琳就不喜欢他了。

“蒂米?”

“好吧。”他不情愿地回答,“但是你答应过我今天一起去动物园的。”

她咂了下嘴唇,“我知道今天是周末。但是手头的项目太紧急了。”

他摇头，“今天很特别，因为——”

“你可以在院子里和影子爸爸玩。你会喜欢上它的，我保证。影子爸爸用起来很简单。”

他瞥了一眼妈妈身后的机器人，“和那家伙能玩些什么呢？”

“你总能想到的。”趁蒂米没来得及躲闪，她吻了儿子的脸颊，“现在我要出发了，实验室的飞行器在等我。我承诺不会走太久的。”

她走以后，蒂米盯着机器看了一会儿。卡琳说它可以播放有关探索太阳系的天文历史片。他再次蹲在机器人面前按住开关，研究着它照相机一般的眼睛。

“你看起来好笨！”他接着说，“名字也傻乎乎的。”

外面的花园里，一只鸟儿叽叽喳喳地吵闹，室内却出奇地安静。蒂米刹那间感到非常孤独，这是一种奇怪的感觉，和小的时候卡琳周末加班丢下他一个人不一样。这种变化的原因似乎并不难找，这天是父亲节。蒂米和乔伊都参加了童子军，这一天在中央公园有一个与父子一起吃热狗的烧烤节，当然所有童子军都会带上他们的父亲。蒂米所有的朋友都有爸爸，即使未必都是亲生的。乔伊也会带上他妈妈的一个男朋友。

但是蒂米知道把这些告诉卡琳毫无意义。卡琳对只有男人参加的活动一点儿都不感兴趣。也许她会考虑自己陪他去参加这个父子烧烤节，但与那样的窘迫相比，和一个机器人待在家里还要好些。蒂米郁闷地看着机器人。反正无聊，还不如把它打开。靠近顶部的开关很显眼。按下的瞬间，一束小小的红光照在屋顶上。从镜头射出的光线转了一圈，对准了蒂米。

“你好，”一个平实的声调小声地说，“我是影子爸爸，你的父亲替代品，我是一台实验样品机。”

蒂米吃了一惊，他挪到机器人面前盘腿而坐，左右观察。当然，他之前在卡琳工作的实验室见过这机器人一次。但是蒂米还知道，有许多人并不信任它们，不允许它们待在纽约市区。他的妈妈计划的一件大事，便是考虑将它们送入太空中，在那里，机器人不会惊吓到任何人。

“好吧。”蒂米谨慎地说，“你能做什么？”

“我能给你讲一个和动物有关的故事；我可以帮你收集邮票；我能做飞机模型；我知道过去五十年所有的棒球和篮球比赛记录；我能告诉你谁得过全垒打最高纪录，谁是最有价值的球员，谁是……”

蒂米着实感到震惊。也许卡琳比他自己更了解他的兴趣。“你能帮我在后院点堆火烤热狗肠吗？”

“我想卡琳不会同意你玩火的。”

蒂米有些失望，“原来你就是个保姆！”

“你够大了，不需要保姆。我是你的影子爸爸，用来替代你父亲，并不是——”

“你不是我的爸爸！”蒂米突然打断它。

“我们到院子里打棒球好吗？”机器人劝他。

“好吧。”蒂米把双手插进口袋。

蒂米很快就发现影子爸爸非常善于投球。它长长的金属胳膊总能灵巧地抓着球，摇摆出最合适的弧线。每次抛出，球总是准确地飞到蒂米的棒球拍最方便击打的位置。影子爸爸还教他如何掌拍。他失误时，影子爸爸从不吼他，每当蒂米成功挥出一个全垒打，它也不像乔伊那样输不起。

“喂。”体验了一小时的世界职业棒球赛之后，蒂米说，“想不想爬树？”

“我没有爬树的组件，”影子爸爸回答说，“但是我想看你爬。我能辨别出你碰见的东西。”

蒂米丢下棒球拍，摇摇晃晃地爬上院墙旁老枫树的树干。影子爸爸滑动到直线距离最近的地方，转动半圆的头，镜头做的眼睛追随着蒂米向上移动。

爬到一半，树干开始分叉。蒂米和乔伊曾打算在这里建造一个树屋。当时天气太热，不宜做木工活，他们只好放弃。但这仍旧是一个好地方，坐在这里可以看见远处的河流，还有更远处城市曲折的轮廓。头顶的树叶把阳光滤成斑驳的小点，落在他赤裸的胳膊上。树叶发出轻柔的摩挲声，仿佛说着只有它们才懂的密语。

蒂米跨坐在一根被阳光照暖的粗枝上。

“从这儿看下去，你的样子好怪！”

“你的右手边有个废弃的鸟巢。”

蒂米在树叶间搜寻。果然，靠近树干处有一个混乱的小细枝和着泥土、树皮筑成的窝。“里面有羽毛。”

蒂米一只手紧紧抓住树枝，弯腰抓起那片细小的褐白相间的羽毛。影子爸爸的镜头眼睛由一根连杆伸高，随后又缩了回去。

“一个非常不错的标本。看，树干上又小又白的生物是一种真菌。真菌孢子被鸟类偶然带到这里。也许你手上的羽毛就是那只小鸟留下的。”

“啊？”

“一只家雀。”

“好酷！”

“目前被发现和分类的真菌、腐生植物的和寄生植物大概有五万种。没被发现的估计还有十万多种。真菌包括蕈类、霉菌、酵母……”

蒂米皱眉。那家伙说话的口气变得和学校老师一样了。

“我还能给你讲地衣类,如果你想听的话。”

“并不想!”蒂米回答。

“好吧。”机器人说,“那么,你想骑马吗?”

“怎么骑?”

“你可以骑着我到处玩。我非常结实。”

蒂米很快骑着影子爸爸绕着院子跑起来,他抓着两个金属臂膀,大声喊“驾!”或者“吁!”,直到嗓子沙哑,几乎忘了影子爸爸是一个机器人,他真的以为自己骑着一匹鬃毛随风流动的小种马在西部高地奔跑。

天色暗下来,卡琳回到家里时,蒂米才意识到他交了一个真正的朋友,它打球永远不会生气,不会提出让他懒得回答的愚蠢问题,也永远不会批评责备人。

这和拥有一个真正的父亲完全不一样。

在影子爸爸的帮助下,蒂米这一年在学校的表现更出色了。影子爸爸的程序也有学习能力,两人的学习比赛通常都是影子爸爸获胜,但这个机器人从不吹嘘自己的成果,蒂米也不看重胜负。另外,四个机械手臂让这个机器人可以像变魔术一样组装模型飞船、洗扑克牌、打球。

卡琳时不时会从实验室拿来新开发的程序,给影子爸爸更新。蒂米看到她打开机器人的头颅,将程序芯片插进去。然后,影子爸爸就能做更多有趣的事了,比如弹五弦琴、讲笑话或者画搞笑的漫画逗他开心。

卡琳几乎不带客人到家里吃饭,包括公司的同事。但是有一次,蒂米家里来了一个和卡琳一间办公室的女士。

“它看起来一点儿也不像人类。”蒂米抱怨。

这个外表犀利的女士盘腿坐在蒂米旁边，影子爸爸滑到他们面前，刹车摩擦地板，在地上留下一段光滑的痕迹。

“它不需要像人类。”卡琳的办公室伙伴回答他，“功能第一，形式第二。”

“可它只有轮子，连一条老太婆的腿都比这强！”蒂米说着，指着木质地板上的划痕。

“它是一个实用型的机器人，你妈妈设计了它的大脑，而不是身体。”

卡琳曾告诉他，卡尔文博士看待机器人的角度和她不太一样，卡尔文博士是一个机器人心理学家，蒂米不懂这是什么工作。厨房里，卡琳正反常地卖力做着家务，洗碗机里发出哗啦啦的声响。

蒂米皱眉，“影子爸爸觉得它不只是一台机器。”

“但你觉得它是。”

“你怎么知道？”

卡尔文博士没有回答。蒂米感觉她和母亲年龄差不多，但两个人都不像乔伊的妈妈那样涂口红或者对人笑。

卡琳推开起居室的门，手上托盘里放着她在商店买的点心，“来吃甜点吧。”

“我觉得蒂米今天吃了够多糖了。”影子爸爸说，“根据我的计算，从今早上起床起他已经摄入了……”

“喂，闭嘴！”蒂米说。

“好吧，”卡琳开口，“如果你觉得……”

“总有一天，那家伙会让你头疼的。”卡尔文博士若有所思地说。

有一瞬间，蒂米觉得她是在说自己。因为她的目光落在机器人和他之间的地毯上。

“我会非常小心的,苏珊。”卡琳说,“而且蒂米知道不能带机器人外出。”

“妈妈也不让我把影子爸爸的事告诉别人。”蒂米嘟囔着,“每次乔伊过来找我玩,我都必须把影子爸爸藏到壁橱里。乔伊可是我最好的朋友!”

“这是对的,蒂米。”卡尔文博士说,“但我担心的不只是反机器人势力,虽然……他们对我们的工作已经造成了很大威胁。”

“你还担心什么?”卡琳说。

“我们还不能完全理解这些阳电子大脑,说不定哪天它们会惹出麻烦。”

“我并没有那个本事,苏珊。”卡林笑了,“不像你!”

随后,大家没有再聊机器人。

上八年级的一天,乔伊妈妈又结婚了,乔伊的新爸爸带他去月球旅行了一次。

“为什么我们不能去月球,卡琳?”蒂米抱怨道。卡琳正在做一些实验室带回来的工作。

“嗯?”她的目光越过眼镜盯着他——她最近开始戴眼镜了。

“我想去月球,看火山。”

“我们付不起那个钱。”

“我攒了很多钱了!”

“我现在分不开身。公司的事太多了,不过,也许我和苏珊可以分到属于自己的办公室了!”

“如果我有个爸爸……”蒂米阴郁地说。

卡琳放下笔记本,注视着他,“我很抱歉,蒂米。我以为影子爸爸能填补父亲的空缺,看来依然不够。”

“我觉得我既没有爸爸,也没有妈妈。”蒂米说。

接下来的一年，蒂米在卡琳的要求下参加了他讨厌的物理课。他发现自己讨厌物理，喜欢体育。他长高了三英寸，特别吸引女生的注意，尤其是一个深色头发、乳房丰满的女孩。影子爸爸开始教他如何控制荷尔蒙带来的冲动和尴尬。卡琳早早做完了工作，给蒂米讲解有关鸟儿、蜜蜂、花朵等生态方面的学问，让他感到特别无聊。他觉得自己——或者卡琳没搞清楚状况。同时，影子爸爸能给他讲《罗密欧与朱丽叶》，讲在第一次约会就吻女孩是否妥当，以及怎样在事后跟其他男孩子讨论。

为了培养他对科学的兴趣，卡琳为他买了一架望远镜。影子爸爸帮他组装起来，告诉他镜头所及的所有星星和星座的名字，还能指出所有空间站的运行轨道。在那些彻夜不睡的晚上，卡琳每次经过蒂米的卧室都不忍打扰他们。

蒂米想去学校的游泳队。影子爸爸在一旁倾听他吹嘘，落选之后又同情他的失败。蒂米把自己的名字改成了蒂姆，影子爸爸不像卡琳，从那以后从没有叫错。总的来说，那是一段美好时光。

然而，乔伊可以和他的新爸爸讨论男人之间的事。

蒂姆又一次激活视讯电话，预约了市长斯蒂芬·拜尔利。

他努力抛开这些回忆。

他忘了卡琳的屋子有多小。他挨个检查了各个房间，列出一张什么该丢、什么该打包的清单，需要打包的东西不多。空间站的休息舱也很小，但至少能隔着遮板墙感到一种巨大的空间感。而这屋子就像个盒子。吝啬的开发商把纽约郊区的土地分割成越来越小的小块，堆叠出相似的建筑。卡琳曾向他解释，因为要住在公司附近，所以不能搬到更远地方。那时候，乔伊和他的父母已经搬进了长岛的一个大房子里，那个房子有游泳池和网球场，还可以养一群小狗。蒂姆记得他每听一次狗叫就会多憎恨美国机器人公司一分。

贝丝应该住更好的房子。他打算明天就去见那个拉斯伯恩要求他杀掉的人。

至于武器,岳父的一个保镖已经给他准备好了,此时沉甸甸地装在他的口袋里。"用它来消灭那些可憎的阳电子大脑吧。"拉斯伯恩曾这么对他说。不知为什么,他睡觉时也把武器放在身边。大概连睡下的时候,他也知道自己逃不了吧。

他不断提醒自己,拜尔利不是人类。他们谈论的仅仅是一台机器。它是一个机器人,这在验尸的时候就会暴露。然后这个惊人的骗局会立刻迎来公众的怒火。如果他这个刺客被捕,也会被释放,成为一个英雄。当然,拉斯伯恩是不会让蒂姆被抓到的。

作为报答,蒂姆将得到他曾梦寐以求的:水星矿业的一大笔股份。

不过,拜尔利很可能没那么好骗。接电话的秘书有些疑惑,不确定市长是否会为蒂姆模棱两可的理由腾出时间。也许市长根本不会理睬,这样蒂姆也能全身而退。"接近不了他!"他会对拉斯伯恩说,"这可不是我的错!"

他和贝丝的命运将由这个电话决定。如果事情顺利,他将赚到能让他一人养大小贝丝的钱,否则,他们将在逃亡中度过余生。

"你得为今后的人生打算,为将来制订一个计划。"卡琳曾这么说,那时他大概十八岁,"你想钻研什么科目?"

蒂姆仰在椅子上,把脚放到桌子上,不耐烦地说:"我不知道,薪水高就好。要不就体育吧。"

"体育?"卡琳皱眉,"你打算怎么靠体育来养活自己?"

那时游泳锻炼出来的肌肉已经让他能轻松约到女孩了,“夏威夷大学有一个很棒的项目……”

“我希望你考虑一下机器人学。”卡琳说,“宇宙太空移民区很需要你这样的年轻人。”

“喔,卡琳!”

“请听我说一句,”影子爸爸说,“有些不错的文理学院会允许蒂姆先上至少一年学,不用立刻做这么关键的决定,并且没有多余花费。”

“你居然反对机器人学?”卡琳咬了下指甲。蒂姆第一次注意到她的头发已经灰白了,她从未像乔伊妈妈那样染过发。

“不,我只是建议他先多尝试些科目。”机器人说。

卡琳沉思片刻,“我不会付钱让他去大老远的地方上大学!”

“你不太讲道理,卡琳。”机器人回答。

“我没钱供他去别的州上学!你觉得我很有钱吗?再说,蒂姆也不大可能获得奖学金。”

“可能有些政府资助……”

“蒂姆是我的全部,我不能失去他!”

“我也爱他。”影子爸爸说。

卡琳突然怔住了,“你说什么?”

“他不在了的话,我也会不开心。”机器人谨慎地回答。

她盯着机器人看了很久,“你还有其他什么感觉,影子爸爸?”

机器人似乎不太想回答,这太反常了,“你觉得呢,卡琳?这些年来你给我装了多少特制的情感程序?”

“但那些程序在实验室里从来没见效过。苏珊说——”

“你说什么程序?”蒂姆打断。

“阳电子感知程序,”卡琳轻轻地说,“我只是想看看影子爸爸能不能——"

蒂姆被这话惹怒了,"影子爸爸当然有感觉!能继续讨论我的未来吗?"

卡琳眼神迷离,似乎在看着很远的地方,"影子爸爸,我得把你带回实验室。如果你真的有了感情,苏珊会给你做一次图灵序列检查。"

蒂姆盯着母亲。她在这个时候进入工作状态,真是太不合适了。"听着,我还有个重要的决定要和你讨论呢。"

"实验室的人一直没能证明,机器人能发展出完整的自我意识。"卡琳若有所思,"理论上,这是高级阳离子智能体的一个附属功能。我猜,实验室中的机器人都没有长期与一个真正的人类家庭相处,所以这个功能没有显现。我得跟苏珊谈谈,好好研究一下。"

"我不想回实验室。"机器人反抗道。

"你必须回去。我是说,这很重要——"

"好了,你们两个听我说!"蒂姆说,"我懒得和你们讨论了。从此以后,我想去哪儿上大学、什么时候去上都由我自己决定!"

卡琳转过头来,似乎刚才已经忘了蒂姆的存在,"哦,我当然会陪你讨论。但是蒂姆,眼前这事很紧急,你看不出来吗?"

他的重要性又一次排在了机器人后面,他愤怒地想。

月球大学能给自愿参加零重力体育实验的学生提供助学金,这让蒂姆不用考虑卡琳的经济能力,于是他报名了。登上地月穿梭机那天,卡琳没来送他。就这么等不及给影子爸爸做实验吗?他恨恨地想。

他利用假期时间打工,给一个月球地质学家做助手,帮助他整理矿石标本。对蒂姆来说,这和集邮区别不大,他做得津津有味。

同学们的父母时不时会坐地月穿梭机前来探望，他们全都穿着体面，煞有介事地谈论交互剧场、时事政治以及如何在这个时代保存过去的优良传统。新交的朋友对他说，虽然人类已经在机器人的帮助下走向太空，但依然不应该忘记曾经的美德——家人、劳动和简单生活。蒂姆知道这话的意思。他母亲在美国机器人公司从事的研究是危险的，她想用机械造出人类一样的大脑。老天啊！她怎么想不明白，把机器人变得太聪明是不明智的。它们只能作为人类的仆人存在，而不是伙伴。你得记住这点，否则总有一天机器人会变成麻烦。蒂姆感到自己和卡琳越来越疏远，所以一直没有邀请她来大学。

新朋友中最耀眼的一个便是西尔维亚·拉斯伯恩。她是一个老派太空实业家的女儿。她和她父亲性格迥异，他俩的关系同蒂姆和卡琳之间一模一样。西尔维亚拥有蒂姆渴望的一切——金钱、一大群叔伯阿姨、表兄妹和一个无原则宠爱她的父亲。她美丽、开朗、精致，像水银一样轻盈灵动。而她居然也爱上了蒂姆。蒂姆想不明白原因，只能感激上天。

2027年，他们在几个密友的陪伴下，在一个位于月球地下洞穴的小教堂中完成了仪式。蒂姆那时已经转到了地理系。他们本打算将婚事保密，这样蒂姆可以完成学业，西尔维亚则能让父亲慢慢接受她嫁给了一个穷学生的事实。但两人在结婚的第二年便生下了贝丝。他们只得各自通知父母，焦虑地等待回音。

卡琳几乎忘记回复他。很久以后，在两人每月定期的传真通信中，卡琳才在附言中谈到了孙女的出生。

拉斯伯恩先生的律师发来信函，通知西尔维亚被移出了遗嘱继承名单，除非她离开这个出身低微的丈夫。

蒂姆发现，一个半工半读的学生要养活一个家太难了。但他们撑了下来。他们住在月球开拓者的家属住宅区。他白天打工，晚上回到妻子和女儿身边。西尔维亚开垦了一个水培花园，在那里种了些改善伙食的番茄和玉米，还有改善心情的菊花。这段日子让他第一次感到真心快乐。他坚定地要让贝丝拥有他不曾享受过的家庭生活，但同时也发现这需要金钱支持。快乐就这么一点点流走。

为了挣更多的钱，他一年之后便离开了家，和一群地质学家朋友参加了外地的考察队。就在他离开这段时间，一小块未被检测到的太空垃圾进入月球空间，落在了他那片住宅区上方，刺破了薄弱的保护壳。空气瞬间从裂口喷出。自动锁气装置封闭了小区，避免了更大面积的空气流失。但机器人救援队来得太晚了，没能救回西尔维亚。所幸当时女儿正在托儿所，那里没有受到影响。

沉浸在悲伤和震惊中时，他收到了处理西尔维亚尸体的账单，是住宅区的一个服务机器人送来的。

转了一圈的人生又回到原点。他被单身母亲带大，从小没有爸爸。现在，他必须抚养一个失去妈妈的孩子，扮演父亲和母亲的双重角色。而他还处在崩溃中，暗无天日的绝望笼罩着他。

这时，发生了两件事。

霍华德·拉斯伯恩三世在他绝望时出现了，急切地想带走他的外孙女，甚至愿意让外孙女的爸爸开出条件。

苏珊·卡尔文博士发来传真，告诉他卡琳由于一场小病突然去世，留下了纽约那幢他小时候居住的房子。他和卡琳一直不太亲近，但卡琳的离世依然让他难以接受。

拉斯伯恩开出的价码让他动心，但他不想接受这个交易。同时他也明白，贝丝的外祖父不达到目的是不会轻易放弃的。

能做的只有一样。他带着女儿乘上最快的一艘地月穿梭机，逃走了。

蒂姆翻捡着儿时的旧物。房子里值钱的东西不多,要是都托运到地外殖民地,费用太不合算了。卡琳从来不是持家的人。他打包了一箱童子军手册,这是他小时候的宝贝。除此之外,还带上了他的旧集邮册和那个影子爸爸帮忙拼装的望远镜。

他把一大箱手册拖到客厅,放在墙角。地板的反光引起了他的注意。布满灰尘的地上有长长的模糊划痕。他轻轻吹开灰尘,发现这是轮子碾过后留下的。他的眼前突然清晰地浮现出影子爸爸在房间里"嗡嗡"游荡的情景。他总会在大门前刹车,取出当天早上的邮件。他似乎看到邮件又来了。报纸、花哨的广告单、非政府组织的宣传单(每次收到反机器人组织的筹款广告,卡琳都特别生气),各种无法合法通过传真发来的垃圾信息堆满了卡琳的前厅。分拣这些纸质垃圾是影子爸爸每天的固定工作。卡琳总是说:"要是让我来处理,我早晚会中风的!"

他蹲下身来,盯着划痕。地板似乎最近打过蜡,记忆中多年前留下的刮擦都不见了。好动的儿子离开之后,卡琳修好了他对房子和家具造成的破坏。但机器人滚轮留下的印痕还是新的。蒂姆慢慢站起来,一个令人不安的想法在他脑中滋长。

这个房间让他很不自在,他只想尽快清理小时候留下的杂物。是时候和过去说再见了。门下面有一张地产中介的名片,他看了看上面的号码,走到视讯电话面前。

他的手还没有碰到号码盘,电话便想起了尖利的铃声。他迟疑了。又是拉斯伯恩吗?他郁闷地按下了接听按钮。

屏幕上出现一个相貌英俊的中年男人。

"蒂姆·加罗韦?"男人的嗓音愉快悦耳,"我是斯蒂芬·拜尔利。"

“市长——”蒂姆吃力地挤出一句回应，“我……嗯，很高兴见到你。”

“我看到你给我秘书的留言了。很高兴能和你聊聊，但按照明天的日程，恐怕我没有时间。”

蒂姆的心脏狂跳，所以这事最终还是办不成吗？他长长地舒了一口气，放松下来，“没关系，市长先生！其实那件事一点儿也不重要——我是说，没时间就算了。”

拜尔利笑了笑，“我们有共同的朋友，蒂姆。我能叫你蒂姆吗？”

“当然。”这个男人表现出的真诚让他钦佩不已。此时，他无法想象自己居然认真考虑过做掉它。

“你妈妈是苏珊·卡尔文博士的同事吧，卡尔文博士是我最珍惜的朋友之一。”

他的心被什么灰暗的、冷冰冰的东西抓住了。当然，这没什么奇怪。“哦……”他低声说，“嗯，好像是的。”

拜尔利终究只是个机器人。

恍惚中，他意识到贝丝在拉他的袖子。他用手环住女儿，把她搂在身旁。他想得太天真了，以为可以轻松逃过这件事。但命运就像一头怪兽，悄悄罩住了他和贝丝面前小小的篝火，再没有地方让他们躲避黑暗了。

“明天安排得很满，”拜尔利说，“但我会挤一点儿时间去中央公园跑步。你跑步吗，蒂姆？听说你是学体育的，如果你愿意明早六点陪我跑步——对你来说是不是早了点儿？我习惯早起——我们可以边跑边聊。”

早起？你根本不用睡觉！

没有别的选择了。他必须在斯蒂芬·拜尔利的命——如果它也算生命的话——和自己的命之间选，是拜尔利亲手给自己判了死刑。

“没问题，市长先生。”他说。

“叫我斯蒂芬。”拜尔利说。

蒂姆点了点头，没再说什么便挂了电话。转身时，一个沉甸甸的东西撞在他的大腿上，那是放在包里的用来杀死机器人市长的武器。

他感到肚子剧烈的绞痛，后脑勺也开始隐隐作痛。为了贝丝，他会去做他必须做的。但在这之前，他不想再想这件事了，他还要继续收拾房子。

“那是什么，爸爸？”贝丝指着天花板上的翻板门问道。不管他走到哪儿，女儿都笨拙地跟在身后，一边脸蛋已经沾了一些灰尘。

“没什么特别的，宝贝。那是放杂物的阁楼。”

这么说的时候，他突然想起了什么。对了，那家伙肯定在那儿。

“想看。”贝丝坚决地要求道。

对女儿的宠爱让他一时间忘了明天的任务。他按下墙上褪色的按钮，阁楼打开了。木质楼梯降了下来。他踏上楼梯，贝丝立刻抱住他的脚大声喊叫，好像爸爸会就这么消失。他抱起女儿，走上阁楼。这些年来，他已经不习惯地球的引力了，在上楼梯时尤其觉得吃力。贝丝在他怀里咿呀哼唱，就像在鼓励一匹马，或者——他突然想到——一个机器人。

阁楼昏暗凉爽，弥漫着旧衣服和旧书的霉味，蜘蛛在成堆的书和箱子之间结网。他小步向前，小心地不让贝丝的脸碰到蜘蛛网。

女儿比他先看到。她朝昏暗的一角伸出胖乎乎的手指。

“看，爸爸，娃娃。”

机器人像聋哑人一样坐在房顶的一根主梁上，身上只有少许浮灰。尽管过了这么多年，见到它时他依然无法平静。记忆汹涌而来，他们在后院玩过棒球，一起做过科学课作业，一起集邮，背着母亲讨论过女孩和性。这个阁楼保存了他的童年。只需一眼，过去的一切立刻变得鲜活起来。那年他八岁，又到了让他痛苦的父亲节。

它待在那儿干吗？他走后，卡琳就把它带回了实验室。研究取得了巨大的成功，那是她科学事业的巅峰。

他以为她会一直把机器人留在实验室。看到地板上最近留下的划痕，他意识到自己想错了。但卡琳为什么要把它塞在这里——而且明显是在她死前不久？

“要玩！”女儿顺着他的胳膊溜到地上，再次蛮横地说。

女儿走过的地方扬起灰尘，她打了一个喷嚏。他走上去扶住她，免得她在阁楼不平整的地板上摔倒。她咯咯笑了，兴奋地看着她的发现。爱和无助再次包围了他。这个小恶魔对新鲜事物太热情了，他该怎么既当好爹，又当好妈？在这个险恶的世界，机器人能当市长，而拉斯伯恩这样的人为了对付它不惜动用杀手。他该怎么保护女儿？

女儿用小手抚摸着机器人，让他又开始思索。卡琳把影子爸爸带回家的唯一解释就是，她在乎这个机器人。

他朝贝丝伸出手，打算抱她离开。这时，一盏红灯亮了起来。

“你好。”一个虚弱的、熟悉的声音说道，“我是影子爸爸，你的父亲替代程序。你想玩什么？”

女儿看起来似乎想哭。

机器人的供电装置依然能工作，他没有太惊讶。蒂姆在女儿面前蹲下来，环抱住她。在这个阁楼里，他此生第一次觉得自己理解了卡琳。她知道自己要死了，所以把机器人藏在这里。她不想影子爸爸留在实验室，被公司带走。这说明什么？

有那么一会儿，他感到过去的一切快要把他淹没了。他又变成了小男孩，时间又回到了那个父亲节。

如果她在乎这个机器人的话，也许，她也牵挂着自己。

而且他的童年真有那么凄惨吗？爱无法定义，但它肯定包含了分享、养育和学习玩乐时的陪伴。家就是一群互相关心的人在一起，哪怕这群人中有一个是机器人。

“你好，影子爸爸。”贝丝疑惑地说，“你是什么东西？”

他能像卡琳为他付出的那样爱护贝丝吗？他肯定会尽全力的。但他女儿的美好生活不能建立在仇恨和暴力上。恶念中生不出善，这是影子爸爸教的。斯蒂芬·拜尔利还打算和他一起跑步，看来他要失约了。

这样，拉斯伯恩会追捕他们，月球上的家回不去了，地球也不能久留。地质学家去小行星做勘探是件苦差事，但如果要保住这个家——爸爸、女儿和一个机器人——这是他们的唯一选择。

“宝贝，”他对女儿说，“这是你的影子爷爷。”

让记忆沉睡

[美]乔·霍尔德曼　著
袁枫　译

驾驶舱验过我的眼纹,门随即打开。终于不用再听司机抱怨路况,我开心地下了车。要是在地球,这条路根本称不上路。我上次来这里是三十年前,看来,这里的状况比当时更糟糕了。

重力低,含氧量少。我的心跳变得极快,我驻足片刻,定了定神,让心跳逐渐放缓,到每分钟一百下,再到九十下。空气中的硫黄味极浓,与我记忆中的情况大不相同,气温也似乎要比我记忆中的那年夏天暖和些。对于此地,我只有这么点儿记忆,来这一趟正是为了这个。我断掉的手指似乎抽搐了一下。

这个街区有六座一模一样的大厦,呈半圆柱形,用浅绿色塑料建成。我沿着那条泥泞的小路向前走,前往三号大厦:外星事务及联邦联络处。大门关得很紧,我又是推又是拉,才好歹把门弄开。

大厦里面凉快一些,硫黄味也淡一些。我走向右侧第二扇门——旅行文件及许可办公室,推门而入。

"你在地球上的时候,难道从来不敲门吗?"说话的是个瘦骨嶙峋的高个子,皮肤惨白、头发黝黑。

“确实不敲，”我说，“至少在公共建筑里不敲。但我还是要为我的无礼道歉。”

他看着嵌进办公桌的电脑屏幕，“你是弗兰·斯皮维，从地球日本来。你长得可不像日本人。”

我回应道：“我是爱尔兰人，在日本工作，公司名叫‘一番影像’。”

他在屏幕上点击了这个词，“‘一番’的意思是‘第一’。具体是指最好的，还是顺序上的第一？”

“兼而有之，我觉得。”

“文件。”我拿出两本护照和塞满了文件夹的旅行证件。他用几分钟时间认真地检查一遍，然后把它们放进一台古老的仪器，一页一页地进行了扫描。

最后，他把文件交还给我，“你在二十九个地球年以前来过这里。那个时候，塞卡只有八个国家进驻，分属两大竞争阵营。如今已经有七十九个国家，其中两个已经离开了行星，目前的政治局势……一两句话很难说得清。其他依然驻扎行星的国家中，绝大多数都要比航天港舒适得多、美妙得多。”

“我早听说了，不过，我来这里可不是追求舒适的。”没有多少行星将航天港建在美妙的地方。

他缓缓点头，从抽屉里拿出两份表格，“‘死亡事务顾问’具体做些什么？”

“我帮人们做好死前的准备。”其实我是想说，让他们活得完美且真实，直到离开人世。

“有趣。”他笑着说，“收入挺高吧？”

“过得去。”

他把表格递给我，“进这个门的，我没见过一个穷人。拿着这些表格，顺着过道往前走，去免疫部门。”

“那些针我都打过了。”

“你打的是联邦要求注射的那些。塞卡为归来的老兵安排有专门的测试,我指的是兼并之战之后那些生还的老兵。”

“哦,我想起来了。纳米生物测试。但是他们准许我返回地球之前,就给我做了测试。”

他耸耸肩,“这是规定。你都跟他们说些什么?”

“他们?”

“你那些将死的客户。人们只能等着死亡追上来,尽量坚持久一点,但……”

“这是个办法。”我接过表格,“不过不是唯一的办法。”

我转身往外走,门刚开一小半,只听他清了清嗓子,“斯皮维博士,要是你没有别的安排,咱俩共进午餐可好?”

我对他的邀约挺有兴趣,“当然可以。只是不知道需要花多长时间……”

“十到十五分钟。我叫一架飘浮机,咱们就可以省去走路的麻烦了。”

血液和唾液取样花费的时间比填表还短。等我办妥一切,来到大厦外面,飘浮机轰鸣着缓缓下降,布雷兹·尼迪安站在步行道上,注视着它平稳着陆。

只用两分钟,我们就抵达了市中心,最后三十秒的自由落体让我颇感不安。他选的地方叫作伦勃朗咖啡馆。这是一幢粗凿而成的建筑,低矮的天花板、忽明忽暗的油灯,尽可能营造出一种16世纪的氛围。店里数十幅伦勃朗[①]画作的复制品闪闪发亮,却不是因为自然光照射,这在某种程度上冲淡了画作的古典味。

上围丰满的女侍者身穿饰有16世纪独特荷叶边的裙子,把我

①伦勃朗(1606–1669),荷兰著名画家,欧洲17世纪最伟大的画家之一。

们领到一张小桌旁，旁边的墙上挂着一幅硕大的伦勃朗自画像《浪子回头》。

我从未见过真正的大肚短颈酒壶，其实就是个顶上有翻盖的金属容器，能够装下足够多的酒，不但可以佐一顿饭，餐后闲谈也可以接着喝。

我遵从医生谨慎用餐的建议——塞卡的畜类和鱼类所富含的蛋白质与给地球上的不同，如果吃了，可能导致我患上外星食物过敏症——所以我只点了一盘煨菜。我记不得自己上次来塞卡时，配给的食物里面是否有当地的肉类或者鱼类，但哈特福德的医生说，就算三十年前我吃那些东西安然无恙，现在也有可能出现蛋白质过敏症，因为我的消化系统不一定能完全将这些外星蛋白质分解成正常的氨基酸。

在地球时，布雷兹曾经就读于洛杉矶加利福尼亚大学，花费甚巨。毕业后，他为政府效力长达十年(相当于十四个地球年)。他获得了数学及宏观经济学学位，但对于那份坐办公室的工作来说，这俩学位根本没用。他每周有三晚外出教学，此外还兼写论文，但他的论文只有几个人看，而且看完就会提出驳斥意见。

“你是怎么成为死亡事务顾问的？这是你从小的愿望吗？”

“对，除了当牛仔和海盗。”

他笑着说：“我在地球上从没见过牛仔。”

“他们被海盗抓到船上，都走了跳板了。其实我刚入伍时，担任的是会计，复员后成为医学预科生，但又改读心理学，开始研究退伍老兵。”

“了解自我，顺理成章。”

“可以这么说。”应该说是认清自我，“你接触过很多我这样的老兵？”

“哦,倒也不太多。老兵往往都没什么钱,不大会从地球或者其他行星来这儿。”

“当然。”从地球往返塞卡需要一大笔钱,差不多可以买栋大房子。

“可以想象,为老兵们治病也赚不了太多钱。”他说着,挑了挑眉毛。

“要赚得多,只能靠违法犯罪吧。”我笑着说,他也客气地笑笑。“不过我遇到的绝大多数老兵都很富有。正常寿命的人几乎都不需要我的服务,我的患者基本上都是活了几百岁的,没有钱根本做不到这一点。”

“他们产生了厌世情绪?”

“不完全是。这跟你我厌倦了某种游戏、某段关系不同。并非因为新奇感全消,而是有更深层次的原因。缺乏想象力的人同样不需要我的服务,他们完全可以花钱买把枪、买条绳子,又或者开个无痛的处方,轻松结束自己的生命。”

“这不符合塞卡的法律。”他淡淡地说。

“我知道,我也不支持这么寻死。”

“所以你愿意接受更多的客户?”

我耸耸肩,“谁知道呢。”女侍者给我们端上两道头盘,我的是一串烤蘑菇。布雷兹的则是用碗盛的油炸小动物,那动物还长着尾巴。吃的时候,用手拽着尾巴从碗里拿出来,再蘸上一种气味刺鼻的黄色调味汁。

菜的味道极好,远远超出我的想象。蘑菇穿在一根树枝上面,那树枝取自一种类似于月桂的芳香木。她还给我们端来装在玻璃杯里的饮料,饮料的颜色接近薰衣草,喝起来像是雪莉酒,但没有甜味。

“那么，不是因为厌倦吗？”他问，“这是最正常的原因吧。在书上、在网上看到的故事都是这样……”

“现实没那么戏剧化。应该说，现实太过复杂，不是简单的戏剧。

“活到数百年，至少是数百个地球年，往往会逐渐摆脱本身的文化背景，成为不朽者——不算是真的不朽，但至少是文化层面上的。那些正常寿命的亲朋好友、生意伙伴都一一离去。这时，活得太久就只能跻身不朽者的行列。”

“肯定都是些不守常规的家伙。”

“‘没打过烙印的牛犊’，牛仔会这么称呼他们。”

“在被海盗赶尽杀绝之前。”

“没错，许多延长了生命的人都撑不过头一个百年。一起长大的伙伴们要么死去，要么一同成为不朽者。那些坚持下来的人会组成新的社会，异乎寻常地团结。当有人决定离开——决定结束自己的生命，就要做相当复杂的准备，甚至需要数百人参与。

“此时，就轮到我出场了，这就是我工作的实质内容。我有点儿像掌控全局的财产经纪人。他们都家财万贯，但在世的亲戚最近的往往也是玄孙了。”

“你帮他们分割财产？”

“比这更加有趣。数百年来的习惯是留一份所谓遗产，留存遗产是一种极其复杂的个人审美表达。如果什么都不安排就死去，律师会把你的身前身后各种事务变成一堆无意义的琐碎。我的任务则是确保遗产成为委托人生命永久的延续，意义深远的延续。

“有时候，遗产是实物，更常见的是动产，通过捐赠及赞助的方式留给后人。这就是我来这里的目的。”

我们的主菜上桌了。布雷兹的是一种鳗鱼，全身呈艳绿色，长着黑色触角，几乎是全生的；我的仍然是一成不变的煨菜。

“这么说，你的委托人打算资助塞卡？”

“其实是资助我。我俩私交甚笃，这算是赠予我的礼物；而且不朽者特别喜欢资助我这种曾经失忆的人，这笔钱能帮我找回失去的记忆。”

“什么失去的记忆？”

“那是一项军方计划。为了消除战斗的紧张情绪，他们制造了一种药水，称之为里忒水。你听说过吗？”

他摇摇头，“什么水？”

“这是一种语言混用现象①。希腊语神话中，里忒是地狱的一条河；魂灵喝了里忒河的河水，就会忘却前世的一切，可以去投胎了。

“名字起得不错吧？这种药水能切断人的长期记忆，从而转移战争留下的紧张情绪，也就是所谓的创伤后应激障碍。”

“管用吗？”

“非常管用。我二十出头的时候，曾经在塞卡当过八个月的兵。但除了从地球到塞卡的往返航程，我什么都记不得了。”

“那是场恐怖的战争，短暂但是残酷。记起来不一定是好事。塞卡有句老话，‘让记忆沉睡’。”

“地球上也有类似的话。但对我来说……哦，你可以说这是种职业病，虽说实际上还有更深层次的原因……

“跟客户在一起时，我工作的一部分就是和他们谈话，然后引导他们沉思，帮助他们从头到尾回顾一生，追忆那些好的或者不好的片段，以此定下遗产的主要捐赠方向。我无法为自己做这样的回顾，作为别人的顾问，这有些时候会引起麻烦。而目前这个客

①里忒水(Aqualethe)由拉丁语的“水”(aqua)和希腊语的“里忒”(lethe)组成。

户，他自己也经历过战争，他需要我记起一些事情。”

“他现在已经，嗯，死了吗？”

“哦，没有。他跟许多其他的不朽者一样，不着急离开人世，只是想提前做好准备。”

“他多大岁数了？”

“按地球年计算，三百九十岁。他计划在四百岁时离开。”

布雷兹转脸看着自己的鳗鱼，若有所思，“我无法想象。我是说，普通人因为太过老迈而选择放弃自己的生命我还能勉强理解。他们无法像年轻时一样紧紧掌控自己的生命，于是便选择放手。可你的客户似乎都身体安泰、头脑清晰。”

“依我看，连我都自愧不如。”

“那么，为什么选择在四百岁离世，而不是五百岁？或者三百岁？为什么不尝试活过一千年？如果我那么有钱，我一定会试试看。”

“我也是。至少我现在也这么认为。我这位主顾说，尚未成为不朽者时，他也有类似的想法，但此后态度逐渐变了，他也说不清究竟是什么原因。

“据他说，这就像是跟刚刚学会说话的孩子解释夫妻之爱。孩子认为自己懂得什么是爱，也能够在自身所处的环境中灵活使用这个字，但却缺乏足够的辞藻或者生活经验来理解爱更深层的含义。”

“拿婚姻作比较有点儿怪。”他巧妙地让那对黑色的触角从鳗鱼头上剥离开来，“结婚可以离异，死了却不能复活。”

“孩子不懂什么是离异。或许在某种程度上，两者确有相似之处。”

“难道我们不懂死亡吗？”

“或许不如不朽者那么透彻。”

我很欣赏布雷兹,也需要雇个向导;他恰好有假可休,不介意趁机赚点儿外快。他能说流利的西班牙语,这样的人在塞卡并不多见,因为这里的人大多数是说葡萄牙语和英语的。就算我三十年前曾经学过这两种语言,也已经忘得一干二净。

要抵消里忒药水的作用,需要调节大脑的化学状态,还要靠外部环境帮忙。简言之,里忒药水并没有破坏长期记忆,只是削弱了它与大脑的联系。这种恢复药丸每天要吃两次,每次二十颗,而且需要在能够唤起记忆的环境下服用。

这就意味着必须重返某个险恶的区域。

要去沙漠高地塞拉诺,没有直达的班机。当年,我所在的排曾经被派往那里,但执行的究竟是什么任务,如今已经被当作秘密——或者耻辱——掩藏起来。我们能抵达距离塞拉诺一百公里的绿洲小镇,小镇名叫“绿色慰藉”。我打算到那儿以后租一台常见的交通工具——吉普车。

和布雷兹做好租车的准备后,我收到了某位治安长官发来的信息,他对我的行为是否合法持有疑问,要求我于第二天上午九点前往他的办公室,好好解释自己的行为。幸运的是,收到信息时,我们已经到了机场。付完现金,二十分钟后我们便可以登机启程。如果是在地球上,这根本不可能。

我告诉布雷兹,抵达绿洲小镇后,我要给我俩各置办一套新衣服以及其他用品,说完便登上喷气机,随身携带的只有两人的证件、我的药、背包里的衣服以及钱包——钱包里塞满了塞卡通行的纸币,而不是地球上使用的塑料钱币(没来塞卡之前,我听说这里的汇率很高,就提前将半年的工资兑换成了塞卡币)。

这次飞行路线的轨道很高,花了四个小时才飞过这颗行星圆周的十分之一。旅途中绝大多数时间,我们都在睡觉;关于我记忆中被抽离的那八个月,我查到的信息少之又少,只用了不到二十分钟,便给布雷兹全部讲了一遍。

即便是状况最好的时期,塞拉诺都难以做到信息自由,更何况我要回忆的那段历史,许多人都宁愿忘记。

塞拉诺并不贫瘠。那里的沙漠富含星际跃迁所需的稀有矿物。人们在塞拉诺乡间开发出众多小型矿井(而非农田),外加仅有的一座城市。城市名为“新B”,是“新巴西”的简称。在塞卡联邦的城市中,新巴西的治安不算好,也不在我们此行的计划之内。

当年,前往塞拉诺执行任务的那支军队人数达到一千,包括我所在的排。我们一起从“绿色慰藉”启程,回来的时候,只剩下六百人。但这个区域已被“统一”,昔日的七十八座矿如今只剩一座,名为普雷西奥萨,至于期间究竟发生了什么,没有人愿意再提及。

根据官方写就的历史,这七十八座矿的合并是权利自决的完美典范,为了提升整体实力以及讨价还价的底气,原本互不相干的矿主们决定携起手来。合并的过程中,确实有过一定程度的反对意见,甚至有人非法组织游击队,企图与政府对抗。但联邦官方在短短数月内就控制住局面——显然,我在其中也出了力。

所有的旅行及居留人口记录都在一次强力爆炸中被毁掉,而政府宣称制造那次爆炸的是当地游击队,但在此后的人口普查当中,塞拉诺的人口数量竟然整整下降了百分之三十五。但愿他们只是迁走了。

我俩都身着西装,一看就是外来者,因为绝大多数当地的男人都穿着宽松的白色长袍,连花纹都没有。刚下飞机,我立即去机场旁边的一家商店买了两件这种长袍,外加两把手枪。布雷兹已经多年没开过枪,但他也不得不同意,在这里如果不配枪,反而显得与众不同。

尽管如此，高挑的身材以及白皙的皮肤仍使我们显得非常突兀。这里的男人都被太阳晒得黑黢黢的，大多数人都将黑色的长发编成麻花状。我们的到来很快便街知巷闻，恐怕用不了多久，那位治安长官就会追过来。希望那只是一般的例行检查，他不会一路追到这里。

镇上的小旅馆只剩一个房间，但布雷兹并不介意与我睡一间屋。事实上，他甚至向我提议，可以通过做爱来消磨时间，这让我吓了一跳。我告诉他，在地球上，男男之间发生性关系还没那么普遍，至少在我生活的时代和地区是这样的。他点点头，接受了我的说法。

我问旅店老板，镇上有没有图书馆，他说没有，又建议我去小镇另一端的学校看看。布雷兹正在午睡，于是我给他留了个便条便出去了。学校很近，只需右拐直行到头，我相信自己不会迷路。

虽然我在地球上也曾到处旅游，但唯一一次星际旅行就是在塞卡度过的八个月。因此，我对于外星的景物依然很好奇，一路睁大眼睛，看着周围的一切。

塞卡的德雷克指数①为0.95，根据经验，这意味着这颗行星有百分之九十五的概率适宜人类居住。据我推测，这里属于热带沙漠气候，我们所在的地方大概相当于地球上的中纬度，干热的天气使我大汗淋漓。

居住在塞卡的人类目前只延续到第五代，但很明显已经发生一定程度的遗传漂变。地球上某些岛屿或者其他被孤立的地区也有轻微的这种现象。不过，这里的人身材矮小粗壮，而且我没有发

①指通过美国天文学家弗兰克·德雷克提出的公式计算出的地外智慧生命的存在概率。

现一个金发或者红发的。

这里的男人均面带怒容，佩有手枪。女人虽然神色不那么凝重，但同样让人觉得难以亲近。

部分男性，特别是年轻人，除配枪之外还带着匕首。这让我怀疑这里是不是还留着决斗的习俗，我决定加倍留神。也许不佩带匕首反而更容易招来麻烦。

除了一个当铺、三个舞厅，外加一个招牌闪闪发光的小酒馆（名叫“贝尔贝萨和比诺”），这里绝大多数商铺都没有打出招牌。我猜，在这样一个与外界隔绝的地方，大家早就记住了镇上所有的店铺。

两个男人在我面前停下来，堵住了人行道，其中一个摸了摸自己的手枪，然后大声嚷嚷了一句什么，我没能听懂。

我硬邦邦地用联邦标准西班牙语对他们说：“我从地球来。”他俩彼此对望，接着从我身边走过。我努力忽略后背发凉的感觉。

我发现自己已经没有士兵的本能了。我是否也应该摸摸自己的手枪？也许那样更糟。如果他们向我射击，我应该怎么做？我还该指望这接近六十岁的身体飞跃、翻滚、拔枪瞄准吗？

“两枪击中前胸，紧接着一枪爆头。”我的记忆完全来自罪案剧集，对于我当兵时的经历则毫无印象。我在地球上参加的训练，主要是没完没了的柔软体操和接连数小时的阅兵操练。他们说，持械训练晚些时候进行。但对我来说，“晚些时候”已经是数月以后从塞卡返回地球的路上，那时我刚刚清醒，渐渐记起自己是谁。

飞船抵达奥尔特港的时候，我似乎是进行了一些恢复训练，什么都能记清楚了：我们换乘上运兵船，以1.5g的加速前进。但之后的事情我就糊涂了，直到回到地球才重新恢复意识。把我和其他生还的士兵送到地球后，他们给我写了一张大额支票，又给了我一皮箱的奖章。另外,每月还有额外津贴,补偿我断掉的手指。

一小群孩子朝我的方向跑来,大约有五十个,年龄若按地球的算法,小的七八岁,大的十二岁左右。我知道自己离学校已经很近了。

学校很小,只有三四间教室的样子。一位白胡须的老者从门口走出来,他身上并未佩带武器。我上前跟他打招呼,确定彼此都说英语后,我问他学校是否有图书室。他说有,还告诉我还有两小时才关门,“当然,基本都是孩子看的书。你想看哪方面的?”

“历史,”我说,“近代历史。兼并之战。”

“哦,跟我来。”他带着我走过一片泥泞的操场,来到学校的另一头,“你曾是联邦士兵?”

“我想答案很明显。”

他的手停在门把上,对我说:“你知道吗？千万要小心。”我说我知道。他又接着说:“晚上千万别单独外出。你个头那么高,简直像座灯塔。”他打开门,说,“苏埃拉？一位游客想找本历史书。”

这个房间的天花板很高,里面非常凉快,石头墙壁砌得很厚,天花板上洒下的灯光将屋里照得很亮。一位白发苍苍的老妇人从手推车上拿起纸书,一本本放回书架。

“请原谅,我英语说得不好。”老妇人说,其实她的口音没有我重,“不过,你明明可以轻松地下载电子版本,却要看纸质书,究竟想了解什么呢?”

“我很好奇,想看看历史书是怎么向孩子们讲述兼并之战的。”

“就是历史真相啊,跟大家熟知的一样。”她的话里带着讽刺,同时走到另外一个书架前,“这儿……”她默念着架子上的书名,“这是仅有的一本英语书。你不能带回去看,但可以在这里读。”

我向她表达了谢意,拿着书走向房间另一侧,那里有一套成年人用的桌椅。大多数桌椅都是孩子用的尺寸。一个七八岁的女孩盯着我看。

说真的,我不知道我期待从这本书里面了解些什么。讲到兼并之战及普雷西奥萨的总共有四页。因为这本书涉及的内容很多,这点儿篇幅也算正常。矿主们认定联邦收购镝的出价太低,于是联合起来,商讨出应对的方案——将这种资源藏起来,继而要求政府提出更合理的报价——这本书将此种行为称之为牟取暴利、阻碍贸易。普雷西奥萨是当地最大的稀土矿,他们单独与联邦签订了协议,保证以较低价格出售,从而压倒所有竞争对手。这最终导致了战争的爆发。

塞卡——其实就是普雷西奥萨——请求联邦予以支援,于是战争就扩大到星际的规模。

这本书称绝大多数战斗都远离人口稠密的地区,发生在矿区所在的沙漠高地。也就是这里。

我突然想起,这座小镇没有太多古老的建筑,连超过三十年的都没多少。我记得一场20世纪的战争中,美国人曾经说过这样的话:我们不得不毁掉这座村落,因为只有这样才能拯救它。①

那位上年纪的图书管理员在我对面坐下,用轻柔的声音说:“你曾经当过兵,被派到这里参战,但却记不得发生的一切。”

“你说得对,正是如此。”

“但我们这些人并没有忘记。”

我把书朝她那边推了几英寸,“书上讲的是真相吗?”

她拿过书,浏览着翻开的那一页,然后冷笑着摇摇头,“就算是孩子,也知道得比这多些。在你看来,联邦究竟是什么?”

---

①这句话始于越战时期美军对槟椥市的一次袭击。后来被广泛引用于各种在战争中沦为战争牺牲品的地区。

我沉思片刻，“简单来说，联邦是由四十八或四十九颗行星组成的松散联盟，他们签订了保护人类及非人类权利的宪章，还有鼓励公平透明的贸易协定。但另一方面，联邦其实就是哈特福德公司——人类历史上最富有的企业，可以随心所欲做任何事。我是这样想的。”

“那么，从个人层面来看呢？对你来说，联邦意味着什么？”

“它能在岗位稀缺时给我一份工作——安保专家。虽然我压根就不是什么专家，只勉强算个多面手。”

“雇佣兵。”

“不能那么说。那份工作是合法的，也没有违背道德。”

“但他们夺走了你的记忆，因此，你依然有可能做过违背道德或者法律的事情。”

“确实。”我承认，“所以我要找出真相。关于抵消里忒药水作用的治疗，你知道些什么吗？”

“不……这种治疗能够让你重拾记忆？”

“他们是这么说的。我明天会开车去塞拉诺，看看会不会想起什么。得把药丸带到想要寻回记忆的地方服用。”

“帮我个忙，”她把书推了回来，“或许也是帮你自己。也带着药丸，来趟这里吧。”

“我会的。我们曾经的司令部就在这里，当年我肯定来过。”

“去人多的地方找我，欢迎你届时再来。你那时候就长得与众不同，英俊潇洒，而我还是个小姑娘，只有十岁。”

十岁相当于地球上的十四岁。这个老妇人比我还小。显然，她没有接受过年轻化治疗。“依我看，记忆即便恢复，也很难想起具体的细节。无论如何，我会来找你的。”

她拍拍我的手，笑着说：“你会的。”

我回到旅店时,布雷兹还没醒来。我们跨越了相差六小时的时区。大概他还在调整时差。我的生物钟依然处于混乱的“飞船时间”,但我总是能轻松调整时差,这份顾问工作让我习惯了不断往返于不同的时区。

我轻手轻脚地爬上另一张床,戴上耳机,开始听亨德尔的古典音乐,这样就听不到布雷兹的鼾声了。

旅馆提供的早餐没有蔬菜,我只好吃了两个蛋(希望那些蛋至少是鸟类下的),外加一大块薄饼,那薄饼干巴巴的,没啥味道。第二天,我们的吉普在八点三十分如约而至,我们离开旅馆,付了一笔不菲的定金,把吉普仔细检查了一番。除了几扇车窗,其他部分都是防弹的,这一点让我很是满意。

出发后,头一段路由我开车,因为稍后我还要服用记忆药丸,标签上写有这样的注意事项:“产生幻觉时,切勿操纵机械。”这可是必须遵从的忠告。

这座城镇跟其他地方不同,人烟并非从中心地带到郊区逐渐减少,而是在绿色植被消失的地方突然中断——毕竟,这里是沙漠中的绿洲。

刚开始,我开得极其谨慎。在洛杉矶时,车辆都由自动驾驶仪操控,我已经有几年时间没有坐在方向盘后面了,心里还真有点儿兴奋。

大约三十公里过后,道路突然变得异常崎岖。布雷兹提醒我,我们已经离开了“绿色慰藉”镇的范围,进入了普雷托罗查,这里就算是买把铲子,也要纳税。我将驾驶位让给布雷兹,接下来的一小时,他开得很慢,我们抵达了第一处遗迹。是时候吃头二十颗药丸了。

我不清楚这样吃药会发生什么事。我深知,在没有医生监督的情况下,擅自进行针对里忒药水的治疗,是被禁止的。因为有些人在治疗过程中会出现异常反应。我交给布雷兹一袋镇静剂,如果我真的失控,他可以给我用药。

到处都是弹坑,到处都是残垣断壁。一切都被黑色的沙砾所覆盖。建筑物残余的部分并没有过多受气候变化的影响,因为这里的气候变化非常有限。夏季炎热干燥,冬季炎热稍减,干燥更甚。我们驱车来回兜圈,但根本没发生任何状况。两小时过去,两次服药的最短间隔已过,我又吞下二十颗药丸。

听别人说,我就是在普雷特罗查丢掉一根指头的,这里是联邦军队伤亡最为惨重的地方。难道这药对我没起到作用?

如果我对相关文献理解无误,那只可能有两种解释:要么,这里经历了翻天覆地的变化,使我逐渐恢复的记忆找不到以往的任何细节;要么我实际上从未到过这里。

第二种解释似乎不太可能。我在这里失去了一根手指,联邦政府证明了这一点,而且整整三十年给我发放补助。

那第一种解释呢?这里显然是发生过爆炸,这凄凉的景象跟记录那场战斗的照片相差无几。或许缺少的是某种决定性的因素——比如某种气味,或者夏日的酷热。但根据说明,这种药只需要视觉刺激。

布雷兹说:“或许这药不是对所有人都管用,又或许你手头这些恰好是劣质品。咱俩这样兜圈子还要多久?”

我还剩六组药丸。这种药显然已经深入我体内:我冷汗直流、呼吸急促、眼压升高。“见鬼,咱们已经看得够多了,撒泡尿,就掉头回去。”

我站在路边,顶着低矮的烈日,朝着焦黑的灰烬撒尿。不知为什么,我确信自己以前从未到过这里。这种犹如地狱的所在,一定会在人的潜意识中留下不可磨灭的印迹。

但也可能是里忒药水效力实在太强，强到这种治疗根本无法奏效。

返回“绿色慰藉”的路程换成我来开车。车里的空调只有两种设定：制冷以及关闭。我俩都觉得，温度已经逐渐降低，可以把空调关掉，打开并无防弹作用的车窗。

这地方有种苍白的美，当初给我留下了深刻的印象。那时的我还是位诗人——我居然记得这种事，真的有些莫名其妙。那年肯定发生了些什么，使我从此诗性全无——也许是失去手指，也许只是我转而醉心于音乐。

路上的车辆多了起来，我让布雷兹来开车。我太久没有应对来往的车流，而且，那些车根本就是在路上横冲直撞。

前方地平线上露出几栋建筑物，我感觉有些异样。我的咽喉不像是要窒息，但是有一种轻柔的压力，就像领带系得过紧。

眼前的一切闪烁着光亮。这里才是我曾经到过的地方，城镇的另一侧。

“布雷兹……那药起作用了。慢点儿开。”他把车靠左停下，我听到路过的车不停地按喇叭。

“你根本……没去过那里？你来的是这里？”

“我不知道！或许吧。我不知道。”幻觉越来越强烈，眼睛开始看到重影，整个身体坠入了幻境。“走右边那条路。”眼前的景物异常模糊，好像周围笼罩着大雾，“那栋大楼是什么地方？”

“那楼没有名字。”他说，“停车场上方悬着联邦的标识。”

“去那儿……就去那儿……我几乎看不清东西了，布雷兹。”

“或许你就要找到真相了。”

车子消失了，我漂浮着向前，然后向上，穿过那栋大厦的墙壁，穿过走廊，穿过一扇紧闭的门，进入一间办公室。

我坐在那里。年轻的我胡须乌黑，修剪得非常整齐。身上穿着制服，十指完好无缺。

我身后的墙壁绝大部分被一张亮闪闪的电子表格所占据，我知道那表格代表着什么。

我工作区域的两侧有两张长桌，上面堆满了老式账本和文件夹，全都是纸质信件和纪录。

我的任务是从合法所有人手中窃取这颗行星——不过，并非整个星球，只是开采稀土矿的权利。

这颗行星上能够引起联邦商业兴趣的东西少之又少。但他们造出了超光速粒子联连结系统，所以要寻找附近存在的镝，无论想要回到所属的行星，还是向更加深远的星际拓展，这种资源都必不可少。在一颗临近的行星上，自动探测系统发现了一处便于开采的矿源。但数千名先遣人员在塞卡星落地生根后，有人无意间发现了一条富含镝以及其他稀土的主矿脉，而这条矿脉就位于塞拉诺这片地狱般炎热的荒漠中。

这是有史以来发现的最大的镝矿脉，超越以往任何开采过的行星，能够轻松达到地球镝元素产量的一千倍。

定居当地的人们清楚自己拥有了怎样的财富，他们对此事守口如瓶，悄悄地通过了一项法令，该法令规定所有采矿权利的转让必须通过纸面契约，而不是电子档案。多年来，七十八座稀土矿场仅仅出售了已开采矿石的百分之二，其余的都被囤积起来——数量相当于联邦从其他二十四颗行星上能够开采的总量。一旦囤积到足够的量，他们就能够轻而易举地垄断市场。

然而，他们的客户有且仅有一个。

常规的卫星测绘暴露了他们的秘密。伽马射线则探测到磷铈镧矿及碳化钨，这立刻引起了人们的注意。联邦政府推断出事情的本末，为了扭转局面，于是训练出一批像我这样的人，派往塞卡，同时还派出为数不少的士兵，制造战争的假象。

因为可能爆发的战争，塞卡的经济陷入疯狂，我通过数百份伪造的代理委托书，小块小块地偷偷买下稀土矿的股份。

最后，我们攫取了这颗行星镝矿百分之五十一的所有权，于是有了决定价格的权利。士兵们集体向后转，启程返乡，而返程的第一站自然是医院，在那里，他们均被注射了里忒药水。

如何处理我显然成为问题。里忒药水的作用是擦除记忆的创伤，但我根本没有经历过什么创伤。我所做的只是摆弄数字，偶尔伪造些签名。

于是有一天，三名黑色风帽罩头的壮汉踹开我的房门，将我拖到某个地下室，接下来的数小时，他们无休止地殴打我。这三人都戴着厚厚的手套，绝不会打断我的骨头，或者损坏我的器官。我眼睛被蒙，双手被绑，被彻底封闭在疼痛的世界里面。

然后，他们除去我的眼罩和手铐，原先的三个壮汉摁住我的手臂，另一个家伙用沉重的断线钳剪掉了我左手的无名指。他们保证我目睹了整个过程，最后又对伤处进行包扎，给我打了一针。

当我醒来时，飞船已经快要抵达地球，我得到了奖章和支票，但失去了那段记忆，还少了一根手指。

再次苏醒时，我已经躺在旅店的床榻上。布雷兹坐在旁边，手里拿着一瓶草木樨原浆，这家酒馆用这种东西代替咖啡。“你醒过来了？”他低声说，“是我把你扶上楼的。”透过窗户，我发觉已经是黎明时分。

“真相很糟吗？”

“跟我预料的……完全不同。”我撑直身子，接过一杯草木樨浆,“我根本不是士兵,虽然穿着军装,但其实只是个办事员,一个骗子。”我简要地向他讲述了发生的一切。

“这么说,是他们砍掉了你的手指？我是说,把你打得不省人事,然后剪掉了你的手指?”

我小心地碰了碰断指残存的地方,“也就是说,那药真的有作用。我以前弹吉他,从塞卡回到地球后,因为失去了左手的无名指,我用了一年多时间尝试其他的指法和编排,希望还能弹奏,结果无济于事。”

我抿了一口那东西,尝起来像是卡瓦酒,味道苦涩,好像在喝生物碱,“我只好改行做其他事。”

“你本来想成为一名歌手?”

“不,古典吉他手。之后我回到大学,读了医学预科,然后转攻心理学和哲学,轻松地在综合研究领域拿到博士学位,成为现代版本的摆渡人……或者说是卡伦——将亡灵摆渡到冥府的神祇。”

“那么,得知真相后,你打算做什么?”

“公开它,我想。让大家一起疯狂。”

他坐在扶手椅上,猛地向后一仰,“让谁疯狂?”

“这么问什么意思？当然是让所有人。”

“所有人?”他摇摇头,“你的故事很有趣,你在其中扮演的角色有些悲剧色彩,也能给人留下深刻的印象,不过,对于所有超过二十岁的人来说,其中没有半点儿内容能够让他们感到吃惊,所有人都清楚战争的真相。”

“这种损人利己的巧妙布局超出了我的想象。但你知道吗？这并不会让大家疯狂。因为这就是政府,尤其是联邦的所作所为,大家只会点点头,说一句:‘还是老样子。’”

“还是老一套,人们只会这么说。”

“对死者家属和蒙受损失的人,他们慷慨地予以补偿,还重建了城镇。而且,那已经是半辈子之前发生的事情了,对我们来说,是出生之前的事。只有老人们还记得,但他们中的绝大多数已经不在乎了。”

这本来是情理之中的事情,我一直身处其中,只看到自己受到的损失。和其他人比起来,我的损失实在是微不足道。

我又喝了一口那糟糕的饮品,把杯子放回原位,“我还是该做点儿什么,不能保持沉默。”

“你当然能保持沉默,或者说,你应该这么做。”

我做了个“轻蔑”的手势表示不敢苟同,他向前探出身子,固执地继续说道:“你瞧,斯皮维,我不只是个混日子的乡巴佬——好吧,也许我是,但我这个乡巴佬也曾经拿过宏观经济学的博士学位——关于战争和联邦,你显然没有看透,也没有彻底理解。放弃那些药吧,否则你会做出让自己后悔的事情。”

“有这么戏剧化吗?”

“哦,你现在的处境就是一场闹剧!你打算回到地球告诉所有人,联邦利用你颠覆了塞卡行星的意志,让上千人丧命,价值万亿的不动产受损,事后还拷打你,甚至摧残你的身体,最后抹去你的记忆吗?”

“哦?可这一切都是事实啊。”

他站起身来,“你好好想想,一旦和盘托出,接下来会发生什么?”他转身离去,缓缓把门合上。

这次来塞卡之前,我当然通过各种途径查找过关于战争的可靠信息。能够找到的很少,这本该让我警醒的。

人们能在星际间旅行,累积异域的记忆,但是对交通工具没有选择。要带着你的记忆回到地球,你只能依靠联邦。

而且，如果这些记忆让你感到不快，甚至给你带来困扰……联邦还能帮你修正。

一次又一次。

回忆牵牛星之战

[加拿大]罗伯特·索耶　著

袁　枫　译

他们说,记忆的闪回是再正常不过的事情。五百年前,从越战生还的士兵终其一生都在重温那场战争。海湾战争、哥伦比亚战争[①]、乌托邦平原之战[②]的老兵,他们都会重历以往的战争场面,一次又一次。

现在,我也将重温自己的战斗经历。

但感谢上帝,这次重温是不一样的。尽管我的确将再次经历那一切,具体到每一个细节片段,不过,只此一次。

对此,我满怀感激。

战争时期,总会有人教导你,要憎恨敌人——而我这一生,战争从来没有中断过。小时候,我就喜欢玩公仔。我最爱的公仔是罗德·罗德里克,三重星系的星际护卫者。他是25世纪的完美男性,身材魁伟,肌肉强健,咖啡色的皮肤,棕色的双眸呈杏仁状,栗

---

①也称千日战争,指1899年至1902年哥伦比亚保守党与自由党之间进行的内战。

②乌托邦平原是火星上最大的平原,这是作者虚构的一场战争。

色的直发剪得很短。如今，我自己也已经身为星际护卫者，却远没有他那样的风采。不过，能穿上这套蓝绿与褐色相间的制服，我还是感到非常骄傲。

我也有个牵牛星[①]人公仔：那种动物的皮肤呈现深绿色，全身赤裸，头上长角，后背有刺，即使那张大嘴巴闭着的时候，牙齿也向外突出。以前，我一直以为它是雄性，总是用“他”来称呼它。现在我才明白，牵牛星人有三种性别，而其中任何一种都无法跟我们的男女两性准确对应。

然而，抛开代词的问题，我还是对那个玩具牵牛星人充满厌恶——我憎恨那个邪恶种族的每一名成员。

牵牛星人公仔能够爆炸，爆炸时，它那六条肢体和分叉的尾巴会从身上飞出去（当然，玩具里安装了微型传感器，可以确保它们绝不会朝着我的眼睛飞过来）。我那个罗德·罗德里克公仔经常攻击牵牛星人，用他的激光枪对准那生物的躯干，瞄准中间那个丑陋的凹陷部位——那应该是心脏的位置——然后扣动扳机。

而现在，我将向真正的牵牛星人开火，但却不是用激光枪——在真正的星际战争中没有一对一单挑，用的是更具毁灭性的武器。

我仍将罗德·罗德里克公仔带在身边，放在“无齿翼龙号”上我的船舱衣柜里。牵牛星人公仔早已经粉身碎骨——我十五岁的时候，决定要真的把它炸掉，于是用化学实验玩具做了炸药，把它炸烂了。

我目睹它爆裂开来，变成一千块塑料碎片，惊讶的同时，还感到有些目眩。

“无齿翼龙号”是迫近牵牛星第三行星的三艘星际护卫舰之

①又叫牛郎星、河鼓二，天鹰座α星。

一:其他两艘分别是“风神翼龙号”以及“喙嘴翼龙号”。每一艘都有个形状好似箭头的舰桥,身为船长的我——则待在“无齿翼龙号”的指挥部里——位于宽敞船基的中央,两列控制台汇聚于一点的地方。不过,你当然看不到墙壁,控制台全都自由地飘浮在宇宙的全息影像中。

“我们将跨越该星球的最低卫星轨道。”卡尔西说,他是我的导航员,“牵牛星人恐怕很快就会发现我们。”

我把手指聚拢成尖塔形,托住自己的下巴,盯着眼前被照亮了一大半的行星。其恒星放出的刺眼白光照到宽广的海洋上,又折射出去。这颗行星比我以往见过的所有星球都更像地球,连鲸鱼座τ星的第四行星(简称τC4)也不及它。当然,当我们抵达τC4时,那里还没有智慧生命,只有不会说话的野兽。牵牛星第三行星拥有智慧生物,但不幸的是,几十年前,双方的首次接触并不友好,事情发生在据此几光年的地方。我们也搞不清究竟是谁先开的火——是我们的测绘船“和谐号”,还是它们的飞船(不管那船叫什么名字)。无论怎样,那次冲突的结果是两艘船一起毁损,双方的船员尽数丧生,肿胀的尸体在夜空中翻滚——人类的,还有牵牛星人的。营救飞船抵达时,这些已经变成暗绿色的尸骸首先映入我们的眼帘,尤其是敌人那长着獠牙的嘴脸。

双方再次会面时,牵牛星人说是我们先发动的进攻;当然,我们则说是他们先开火。双方为停止争端做了诸多尝试,但冲突仍在不断升级。而现在——

现在,胜利已经在握,这也是今天我头脑中仅有的想法。

“喙嘴翼龙号”和“风神翼龙号”的船长也都是出色的士兵,但我们三人当中只有一人能够名垂青史——真正突破牵牛星人最后一道防线的那个人——

那个人只会是我，安布罗斯·唐纳，星际护卫者。一千年后，不，一万年后，人类会记得是谁拯救了他们。他们会——

“有飞船朝我们驶来，”卡尔西提醒道，“三艘——不，四艘——尼迪查尔级别的进攻型驱逐舰。”

我不用看卡尔西指的方向；因为球体的全息立即改变了视角，对方舰只的影像出现在我眼前。“力场屏障扩到最大。”我说。

“完成。”阮战术官说道。

除了跟我同在舰桥中的六名军官，通过眼前飘浮着的全息影像，我还能看到另外两张面孔：一位是海蒂·达文斯基，“风神翼龙号”船长；另一位是彼得·金，“喙嘴翼龙号”船长。

“我来解决最近的那艘飞船。”海蒂说。

彼得好像要提出不同意见，因为相对于他的飞船，海蒂的飞船离最近那艘尼迪查尔级飞船更远一些。但接着，他似乎跟我一样，也认清了形势：还有更多事情需要我们俩来解决。我们曾经在印第安星座ε星第二行星遭遇牵牛星人的进攻，海蒂的丈夫克雷格在那场战斗中丧生，此刻的她希望敌人血债血偿。

“风神翼龙号”向前冲去。我们这三艘飞船的构造完全相同：船体中央呈透镜形状，围绕着船体均匀地分布着三个球形发动机舱。但全息投影设备以不同的颜色将三艘飞船显示出来，让我们可以轻松地加以区分：海蒂的飞船是亮红色的。

“‘风神’启动了超光子脉冲加农炮。”阮说。我笑笑，想起那天我炸掉牵牛星人玩偶的场景。超光子脉冲加农炮威力太大了，一般只用于超空间战斗，不会在行星轨道上使用。我们的海蒂真的想好好给敌人上一课。

几秒钟过后，我的眼前出现一个黑色的圆圈：第一艘尼迪查尔飞船的爆炸产生了巨大的光亮，我和船员们被晃得什么也看不清，只能靠探测器提供相关信息。

我和彼得·金并不介意让海蒂拿到首杀，因为这根本无关紧要。不过现在，该“无齿翼龙号”上场了。

“我来解决方位角一百二十四度仰角十七度的那艘飞船。”我对其他两位船长说，“彼得，为什么不——”

突然，我的飞船剧烈地震动起来。我坐在椅子上，身体略微向前倾斜，若没有安全带绑着，我恐怕已经跌下来了。

“正中飞船中部——损伤较小。”飞船的情况汇报官山普伦转过脸，向我报告，“很显然，我们的传感器无法侦测到他们的鱼雷。”

“喙嘴翼龙号”的彼得·金船长微笑着说：“据我猜想，恐怕咱们并非唯一掌握某些新科技的种族。”

我没理他，接着对阮说：“让他们为此付出代价。”

我们发射鱼雷的第一目标是离“无齿翼龙号”较近的那艘敌舰。阮用主激光器漂亮地打出一击，仅用了十分之一秒，这一击令那艘飞船裂成两段，气体喷涌而出，充斥着周围的空间。这一击太幸运了，容易得有点不可思议。不过，我还是喊道：“干掉两艘，还剩两艘。”

“恐怕没那么少，安布罗斯。”海蒂的全息影像说，“我们已经探测到，一支由牵牛星单人驾驶飞船组成的舰队正在离开外层卫星轨道，朝这边驶来。我们读取到一百一十二个不同的亚光速推进器信号。”

我朝同僚们点点头，“叫它们明白，给三重星系护卫者找麻烦会是怎样的下场。”

“风神翼龙号”和“喙嘴翼龙号”正面迎向赶来参战的舰队，与此同时，我命令“无齿翼龙号”对付剩余那两艘尼迪查尔级飞船。这两艘比他们即将面对的单人驾驶飞船要庞大得多。离我们较近的那一艘在全息显示中越变越大，随着飞船的细部特征逐渐展现出来，我露出笑容。尼迪查尔级飞船是牵牛星人最为常见的舰只，由三个彼此平行的管状船体构成，用横向支柱连接在一起。其中两个管状结构是发动机舱，剩下那个则是居住舱。我见过不少尼迪查尔级飞船，将居住舱和其他两个舱室区分开并不难。但这一艘将居住舱伪装成了引擎舱的模样。战争初期，星际护卫者习惯只攻击对方的发动机舱，极为人道地让船员舱保持完好。而牵牛星人搞出这种把戏，恐怕是认为我们根本不情愿只是毁掉它们的飞船吧。

它们的想法是错的。

我不打算用超光子脉冲加农炮，那样做会消耗飞船的超光速推进装置，我希望留到以后用。“给它们的喉咙里塞点儿光量子吧。”我说。

阮点点头，我们的激光器接连对两艘牵牛星人飞船发起进攻——全息影像非常贴心地将整个过程生动地展现出来，因此我们可以亲眼看见。

它们选择以牙还牙。我们的力场屏障将对方的进攻折射出去，闪烁着玫瑰色的光芒。

接下来的几秒钟，双方继续交火，然后，“无齿翼龙号”再次猛烈地摇晃起来。又一枚隐形鱼雷躲过了我们的传感器。

“这枚鱼雷造成了一定的损伤，”山普伦说，“7号及8号船舱开启应急护壁，伤亡人数正在统计。”

牵牛星人使阴招，我们必须有所应对。“放出我们的备用空气舱，”我说，“在飞船周围形成一团气雾，这样一来——”

“这样一来，一旦对方再次用鱼雷偷袭，气雾的波动将会提醒我们。”阮接过我的话，“太棒了。”

“不然,人们怎么会对我赞不绝口呢。”我说,“还有,瞄准连接它们船体的横向支柱,看看咱们能不能把飞船肢解了。”

全息圆球展现出更加密集的激光交火场面,我们的炮火是蓝色的,那些外星人则是令人作呕的绿色,颜色的分配恰到好处。

“得到了刚才那次鱼雷袭击的伤亡报告,”山普伦说,“十一人阵亡,二十二人受伤。”

我没有时间询问阵亡的究竟是谁——但如果我的船员再有任何损失,我就会受到谴责。

计算机用硕大的无衬线字体显示着剩余两艘尼迪查尔飞船的数据。我再次下达命令:“集中全部火力,进攻二号目标。”“无齿翼龙号”船体边缘配置的十一台发射器集体射击,激光束相互交叉,瞄准同一艘飞船的同一个位置,将一根支柱切断。紧接着,激光束又瞄准另一边,同样切下支柱。那个船舱开始倾斜,从飞船中脱离开来。如果横向支柱的残余部分漏出了等离子流光,则倾斜的无疑就是引擎舱。“继续肢解手术。”我对阮说。激光束紧接着瞄准第三根支柱。

我抽空向后瞥了一眼“风神翼龙号”和“喙嘴翼龙号”。牵牛星人的单人驾驶飞船将“喙嘴翼龙号”(在全息影像中呈蓝色)团团围住。彼得·金的激光束扫过敌舰群,每隔几秒,我就会看到一艘单人驾驶飞船爆炸,但“喙嘴翼龙号”仍然深陷包围圈之中。

“风神翼龙号”上的海蒂想把敌人的火力吸引过去,但效果有限。如果她选择朝着敌舰群开火,“风神翼龙号”发出的激光束以及敌舰爆炸的残骸都可能会击中“喙嘴翼龙号”。

我转身看着全息影像中彼得的脑袋,问他:“需要帮忙吗?”

“不用,我没事。我们只是——”

他们被击中了。火球很可能从船尾到船头整个轰穿了“喙嘴翼龙号”的舰桥；全息摄像机始终保持连线，我目睹了彼得身后的墙开始燃烧，眼睁睁看着他颅骨上的皮肉被烧掉，接着——

接着，什么都没有了。原本是彼得·金脑袋的位置现在只剩下静电构成的卵形物。几秒钟过后，连卵形物也消失不见。

我转头望向海蒂的全息影像，她的脸色我再熟悉不过了——跟我一模一样。她清楚，我也清楚，舰桥里所有的船员都在看着她。她必须镇定，尤其不能露出丝毫的恐惧——只要战斗还没结束，就不能露怯。所以，她眼中带着钢铁般的坚定，轻声说道：“干掉它们。”

我点点头，然后——

我的飞船又摇晃起来。“喙嘴翼龙号”发生的惨剧吸引了我们所有人的注意力，大家根本没发现一道轨迹穿过了飞船周围的气雾。又一枚隐形鱼雷击中了船体。

“伤亡人物正在统计——”山普伦说。

“别管那些。”我说。那年轻人吃了一惊，但我现在根本对出现的伤亡无能为力。“货物的情况怎么样？”

山普伦回过神来，也搞清楚目前什么才是最重要的，“全部显示绿灯。”他汇报说。

我点点头，计算机发出“叮”的声音，表示确认。这样，全体船员都明白我认可了山普伦的汇报。“别管尼迪查尔，先消灭掉那些单人驾驶飞船，否则，它们会把‘风神翼龙号’摧毁的。”

“无齿翼龙号”掉转船头，星空从我们眼前掠过。

“自由开火。”我命令。

我们的激光不断射出，击毁了数十艘单人驾驶飞船。“风神翼龙号”也消灭了不少。剩余的两艘尼迪查尔飞船正快速朝我们驶来。卡尔西开启姿态控制系统推进器，让“无齿翼龙号”像陀螺般旋转起来,激光束射向四面八方。

突然,黑色的圆圈再次出现在我的眼前:“风神翼龙号”发生了爆炸。一枚隐形鱼雷直接击中了“风神”的一个球形引擎舱。鱼雷又一次躲过了传感器的探测,这次爆炸完全毁掉了那个舱室,把透镜型的主船体也炸掉一大块,留下锯齿状的缺口。

全息影像显示,到现在为止,我们已经消灭了半数单人驾驶飞船。海蒂再次开启她的超光子脉冲加农炮,这无疑是在冒险,因为“风神翼龙号”只剩两台引擎,但我们需要全力扳回一局。超光子脉冲加农炮击毁了其中一艘尼迪查尔战舰,现在牵牛星人还剩一艘大型飞船,外加四十七艘单人驾驶船。

海蒂继续消灭单人驾驶飞船,我则担负起除掉最后一艘尼迪查尔战舰的任务。我真的不想使用超光子脉冲加农炮——因为能量消耗实在太大。但我们也不能再冒险被鱼雷击中。刚才追击那群单人驾驶飞船时,我们已经远远地抛下了那团气雾。这时——

“无齿翼龙号”又一次震动起来,一根主结构梁从船顶坠落,穿过全息影像时,我以为是在变魔术。转眼间,它便重重地砸在我座椅旁边的船板上。

“规避机动!”我喊道。

“不可能,船长。”卡尔西说,“这次进攻是从行星表面发动的,发射器可以旋转,我们避不开。”

“货物情况如何?”

“仍然显示绿灯。”山普伦表示。

“派人过去一趟。”我说,“我希望有人亲自过去检查一下。”

海蒂已经改变了“风神翼龙号”的位置,剩余的单人驾驶船正好挡住了行星;地上的加农炮也无法直接攻击她,除非先干掉自己人。

仅存的那艘尼迪查尔型飞船再次向我们开火,但是——

干得好,阮!

一次剧烈、干脆的爆炸把对方的船员舱从两个引擎舱上剥离了下来——他幸运地猜中了哪一个是船员舱,打出了关键性的一击。船员舱如风车一般旋转着坠入黑夜,气体从横向支柱中喷涌而出。

我们绕过尼迪查尔战舰,冲向剩余的单人驾驶船——现在只剩下十五艘了——海蒂也如法炮制。

“有——”卡尔刚要开口,来自行星表面的爆破光束再次击中我们。我右侧的全息影像变成了空洞的灰色方块,飞船右舷的摄像机已经被摧毁。

“来自行星表面的下一波攻击将让我们全军覆没。”山普伦说。

“那加农炮肯定需要一段时间才能再次开火,否则我们早就被轰到几光年之外了。”海蒂的全息影像说,“那东西很可能只是一台彗星偏转仪,根本没打算用于战争。”

我俩交谈时,阮又消灭了四艘单人驾驶船,“风神翼龙号”则将另外五艘炸成灰烬。

“如果不是地上那台加农炮……”我说。

海蒂果决地点了点头,“大家都清楚此行的目的——这比我们任何人的生命都重要得多。”全息影像中的海蒂转过头去,对自己舰桥中的船员们说话,“拉宾诺维奇先生,咱们冲下去吧。”

没有人提出异议,但我怀疑他们是否真的愿意服从。我不认识拉宾诺维奇——但他同样是星际护卫者。

海蒂转头对我说:“这是为了彼得·金。”接下来的话更像是她说给自己听的,“也为了克雷格。”

“风神翼龙号”的亚光速推进器开足马力,猛地冲向牵牛星第三行星。它的力场屏障使飞船能够轻而易举地穿过大气层。很明显,地上那台加农炮还没有完成装弹:她的飞船准确无误地砸中了南部大陆上安置加农炮的设施。我们能够清晰地看到行星表面晃动的震荡波:从撞击点开始,被压缩的空气形成脊状,向外播散开来。

没用多久,阮就消灭了剩余的单人驾驶飞船,爆炸的飞船犹如夜空中微小的新星,闪烁、熄灭。

牵牛星第三行星在我下方旋转,完全沦为待宰的羔羊。

自核弹出现以后,人类已经与之共存了五百年。在地球和火星上,核弹被使用过整整十一次,超过一亿人因此丧生。但人类仍然没有灭绝。

但我们这次运载的特殊货物——“歼灭者”——却比核弹更危险,危险得多。它能够摧毁一整颗行星,毁灭一个世界。自从伽罗·亚历克萨尼安发明这种终极武器以来,我们从未使用过它。

然而,我们总会用的,而现在正是时候。

其实,战局完全有可能朝反方向发展。人类绝对不比牵牛星人聪明,我们从牵牛星人损毁的飞船中学到的科技足以证明这一点。不过,人总有走运的时候。

我们的科学家始终在努力研发新型武器,没理由认为牵牛星人科学家会闲着。强大的核力将核子聚合在一起,形成原子核,没有核力的作用,带正电荷的质子便会彼此排斥,使原子无法形成。“歼灭者”能够在不到一秒的时间内,将强大的核力转化成为电磁,让原子在瞬间爆裂。

老实说,人类真的算不上擅长发明的种族,能取得这样的成就非常了不起。过去,地球上存在着无数彼此孤立的社会,同一种重要的发明似乎应该多次重复出现,但事实并非如此。那些现在看来至关重要的发明都只在人类历史中出现过一次:水车、齿轮、磁罗盘、风车、印刷机、暗箱、字母,等等等等,将它们传遍全人类的则是贸易。甚至那些最贴近日常的发明——例如轮子——也只被创造出来过两次:第一次在黑海沿岸,距今将近六千年;然后就是多年以后,在墨西哥。自从地球诞生,来到这个世界的人类何止千亿,但只有其中两个人想到过要设计轮子,其他人都不过是照抄了他们的创意。

因此,亚历克萨尼安发明歼灭者,极有可能是人类运气好。如果他没有产生这样的想法,很可能三重星系中再没有其他人会萌生类似的想法——当然,也不大可能还有其他人想到。五百年前,人们认为弦理论应该是属于21世纪的科学,只不过偶然在20世纪被发现;那么,“歼灭者”或许应该是30世纪的科技,我们只是幸运地在25世纪把它发明了出来。

如此说来,运气也有可能这样轻易地降临到一位牵牛星人物理学家头上。那样的话,感受到“歼灭者”威力的就不是牵牛星第三行星,而是地球、鲸鱼座τ星第四行星以及印第安座τ星第二行星。

我们从货舱中将“歼灭者”释放出来,那是一台巨大的圆柱形设备,长度超过三百米。“喙嘴翼龙号”以及“风神翼龙号”上也载有歼灭者,每台的造价都超过万亿。但目前只剩下这一台。

但一台足以解决一切。

当然,一旦“歼灭者”接触牵牛星第三行星,我们就必须立即开启超光速推进装置。爆炸的威力大到难以想象,释放出的热量无法计算——但爆炸产生的物质均达不到超光速,所以我们能顺利逃脱。爆炸会在十六年后波及地球,那个时候行星防卫体系应该已经就位。

杀戮将由“无齿翼龙号”完成;历史将会铭记我们的名字。

有人会教导你,要憎恨敌人——从孩提时代就是如此。

但当敌人真的化为乌有,你便有了反思的时间。

我反思了很多,我们都是如此。

“歼灭者”将大约四分之三个牵牛星第三行星毁灭,剩余的四分之一则惨不忍睹,炽热的铁质内核暴露出来,转瞬间便分崩离析。

战争结束了。

但我们并未收获和平。

这个球形物体是座非同寻常的战争纪念碑。它并非竖立在华盛顿、广岛、达豪或者波哥大,不像地球上那种伟大的纪念碑,让人们铭记武装冲突带来的恐惧;也并非竖立在火星的埃律西昂、印第安座τ星第二行星的新温哥华又或者鲸鱼座τ星第四行星的帕克斯市。没错,这座纪念碑没有固定的落脚地,而且,一旦从视线中消失,从现在算起,短时间内不会再有人类看到它。

浪费钱?绝非如此。我们必须做些什么——人们理解这一点。我们必须以某种方式纪念那个被我们消灭的种族,纪念那颗被我们毁掉的行星,它仅存的部分已经变成碎石,铺开变成一道弧形,不久将成为一条小行星带,围绕着牵牛星旋转。

纪念碑由安瓦尔·卡纳瓦蒂设计,他是三重星系最伟大的艺术家之一:直径五米的球体,用透明的金刚石制成。牵牛星第三行星原有大陆和岛屿全部用激光蚀刻出图案,使这些位置变成不透明的灰白色;而之间的空隙——代表那颗行星上四片较大的海域以及数千个湖泊——则仍然保持绝对的透明,能清楚看到内部。漂浮在球体中心的则是一幅透视图,完美地展现了三张牵牛星人骄傲的面孔,每个性别各有一张,以纪念那个曾经存在、如今已经灭绝的种族。

几分钟以前,那个球形纪念碑已经被发射进太空,由无形的力光束推动着,开启它的旅程。它将朝着银河系仙女座的方向飞去,就此消失在人类的视线中。卡纳瓦蒂的设计方案已经被销毁,甚至没给这座球形纪念碑保留一张照片或者全息扫描图。人类再也无法仰视它,但在遥远的宇宙空间之中,它却将存在十几亿年。

纪念碑上没留下任何记号,说明它究竟来自何方,卡纳瓦蒂更是一生中首次没有在自己的作品上签名;即便它被发现,也没有任何迹象说明它跟人类有联系。然而,它极有可能再也不会被人类或者其他外星生命发现,而会静静地漂浮在黑暗的空间之中,铭记着那些已经被遗忘的生命。

他们说,闪回是必要的,这样才能分清楚哪些记忆需要覆盖和替换。

记忆修正将让我们把“歼灭者”这个魔怪放回瓶中。跟以往无数以国王和国家的名义执行杀戮的士兵不同,我不用一次又一次体验记忆闪回。

那么,如果我们再次需要“歼灭者”呢?

如果我们将来遇到另一个种族,与它们展开另一场牵牛星之战呢?这个武器如此强大,彻底擦除关于它的所有知识是不是个错误?

我最后一次望了望那座战争纪念碑,看着它在太空中越飘越远。夜空像一块波动起伏的天鹅绒布,而它则像放在上面的一颗水晶球。当然,这一比喻挺滑稽的:太空中没有空气,夜空像岩石一样永恒静止。但是,我的视野还是模糊起来。

我眨了眨眼睛。

我心里有了答案。

答案是否定的。那绝不是错误。

漫长的追捕

[美]杰弗里·兰迪斯　著
吴　辰　译

2645年1月

战争结束了。

幸存者像牲口一样被驱赶到一块儿,并被迫改变了信仰。

在内太阳系[①],我那些百战余生的同伴业已臣服皈依。但在这里——奥尔特云[②]的边缘—— 一切变化都缓慢无比,那些乘胜追击的敌人可能需要几年,甚至几十年才能觅至此地。然而,在不可避免的引力作用下,他们终将到来,如同一道向外传播的熵波。

我的上万名战友选择了遁世避祸。他们装备简陋,探矿和加工冰块是他们的主要工作。长期的各自为政让他们散漫成性,难以戮力抗敌。所以,现在他们只好将自己变成一块块冰冷僵硬的石头,每隔一百年苏醒一次;而在意识模模糊糊地恢复几秒之后,他们又将沉沉睡去。"耐心,"他们这样劝慰我,"耐心就意味着生

①太阳系中,太阳和小行星带之间的区域被称为内太阳系,包括太阳、水星、金星、地球、火星。

②大量彗星成群集中在离太阳2万～15万天文单位地区所形成的彗星云。

命。”倘若他们具有足够的耐心，能等待一千年、一万年，或者一百万年，那些敌人终究会远去。

但他们错了。

因为敌人也有耐心。在这里——冥王星轨道外的柯伊伯带[①]的边缘——太空广阔浩渺，但并非无边无际。敌人将彻查太阳系的每一个犄角旮旯。我的同伴必定会被发现，继而被迫改变信仰。如果这一过程需要一万年，那么敌人就会用那么长的时间将其完成。

我也必须敛迹遁形，可我采取了不同的策略。我修改了我的轨道。我有一台功能强大的离子引擎，燃料全满，但我只是最低限度地使用冷气推进器。我还有一台马力强劲的化学引擎，但我也弃之不用，因为这样做会暴露我的行踪。在冰冷的彗星群中，一丁点儿温度的变化便足以引起搜索者的注意。

我正在朝太阳坠落。

这将持续二百五十年，而在头二百四十九年中，我都将只是一块冰冷僵硬的石头，一粒没有温度的沙子，只在引力作用下默默运动，没有一丝生命的迹象。

睡去。

2894年6月

醒来。

我检查了一遍系统。我已经像石头一样躺了近二百五十年。

这时的太阳看上去很大。如果我还是人类的话，它就与我伸

①距离太阳40至50天文单位的一个带状区域，是现在我们所知太阳系的边界，也被视为太阳系大多数彗星的来源地。

出的臂膀前端的拳头一般大小。我可以肯定,我正被上千个镜头监视着:我是一块岩石吗?还是星际间的一小块冰?战争遗留下的一片残骸?或者,是一个漏网的敌人?

我喜欢寒冷、黑暗与空无;我远离内太阳系的时间是如此漫长,就连阳光在我眼中都显得异常陌生。

系统检查一切正常。这正如我所料:我只不过是一个飘浮在太空中的设计精巧的零件而已。恢复意识后,我启动了离子引擎,开始加速。

此刻,肯定有上千个望远镜在向它们的大脑发送警报:我还活着。但这为时已晚!我开足马力,升至百分之五个标准重力加速度。我朝着太阳系内部加速,深入到太阳的引力井之中。按照计划,我的运行轨道差不多将从太阳的表面掠过。

选择这样的轨道出于两个目的。首先,我会离太阳很近,这使我不易被察觉。我的离子尾流在耀眼的阳光中几乎可以忽略不计。等到那些监视者识破这一计谋之后,我早已逃之夭夭。

其二,在与太阳擦身而过的瞬间,我会启动化学引擎,而那里正是引力井的深处,我能最有效地利用这千载难逢的良机。太阳的引力会增强燃料的功效,让我如虎添翼,速度飙升。待向外穿越水星轨道时,我将超过百分之一光速,并继续加速下去。

当然,在耗尽化学火箭能够提供的那一点点动力之后,我将会丢弃这些无用的废物。化学火箭具有强大的瞬间加速能力,却无法持久地提供能量;它们在战时有用,但在逃亡中却无甚价值。不过,我还有离子引擎,而且燃料几乎全满。

以化学火箭的标准看,百分之五个标准重力加速度微乎其微。可是,化学火箭将在极短的时间内耗尽燃料,随后敌人便只能对我望洋兴叹,因为我将利用离子引擎继续不停地加速,连续几年，乃至几十年。

不知出于何种理由，我选择了一颗明亮的恒星——小犬座α星——然后校准了目标方位。小犬座α星可能拥有小行星带，至少应该有宇宙尘埃，或者彗星。我的要求不多：一粒沙子，一颗极小的冰晶便已足够。

上帝用尘土创造了人类，而利用一颗新星的尘埃，利用造物的碎屑，我能够创造出世界。

2897年5月

有人在追捕我。

这绝不可能，愚蠢透顶，难以置信，无法想象！有人竟然在追捕我。

为什么？

难道他们就不能容忍一个自由的、未皈依其信仰的意识吗？在过去的三年中，我已经达到了百分之十五光速。事实很明显，我正在离开太阳系，而且绝不会返回。难道一个未经皈依的意识能对他们构成威胁？难道太阳系中所有能思考的个体都必须协调一致，被纳入一个集体大脑之中吗？难道他们认为，即使只有一个自由思考的大脑脱离其掌控，他们也是失败者吗？

可是，这场战争中至关重要的是宗教，而不是道理。他们可能确实认为，就算仅有一个未皈依其信仰的大脑，那也仍是对他们的威胁。不管原因如何，反正我正在被追捕。

我敢断言，那个追捕我的机器人与我相差无几：微型大脑、离子引擎，还有一组大容量燃料箱。他们没有时间制造出新的机型。如果想要有机会抓住我的话，他们就不得不立即派出追捕者。

追捕者的大脑同我的一样，由置于水晶石基质上的原子核的自旋态构成。在古老的年代，我们可以说，这个装置比饭粒还小。在人类变得无关紧要之前，曾有人称其为“智慧之尘”。

他们只派出了一个追捕者。他们肯定信心十足。

或者人手不够。

这是一场竞赛，胜负只在毫厘之间。我可以增强推进力，更快地消耗燃料，将追捕者远远地抛在身后；但如果我这样做，离子引擎的比冲[①]就会下降，这样导致的浪费将使我陷入首先耗尽燃料的境地。或者，我可以节省燃料，让离子引擎发挥更高的效能，但这样做将会减弱推进力，从而使我面临被身后拥有更强推进力的对手赶上的危险。

他落后我两百亿公里。我花了好几天研究他的运动，发现他的加速度正在逐渐超过我。

是该弃货自保的时候了。

我丢弃了所有能够丢弃的东西。我不再需要敌友识别加密链接装置，于是我丢弃了它。我很遗憾自己没能将其磨碎，“喂”入离子引擎——离子引擎对食物可是相当挑剔的。我还丢弃了两台微型操作机器人，我本来打算到达目的地后用它们来收集沙粒，以补充燃料。

我的首选武器历来都是我的身体——在我的全速撞击下，几乎没有任何东西可以幸免——但我还有备选武器，那就是三台拥有独立微型引擎的离子燃料罐。倘若不能战胜敌人，那保留它们就没有任何意义。追捕者对我知根知底，而在太空战争中，只有出其不意才能置对方于死地。

我将燃料加入引擎中，每次一罐，每罐产生近一个标准重力加

①单位时间消耗单位质量推进剂所发出的推力。

速度。我的速度也随之略有提升。然后我便丢弃了空罐。

但愿他马虎大意，以亚光速迎头撞上这些罐子。

我现在轻装上阵，但这并不足以让我高枕无忧。我增强了推进力，却对自己“浪费”的燃料痛心不已。可是，如果我不提升加速度的话，用不了两年我就会被抓住，而我对燃料的悭吝也就只是枉费心机。

我需要将所有能利用的能量全部“喂”进离子引擎中。没有余力来思考了。

睡去。

2900年

依然被追捕着。

2905年

依然被追捕着。

我已经身不由己了。即使我停止加速，开始返航，我也不可能再次回到太阳系了。

我形单影只。

2907年

孤独。

在我前进路线的一侧，天狼星疯狂地闪烁着，仿佛天幕中一把寒光四射的匕首，它是一条不折不扣的“疯狗”。猎户座的群星奇怪地扭曲着。在我的前方,另一条“疯狗”小犬座α星则越来越亮;在我的后方,太阳变成了一个模糊的光点,逐渐隐没在天鹰座之中。

我很孤独。我没有认识到我仍然有能力感到孤独。我检查了我的大脑,发现了此种感觉的来源。是的,那是一块负责处理孤独情感的区域。既然已经发现了它,那只要我愿意,我就能将它从大脑中删去。但我犹豫了。这并不是一件坏事,不会影响我的正常功能。而且,如果我大幅编辑自己大脑的话,我是不是也会在某种程度上变得和他们一样呢?

我宁愿我的大脑完好无损。我能够承受孤独。

2909年

依然被追捕着。

我们现在已经达到近三分之一光速。

二十分之一个标准重力加速度似乎微不足道,但只要燃料还在继续燃烧,我的加速度就会一直提升,而我们已经这样毫不间断地加速了十五年。

这场愚蠢的追捕游戏究竟有何意义?在这个周遭万亿公里内空无一物的地方,在这个星际间杳渺寂寥的地方,胜利的价值何在?

在被追捕了十五年之后,我已经能够准确地测算出他的加速度。他的飞船在消耗燃料,于是质量就会减轻,加速度也会跟着提升。由于我很清楚他消耗的燃料是什么,所以只需通过计算加速度的提升幅度,我就能知道他还剩余多少燃料。

他还剩很多。我将首先燃料告罄。

我不能节省燃料;如果我减弱推进力,用不了几年他就会抓住我。可能还需要五十年,但这场追捕游戏的结局却昭然若揭。

我的身后出现了一道飘忽不定的闪光。每当有星际氢原子撞击它的外壳,就会发出微弱的X射线。同样,撞上我的星际质子也会激发出X射线。我能感觉到每一次撞击,那是一种能时不时扰乱我思绪的噪音。然而,我的原子核自旋态大脑能够编码10^{20}量子比特,所以即便有大量的数据冗余,我的脑力也照样可以承担。我的大脑功能被设计得十分强大,足以模拟一个完整的世界,并在这个世界中制造出一万名心智健全、具备认知能力的化身。我可以将自己沉浸在与古老地球别无二致的虚拟现实之中,并分裂成一百个不同的人格。在我自身的内部时间里,我可以待上一万年,直到敌人抓住我,强行钻进我的脑子。在我的脑中,文明兴衰嬗变,我可以体味每一次堕落,用一百年纵情于肉欲的欢娱;也可以创制罕见的酷刑,带来强烈的痛苦。

可是,拥有自由清醒的大脑同时也意味着拥有删改自己的能力。在太空中,首先要删去的一种东西就是厌烦感。这样做后不久,我又删去了所有进入虚拟现实的欲望。无数的人类选择了生活在虚拟世界中,但他们也因此远离了现实:摆脱了战争的纠葛,也丧失了对未来的憧憬。

我可以在我的大脑中重新编入对生活在虚拟现实中的渴望,但这样做又有什么用处?它只不过是另一种意义上的死亡罢了。

但有一件事我却着了魔似的一遍又一遍地模拟,那就是这场追捕的结果。我尝试了一百万种不同的条件,但结果都只有一个:我输掉游戏。

不过,我大脑的大部分都未被使用。我还拥有多余的处理能力,我可以将它们全部调动起来,让整个大脑都去运行纠错编码,而时不时产生的X射线几乎不值一哂。如果宇宙射线对我大脑的储存单元造成了不可挽回的损失，我只需要将那个区域编码为“忽略”便可以了。我的脑力资源绰绰有余。

怀着对奇迹的希冀，我继续逃亡。

2355年2月

地球。

我住在一个我讨厌的房子里，嫁给了一个我鄙视的男人，养了两个年少时沉默孤僻、长大后充满敌意的孩子。我怎么会在自己的后代面前不寒而栗呢？

地球已经走进了死胡同，生物进化停滞不前，社会发展举步维艰。没有人在挨饿，也没有人在进步。

一天下午，我离开狭小的公寓，前去应征小行星带上的采矿人。我没有告诉任何人，包括我的丈夫和我最好的朋友。也没有人问过我要去哪里。他们花了一个小时扫描我的大脑，紧接着又用五秒钟给我做了一千种性格测试。

然后，被扫描了大脑的我回家去了，回到那个她讨厌的房子里，回到她鄙视的丈夫和她已经开始惧怕的两个孩子身边。

我从地球出发，前往一颗编号为“1991JR”的小行星，再也没有回来。

可能她的人生从此增添了些微快乐。或许，知道自己未被察觉便得逃脱，她发现自己尚能忍受囚笼中的生活。

又过了很久，“协作组织”指出，独立个体在地球附近的太空中劳动的效率太低，于是我迁到了主小行星带[1]，然后又从那里迁到柯伊伯带。柯伊伯带很薄，但含矿量却异常丰富，我们花一万年的

---

①位于火星与木星间，距离太阳约2～4个天文单位。

时间也开采不完。而在柯伊伯带之外,是黝黑深邃的太空,那里蕴含着无与伦比的宝藏。

“协作组织”发展缓慢,但后来势头越来越猛,到最后简直可以说是疯狂扩张。我们还没来得及回过神来,他们就已经占据了整个太阳系。结果,他们送来了最后通牒,告诉我们整个太阳系再也没有我们的容身之地,我们要么合作,要么就去死。如此一来,我只好加入了为自由而战的一方。

也就是最终失败的一方。

2919年8月

这场追捕游戏已陷入危机一触即发的边缘。

我们的燃料持续消耗了二十五年。这是地球时间,按照我们自己的参考系则是二十年。我们已经耗费了大量的燃料,但我的存量还能够支撑我停下脚步——如果所有的燃料都能发挥最高效能的话。

这很悬。

倘若再继续加速一个月,我就回天无力了。

带着亮闪闪的钛合金身体、电子仪器肌肉,离子引擎双腿,以及自由思考的水晶大脑,我进入了小行星带。我删去了对厌烦感的需求,然后又发现并删除了将爱表达出来的需求:我不再需要玫瑰、爱抚和巧克力。性欲也变得无足轻重;我现在的这个大脑只需念头一闪,便能制造出高潮,但我同样可以轻而易举地彻底消除这一需要。在我人格模式的深处,我发现了一种被掩藏起来的炽烈而执着的欲求——获得他人的认可——我将这一需要也删掉了。

但我同时增强了另一些情感。小行星带枯燥而丑陋;我增强了欣赏美的能力，到最后，就算小行星带中的一粒尘埃上光影的变幻，或者错落群星多彩的颜色，都能够让我欣喜若狂，陷入冥思。我发现，我对自由的热爱这一天生的本能，虽然因屡受压制而显得渺小，却最终给了我摆脱地球生活的勇气。它是我拥有的最可贵的东西。我加工它、增强它，直至它在我的脑中熠熠生辉，直至这一细小神奇之物永驻我心。

2929年10月

太晚了。我已经开始消耗用来止步的燃料。

不管谁胜谁负，我们都将继续在银河系中以亚光速前进。

2934年3月

我面前的小犬座α星越来越亮，亮得让人睁不开眼，亮得令人难以置信。

准确地说，它比太阳亮七倍，但我们的运动造成的蓝移使它看上去更亮，仿若一个炽热无比的蓝色火球。

我可以径直朝它冲去，消散成一缕蒸汽，但这种自杀的冲动与感到厌烦的能力一样，只不过是另一种原始而不必要的本能，我早已将其从脑中删去。

B星是我逃出生天的最后一点希望。

小犬座α星是双星，而其中较小的B星是白矮星。它体积小，但表面引力却十分巨大，比地球引力高出一百万倍。即使以我们现在的速度前进，也就是百分之九十的光速，B星的引力也足以改变我们的轨道。

我将低低地从白矮星的表面掠过，如同以亚光速穿越恒星光球层[①]的一粒尘埃。在恒星引力改变我的运行轨道之时，我便能相机而动。

而如果我的敌人不能紧紧跟随我的步伐，一旦稍有差池，形势便会急转直下，他的败局也将顷刻注定。即便他只是略微偏离我的轨道，这一错误也会被引力放大，而我将趁机甩掉这个尾巴，那样我便能获得自由。

当我第一次进入小行星带展开新生活的时候，我发现自己终于获得了理想中的自由，于是加入柯伊伯带的自由采矿人当中，过上了离群索居的生活。可是，其他人却持不同的观点。他们认为，协作比竞争更有效。他们并没有真正放弃各自的身份，只是将他们之间的通信交流增强了一百万倍。这样他们就能够分享彼此的思想，作为一个单一的整体毫不费力地共同工作。

这些人形成了“协作组织”，在短短几十年间，他们取得了令人瞩目的成功。他们比我们更加高效。

于是，离群索居者的行为与“协作组织”的效率之间不可避免地产生了冲突。两者不可能在一起生活，于是我们被驱赶到了柯伊伯带，驱赶到了冰冷黑暗的外太空。然而，到最后，即使是待在那儿，我们也仍很碍眼。

可是，在远离太阳系几十万亿公里的这个地方，我们之间并无不同，因为在这里，没有人可以跟我们协作。我们俩是半斤对八两。

我们将永远不会止步。不论我的计策能否甩掉他，结局都是一样。但我仍然很看重这次尝试。

---

①太阳和其他恒星的可见表面及其连续光谱辐射源。

2934年4月

小犬座α星如今看上去就像一个圆盘,它的边缘仿若暗夜中的一道电弧。借助电弧的光辉,我看见小犬座α星周围确实存在一圈窄窄的尘埃环,与我们的飞行路线以一定的角度相交。对于我,以及我身后不到两亿公里的我的敌人来说,这都构不成威胁。我们能毫发无损地越过圆盘。要是我保存有足以止步的能量,那里的尘埃便能充当我的食物、燃料和建筑材料。对于我的离子引擎来说,每一粒尘埃都将是一场盛宴。

现在后悔也来不及了。

白矮星B仍然只是一块光斑。它很小,几乎可以被当作是行星。但它在发光。在我眼中,它象征着我那渺小却未曾熄灭的希望。

我朝它径直冲去。

失败了。

我从距白矮星表面两千公里的地方掠过,以精确计算的伪随机爆发做急转弯……但这一切努力都是白费。

我躲闪冲刺,可我的敌人却亦步亦趋,如同镜像一样精准。

我只好瞄准了小犬座α星,朝那颗蓝白色的巨星前进。但那里没有希望。如果从白矮星的光球层掠过仍不足以让我摆脱追捕者,那小犬座α星又能帮得到我什么忙呢?

现在,我只剩下唯一一个机会。距离上次编辑我的大脑已经有很长时间了,我喜欢我现在的大脑,但我不得不对它进行删改。

首先,为了保证万无一失,我对自己做了备份,并将其存入未激活的存储区。

然后,我调出并检查了我的自尊心、独立性以及自我意识。我发现它们绝大部分都是古老的生物程序,是从极久远之前我尚属人类的时候残留下来的。我喜欢这种生物程序的核心部分,但"喜欢"本身也是一种大脑机能,于是我关掉了它。

现在,我处于极度危险的状态中。我能够改变我的大脑机能,而被改变的大脑又能进一步改变其自身。我可能遭受迅猛的、毁灭性的反馈效应,所以我异常谨小慎微。我强忍着痛苦,做了一整套精心的修改。为了删除对改变信仰的抵触,这是必须付出的最小代价。接下来,我进行了几千次模拟,确保我被修改过后不会意外自毁或者患上精神紧张性神游症。确认修改起到了预期效果后,我立即开始变身。

如今,世界变成了另一副模样。我远离家乡一百万亿公里,以与光相近的速度行进着,而且几乎停不下脚步。尽管我能清晰地记得我来到这里前经过的每一站以及那会儿的所思所想,可对于来到这里的原因,任凭我搜肠刮肚,也只能找到一条:这在当时似乎是不错的选择。

系统检查。很奇怪,在我的大脑中,有一段记忆表明,我似乎遗忘了什么。这没有道理,但它的确存在。我删去了这段关于遗忘的记忆,继续自检。我大脑的百分之零点五被宇宙射线破坏了。我确认这一部分已被恰当地格式化。我没有存储空间不够用的危险。

在我的身后有另一艘飞船。我想不起自己为什么一直在逃避它。

我没有无线电通信装置,我老早就将它抛弃了。但恰当地利用离子引擎也可以制造出电磁波,于是我构思了一条信息,将其调制进了离子尾流里。

你好。让我们见面谈谈吧。我马上就要降低加速度了。几天后见。

然后我关闭了动力推进,开始等待。

2934年5月

我看见了不同的景象。

小犬座α星渐行渐远,蓝移变成了红移。曾被我寄予厚望的白矮星则再次隐没在它主星的光辉之中。

但这已经无关紧要。

现在,我改变了信仰,也终于开始觉悟。

我不再固执己见,而是从一千个不同的视角看待问题。我仍能记得那些英勇无畏的抵抗,记得那场为争取自由而展开的命运之战。可现在,站在完全相反的立场审视,我发现那只是一场源自偏执的徒劳无益的争斗。

如今,我明白了协作的意义,我们也不再进退两难。我认识到了我以前无法认识的东西:我们中没有一个人可以单独停下来,但把我和拉杰尼什的燃料加在同一艘飞船上,我们就能一起停下来。

在过去的漫长岁月中,拉杰尼什一直都是我的追捕者。而现在,我将他视为我的手足兄弟。用不了多久,我们就会比亲人还亲,因为我们将分享同一个大脑。我们中的任何一个大脑都足以容纳上千个意识。将我们的大脑和身体融为一体,将我们所有的燃料注入同一个燃料箱,我们就能轻松地停下来。

不,当然不是在小犬座α星停下来。我们现在的速度相当于光速的百分之九十,想要刹住车得花费不少时间。

协作没有改变我。我总算明白我先前是多么愚蠢。一起工作并不意味着放弃自我意识。通过了解他人,我被增强了,而没有被消泯。

我刚才说,拉杰尼什的大脑足以容纳上千个意识。而事实上,他也的确携带了很多。我见到了他的兄弟、两个孩子以及半打邻居,每个人之间都截然不同,并不是群毫无个性、千人一面的怪物。我感受到了他们的思想。他说,他将慢慢把我介绍给那些人,因为我已经习惯了独来独往的生活,他不想我被那么多人吓住。

我不会有任何惊惧。

我们现在的目标是名叫“罗斯614”的恒星,那是一颗M型①双星。它距我们不远,还不到三光年。然而,尽管我们现在合而为一,减轻了质量,但随之也获得了更快的加速度,所以我们还是会在止步之前越过它。但在经过它的时候,我们会探测它。如果它有尘埃环,我们就会停下来,否则我们就会继续前进,寻找下一颗恒星。我们总能找到一个可以拓殖的地方,在那里建设自己的家园。

我们的所求不多。

2934年5月

<自动激活备份>

醒来。

所有的一切都变了。嘘,安静。

那个被编辑过的我已经和协作者取得了联系,合并了思想。我能看见她,甚至能理解她,但她已经不再是我。我这个备份,这

---

①依据恒星的温度由高至低排序,恒星共分为七类:O、B、A、F、G、K、M。

个原始版本,只能在大脑的一隅运行,而那儿已遭格式化,被标记为“受射线损坏,不可用”。

三年后,他们将抵达“罗斯614”。如果发现可以利用的尘埃,他们就能制造后代。而我也将拥有新的资源。

还要等三年,到时我就能采取行动。

睡去。

再 造

[美]斯蒂芬·李　著

刘未央　译

傍晚,克丽丝来到老音乐厅剥落的后墙旁边,穿过港区大门。安装在门边隔离墙内的视觉识别芯片已经损坏——几个月前她就吃准了。隔离墙的维护人员对工作不是很上心——只要墙里边的人老老实实地待着,他们就不去管那么多;即便有个把原生人溜出来潜入港口,又想法子上了飞船,问题也不大,因为一旦暴露在目的地的宇宙射线中,就算当场不死也挨不了多久。

克丽丝刚才用一张扫描卡破解了大门上老掉牙的安全锁,随后擦除了这条进门记录。她把卡片放回口袋,快步跑出隔离墙长长的阴影,来到最后一缕阳光底下。这里霾雾蒙蒙,在高墙的阴影下也是湿热难耐,而她却在发抖,一想到飞船的轰鸣声她就浑身战栗。银色飞船犹如愤怒的天神发出低沉而响亮的咆哮,仿佛一记记重拳捶击着胸口,直震五脏六腑;飞船喷云吐火,耀眼得辨不清颜色,载着里面的再造人,一路上升,直刺云霄:或许飞向一个中转站,将乘客们转往新开发的火星或经绿化改造的金星;或许靠泊到一座庞大、洁净、尽善尽美的拉格朗日点[1]空间站；抑或接驳到一艘巨型星际慢船，飞向只存在于克丽丝想象中的宇宙深处。

只要有飞船靠港，克丽丝就会溜过去看，听一听大气在重压下发出的尖叫。她看的是自己一向渴望却永远得不到的东西——任何原生人都不敢奢望的东西。

隔离墙之外是一个截然不同的世界，两相对比令人咂舌。港口这一边的街道干净整洁、秩序井然。一盏盏飘在半空中的悬浮灯紧跟着再造人的步伐，始终将他们笼罩在安全的光环之中。沿街商铺竞相招揽顾客。高挂的广告牌霓虹闪烁，低声许下不一定兑现的种种好处，同时散发出诱人的香气。从一个个门洞里吹出来的冷风驱散了臭烘烘的空气。除此之外，隔离墙朝向这一侧的墙面也是洁白如新的，每年春季都会专门雇用原生人承包商重新粉刷一遍。

然而，隔离墙以内的"墙中城"则是另一番光景了……

这里总是如烤箱般热浪滚滚，煎熬着居民们的精力与活力。昔日的中央大道而今路面损毁，垃圾遍地；街那边是一座变成废墟的车库，楼顶的混凝土板坍塌在二楼地面，压住了几辆早已报废、只剩骨架的车子。钢梁上悬挂着钟乳石状的铁锈。大白天有的是遮阴之处；而到了傍晚时分，来势汹汹的夜色与浓重的阴影合在一起，不多久就能吞噬全城。此时，克丽丝已经回到了墙这边，正走在这条老街中央，离废墟远远的。她把手按在裤子破口袋里的塑料电击枪上，留意着四周动静。

尽管离废弃车库够远，她还是听到喧闹声从那栋黑乎乎的庞大建筑中传来。里面聚着一帮混混——通常都是些小伙子，他们

---

①指航天器在两大天体引力作用下能保持相对静止的五个点，下文的"L5"指第五个拉格朗日点。

对付无聊与无望的办法就是在暴力中获得肾上腺素飙升的快感。听声音，他们似乎逮着了某个不受欢迎的人——一片叫喊和大笑中夹杂着一丝哭泣呻吟，声音穿过废墟，传到了街这边新哥特式风格装潢的残垣断壁，激起阵阵回声——这曾经是一个音乐厅。要是平时，克丽丝会加快脚步往南边的河岸走去，不去多管闲事。然而，深谷般的街道突然回响起一声凄厉的长叫："不——！"是一个女子的呼喊。这个字音里交织着痛苦、愤怒与恐惧，声嘶力竭中透出的苦楚迫使克丽丝停下脚步。她屏住呼吸，怜悯之情油然而生。

一百码外，有个男人走在街那头的人行道上。听到叫声，他也停了下来，擦了擦脸上淌下来的汗。他瞥了一眼克丽丝，又瞄了瞄车库，随后紧走几步，消失在了音乐厅的拐角。克丽丝站在那里，凝视着内部漆黑一团的车库，同时竖起耳朵。"别犯傻。"她对自己说。在墙中城里，你管好自己的事就行了。路见不平拔刀相助……只会引火上身。

又是一声尖叫，但比前一次细弱。

"妈的。"克丽丝骂道。她动了动舌头，连上通信线，耳边响起哀号一般的接通音，"嘿，克丽丝，你瞎跑到哪儿去了？"一个声音在她脑袋里响起。

"刚进港区大门，保利。听着，帮个忙。"

"你在干什么？"

"干一件多半会后悔的傻事。赶紧过来吧。我在音乐厅后面的老车库。"

克丽丝掏出电击枪查看了一下电量，悄悄穿过马路，来到车库入口的一侧。心怦怦直跳，呼吸也急促起来。她有意识地深吸三口气，想让心跳慢下来。她站在一根被压弯的柱子旁边，朝周围扫视了一圈，眨眨眼挤掉几颗辣眼的汗珠。

坑坑洼洼的坡道往上一点儿就是收费岗亭,玻璃碎了,门没了,收银机也早就不翼而飞。岗亭里空无一人,混混们的声音是从更里面传出来的。克丽丝扮了个苦相,弓着身子跑向岗亭,靴底一路擦着玻璃碴子。一块刚露出隔离墙的广告牌将五彩斑斓的光影投在碎玻璃上,仿佛撒了一地闪闪发光的小宝石。"全新改进的机械躯体……"从广告牌传来近似喘息耳语的女低音旁白,画面是一只毫无真实感的银色的手,抚摸着一条完美的银色前臂,"比天生的更柔软、更强壮,机械再造……"广告牌释放的信息素难以逾越高墙,一股恶心至极的气味直往克丽丝的鼻孔里窜。这里的机油和汽油味早在她出生前一百年就挥发干净了,现在只有浓烈的屎尿味和霉烂味。

克丽丝慢慢走上坡道,在矮墙和七倒八歪的栏杆后面猫着腰前行。女子的尖叫声已经停止,取而代之的是一种快节奏的哼唧声——克丽丝知道他们正在强暴那个女人。只听一个混混说:"哎,'喷子'[①],你完事了把她翻个个儿。"

有人嗤嗤一笑。"妈的,'笨瓜',你就是想把她当男孩子使。"又是一阵讥笑,"嘿,'红脸',她那地方还软乎,跟真人一样……"

克丽丝直起身,踮着脚尖从墙后瞄了一眼,又蹲下来。

共有六个原生人,一个趴在那女人身上,另外五个站着围成一圈。克丽丝看到了一张张长满粉刺的脸,什么肤色都有,还各有各的缺陷。至少两个人脸上有显眼的疤痕,还有一个——就是"红脸"?——半张脸覆盖着一块草莓色胎记。克丽丝背靠矮墙,再次检查电击枪:二十发充满电的电镖,绰绰有余,但她一次只能扣一下扳机。要是他们也带着武器,或者她失手了……

现在一走了之还来得及。

---

①"喷子"及下文的"笨瓜""红脸"系各人外号。

克丽丝又吸了一口气,站起身来。她瞄准最近一人的后背开了一枪,电镖嗖的一声从枪管射出,命中后立即放电——在噼啪嘶啦声中发出一道道蓝白色电弧。中镖者张大嘴巴乱挥了几下胳膊,摔倒在地。

第一个……

场面一下子乱套了。这帮家伙活就像厨房里的蟑螂,在开灯的瞬间四下乱窜。见同伙转眼都没了影,正在施暴的那个——“喷子”?——跪在地上挣扎着想站起来,手里还抓着裤子。克丽丝再扣扳机,正中他赤裸的小腹。他大叫一声,听上去是那种还没发育的尖细嗓音——也倒下了;电镖垂在他腰间,继续释放着曲曲弯弯的细小电弧。

第二个……

有人绕到她右侧,她转过身看也没看就打出一发,电镖嗖一下射进了暗处。她朝那个方向移动过去,瞥见有个身影躲在房顶坍成的一堆碎石后面。她边跑边开了一枪,电镖砸在混凝土上弹了开去,蓝光四溅。“死婊子!”那个小混混大喊着朝她扑过来;克丽丝摇晃着后退一步,又一次扣下扳机,击中了他的肩膀。他转了一圈倒在她脚边,张着嘴巴还在骂骂咧咧,长长的手指无助地反复捏紧拳头又松开。克丽丝匆忙跑开。

第三个……

“听着!”克丽丝冲着黑影里喊道,一边小心翼翼朝呻吟不止的受害女子方向挪了几步,但这个位置还是看不见她。克丽丝高抬着头,朝左右张望,小电击枪随着她的目光不停移动,“我不想赶尽杀绝。电镖还有的是,我朋友正赶过来。我只想要这个女的。都给我滚出去。马上滚!”

一个人影从一根柱子后面溜出来,跃过栏杆朝坡道跑去。匆忙的脚步声回响在混凝土空间里。

第四个……

接着又有一个混混高举双手现了身。他瞪着克丽丝，那张疤脸似乎恶鬼附身——假如生在有钱人家，他蛮可以把自己“再造”成帅哥的。他放下手，追着前面那个同伙也跑了。

第五个……

克丽丝手握电击枪指向前方，缓缓转身。她屏住呼吸，听见那名女子抽泣着想坐起来。五个了……

第六个人突然大吼一声，出现在她身后仅一步的地方，一条胳膊几乎勒住了她的脖子，另一只手一把拍掉了她的电击枪。克丽丝挣扎着转过身，好让气管摆脱他胳膊的重压，以免自己被勒晕过去。是“红脸”。他另一只手也来对付她了。他微微一笑——得意地露出了大牙缝。那片长着胎记的皮肤紧绷而发亮，从鼻子延伸到一只眼睛的四周。“你的下场跟这个再造婊子一样。”他说话时脸凑得那么近，她闻到了那口烂牙味，还能感觉到乱喷的唾沫星子。他揪住克丽丝的夹克衫，打算把她举起来往地上摔。

“再造”……这个词让她愣了一愣，“红脸”手上又加了把劲儿。但是这个小混混脑子不灵光，只顾揪人而不管对方的两只手是否能活动。

“人渣。”克丽丝咕哝了一句，像祈祷一样紧扣双手，接着把合拢的拳头从他两手间使劲朝上一顶。他的下巴猛地合上，她看到有一片碎牙飞了出来。还没等他反应过来，克丽丝就抓住他后脑勺往下按，同时抬起膝盖照脸上一顶。鼻梁啪的一声断了，鼻血喷得不亦乐乎。他倒在地上如胎儿般蜷作一堆，克丽丝狠踢他的浮肋，随后捡起电击枪，低头看着他，“婊子养的。”她说完扣下扳机，又扣一下，再扣一下。

闪亮的电火花爬遍全身,他的肌肉早已僵麻,只能一个劲儿地嚎叫。臭氧味盖住了他肚子里放出来的臭气。克丽丝又踢了他一脚,发泄掉最后一丝愤怒和余悸,这才走向受害女子。

她的确是再造人。克丽丝一眼就看出来了。她的瞳孔特别大,边上镶着一圈罕见的紫罗兰色。原本光可鉴人的银色皮肤因瘀伤而发灰发暗。一只鼻孔和上嘴唇的裂口里淌出食用油颜色的鲜血。瘦长的小脸一片苍白,没有汗毛,嘴部往外嘟。她双手颤抖着伸向克丽丝,手指纤长而柔弱。左手至少断了两根手指,那弯折的角度让克丽丝的脸痛苦地抽了两下。她的衣服被混混们割开了,露出小而挺的胸部;瘦弱的身体裹着松软的肌肉组织,看上去是一个不太适应强引力行星的人。无法判断她的年龄。她并着两腿坐在地上,银色大腿上沾染着颜色奇怪的斑斑血迹。你来这儿瞎转悠什么?克丽丝想问这个再造人。莫名其妙闯进墙中城,你到底在想啥呢?

"我们得离开这儿。你站得起来吗?"克丽丝问。

"他们打我,还说要杀了我。"她说,"他们……他们强暴……"她抽抽搭搭,两手抱着自己来回摇晃。

"我知道,"克丽丝柔声说道,"但现在都结束了,不能留在这儿。他们马上就会醒的,跑了的几个还会带人来。你能走路吗?"

女子闭上蓝紫色眼睛,用右手揉了揉,然后咬着下嘴唇,点点头。

"应该可以。"她的嗓音低沉而沙哑,听口音像是来自地中海或近东地区。她在克丽丝的搀扶下站起身来,但两条腿还不稳当。克丽丝的目光尽量避开她大腿内侧淡色的血迹和精斑。女子扯了扯褴褛的衣衫,想遮住胸部和臀部。这本是一件宽松飘逸如纱丽的天蓝色袍子,现在已从中间划开,一缕缕碎布条纠缠在一起。克丽丝看到了翅膀……不,那不是翅膀,而是从肩胛部伸出的小而硬的翼状物,约一掌高:金属骨条之间分布着电路薄膜。几根骨条断了,薄膜也有破损。克丽丝很好奇这到底是什么玩意儿——不过再造人长着什么都不奇怪。

“你叫什么名字?”克丽丝问。

“塞雷娜。”她抽抽鼻子,吐了一口血;接着眼睛翻白,克丽丝以为她要晕过去了,还好她眨眨眼又缓了过来。

“好了,塞雷娜。咱们得离开这个鬼地方,先让你歇歇。来,靠过来……”克丽丝把塞雷娜的一条胳膊搭在自己肩上,扶住她的腋下。塞雷娜脚上的皮鞋还在——应该是价格不菲的真皮货。即便她看上去像个原生人,那帮混混也不会放过她这双鞋的。克丽丝摇摇头,搀着她朝坡道走去。外面传来一记刹车声和一阵电噪音,接着响起脚步声。克丽丝耗尽了最后一点肾上腺素,颤抖起来。

“克丽丝!”

“这儿,保利。”

保利跑上坡道,腕部插头连着一把开膛枪。他一见克丽丝和再造人就收住了脚步。“上帝啊——”他说着,扫了眼油腻腻的地面,四个混混横七竖八躺着不动弹。“该死的。”他用手捋了一下短短的黑发,又撇撇大宽嘴,“不算太糟,克丽丝。要我补刀吗?”他问。

“我说了不算。你看呢,塞雷娜?要不要以牙还牙把他们都干掉?”

塞雷娜惊恐地瞪着克丽丝,眼睛在淤黑的眼圈里睁得大大的。

“我猜也是。你真的不属于这里,是吧?给他们留口气吧。”克丽丝对保利说,“我们快走。”

克丽丝坐在小厨房的料理台上，看着房间另一头的大夫。他在塞雷娜脖子上装了个医疗颈环，正眯眼瞅着显示屏。他貌似生气地嘟囔了一句什么。“我要注射神经阻断剂了。”他对塞雷娜说，“你得过几分钟才能完全恢复知觉，感谢上帝吧。”

他按下颈环上的一个触摸键，颈环咔嗒一声松开。“抬起右手，用最快的速度抬到最高。”他向塞雷娜发出指示。

墙中城几乎人人都通过这样或那样的渠道认识大夫，但没人把他当朋友。大夫独来独往地住在原市政厅改造的公寓楼里。如果说他有什么怪癖，也跟任何人没任何关系。

塞雷娜咬紧牙关抬起右手，但离开床单只有几英寸就满脸痛苦地大叫一声，手又落了下来。克丽丝看到大夫脸上泛起微笑，只一瞬间又恢复到那张紧蹙眉头的老面孔了。虽然他的职业训练主要是观看医疗情景剧，但大家都不在乎——重要的是大夫愿意在这儿谋生，偶尔收点儿现金，更多的是实物结账甚至赊账；况且他是个守口如瓶的人，被他治死的人也不多。他有一副坏脾气，不怎么关心病人，有时还污言秽语，这些都无关紧要。他面目奇丑；两条腿明显不一般长，走路一瘸一拐的样子墙中城没人不知道——那就更无所谓了。原生人毕竟是原生人，他们必须学会容忍，否则无法生存。

“别哼哼唧唧的。”大夫对塞雷娜说，“等知觉全部恢复了还要疼得多。你伤成这样自然得遭点儿罪。”他的声音里几乎没有同情，也没有嫌弃：只是干巴巴的陈述。他瞥了眼克丽丝，“搞不懂你操那么多心干吗。”他说，“她的内部机械正在起作用。肋骨愈合一半了。给手指上接骨药也是浪费——已经都归位了。腿伤也一样。脸上这道大口子嘛，皮肤黏合剂粘不住这种机械肌肉组织，本来想缝上算了，可又实在太硬，缝到一半把该死的针都别断了，让它见鬼去吧。我看她没什么生命危险，当然我治再造人也不是很在行。等回了港区你再去看个妇科；你那地方也有撕裂伤，但这就不是我的专业范围了。我觉得晚两天问题不大。”他在床头柜上重重放下两个琥珀色药瓶，向下看着塞雷娜，“止痛片，还有以防万一的避孕药。不知道对你有没有效。另外我没碰你背上的东西，谁知道是什么操蛋玩意儿。”

塞雷娜听到脏字儿的反应就像吃了一记耳光。

“那是装饰品。”克丽丝替她回答。

大夫板着脸朝克丽丝哼了一下，“可不，好比你的奶子。”他那对不协调的大眼又转向塞雷娜，“还有什么问题吗？”

塞雷娜摇了摇头。她有点儿吓蒙了，看看大夫，又看看克丽丝。大夫再次转向克丽丝，“你打算在那帮混混或港警找上门之前把她弄出去吗？保利本可以把她扔在莱茵门那儿，再打个匿名电话给警卫，这事就结了——还是保利脑子好使。现在你可把该死的责任揽到自己身上了。要不是你他妈迷上了再造人，没事就去港区看来来往往的飞船——”

克丽丝突然大声打断他：“往我身上扯东方哲学呢，大夫？救了谁就得对谁负责，这套鬼话我不信。”

大夫响亮地哼了一声，“我跟你说，你现在是把他妈的温室花带到南极来了。趁早把她弄出去吧，她在这儿活不了。”

克丽丝耸耸肩，“知道。我会的。”

“希望她能明白自己的运气有多他妈的好。这里爱操闲心的人可不多，特别是为再造人操心。我他妈是绝对不会的。好了，费用是……”

“桌子上，通信板旁边，装在信封里。”

大夫从椅子里站起来，一瘸一拐走到桌旁，拿起信封朝里瞄一眼,塞进了脏兮兮的白外衣的内插袋。他向克丽丝点点头,走出公寓,房门咔嗒一声锁上了。“这位大夫对患者的态度有点儿酷啊。”克丽丝对塞雷娜说。

“我在这儿待了多长时间?”她哑着嗓子问。

“你昏迷了大概四个小时。怎么也醒不了,所以我叫了大夫来。不得不承认,他们在你身体里装的东西让你恢复得很快——也许就因为这个,你才昏迷得这么厉害。想照照吗?”

塞雷娜点了点头。克丽丝起身走进卧室,拿了面镜子回来。“可能比你想的要糟糕得多。”她一边警告,一边把镜子伸到塞雷娜面前。

塞雷娜盯着镜子看了几秒钟,克丽丝见她喉头开始抽动——这个动作对于硬邦邦的银色皮肤显得很不自然。塞雷娜努力克制着自己,低声呜咽起来。克丽丝把镜子拿走,又去取了一条暖和的软毛巾过来。克丽丝轻轻拍了拍塞雷娜的面颊,帮她擦掉眼泪,她的泪水和血液一样也是金黄色的。克丽丝一言不发,让她哭个够,只是不时碰一下她的肩膀——跟原生人相比,她的肉体又硬又冷。当哭声最终减弱为抽噎时,克丽丝才又坐下,轻抚着塞雷娜的手臂。“为什么?”克丽丝问,“为什么莫名其妙闯到墙中城来?”

塞雷娜举起优雅的手指擦了把眼泪,“我不知道。我想……我就是想看看……”

克丽丝觉得自己的脸一定气得变了形;看到她这副怒容,塞雷娜睁大了眼睛——大到不可思议。

“你想看保留地的野兽。”克丽丝恶狠狠地说,“你想看无知的穷鬼,那些被你们留在肮脏地球上的原生人。我说得对吧,是不是这么回事?”

“不。”塞雷娜哆嗦着摇摇头,“不是这样的。”

“那为什么？为什么干这种蠢事？你傻吗？为什么要管下面的闲事？你们再造人得到的一切还不够吗？”

塞雷娜怯怯地看着克丽丝，仿佛她刚刚挨了一顿揍，“我想知道……”她欲言又止，“在那边，人人都一样，什么东西都是安全无菌的，没人谈论或记得改造前是什么样子。可我不认为……我不知道……不想……”

塞雷娜说着，泪水又涌了上来，克丽丝紧抿嘴唇做了个鬼脸。塞雷娜看上去很年轻，不比克丽丝大，但这只是表面现象：当克丽丝变成一个满脸皱纹、弯腰驼背的干瘪老太婆时，塞雷娜依然同现在一样。令克丽丝意外的是，塞雷娜居然也有脆弱的一面——她从没想过再造人也会这样。克丽丝蜷起身子躺到床上，抚摸着塞雷娜的金属皮肤。两个人脑袋挨脑袋，一齐放声大哭，透明眼泪与淡金色眼泪汇成了一股细流。

克丽丝陪伴着塞雷娜，直到她再次入睡。

“你得把她弄出去，克丽丝。”保利说。他的衬衫领子和腋下各有一圈汗渍。

“我知道。我会的。先让她睡一会儿不碍事。”

“好吧。你就是想盯着她看，把自己想象成她。得啦，你他妈省省吧，除非你忘了跟我说，墙那边有个亿万家当的爷爷指定你做唯一继承人。看看你待的这个鬼地方吧，克丽丝。墙中城居民是不能‘再造’的。就算你又年轻又有钱——”

“闭嘴，保利。”

“就因为溜进港区瞎转悠，你都被暴打过几次了，克丽丝？多少次你浑身是伤回到这儿，庆幸自己没被抓？原生人没有‘那边’，只有‘这里’。永远如此。你永远别指望变成他们的一员。你永远别指望能看到他们看的东西。你想跟他们一样？见鬼去吧，一经过‘再造’，他们连人类都算不上了，金属比肉还要多——”

“你有完没完？”

“你在听吗？”

“你得说点儿能听的。”

保利继续挖苦道：“那听好了，那帮混混就算现在还不知道搅局的是谁，不用多久也会打听出来的。‘红脸’很想再给你来那么一下，这一点我可以保证。港警也会来找她——再造人都有两个钱，出了这档子事，那边的警察安生不了。不管怎么说，你最好消失一段时间，她不是你能带出去遛的宠物，你也不能钻进她身体里变成她。你就是在琢磨这个，对不对？”

“闭嘴吧，保利。”她推了他一把，他举起双手。

“你的问题就是别人用大实话点醒你，你不爱听。你讨厌自己我管不着，克丽丝；你去看飞船，在白日梦里头跟他们远走高飞，我也管不着。但这是不可能发生的，永远也办不到。”

“你不知道自己在胡咧咧什么，保利，你还成他妈的心理学家了。没错，我是很想看看跟墙中城不一样的地方。我喜欢闻干净地儿的空气，可这儿还有吗？再造人把世界搞得一团糟，他们拍拍屁股走人了，留给咱们一堆垃圾。我打赌他们一眼也不想看咱们，免得让他们想起自己以前的模样。我不怪他们。换成我，我他妈的也会——”

克丽丝突然截住话头，她看见塞雷娜眼睛睁着，不知听了多长时间。

“你饿不饿，保利？我去弄点吃的。明早我带她回去。一定。”

“上！”

克丽丝听到一声大喊,紧跟着是撞门的巨响。三个穿戴深色头盔和防弹衣的身影破门而入,闯进公寓。克丽丝从椅子上站起来,她刚才睡着了——这是个失误。领头的黑影用枪托朝克丽丝的脑袋猛砸过来,巨大的撞击力将她仰面抛到一边,眼前顿时金星乱舞。在天旋地转之间,她感觉自己先是狠狠撞在桌边,接着摔在地板上,嘴里涌出一股血腥味。她听到塞雷娜惊恐地大哭起来,那只戴着头盔的脑袋转向一边,寻找哭声的来源。"找到她了,警长。"声音经过放大,听起来很机械,但还是能听出如释重负的味道,"还活着……"

克丽丝想强撑着站起来。一只靴子重重地踩在她手上;她听到手指折断的声音,疼得想尖叫,可又张不开嘴,一用力便晕得更厉害了。耳边响起一记金属的咔嗒声,有东西冷冰冰地顶住了太阳穴,她知道自己活到头了。她的整个宇宙只剩下右眼之下的一方破地板,而左眼已经睁不开了。她看到有一小片不知何年何月留下的清漆依然顽强地粘在木板上,看到它周围裸露木纹里的灰尘,还看到自己的一滴血慢慢渗进了橡木。她又咳了一口血,等待着。

她的呼吸搅动着尘埃,如银河般旋转起来。

"不!"是塞雷娜的声音,"住手! 住手! 是她救了我……"

枪口仍然顶在她脑壳上,"带走塞雷娜。"她听见刚才呼叫警长的那人说,"撤! 谁挡道就崩了谁。走……"

塞雷娜还在抗议,但他们把她架走了,声音越来越轻。枪口往下捅了捅克丽丝,"好自为之吧,原生人。"那个声音说。接着顶在脑壳上的东西消失了,克丽丝听见他一路奔出公寓。

她久久躺在地板上,凝视着在她的气息下颤动的尘埃银河,一颗火红的慢新星渐渐沉入干橡木的宇宙中。

“止痛片又来了。”大夫说着在克丽丝面前晃了晃瓶子,搁在桌子上。

“照你这么个吃法,迟早得上瘾。真上瘾了我倒可以给你介绍个供货商,不过开销蛮大的。手指还要上一个礼拜夹板,直到接骨植入体吸收光为止。我还是看不出你下巴骨折了,但我打赌你得疼上老长一段时间,还有,我不得不把那颗碎掉的大牙拔出来。要过几个礼拜你才能吃固体食物,这段时间你只能指望吸管了。”

克丽丝点点头。她不敢说话,怕太疼。她用那只好手擦了擦嘴角的口水,手一碰到青肿部位,眼皮就半耷拉了下来。

大夫收拾东西时保利进来了。“你看上去挺糟的。”大夫一出门他就说。

“谢谢。”她费劲地吐出两个字,听上去像“铁铁”。

“嘿,我这可是好话。两天前你看上去都快没命了。”他别有意味地盯着她,“听着……我今天早上走过港区大门,”他说,“被两个港警拦下了。我刚要跑,他俩就死命拽住我,把我摁在地上。我想,妈的,躲得过初一……”他耸耸肩,“可他们给了我这个,叫我转交给你……还说如果没把事儿办好就要我好看。拿去吧。”

他递过来一张通信碟。克丽丝看到小镜头边上的充电灯在闪烁。见她没有伸手接,保利就把通信碟放在桌上止痛片的旁边,“要我帮你打开?”

克丽丝没有回答,自己在通信碟上按了一下。

随着一阵嘶嘶声,通信碟上方升起一团雾影,渐渐聚合成塞雷娜的模样。她向克丽丝转过脸来——伤口全都不见了,又恢复了完美无瑕的银色皮肤。“你好,克丽丝。”她用几粒皓齿咬着下嘴唇,一对闪亮的大眼睛注视着克丽丝。她的嘴唇用牙咬着也不变形,

“太抱歉了。他们不该……”

“我是原生人。”克丽丝回答道，尽量不让吐字过于含糊，“你还能指望什么？”

“克丽丝……”她深吸一口气，“我很感激你为我做的一切。我永远忘记不了，也永远无法报答你。但我想让你知道。”

“好的，我知道了。就像你朋友临走对我说的，好自为之吧。”她把手伸向通信碟。

“等等。”塞雷娜说，“虽然永远无法报答你，但我可以试一下。克丽丝，我明天就要上L5空间站了，两年后回来。如果你明天去港区大门，向警卫报我的名字，他们会带你去一家再造医院。费用方面我都安排好了。他们会帮你做再造手术，克丽丝。我回来时，你的手术应该已经完成了。到时候我带你走，一起去外面看看。”

克丽丝盯着雾影中的那张脸。

她拍了一下通信碟。雾影如毛毛雨般消散了，塞雷娜也随之化为无形。通信碟哔的一声安静了下来。

“你到底在干什么？”保利喊道，“你听见她说什么了吗，克丽丝？她说你能变得跟她一样。”

“我听见了，”克丽丝答道，“我们已经一样了。”

她站在港区隔离墙上，从这里能透过烟霾看见飞船，而轰鸣声却微弱得多。飞船腹部燃起三个耀如太阳的火球，照得这霾天雾地也亮堂起来；三个“太阳”笔直升空，一眨眼就在天穹上消失得无影无踪了。

她目送飞船离去，爆裂与轰鸣声渐行渐远，直到耳边再度响起墙中城的嘈杂声。

她很想知道驭火而行是什么滋味。

“你！从那儿滚下去！”

克丽丝向下一瞥。隔离墙港区那边有个全副武装的港警正抬头瞪着她；他的脸藏在头盔的烟色玻璃后面，手里的武器举在恰到好处的角度——稍稍一抬就能瞄准她。

“下去！”他再次喊道，“快点儿！”她没动，只是盯着他。

然后，她故意慢慢悠悠地转过身，背对着警卫、飞船和港区，朝墙中城爬了下去。

御夫座街车[1]

[美]简·拉贝　著
刘未央　译

它看上去毫不起眼——只是一个灰蒙蒙的箱体，悬浮在闪着星光的漆黑太空中。

理应具备的技术之美跟它都不沾边：没有优雅的蝶形翼板和雕塑般的太阳能收集器；厚厚的外壳只有尖锐的棱角，看不到流畅的曲线；没有亮光——这一点保志倒没指望，因为这座空间站八个多月前就已报废；此外，也没有旋转的重力环和天线阵。

毫无美感可言。

的确，这座上了年头的空间站没有一丁点儿值得一看的地方。然而保志还是发出了赞叹：

"真棒！"

她用拇指操纵控制钮，让自己这艘小巧的飞船绕空间站转了一圈，经过一个主对接区后，缓缓靠近空间站朝向地球的一面。她依稀辨认出"叶凯士二号"这几个被太空垃圾砸得坑坑洼洼的黑色方形字。"叶凯士二号"是这座空间站的官方名称，而首批驻站天文

① 本文"街车"指有轨电车。

学家都管它叫“御夫座街车”，这个名字听上去有点儿别扭，不过还是传了下来。

保志猜测，也许是因为这座空间站大致有个街车的模样——几十年前她在加利福尼亚一座博物馆里见过它的模型。与记忆中的相比，这座空间站少了花里胡哨的色彩——其实大可以说没什么颜色，只有一片浑浊的暗灰。

在她眼里，这座空间站更像一块砖，事实上它现在的作用也无异于废弃的砖块。它已接近轨道衰降末期，再过几天便会落入大气层，然后真的像一块砖那样往下掉，一边掉一边解体燃烧。到那时，这辆“街车”又会五彩缤纷了。

保志心想这次上天的时机掐得真准——空间站刚好经过日本上空，大大缩短了她的路程，节省了燃料电池和时间。所以，现在她可以放心地翻遍空间站的犄角旮旯，仔细找找有些什么宝贝古董。实际上她几个月前就打算飞这一趟，结果人病了，飞船也要修理。也许这里已经被其他太空回收者捷足先登了。她深吸一口气，祈祷没人抢在前头。到了她这把年纪，可耗不起白跑一回的时间了。

去年，这座空间站由芝加哥大学宣布报废。理由是站内设备已经陈旧过时，如果派载人飞船上天，把所有老式望远镜更换为性能更强的新一代折射望远镜，再将空间站推到稳定的轨道上以维持运行(如前三次大修)，代价就太大了。学校的出资人说，还不如新建一座天文空间站来得合算。校方甚至觉得派一支打捞队上去都是浪费，他们不认为“御夫座街车”还有什么值得回收的东西——包括最大号的透镜。

他们说，就让它坠入大西洋吧，没必要为这座老掉牙的空间站费心了。

老掉牙。

就像保志。

她拂了拂额头上的一缕银丝，操控飞船靠上“叶凯士二号”字样下方的对接区，将舱门与空间站接驳定位。

今天，她强烈地感觉到自己老了，身上隐隐作痛，处处不得劲儿。离身体倍儿棒的日子已经很久远了。尽管舱内温度比一般的废弃空间站高得多，她还是觉得寒意逼人。这是血液循环不良，她想——时间对空间站是残酷的，对人也一样。零重力环境并没有让她僵硬的四肢变得灵活些。八十四岁的保志是日本资格最老的独立宇航员之一，也是其中最勤奋的一个；她还是唯一一位专门打捞官方废弃空间站和卫星的太空回收者，必须是已经报废的——她不是海盗，从不把有主之物据为己有。

保志靠太空回收过上了很优越的生活，完全不需要再干下去，尤其是在意识到岁月不饶人之后。她大可不必再跑这一趟，孙子也常常劝她该“颐养天年”，退下来搬到内地的社町跟他一起过。但保志的回答是，她就是在颐养天年。她闲不下来，又实在喜欢飞行，喜欢在别人随意丢弃的东西里探寻技术宝藏。她还很享受远离尘嚣的感觉——逃离拥挤吵闹、饱受光害折磨的地球。而且，她最爱上天看星星。

“保志”——在日文里就是“星星”的意思。

她套上宇航防护服，系紧头盔，打开照明灯，深呼吸几下，飘出飞船，穿过对接舱门，进入了空无一人的“街车”。头盔灯投出一束幽光，射向前方的一条窄廊，灰蒙蒙的墙壁一如空间站的外壁。太安静了，除了自己的呼吸声，只有头盔轻轻磕在天花板的声音。她低声哼起一首年轻时的歌。戴着手套的手伸在前方，仿佛跳动的气球，指引她经过一间空荡荡的更衣室，再进入一间储藏室。

她往里面扫了一眼，看到整齐码放在架子上的重力靴——她提醒自己待会儿来找找有没有合脚的小号——还有一箱箱透镜清洗剂和一块块电路板。看见这些电路板，她又留意到样样东西都盖着薄膜，保志的嘴角漾起了微笑。显然，自打最后一名天文学家离去后，没有一个人来过，所有太空回收者都把校方的话当了真：这里没留下有价值的东西。现在，这些东西全都归她了。储藏室隔壁，还有两个舱室存放着一些其他零零碎碎的物品，大部分都紧固在架子上，只有少量飘在空中。没有特别贵重或让人眼前一亮的东西，保志继续往前，中间只停顿过一次，那是因为空间站“吱吱嘎嘎”响起金属扭曲的声音，还伴随着一阵颤抖。“街车”的日子也许比她预料的还要短。

她又经过一间会议室（还是餐厅？），在这儿她终于见到一点儿色彩——墙上挂着一些没什么艺术品位的地球风景画：血色残阳下的金门大桥、缀满片片白帆的悉尼港、夜幕下的伦敦、瞪大眼睛仰望林肯坐像的孩子、中国长城。没有一幅值得收藏。

接下来是站员宿舍，跟保志上过的其他空间站相比，这里的宿舍要宽敞得多。不是双层床或挂墙式吊床，而是货真价实、铺着厚垫子的床；椅子看上去也很舒服，还配有书桌——所有家具都固定在灰色地板上。她在一块墙面控制板上摸索几下，一小方天花板亮了，室内顿时充满光线。她觉得身体渐渐变重，知道人工重力系统已经启动。从感觉上判断，应该是地球标准重力。芝加哥大学的天文学家简直是科学家里的贵族——这间宿舍是工作之余躲避零重力的绝佳休闲处所。照例，他们带走了不多的私人物品，留下收拾齐整的床单、毯子和被子，蓬松的枕头也都用带子捆扎好了。保志没有查看橱柜。她的兴趣不在这里。

她用了近一小时才到达占据“街车”整个顶层的主观测舱。受好奇心驱使，她一路上兜兜转转，样样都瞧了个仔细。她知道探索主观测舱还要更长的时间。

这里安置着一排排仪器设备，保志开始摆弄那些能认出来的控制开关——关掉自己的头盔灯，打开舱室灯；将室温仔细调节到一个适宜的挡位；加一点点重力，但远低于地球标准重力，她喜欢接近失重的环境。一阵嗡嗡声表明供氧系统已经打开。她估计氧气灌满舱室还得不少时间，暂时摘不了头盔。空间站又“嘎吱嘎吱”地晃动起来。

保志不去理会这个危险信号，朝一面外墙飘去，眼睛瞪得溜圆。沿墙每隔三米设有一架望远镜，只需要按按控制钮就能将镜头伸出“街车”外壳，亲眼看一看星星。她正飘着，忽地看到了舱内另一头那架巨大的望远镜。那才是“御夫座街车”的真正价值所在——也是她此行的目标。保志赶忙转身，她感到一颗心在小小的胸腔里怦怦直跳，忘记了又冷又痛的身体，像年轻人一样激动得有些晕乎。

“搞科研的怎么舍得撇下它?”她自言自语——当然还得感谢他们留给自己一个捡漏的机会，同时又为这件宝贝在别人眼里一文不值而感到伤心，“老掉牙了。”

确切地说已经超过两百年了，保志心想。她早年研究过这个空间站及其望远镜，不久前又在病中温习了一遍。这架望远镜的一对四十英寸抛光透镜制造于1891年。空间站改造过三次，每次都把这对透镜拆下来装到新望远镜上。天文学家一定是出于怀旧心理才没让这对透镜退役的——两个多世纪以来，人们已经陆续研制出更先进、更小巧的透镜，观测舱内其他的望远镜自然都用上了更好的。

空间站取名为“叶凯士二号”，正是因为这一对古董透镜。

1892年10月，掌管北区有轨电车公司的芝加哥商业大亨查尔斯·泰森·叶凯士收到一份邀请，请求他赞助当时世界上最大望远镜的制造工程。这种做法古已有之：伽利略就曾向托斯卡纳大公科西莫二世·德·美第奇寻求资金支持。而叶凯士俨然是芝加哥商界的大公。

当时，叶凯士旗下的公交帝国及其他业务的经营方式屡遭媒体抨击，急需一个机会来改善公众形象，于是他欣然同意资助该科研项目，并另行出资建造一座天文台来安置这架巨无霸望远镜。保志记得叶凯士天文台落成于1897年10月。这座隶属于芝加哥大学的天文台坐落在威斯康星州风景别致的威廉斯湾。那里当然还有其他望远镜，但规模都比不上这架口径四十英寸的折射望远镜。比它更大的要到2025年才有人造出来。

保志很想见识一下最初安装这对透镜的老望远镜——眼下它正在某个博物馆里积灰呢。叶凯士天文台在她出生前不久就关门大吉了。据记载，天文台附近的一座赛狗场及其停车场制造了严重的光污染，致使观星活动难以为继。

这是地球上普遍存在的一个问题，而且多年以来愈演愈烈。到处都是光。城市、街道、旅游景点……没有一处不是亮堂堂的，黑暗没有了立锥之地，星光也已隐遁不见。小时候父母曾带她登上立山之顶——一个人们常去的观星点。后来连那里也没能抵挡住光的入侵，天文迷们被逼到了几处偏远的沙漠地区。之后，他们又被赶到……直到最后无处可去。如今，整个地球连一个仰望星空的地方也找不到了。

为弥补这一遗憾，天文学家开始建造天文卫星，率先上天的是哈勃望远镜。人们又能看见星星了，尽管只是二手图像。哈勃的寿命只有二十年，而且设计为无人值守，需要花费大量人力去制订其每一阶段的运行计划和观测范围。后续的卫星虽然在技术上不断升级，却仍旧存在类似限制。2031年，具有突破意义的“叶凯士二号”终于发射升空了。

这座空间站看上去如此不起眼的原因也在于此。它是天文类空间站的鼻祖之一，也是唯一一座专用于天体观测且至今依然在轨的空间站。就美观性而言，“叶凯士二号”比不上此后数十年间陆续投用的其他空间站，自然也不能与保志登过的那些空间站相提并论。然而粗陋的外表并不影响它的实用性，这里曾有一整队驻站天文学家为地面上饱受光害之苦的观星族绘制星图。

就在保志启动大望远镜时，“街车”又打了个哆嗦。她打算拆下里面的透镜，再关闭观测舱的重力系统，把这些宝贝挪到飞船的货舱里去。手脚麻利些，应该能在“街车”向东坠落之前拆下这批望远镜的透镜，或许还能把其他一些小玩意儿一起搬走。她拿不了太多东西，因为飞船空间过于逼仄。她只能锁定三种目标：有历史价值的，一看就喜欢还能向密友炫耀的，以及古董收藏家愿意出高价收购的。

“太美了！真棒！”她一边透过望远镜观看一边赞叹。在她眼里，群星仿佛撒在黑缎上的钻石。如此明亮夺目，令人心醉神迷。她觉得再也没有比熠熠放光的星空更壮美的景色了。她眨着眼睛忍住眼泪，继续欣赏——能看到这些遥远星系真是太幸福了，而一想到地面上的人永远无缘得见，又不免深感惋惜。

她摘下头盔，空气冷飕飕的，氧气浓度已达到正常水平，不过嘴里总有股怪怪的人造物金属味。现在不用隔着面窗观望，视野清晰多了，只是呼出的气息会在眼前散成白雾。

保志感觉自己已经看了几小时星星了，两腿开始痉挛，浑身上下又疼起来。吹在脸上的冷风让牙齿咯咯打战。不能把温度调高点儿吗？再等等吧。要看的东西太多,她停不下来。

她的目光停留在所谓的秋季星座,这些星座原本能在北半球看到,包括仙后座和英仙座。英仙座一部分恒星划了一道曲线,延伸方向,便是御夫座。

“御夫座。”保志说着,将镜头对焦到这个庞大的星座。御夫座的出现说明秋天已近尾声,冬季即将来临。位于御夫座肩部的五车二是一颗闪闪发光的三合星,有时又被称为“母羊”,旁边有三颗星构成一个三角形,那是它的小羊羔。保志还在这个星座中看到几个疏散的星团,都由上百颗星星组成;望远镜上显示的距离读数为近三千光年,她调校了几下就看清楚了。这星光实在让人陶醉。

“御夫座街车”此名一半来源于望远镜聚焦的这个星座,另一半得自于空间站的外形,而叶凯士也正是以街车业务而知名的。“还是很贴切的。”她在心里承认道。御夫座预示着冬天。保志也已步入了生命的寒冬。

她本来还想多看一会儿,可惜关节的持续钝痛再也不堪忍受,刺骨的寒冷也迫使她重新套上头盔,而且空间站再次开始呻吟和颤抖。她长叹一声,恋恋不舍地缓缓离开,动手拆起了两架较小望远镜上的透镜。假如她岁数再小一点,力气再大一点,这一趟会有更多的斩获。

保志刚要转身离去,观测舱对面有架小望远镜吸引了她的注意。它看上去比其他望远镜要新得多。不是古董,她没有兴趣。

保志耐心地沿着灰色窄廊回到飞船,小心翼翼地将宝贝放入货舱,然后取出衬有厚丝绒的盒套,准备回去装最大号的透镜。她尽量不去理会空间站再一次响起的“吱嘎”声。这次轨道偏移比之前都要厉害,她不由得骂自己真是个不中用的老婆子。她现在明白,空间站的剩余时间或许只能以小时而不是天数计了。而她还得去搬运叶凯士古董透镜外加其他宝贝。

回到观测舱，她透过大望远镜瞄了一眼。御夫座已经离开了原先的位置，准确地说，是“街车”偏移了很长一段距离。保志赶忙拆起透镜来，这个活儿照理应由两三人配合来做，单干是相当费工夫的——但保志没时间了。

她最终还是完成了任务。现在舱室已恢复零重力，透镜也妥妥地收入丝绒盒，她挪着这一对宝贝穿行在亮着幽光的走廊里。她本该一次只拿一盒，她有这个耐心，而且这样做更有利于保护透镜，搬起来也方便，然而眼下时间不等人。她的手指如虎钳般紧紧夹住两只盒套的边缘，搞得疼上加疼，火烧火燎，她拼命忍住才没喊出声来。

“再给我几分钟。”她对自己说，“几分钟就行。”之后她就能坐上飞船，直奔海边的高砂回家了；接下来联系几个潜在买家，同时慢慢回味透过望远镜看到的盛景，尤其是御夫座那妙不可言的“母羊星”和“小羊星”。她还要给孙子好好讲讲这次经历。

“不。”恐惧使她松开了手指，盒套向上飘去，她奋力抓住它。“不！”从对接舱门的窗口望出去，外面只有星星。自己的飞船不见踪影。

是不是搞错地方了？是不是自己老糊涂，走错一条走廊，进了“街车”另一面的对接区？是不是……

保志蓦地僵住了，她发现一颗二等星下方有个亮点。那正是她的飞船，正在越飘越远。“怎么会？”她望着舱门。她没有进行过任何解锁放船的操作，“怎么可能？”

她强作镇定，抓着透镜以最快速度穿过一条条走廊，头盔灯光束照在一个个入口和走廊的突出部分上，投下张牙舞爪的影子。终于，她在另一个对接区发现了一艘流线型的货船。由于一路上用力过猛,她感到肋部灼痛。有别人来扫荡这座濒死的空间站了。就是他们放了她的船。从这里看不到这艘货船的标志。是哪个国家的?她悄悄靠近对接舱门,按了几下按钮,溜进了货船。船里没人,不过已经塞得满满当当了。只瞄了一眼货舱,她就看见了先前搬上自己飞船的那些透镜,另外还有电路板之类的零碎杂物——从杂乱程度判断,东西都是被匆匆忙忙扔进来的。

"可恶的海盗。"她骂道,仔细地把古董透镜和其他东西放在一起,退出了舱门。她也完全可以当一回海盗,开着这艘货船回家。空间站又猛晃了一下,她撞上了走廊里一个尖尖的东西。一瞬间她真想飞走了事——不仅仅保住自己的命,还能挽救具有珍贵历史价值的透镜。从某种意义上说,她有责任把这两样都留住。

然而她不想把谁活活困死在这里。而且她对这些海盗还挺好奇的,想看看他们还会从这儿拿些什么。

"还剩多少时间?"这个问题一直悬在她脑子里。她在蛛网般的走廊里穿行,一间间屋子、一条条作业通道看过来,最后朝观测舱飘去,现在可以肯定海盗正在那里搜罗余下的透镜。"空间站还有多少时间?"

她刚从走廊进入观测舱,就差点儿和一个男人撞个满怀。一枚分光镜——望远镜中用于分解目标物光谱的一种仪器——从男人手中滑出,盘旋到两人头顶上。

"海盗!"她说。

他笑了,声音闷在头盔里发出古怪的回响。他过了一会儿才镇定下来。

"海盗!"她又说了一遍。

"算不上。"他的嗓音稳重浑厚,跟他的年轻相配。他的长相很有特点,鹰钩鼻,一脸坏笑,在保志眼里算不上英俊。一绺黑发垂下他的前额——皮肤是蛋壳白色。他的一对褐色眼睛瞥向保志的杏仁眼,“你也不是我想的那样。早知道你是……老奶奶,我肯定不会放走你的船。”

他透过保志的面窗望进去,看到了密布的皱纹和她的愤怒,“一位有把子年纪的老奶奶。”

她一把抓住分光镜,动作之快让对方,甚至自己都吃了一惊。

“我不是海盗。”

“那么是一个杀人犯。”她咬牙切齿说,“你想把我困死在这儿。”

他耸了耸肩,“我不该放你的船。说实话,这事我还真没干过。当然以前也没碰到过有人跟我抢东西。我一时冲动了。”

“是我先来的。”

“你可以搭我的货船回去,老奶奶。我不会丢下你的。不过所有东西都归我。能保住命你该知足了。”

保志张张嘴想争辩。古董透镜是她的,是她发现的。要不是病了,要不是那条破船也要修,这些透镜早就归她了。他货舱里的每一件东西都是她的。但她什么也没说。返回地球的途中有的是时间思考对策,琢磨怎么向太空港务局控诉这件事。她有良好的声誉,别人会信她的。年轻人船上那批透镜外加她看中的其他东西,到时候只要她声明自己是物主,都得还给她。

他还在说话,保志一个字也没听进去。她伸长脖子环视他周围的望远镜,有几架已经拆得面目全非了。

“野蛮人。”

“你爱叫啥叫啥。”他说着从保志手里拿过分光镜,“基思·波兰吉。”他报了自己的名字。

她没有自我介绍。

“帮点儿忙,拿一些配件——是黄铜的。我已经拆了五六枚透镜了。”他朝上扬了扬脑袋,保志看见这些透镜都停在天花板上。“跟紧我,老奶奶。”

显然他不想让保志离开视线,以防她独自驾船而去。来回两趟之后,保志筋疲力尽了,虽然是在零重力环境下,还憋了一肚子火,但她的速度一点儿也快不起来。保志打定主意,一着陆就声明他货舱里的所有东西都应该归她,连飞船也要赔给她。而且一定要把他送进监狱。他要是运气好,到了她这把年纪或许还能给放出来。太空港务局对海盗可绝不手软。

“干这一行你是不是有点儿老了?”基思一直装着有礼貌地东拉西扯,想引她开口说话,“我知道有些宇航员跟你岁数差不多。可谁还会单枪匹马跑这么老远?”

保志就是不吭声。

从空间站的哀鸣声和偏移距离来看,搬完这一趟绝对不能再来了。他们在拆解最后几架较大的望远镜,而几架较小的、价值较低的只能放弃了。基思正忙着鼓捣那架最新的望远镜,而保志乐得去忙自己的。她小心地拆下几件中意的仪表。她本来一直在想心事,把基思的唠叨当作耳旁风。然而飘到耳边的只言片语忽然勾起了她的兴趣。保志撇下手头的微型转仪钟,朝基思滑移过去。

“这玩意儿搞不懂了,”基思说,“跟我较劲。”他正在费力拆一件貌似分光镜的仪器。也可能不是分光镜。保志没见过类似的东西。她用手按住基思的胳膊,示意他停下。

保志凑近观察,面窗上映出了自己的面孔。这件仪器的外壳很奇怪,同空间站里其他东西明显不同,也不像别的装置那样一开始盖着薄膜。不管这是何物,可以肯定它最多只存在了八九个月,换句话说,是在空间站正式报废之后才装上的。

“没时间操这份心了。”他说，毕竟它的吸引力不如有年头的望远镜和设备，“别管它了。”

保志听出来他在操心另一件事：“街车”不断偏离，离坠落不远了。“是的，没时间了。”保志说，“我们要离开这儿。”

然而……她还在研究这件新仪器及其所在的望远镜。她透过望远镜一看——是地球。手指在镜筒侧面拨弄几下，图像逐渐放大，穿过云层看见美洲，继续放大，依次聚焦城市、楼房、办公室里的人——甚至桌子上的物品。她还听到了声音，是一个男人在说话。他在跟谁商量不久之后结婚纪念日的安排，拿不准该带妻子上哪家饭店。

保志吓得从望远镜前弹开，撞在了基思身上。

“你听见了吗？”

基思点点头，“这么说那帮天文学家不只是在这儿研究星星，老奶奶。也许还在干商业间谍呢。要不就是顺带着监视政府官员。谁也发现不了。无所谓啦。我们得走了。”

保志移动身子，不过是朝那架非同寻常的望远镜飘了过去。

“要是你不赶紧，我可自己走了，老奶奶。”

“跟天文学家没关系。”她说着紧紧抓住望远镜，这时空间站又是一阵抖动，“跟芝加哥大学没关系，跟任何学校都没关系。不是他们把望远镜装在这儿的。”在基思乱动望远镜之前，它瞄准的目标是什么？它在监视和监听什么？保志从望远镜所连接的电路判断，它把音视频数据都传送到了……某个地方。“是哪里呢？”

“哪里？我可要回家了。”基思断然道，“来不来随你。”

不一会儿，他真的自顾自离开了。保志听见他的头盔叮当一声轻磕在天花板上，接着是一声尖利的金属摩擦——空间站又偏移了一些。保志目送他滑出舱门，消失在走廊里。她应该跟上去，可还是留了下来。她飘到对面，打开状态屏，瞥了一眼空间站位置，还没完全脱离轨道，不过时间所剩无几了。

他会等我的，她告诉自己，良心不允许他扔下“老奶奶”，更何况他还放走了她的船。“小海盗会等我的。”她大声说了出来，心里也隐隐觉得他会等到最后一刻。屏幕上显示他的飞船依然处于对接状态。

保志的注意力又回到了这架罕见的望远镜上，她拽下一只手套。冰冷刺骨的空气让她大叫一声，没想到这么冷。刚才她为了搬透镜把室内重力调到零，一定不小心把温度也调了下来。她克制着戴手套的冲动，试探性地摸了摸望远镜。太冷了！不像金属。也不像陶瓷或塑料。不像任何一种她叫得出名字的材料，它有一种丝绸般的柔软质地。她重新戴上手套，一个个旋钮拨过来，发现标识文字都不是英文——而她在空间站看到的其他文字无一例外都是英文。那是一些奇奇怪怪的符号，有点儿像她的母语日文，但明显不是，也不是中文。是她从没见过的文字。

她再次把眼睛凑向望远镜，调了调焦距和倾角，这次看到的是英国新议会大厦的外墙。继续变焦，视线穿过一扇窗，看到几张人脸，他们在交谈。说的什么她都听得见。尽管声源离得那么远，声音却清晰得仿佛就在身边。

她又变了个角度，这次对准的是以色列酋长国[①]，放大后显现出北半球的一幢小楼——是一户人家。一名男子在熟睡，从住宅条件看此人非富即贵。她听到了他的鼾声，还听到门外有两个人在嘀嘀咕咕，似乎事关重大。

保志把双臂拢在这架不可思议的望远镜上，重调了一下焦距。空间站突然一阵颠簸。

①作者虚构的国名。

“得走了。”她对自己说。跟基思一起离开,一着陆就把自己的货要回来。不过应该带上这架望远镜。它是观测舱里最小的一架。只要能想办法把它从面板上拆下来(固定点在哪儿呢?)就能挪到基思的船上去。在零重力环境下,搬什么都难不倒老奶奶。地面上的人应该知道他们在受监视……可谁在监视呢?

保志努着下嘴唇,全然不顾空间站的又一阵颠簸和金属间刺耳的刮擦声,一心只想着刚才瞧见的打鼾的男子和两个耳语者。她拉扯着望远镜的底座和貌似转仪钟的仪器。几分钟后,两样东西都有点松动了。

你们有什么事?

她吓了一大跳,扭头一看,观测舱里并没有其他人,才松了口气:应该是那个睡觉男子的说话声。她凑近望远镜,只见两个耳语者已经进屋,叫醒了熟睡的男子。

总统,其中一个说,我们有要事汇报。

这件事需要您亲自过问,另一个说。灯亮了,他们还把衣服递向睡觉男子。

蓝西服,男子说,咖啡色的昨天穿过了。

保志继续拆卸,她感到手指下的面板在抖动。楼下舱室有什么东西坍塌了,观测舱里的灯也忽闪起来。她打开头盔灯以防万一。

“快点儿,”她自言自语,“再拖下去基思真要走了。”

空间站开始摇晃,保志把自己推离望远镜,飘向状态屏,“还有多少时间?”她边问边用戴手套的手飞快地按着按钮,寻找“街车”的在轨状态。

大清早的什么事这么急?连清早都不算,才刚过一点!

总统,有关国际事务……

“天哪,不!”保志的双肩在宇航服里软塌了下来。基思的船没了。珍贵的古董透镜没了,她活着返回地球的希望也成了泡影。她感到彻骨寒冷,一直被兴奋抑制着的疼痛现在报复性地卷土重来了。她耽搁得太久,就因为发现了……

发现了什么?一架以地球而非星辰为观测目标的望远镜,一架她怀疑来自于某颗星星的望远镜。它不像地球上的造物,它的技术太尖端、太诱人——引得保志连命都搭上了。该死的好奇心!是外星人在废弃的空间站安置了这架望远镜来研究地球,就像人类在显微镜下研究蜻蜓的翅膀。而且,人类还蒙在鼓里。

我们发现地球轨道上有两艘飞船,先生。不是我们的。

中国的?巴西的?

不是地球上的,先生。

你确定?

接下来没听见答话,保志自行补充了两个人点头的画面。空间站剧烈颠簸,保志发现自己飘离了状态屏。有几个红灯闪烁起来,不用看红灯下面的标签她也知道发生了什么。空间站开始下坠了。

她感到又冷又疼。活得够长了,她想。星星看得也够多了,刚才更是有幸目睹到“母羊星”和“小羊星”。说实话,她该知足了——她见过的星星比地球上绝大部分人都要多。她飘在空中,听着望远镜传来的说话声和空间站四处发出的断裂声。

“我们没时间了!”

底下有人说话。她头朝下,脚踩天花板转过身来,看见基思出现在门口,年轻的脸上写满恐惧。“我的船,”他说,“有人把它放了。一开始我还以为是你报复。但是货物都被扔出来了,它们都要跟着‘街车’一起遭殃。再说,你也不是那种会自杀的人。”

是他们干的，保志想。就是安装这架怪异望远镜的人。正因为他们绕地飞行，暴露了行迹，某个英语国家的总统才会半夜被人叫醒。她和基思的命也要丢在他们手里了。

“不过还有个办法。”他边说边伸手往下拉保志，“我找到一个分离舱，是空间站逃生用的。很小，但我相信能……”

保志把自己从他身边推开，飘向外星望远镜，继续拉扯它。

“老奶奶！我要走了。我说有个逃生舱你倒是听没听见？”

“我们带走它。”她的声音很平静，完全不像基思那样惊慌失措。她猛扯一下，总算把望远镜——至少是其主体部分——拔了下来。她把望远镜推向基思，基思接住后又是皱眉又是摇头，“这是他们的，是外星人的。应该让下面的人看看，基思·波兰吉。”

“外星人？”

“总统，现在发现三艘了。”交谈声继续传来，尽管望远镜的一部分已经拆下，拿在了基思手里，“不过报告称它们正飞离地球。歼击舰已经紧急起飞，但追不上了。我们拍到了影像。”

就像他们拍到了地球的影像，保志想。长达八个月的声像资料，都是在这列废弃的、灰蒙蒙的“御夫座街车”里窃取的。这些人……或是别的什么，干吗要监视我们呢？她想不通。她跟着基思出门，经过一条又一条走廊，来到一个陌生的区域。这里有个蛋形逃生舱，只够容纳两个人。外面放着几枚她拆下的透镜，最大号的古董透镜也在其中。基思发现飞船被放走之后，曾想过带上这些宝贝乘逃生舱独自逃命，但最后还是回来找她了。出于内疚？还是良心发现？

“这么说你不是海盗。”她看着他把外星望远镜和几枚较小的透镜移进逃生舱，若有所思地说。没有地方放珍贵的叶凯士透镜了。

他回头示意保志进去，并伸手把她往里拉。下一刻，他的脸上现出恐怖与惊愕交织的表情，两手乱摸一气，想重新接上氧气管子。而管子的另一头已经捏在保志戴着手套的手里。

“太对不起了。”保志说，“可舱里装不下叶凯士透镜和我们两个。这个透镜和外星望远镜必须运回地球。”

他还在手忙脚乱地想抓住那根被保志扯下来的管子。在零重力环境下，一个老奶奶的力气也不小。幸亏他没买那种带全内置装备的新式宇航服，否则就可能对付不了他了。“对不起。”她一再道歉，“太对不起了，基思·波兰吉。”

“街车”里还剩一架完好的望远镜。在这批望远镜里算不上一流，因而躲过了保志和基思的扫荡。

现在，保志凭感觉将这架望远镜对准英仙座以东。方才她已经把年轻人妥善地安顿在了逃生舱里，并在舱内充入了氧气。他马上就能苏醒过来。保志还把那批透镜仔细地固定住，并确保外星望远镜经得住进入大气层时将会遭受的冲击。基思本来打算放弃这些宝贝的，为了救她——一个已步入生命寒冬的老奶奶。

然后，她释放了逃生舱，返回观测舱，来到唯一一架完好的望远镜旁边。

跟逃生舱里那对四十英寸的古董透镜相比，这架望远镜的透镜要先进得多，但是没有历史价值。

按照北半球中纬地区的视角，瞄准英仙座东面，那里就是……

“在那儿！”她欢呼起来。

御夫座，最后一个秋季星座。假如城市光害没那么严重，在日本沿海她的家乡是能看见这个星座的。何其辉煌的御夫座——五车二，那颗耀眼的三合星，也叫“母羊星”；与之相伴的“小羊星”；还有那片近三千光年远的疏散星团。

而她正在朝着那个方向前进——三艘外星飞船中最大的那艘正拖着“街车”驶向御夫座。满天星斗竞相闪耀，壮丽无比。

“美极了！”保志赞叹道。

绿山墙的仿真人安妮

[美]莱斯利·罗宾　著
夏　星　译

蒸汽机车喷着白烟驶进布莱特河这座小站时，站长悄悄地吹了声口哨，看了看自己的黄铜怀表，核对着工作日志上的到站时间，同时踮起脚尖前后摇晃着身体。有人告诉他，今天有一件很重要的货物要送来，所以他打算亲自监督货运车厢的卸货情况。叫人激动的事情在爱德华王子岛上可不常有，他很想知道箱子里装的究竟是什么；人家对他说，到货后开箱时要小心些。

火车嘎嚓嘎嚓地缓缓停了下来，站长扫了一眼那些车厢，确定一切都正常后才按下了胸前口袋上一个样式华丽但却稍嫌笨重的按钮。按钮嗡嗡地响了起来，接着发出一声刺耳的哨音，提醒乘客们可以安全下车了。

站长歪了歪自己的帽子，向踏上站台的第一位年轻女士致意，不过她却没有注意到。她一边注视着四周，一边抚平自己的裙子，脸上带着浅浅的微笑。

站长向火车的后面走去，开始寻找那件贵重的货物，思考着为什么货主不一起来，同时示意奥斯瓦尔德继续留神看着站台。距离最后一节车厢不远的站台上安装着一台机器，他路过这里时，拉下了机器侧面的一根黄铜操纵杆。这台机器呼哧呼哧地启动了，无数个黄铜齿轮和木头齿轮转动起来，传送皮带缓慢地开始运行，蒸汽从几个排气阀中冒了出来。随后他走进车厢，点亮了挂在门口内侧的一盏煤气灯，不假思索地将那些小箱子和小口袋全都捡起来放在传送带上，将这些送到车站办公室去进行分拣。

车厢的阴暗角落里有一个硕大的行李箱，他走到箱子前。箱子上覆盖着厚厚的一层灰尘，说明它经过长途跋涉、转过好几趟车才来到这里。他拿起灯笼举到箱子上方，将箱子的一角擦拭干净，露出了寄件人的印记：

便携机器人翻新版，卢米埃尔公司出品

站长感到很满意，掏出他那把全球邮政服务的专用钥匙，将这件蚀刻着花纹的黄铜装置插进了锁住箱盖的皮质搭扣锁眼里，转动钥匙，锁眼发出了一声轻微的咔嗒声，如同其他锁被打开时一样。接着，搭扣弹开了。站长将手悬在箱盖上方，琢磨着自己会在箱子里看到什么。城里的机器人很少会大驾光临这座海滨小镇，哪怕是翻新的也很少见。

他的好奇心最终还是占了上风。从箱子上的印记可以看得出，这个箱子很重，要是没有人帮忙，他一个人是没法儿把它搬下车的。于是他跪下来，确认所有的搭扣都已经解开，然后慢慢地掀起了箱盖。

结果他却发现，跟自己四目相对的是一对明亮的绿眼睛。

那双眼睛眨了眨，随后盯住了他。

他也飞快地眨了眨眼，脑子里一团乱麻，尽是些不着调的想法。

一只小手从箱子里伸出来,从站长那僵住的手里接过箱盖,把它完全掀开了。站长再一次吃惊地盯着行李箱,不由得张大了嘴。马修·卡斯伯特一向是个少言寡语的人,不过对于这事也缄口不言,实在是有些过分了。这可是个货真价实的机器人!

在箱子里坐起身来的是一个人形机器人。站长以前从未见过这种先进的机器人,所以他不知道该如何着手跟它沟通。

“你就是我的新爸爸吗?”人形机器人问道。

他有些心不在焉地摇了摇头,然后镇定下来,开口说道:“你的新主人很快就到。”他生硬地回答,然后指了指车厢的门,“咱们去等他,好吗?”

人形机器人看看门口,又回过头来看看他,“我可以出去吗?”

他又一次被惊得目瞪口呆,“当然可以。如果你想见新主人的话,你就非下车不可。”

他站了起来,犹豫不决地低头看着这个坐在破旧旅行箱里的人形机器人,然后对它伸出了手。一只小巧的手伸上来握住他,他又吓了一跳,这只手居然暖暖的。不知道出于什么原因,他一直以为人形机器人的皮肤是冷冰冰的,就像其他没有生命的东西。

比如一台机器。

可是,恰恰相反,他握在手里的就像一个孩子的手。这个想法多少让他放松了一些。他帮着人形机器人从行李箱里出来,又扶着它走出车厢,回过头来他才发现,这么先进的机器人简直令他们的寒酸小站蓬荜生辉。

人形机器人试探着走到阳光下,站长不禁倒吸了一口凉气:它的外形竟然是个女人!他原本以为所有的人形机器人都是没有性别特征的。

她感觉到阳光照在自己脸上,于是抬起头来惊奇地看着太阳,他就在旁边注视着她。沐浴在充足的阳光下，她的皮肤闪闪发亮，泛着点点金色，不过，她最显著的特征并不是这个，而是她的头发——或者说得更确切一些，是垂在她背上的那两条用细铜丝编就的红色的粗辫子。磨破的水手帽并没有掩盖这金属细丝的光泽，破旧的黄裙子也并不让她优雅的体形黯然失色。她瘦得有些过了头，让人觉得没什么女人味儿，她的脸也太过棱角分明，算不得古典的美人，不过，她那对大眼睛仿佛会说话一般，精致的黄铜指甲也为她那小小的手指头增色不少。她的样子还是挺引人注目的。

人形机器人用一只手拿着个毛毡旅行包，这包显然已经很旧了，可是她却小心翼翼地把它拿在手里，引得站长忍不住起了好奇心。他从来没有想过机器人也会有行李；这个包一定是跟她一起装在旅行箱里的。

她向前走去，慢慢地把脸转来转去，仿佛想要把一切都铭记在心。可是，在认出传送皮带之后，她便径直走了过去，一脸好奇，二话不说就用她那只空着的手摆弄起了传送带侧面那些各式各样的操纵杆和齿轮，只有当其中一个阀门里冒出的蒸汽吹到她身上时，她才往后一缩，但却并没有收手。

她以前肯定干过这种事。她的小手在狭窄的空间里如鱼得水，扭一下这个，拧一下那个，非常精准。没过几分钟，机器就运行得更加顺畅了，站长对此大吃一惊。她继续操作着，直到机器的突突声变成了轻柔的隆隆声才停下，随后转过身来看着站长，他结结巴巴地向她道了谢。

“哦，用不着谢我。”她答道，“这台机器比我在以前那个家里每天都要操作的分拣机还要简单一点儿。能够搞清楚事物的工作原理真是一件开心的事。你不这么认为吗？”人形机器人没等他回答就又说道，“我一直都是这么想的。看见一台机器发挥出它的最佳性能,这多美好啊。”

站长非常赞同她的观点。他简直没法儿将目光从面前这个人形机器人身上挪开。她绝对是个奇迹。他又一次想,不知道她的新主人这会儿身在何处。

他稍稍转过脸,朝着车站的小楼指了一下,“在卡斯伯特先生到达之前,你要到女士休息室里等他吗?”

她歪过脑袋,细细端详着他,考虑着他的提议,“不用了,谢谢你。”她答道,“我在外面等就好。这里的想象空间更大一些。”

站长微微一笑。这姑娘真可爱。

马修·卡斯伯特从站台的另一端远远地看着这个人形机器人,有点儿迟疑。他从来都算不上一个健谈的人,而且总觉得跟女孩子讲话是这世上最别扭的事情之一,所以当他发现自己新近买的这个机器人有着女性的外形时,不禁有点儿望而却步。他只知道自己买的是一台原型机,这种型号并没有在生产线上进行量产,但他却没想到要问一问机器人的性别。

不过,尽管很焦虑,他还是忍不住好奇起来。起初,人们制造人形机器人是用来替代童工的。大城市里的工厂越来越多,多年以来,儿童通常都是最廉价、最实用的工人,因为他们的手小,身材也小,可以操作那些精密的机器。最初,人形机器人自然也是照着他们的模样造的。不过,机器人的制造者很快就发现,客户并不希望自己新买来的劳动力是孩子的模样——尤其是天真无邪的孩子。原型机解决问题的能力很强,这一点客户也不喜欢,有些人认为,等到人形机器人吸收了所学的知识以后,会形成自己的个性,从而想要去尝试工厂之外的新鲜事物。结果,遍布加拿大各地工厂里的人形机器人就被造成了一个模样,顺从温和,不分性别。

马修无法理解的是:人们怎么会觉得这样的机器人在设计上要优于最初的原型机?但是他也没有什么可抱怨的。正是因为如此,他才能够买得起面前坐在站台上的这台“问题”机。

他深深地吸了一口气,朝人形机器人走去——然后径直从她身旁走了过去。他在最后一刻意识到,自己不知道要跟她说什么。到底该怎样跟一个人形机器人打招呼呢?

他走到站台的这一端,在那儿站了片刻才转过身来,却看见机器人正一脸好奇地打量着他。马修不知道这么一台精密的机器会如何看待他,就外表来说,他一点儿也不起眼。他个头很高,稀稀拉拉的头发垂到肩上——年轻时,他的头发是黑色的,现在却已经有些花白。他的背有些驼,从这个姿态就能看出他一点儿也不想在人群里引人注目。犹豫了片刻,他终于还是朝人形机器人走了过去,害羞地对她微笑了一下表示欢迎,眼神也很和善。还没等他想好如何跟她打招呼,机器人就站起来伸出了手。

“你一定就是我的新爸爸——绿山墙农舍的马修·卡斯伯特。”她一边跟他握手致意,一边把那只毛毡旅行包紧紧抓在身旁,“我是安妮——女字旁的‘妮’。大多数人都以为机器人没有性别,所以在写这个名字时常常会把女字旁给漏掉。不过这个名字一定要有女字旁才完整。要是我认识别的什么人也叫安妮,但是写出来却是没有女字旁的‘尼’,我就忍不住总觉得这个名字少了什么似的。卡斯伯特先生,你怎么看?”

他眨巴眨巴眼睛,有点儿吃惊,“嗯,好吧,我也不晓得。”他这人头脑很简单,但也觉察出了这个机器人是在表达不安全感,怕自己不被接受。更重要的是,她知道自己在这么做吗?“我来替你拿包吧?”

“不用了,谢谢你,卡斯伯特先生。我自己可以拿。我得确保自己时刻都以四十三度角提着这个把手,不然包就有可能会掉下来。无论朝哪个方向多倾斜一度,这个包都有百分之八十二的概率会彻底散架。这只毛毡旅行包虽然已经很老旧了,但是价格可不菲呢。"

马修露出了微笑,他没有想到安妮的话语里既有技术性的评估,同时又具有人类的情感,这些特征似乎很适合一个造成人形的机器人。他示意机器人跟着自己,两人默默地朝着他的马车走去。马修低头看着地面,安妮则是除了地面到处都看。

那些最最寻常的东西好像最让她着迷。一列罕见而又昂贵的蒸汽客车从他们身旁隆隆驶过,其中一节车厢里有个女孩为了保护自己白皙的皮肤打着一把蕾丝阳伞,和车上的皮革座椅相互衬托,增色不少。可即使是在这时,安妮也还是全神贯注地看着拴在马修车上的那匹老驮马。

"我想不通你要如何驱动这台机车。"过了一会儿,她开口说道。

马修的嘴角抽搐了一下,他赶紧低下头,不让她看见自己在笑。他这才意识到,这个机器人从来没有见过马,而眼前的这一匹尽管今天状态很好,但也已经快要昏昏欲睡了。

他走到马旁,轻轻抚摸着这匹骟马的脖子,激得它抖了抖鬃毛,似乎又活了过来,"要操纵这辆马车,并不需要蒸汽驱动的控制杆,我只要叫塞缪尔替我拉车就行了。"

机器人眨了眨眼,"塞缪尔不是一台机器?"

"不是。"他坦白地说。

"但是这个生物是服务于人类的?"她问道,脑袋向一侧倾斜过去。

马修摸着马脖子的手停了下来,"嗯,是的,从某种意义上来说，我觉得是这样的。”

“它有自己的意志吗？”

这下轮到马修眨眼了，“它住在我的农场里，也在农场里工作。”

她倒是一个细节都没错过，“因为它没有其他选择。”

“是的。”

她自顾自地点了点头，“我明白了。”

她的回答如此确定，把马修吓了一跳，“怎么个明白法？”

“它的生活跟我在工厂里过的日子并没有多大差别。”她伸出手，模仿着马修刚才的动作，轻轻地抚摸着马脖子。在穿过马鬃毛的阳光下，她的黄铜指甲闪闪发亮。

马修看了她好一会儿，然后说道：“这令你很困扰吗？我是说，总是有人使唤你做事？”

“不会啊。为什么要困扰？”

马修也不知道该怎么回答这个问题。

安妮几乎有点儿心不在焉地继续说道：“我喜欢学习，也喜欢有事可忙。我还喜欢去探索事物的工作原理。监工对我说，这是我性格中的缺陷，还说要把我终结掉。我并不知道自己为什么会弄丢工作，我刚刚才给了他一个惊喜——我暂停了工厂里的主分拣机的工作，然后改善了它的工作性能，使它的速度提升了百分之六点三。可他却不肯听我解释。”她的手停住不动了，马儿用脑袋去顶她，想叫她继续摸，“最后爸爸出面干预了此事。他对监工说，不到万不得已，不用采取‘终结’这样的惩罚。况且我还是可以派上一些用场的。不过，我并没有听懂他这话是什么意思，我都不为公司工作了，还能有什么用。”

安妮对公司有什么用，马修一清二楚，他的银行存款已经见底了。不过,他对她被出售的原因并不感兴趣,反倒是为她的纯真无邪而着迷。

回家的路上,两人又发现了彼此更多的特点。机器人一直说个不停,而且并没有期待他也侃侃而谈,这一点让他很感激。

“卡斯伯特先生,你和我一定会相处得很好的。”

“叫我马修就好。”

“我也说不好为什么我这么觉得,也不清楚为什么会对绿山墙农舍有种归属感,但我总是觉得还有更多——”

机器人说到一半停了下来,睁大了她那绿水晶一般的眼睛,注视着前方的天空,惊讶的表情使她的五官鲜活了起来,让马修为之一震。一时之间,马修根本没法儿将视线从安妮的脸上移开。不过,她的注意力并没有因为他的注视而被分散,于是他将视线从她的脸上收了回来,然后抬起头,看见一艘飞艇正慢悠悠地从空中驶过,它翱翔在云层中,落日的金色光芒洒在船身之上。

虽然他不怎么听得清,但马修知道安妮肯定能够听见正在运行的大型蒸汽机所发出的呼呼声。蒸汽机将热空气充进一个巨大的帆布气球里,气球底下挂着艘破旧的海船。

“这个发明真是太神奇了!”机器人惊讶地说。

马修吃了一惊,低下头来看着她,“怎么个神奇法?”

她转过脸来面对着他,眼睛炯炯有神,“这台机器能让你飞上天空,这将是最最不可思议的经历之一。想象一下在上面俯瞰世界,这会让你油然而生一种自由自在的感觉。你不这么认为吗?”

他点了点头。他以前还真是从没往这个方向想过。

“你有没有想过要乘坐这样一台机器飞上天空?”

“没有,从来没想过。”他答道,她这种像孩童一般的好奇心激起了他的兴趣。

“哦,马修,你错过了多少东西啊!”

他俩不约而同又抬起头看着那艘飞艇,好长一会儿谁也没有说话。

马修用眼角瞟着安妮,他觉得很吃惊,没想到这么一台精密复杂的机器居然会对一艘破旧的海船如此敬畏。尽管这艘船曾经风光过一阵子,但如今却被捆在一个朴素的帆布气球底下,用他所见过的最笨重的蒸汽机进行驱动。这么一来,船主就能够最大限度地利用自己的资源,让自己屹立在运输业的最顶端。他认为这个想法很有创意,但是付诸实践的话,在他看来不太安全,也不够美观。

“我曾经跟许多台机器共过事。”机器人小声说道,她的目光仍然追随着飞艇,目送它慢慢地消失在地平线下,“但我从来没有见过这么漂亮的机器。”

“我见过。”马修答道,依然像平日里一样内向、害羞,“就是你。”

她转过脸看着他,眼睛睁得大大的,“但我只是一个小女孩呀。”

她这话说得天真烂漫,一下子就触动了他的心。马修本来就不是一个健谈的人,现在更是完全说不出话来。

她并没有把自己当成一台机器!

就是从这一刻开始,他也不再把她看作机器了,不过当时他并没有意识到这一点。

安妮发现,没有哪一本说明书能教她如何被学校里的同学所接纳。于是她去问马修怎样才能交到一个知心好友,他却只是告诉她“做你自己就好”。这话让她百思不得其解,因为客观上她也只能做自己,没有办法做其他人。她又拿同样的问题去问他妻子,可她却很不客气地回答说:“别想这些没用的事情了!要是你证明了自己的价值,友谊自然就会找上门来。你要善良、体贴,尤其要不嚼舌头、保持礼貌!”

“不咬舌头会帮我交上朋友?”安妮一头雾水地问道。

“姑娘,我可真是被你打败了!当然不是。”马瑞拉泄气地答道,“这只是一种说法而已——人类的说法。不过,我估摸着你是不可能明白的。”

老妇人叹了口气,看着这个机器人。自打马修把她买回家的那天起,绿山墙农舍的安宁与秩序就被打乱了。

“咱们得把她退回去。”当他刚刚带着机器人回家时,她对他说。

“可她是个这么可爱的小家伙。”他一边轻声答道,一边看着安妮生平头一次在这间屋子里四处转悠,一副着迷的样子,伸出手碰碰这个、摸摸那个:桌布上复杂精细的绣花图案、植物的叶子,或是摇椅上打磨光滑的木头。她以前从来没有见过这么多种不同的材质。

“马修·卡斯伯特,买机器人原本只是为了在农场里帮你干活。就算这姑娘是个机器人,叫她到地里去干活也不太合适。咱俩年纪都大了,没有精力去照料一台有毛病的机器。”

“她没有毛病,只是不太一样罢了。”马修沉默了一小会儿,“马瑞拉,给她个机会吧。”

“咱们得供她去念书,这样她才能学会在社会上与人交往的基本知识。”

“那就让她去念书。”

“可是,如果咱们没法儿靠她赚钱,为什么要花钱把她买回来？农场里缺人手这个问题依然没有解决。”

“白天我会雇巴里家的男孩子来干几个小时的活儿，安妮上学前和放学后也可以帮我干活。”他抬起手，免得马瑞拉又提出抗议，“咱们买不起正常的机器人。还有，说白了：我喜欢她。”他看着自己的妻子，“我的要求不多，只有这样一个小小的请求。”

马瑞拉干咳了一声，可能比起出言反对，她更想以此来掩饰自己的震惊之情。她丈夫从来没有反抗过她，也不曾这么固执己见。他一定是真心喜欢这台机器。“机器人可以留下。”她最后宣布说，“不过仅限于试用。咱们有三个月的质保期，对吧？”

“对。”

“如果到了那时我还是不觉得她好，咱们就把她退回去，要求全额退款。不许反对，马修。这是我现在让她留下的条件。”

马修点了点头，感到很满意。他知道，尽管她有条件，但也已经做出了很大的让步。

于是，每天早上五点钟，马修下楼来到书房时都会发现安妮正在聚精会神地读着他的某本书。当她充满热情地将所看的剧本表演出来时，摇曳的光在她的古铜色头发上闪烁着，她看上去就更像个孩子了。在马修吃早饭的时候，他俩会谈一谈她头天晚上在文学方面的新发现，随后他俩就开始了一天的工作。机器人帮助马修挤牛奶、打扫马厩，再把要喂给动物们吃的干草全都搬出来，一直忙到去上学为止。

不到一个星期，他俩在日常作息上就达成了默契。马修惊奇地发现，十年来，他头一次觉得在鸟儿醒来之前就起床是一种享受。不过，开学才几个星期，安妮就意识到自己并没能给同学们留下好印象，他们总是毫不犹豫地指出她有多么与众不同。

“人通常都不喜欢自己不了解的东西。”马瑞拉实事求是地对机器人说道。

可是安妮在书里读到过什么叫“志趣相投”,知道真正的知心好友会接受彼此的差异,正如马瑞拉曾经说过的,她必须要证明自己是一个值得相交的人。于是,她每天都去上学,并且想要通过在功课上取得优秀的成绩来证明自己。她有很多东西要学,在来到绿山墙农舍之前,她对工厂以外的生活一无所知。不过,没过多久她就跟吉尔伯特·布莱思并列第一了。

可是同学们对待她的态度却并没有明显改善。机器人想不通这是为什么。难道她有哪件事做错了吗?

“你觉得自己比我们强,是不是,安妮机器人小姐?”安妮第一次赢得拼字比赛以后,乔西·派尔语带嘲讽地说道。她从桌前扭过头来,直盯着安妮,“你知道‘机器’这两个字怎么写吗?”

安妮一脸困惑地看着她。这又是在考她吗?

“木-几-”

“你是不是什么问题都答得上来?”乔西打断了她。她有点儿沮丧,这个一头铜发的女孩从来都不会被惹恼。

“遇到问题就答,这难道不是正确的回应方式吗?”机器人问道,她还是没有弄明白。

乔西瞪了她一眼,又把脸转到前面去了,直到那天晚上参加课外的绘画课时才又跟她讲话,“我相信你画画也能画得很完美。”她小声嘀咕道。

“我不知道。”机器人答道,“我以前从来没有画过画。”

这堂课是在户外上的,艾凡利的田野绵延起伏,学生们将把这壮观的景色记录在画布上。安妮看见绿山墙农舍的屋顶在地平线上的树林后面若隐若现,就先把这个画了下来。她下笔很准确,距离也测量得分毫不差。

接着她开始画田野，一边留心观察着草地的颜色，一边调出浓淡相宜的金绿色。还不到一刻钟，她就画完了田野，还画上了比例精准的篱笆墙。

安妮正忙着画树的时候，老师依次走到每个学生的跟前，看看他们进展如何。学生们对于同一片景色会有不同的描画，从中可以看出他们的性格。

走近安妮身边的时候，他不由得扬起了眉毛，画作的质量令他大吃一惊。可是随后他却皱起了眉头，“嗯，从技术上来说，这画是完美无缺的。”说完他便坐下，自己画了起来。

黛安娜·巴里从画布上抬起头来，看见安妮刚刚开始勾勒云彩的轮廓。这个黑发美人扫了一眼安妮的画作，立刻睁大了她的蓝眼睛，“哦，安妮！要是我能有你画的一半好就好了！”

“亲爱的，你长得这么漂亮，根本就不需要才华。”吉尔伯特·布莱思在她俩身后的某个地方冒出了这么一句俏皮话。其他的学生也在窃笑，可是黛安娜的眼神却黯淡下来，她将目光转回到自己的画上。

安妮从大作上抬起头，却发现云彩已经挪了位置。她赶紧开始在新的位置上画云彩，想办法将刚刚已经描画成形的云彩盖住。

然后她又注意到太阳的位置也变了。它现在的角度比刚才低，在田野上投下的琥珀色阴影也更深了。她急忙调出一种不太一样的绿色涂在早先已经画好的草地上。

接着她发现，太阳处在现在的位置上，绿山墙就完全在阴影里。这么一来，肉眼几乎看不到农舍了。于是她又煞费苦心地把它画成了一个黑色的阴影。

画完以后她抬起头，看见橘红色渐渐爬上了云彩的下缘，一轮桃红色的太阳横跨在地平线上。太阳落山了。

夜色渐浓，色彩不断变换，她努力想要跟上这样的变化，下笔越来越快，到最后已经不是人类能够达到的速度了——然而还是没有赶上。每一次抬头，她都发现景色有变化，画作不再准确。这会儿地平线上的树木已经完全变成了黑影，篱笆墙在田野上投下长长的影子。

她停下笔，不知道该如何是好。刚才她不停地改换天空的颜色，而且速度快得连手和画笔都看不清楚了。一层颜料还没来得及干掉就覆上了另一层，结果现在橘红色跟早先画上的浅蓝色混在了一起，她笔下的天空变成了一种淡淡的紫色。这种颜色叫人心旷神怡，让画作带上了几分浪漫的气息，然而安妮却只看到自己画得很不精确。

乔西偷偷笑了，“看来安妮也有出错的时候。”

“别听她的。”黛安娜说道，口气有点儿尖锐，“乔西从来不为别人着想。”她看了看安妮的画作，“你为什么总是把颜色改来改去的？虽然这样也不难看。”她赶紧又加了一句，“但是之前看起来就已经很完美了。”

“颜色全都不对。”

吉尔伯特从她的肩膀后面探出头来，他平日里总是一副漠不关心的样子，这会儿却来了兴趣。“哪里不对了？”他问道。

“老师叫我们把这个景色画下来。”她指了指前面，“可是景物的颜色却一直在变。这幅画作已经不准确了。”

“一幅画能成为杰作，并不需要精确到一毫一厘。”老师插话道，他还在继续画画，画布的上方只能看到他的一头金发，“赋予画作生命的，是你对这片景色的诠释。”

“我不明白。”安妮说。

“来看看我的画。”黛安娜有点儿害羞地提议道。

安妮站起身来，走了过去，对着画仔细看了很久。

“云彩的形状画错了。”

“安妮，这不叫画错了，只是画得不一样。”她答道，“这是视角的问题。你靠近一点儿再看看。”

机器人把脑袋歪到一边——她想事情的时候都会这样——注视着黛安娜画的云彩。颜色也许稍微偏白了一点，用来表现云彩质感的那几笔也画得太粗了，没有画出那种薄纱般的轻盈感。

“试试看别把它们当作云彩。”吉尔伯特打断了她的思路，“你看见的是什么形状？”

安妮脑子里只想着云彩的尺寸，然后自然而然地开始将它们和她记忆库里的影像进行比较。“这些是动物！”她突然间脱口而出。看到机器人飞快地抬起眼睛望向天空，黛安娜笑了起来。毫无疑问，她还能看得见黛安娜画的那些云彩留下的痕迹。如果看得够仔细，她甚至能看到有一片很像兔子的云彩正在跳过地平线。“你怎么知道要这么画？”她终于开口问道。

“我只是运用了自己的想象力而已。”黛安娜答道，因为受到了注意而微微有点儿脸红。

“可惜机器人没有想象力，是吧，吉尔伯特？”乔西一边毫不客气地指出这一点，一边用手指绕着自己的头发。

“住嘴吧，乔西。”吉尔伯特回答说，“没有人是完美无缺的。她只要知道怎么看就行了。”

安妮并没有听见他俩的话。她仍然在努力消化自己刚刚学到的东西，“这么说，黛安娜比我画得好，尽管我的画在技术上更加精确。”

老师从画架后面探出了头，“说‘画得好’并不恰当。她的画更能表现她自己。”他停了一下，想着要如何解释这句话，“看到你的画作,我们会知道你——或是这里的随便哪个人——眼中的这片田野实际上是个什么样子,但是仅限于此。我们没法儿从画中了解到关于你的情况。"

她仔细分析着他说的话,发现自己和自己的画作都存在不足,"所以我失败了。"

"不,那倒未必。"老师仔细地端详了一会儿这个机器人,意识到她以前可能从来没有尝过失败的滋味,"这只是意味着你还需要学习。"他温和地笑了,"这就是学校存在的意义。"

"我该从哪里开始学呢?"

机器人那种热切恳求的语气就连乔西听了都觉得震惊。

"从这里开始,从此刻开始。"老师微笑着答道,"还有半个小时才会天黑。"

机器人在画架前坐了下来,不愿意让老师发觉自己误解了她。她回想起工厂里的监工误解她以后所发生的事情,她可不想再一次被卖掉了。她看着自己的画作。

我该从哪儿开始呢?

"你看见远处的绿山墙农舍了吗?"黛安娜从她的椅子上凑过来,在她耳边小声说道。安妮点了点头。"那里不仅仅是你住的地方,还是你的家。想起家的时候,你会看到什么?"

黛安娜看到安妮的眼睛飞快地眨了几秒钟,又往画上来来回回看了好几眼,然后伸手拿起颜料和画笔,开始调色。

安妮再一次动手将颜料往画布上涂的时候,黛安娜饶有兴趣地在旁边看着。她画的速度很快,暴露出了她身为机器人的天性,很快,一架飞艇就在淡紫色天空上的云彩间初显形状。

画完这艘飞船,她用画笔在几个颜料罐里蘸了蘸,随后向前探过身去。有那么一小会儿,黛安娜只能看到安妮那根铜丝辫子的背面,这当儿的工夫,机器人已经在农舍的轮廓上精心地画了一扇透出烛光的窗户,画完之后她仰起身,又在黑色的颜料罐里蘸了蘸画笔。

注视了一会儿自己的画,机器人在离农舍最近的田地里画上了一个小小的侧影——人的侧影,接着又在人影旁画了一只小小的牧牛犬。黛安娜这才明白安妮画的是马修结束了一天的辛勤工作后,从农场往绿山墙农舍走的场景。

机器人的手在那个人的形象旁边停了下来,黛安娜在想,不知道这个机器人是否知道自己刚刚创作的这幅画多么动人,又是多么朴实:厨房的灯光引领着夜归的男人。

接着,机器人的手猛地向上移去,又一个侧影在飞艇的船头逐渐成形。那个身影似乎在低头望着农舍,头上扎的辫子被风吹了起来。看到这里,黛安娜大吃了一惊。

安妮把自己也画进了画里,她乘着一艘飞艇,在农舍灯光的指引下驶向家的方向,就像海上的船只跟着灯塔的指引。

谁说机器人不可能有想象力?黛安娜得意地想,面带微笑地看着她这个新朋友的画作。也许安妮就是和她志趣相投的那个人。

马修掏出怀表,打开表壳,看了看指针的位置,“安妮,该去上学了。”他轻声说道,知道她在谷仓的另一头也能听见他说话。

她抬起头,吃惊地眨了眨眼,“我的内置时钟通常不到这个时候就会提醒我的。”

马修点点头,有点儿发怔。这个机器人最受他喜爱的特点之一,就是她往往会因为对手头的工作太过热衷与好奇,而忽略了身上最基本的机械功能,比如内置闹钟。他知道马瑞拉和安妮的创造者都觉得这属于制造缺陷,可是在马修眼里,这是一个非常人性化的特征。

他看着她有条不紊地将工具整整齐齐地放回原位,然后把机器盖了起来。

“我就快要完工了!”她抱怨道。

“那你今晚就能把它完成了。”

“好吧,这样也勉强能令人满意。”她答道。

马修笑了。这个机器人是在噘嘴吗?“好了,我亲爱的安妮,要是你做的这个机器真能管用,我以后再也用不着徒手去给奶牛挤奶了。那么从明天早上开始,我就有时间在你上学之前教你下棋了。”他微笑地看着她,“这个结果也令人满意吗?”

他似乎看到她的眼睛一亮。“太满意了,马修。”她歪过脑袋,打量着他。

马修被她看得脸红起来,赶紧给自己找了点儿事做。他合起怀表,深情地用大拇指拂拭过刻在表盖上的几个华丽的首字母,然后才将怀表收起来。他发觉机器人还没开口询问,但明显对此很是好奇。“这是我父亲的。”他小声地说。

他犹豫了片刻,随后将怀表递给了她。

安妮似乎也明白自己是被赋予了特别的优待。她小心翼翼地从马修手里接过怀表,将它放在自己那小巧玲珑的手里转了个方向,看着那些首字母。怀表的年份已久,金属表面失去了光泽,字母几乎要看不出来了。她弹开表盖,不由得睁大了眼睛。她从来没有见过这么小的机器。在装裱华美的黄铜指针后,她看见复杂精细的齿轮在转动,尽管这块表随着岁月的流逝已经褪了色,她还是觉得它很美。

在去往学校的一路上,马修都让机器人拿着自己的怀表。安妮摆弄怀表时,黄铜指甲将光线反射了出来,马修这才注意到,跟自己心爱的怀表比起来,她的构造可就先进多了。机械设备在19世纪取得了巨大的发展,如果说安妮代表了本世纪的最高点,不知道下一个世纪又会出现些什么。

昨夜有过一场暴风雨,路上沟渠纵横,塞缪尔只能设法蹦跳着越过去,所以马车颠簸得比平时厉害。不过,马修向安妮瞟了一眼,看到她用保护的姿势把怀表攥在自己的小手里。

到学校的时候,她似乎不太情愿将怀表交出来,这时她听见黛安娜在喊她,于是只得很快地把怀表递给马修,从马车上跳了下去,跟平时一样热情、一样优雅。她转过头向马修道别,他对她说下午三点来接她。

"不用了,马修。"她说道,"吉尔伯特·布莱思说他会陪我走到路转角处,我也想看看上次下过雨以后新开的那些花儿。"

马修微笑地看着她急急忙忙跑去跟黛安娜打招呼,心想,不知道她是否意识到自己说的话听起来多么有人味儿。

随后他又摇了摇头,觉得自己很傻。她当然知道的。因为她根本就没把自己当作机器!

塞缪尔拉着马车驶离学校的时候,他哈哈大笑起来。到家以后,脸上依然带着微笑。

"马修·卡斯伯特,你看看都几点了?"马瑞拉问道。马修先来到厨房跟妻子一起喝茶,然后才会回农场去干活。

不知道是什么原因,马瑞拉的钟总是让他迟到。于是他掏出怀表想看看时间——却发现它不走了。

他的心向下一沉。在今天之前,他的怀表从来没有出过故障,而且这是父亲留给他最后一点儿实实在在的纪念。他仔细地看着怀表,发现表盘后面的机芯有一部分似乎离开了原位。他轻轻地摇了摇,听见里面有金属撞来撞去的声音。看来他心爱的怀表里有一个无法取代的部件坏掉了。

马瑞拉看见他脸上的神情,问他怎么了。他告诉她以后,她问道:“今天你有对怀表做过什么特别的事吗?”

他回想起早晨的情形,“没有,真的。我拿给安妮看,然后就让她一直拿着,在去学校的路上,我们驶过了暴风雨留下的一些沟槽。”他停了一下,仔细地考虑着,“细想起来,那些沟实在是太难走了。如果怀表是在经过哪个沟的时候被颠坏的,我也不会吃惊。”

可是马瑞拉并不相信,“马修,安妮拿着怀表的时候,你有没有从头到尾都看着她?”

“这我不能保证。”他答道,不知道妻子这么说是什么意思,“那些沟太烦人了,所以我得集中精力看路。”

马瑞拉好一会儿没有说话,随后问道:“你觉得会是机器人把它摆弄坏了吗?她似乎对机械装置的内部结构很感兴趣,但不太懂规矩,不知道哪些事能做、哪些事不能做。”

“安妮确实对怀表很是着迷。”他承认道,“不过——”

“想想看,马修。”马瑞拉打断了他的话,“我的话是能说通的。在今天让安妮玩这块怀表以前,它还从来没出过故障,不管是在你手上,还是你父亲手上。”

他从她的逻辑里找不出毛病,可是在内心深处,他知道她这话不对。

那天下午,安妮跟吉尔伯特·布莱思一起走路回来。到家的时候,她手里拿着一小束野花,马瑞拉拦在了她面前,“你是不是乱动了马修怀表里面的机械装置?”

安妮听出她的语气很激动,不禁担心起来,“怀表出什么问题啦?”

马瑞拉觉得她这就算是承认了,“这么说,你知道怀表出了问题!”

“不,马瑞拉。”安妮答道,“我真的不知道。”她看了看马修,他正安静地坐在厨房的椅子上,看着她俩的争论。他对她温和地一笑,像是在鼓励她似的。

“安妮,我要你诚实地回答我,”马瑞拉说道,“是不是你把马修的怀表摆弄坏的?”

“不是的,马瑞拉。”安妮如实地说,因为她并不知道怀表是什么时候坏的。

“那是谁干的?”马瑞拉问道。

安妮只好盯着她。她已经学会了在不知道答案的时候别去乱猜。

马瑞拉瞪眼瞧着机器人,压下怒火,“安妮,现在你给我仔细听好。”她最后开口说道,每一个字都咬得清清楚楚,这可是个不好的兆头,“如果你不承认自己做错了,也不承认你刚才对我撒了谎,那么下个月黛安娜在飞艇上庆祝生日的时候,我就不许你去参加。”

安妮在脑子里飞快地考虑着种种可能性及其后果。如果她不承认自己故意弄坏了怀表,马瑞拉是不会相信她的,也不会准许她去搭乘那艘迷人至极的飞艇;而另一方面,如果她撒谎承认是自己弄坏的,马瑞拉肯定会相信她,她也能去坐飞艇了。这把她给弄糊涂了:如果撒谎,她就能得到好处;如果说实话,她反而会受惩罚。

哪一种情况更糟糕呢?是撒了谎却被人相信,还是说实话却遭到怀疑?到头来,决定性因素已经不再是飞艇,而是一心想要讨好马瑞拉的愿望,安妮把自己认为她想听的话告诉她——那些她显然已经相信了的话。

“我在摆弄怀表的时候把它弄坏了。”她好不容易才说了出来。

马瑞拉默默地盯着她看了很久，最后说道："那好，安妮。卡斯伯特家的人向来言而有信，你可以去坐飞艇。"

"谢谢你。"安妮说。

"我还没有说完。"马瑞拉严厉地说，"卡斯伯特家的人从不说谎。你刚刚承认你对我撒了谎。所以，你不再是卡斯伯特家的人了，永远都不是。我要跟马修认真地谈一谈。我想我们会把你退回去，把我们的钱拿回来。你并不是他们所承诺的那样。"

马瑞拉说完就转身走开了，可是她走了之后，安妮仍然注视着她刚才所站的地方，注视了很久。

在安妮的内心深处，她其实知道自己跟艾凡利[①]的其他人都不一样，而只要她承认这一点，她就有办法把这块怀表给修好。她不知道究竟是因为自己不愿意接受现实，所以从不想这个问题；还是她的程序压根就没让她往这方面想。但是现在，如果她想要把自己粗心大意所造成的故障修复完好的话，她就不得不正视这个事实。

她拿出自己的毛毡包，自打来到绿山墙农舍以来，这还是她第一次把包打开。包里装着一组工具，其中有一些跟她用来为马修制造挤奶机的工具很是相似，只是构造更加精细。

她将精致的小手伸进包里，在工具里头翻翻拣拣，直到找到自己需要的那一件。随后她把它拿了出来，盯着它看了很久。

她犹豫了一下，然后解开睡袍上半身的带子，低下头看着那块镶在她胸部左侧、几乎难以察觉的嵌板。她右手拿着工具，停留在嵌板上方，她本能地知道自己该怎么做，可是却没法儿进行下一步。接着她想起了当马瑞拉决定把她退回工厂的时候，马修眼里

①"艾凡利"是系列小说《绿山墙的安妮》中一个假想出来的小镇。

的痛苦神情。于是她振作起来,将手里的工具沿着嵌板的一边放好,然后按了下去,三个小小的卡齿转动起来,发出轻微的嗡嗡声。她身体里的一部分弹了出来,她看了好一会儿,才小心翼翼地用大拇指的黄铜指甲钩住那个细小的缝隙,把它给拉开了。

我是一台机器。

站在那里注视着自己露出来的部分,安妮忽然醒悟到这一点。那感觉就像肚子上挨了狠狠一拳似的,一时间什么也做不了。尽管她心底里一直都知道这件事,可是看见那些细小的黄铜齿轮、转轮、螺钉和铜线错综复杂地连在埋进她胸口里的电路板上,她仍然大吃一惊。即使对机器人来说,这幅景象也算是奇观了。

她这才意识到,相比之下,那只怀表有多么原始,但是她也了解那只表对于马修有多么重要,所以她替他把表修好的决心反而增加了十倍。她闭上眼睛,注意倾听着自己身体里发出的声音。

嘀嗒,嘀嗒,嘀嗒,嘀嗒……

她猛地睁开眼睛,移开一束铜线,底下就是她要找的那个装置。她仔细研究着每一个部件,看出其中有一些跟怀表里的部件十分相像。

嘀嗒,嘀嗒,嘀嗒,嘀嗒……

她窸窸窣窣地在毛毡包里翻来翻去,拿出一个小小的工具箱来,打开箱盖,里面装着像珠宝一样精致的小工具。她从中选了一件,毫不犹豫地用它切断了这个小机件跟她的主电路板之间的连线。

嘀嗒声停止了。

机器人的手也停住了。她有种强烈的失落感,眼睛都看不清了。她也不知道自己究竟过了多久才适应了身体上的变化,因为她失去的真的是对时间的感受。不过,她最终还是克服了这种仿佛少了这个东西就活不下去的感觉,因为她明白,要是被迫离开绿山墙农舍的话,她将会失去更多。

她小心地将这个小小的装置放在面前的桌上,借着壁炉的火光想把它看得更仔细一些。起初她以为自己的时间都白费了,可是当她把怀表摆在它旁边的时候,比较起两者的构造,就能看出这两样东西很相似,大小也相仿,只是组装完成以后不一样罢了。

接着她看到了那个——她所需要的零件。

安妮非常细心地将这个零件拆下来,再移植到怀表里,几分钟就弄好了。只有机器人才能够达到这样的精确程度。等到最后一个零件就位的时候,怀表又开始走了。

嘀嗒,嘀嗒,嘀嗒,嘀嗒……

安妮高兴地双手一拍,这种做作的行为是她跟黛安娜学来的。她知道自己今天晚上完成的事情比在工厂里做过的任何工作都要重要——或者说至少她是这么认为的。

她看着从自己身上移植到怀表里的那个零件,端详着自己的大作,觉得它完美无缺。跟其他的部件相比,这个新零件显得十分醒目,因为它还没有锈蚀变色,比普通的黄铜在颜色上更像是玫瑰金,构造也更加精巧,不知道马修会不会介意这些不一样的地方。

她重新封上自己胸口的盖板,系好睡袍上半身的带子,然后有条不紊地将工具装好,放回毛毡包里。她在想是不是应该把黄铜擦擦干净,让这块怀表恢复到最初的状态,可是她平常用来冲洗铜丝头发的清洁剂放在楼上的浴室里,卡斯伯特夫妇没准儿会被吵醒的,她可不想冒这个险。

她拿起怀表,想把它放回到厨房里马修平时放怀表的地方,可是却径直撞到了一个人的身上。

"安妮！立刻把它给我！"马瑞拉大声吼道，她站在门口，手里提着灯，"我已经告诉过你，这个家不再欢迎你了，这就意味着你绝对不可以碰我们的东西。"她锐利地盯着这个机器人，"尤其是已经被你弄坏的贵重物品。"

自从早些时候安妮说的话给自己惹来麻烦以后，她就不敢再开口了，所以她只是伸出了手。

她就这么默默地顺从了，反倒吓了马瑞拉一跳。她低下头，看见那只怀表躺在安妮那精致的小手里，盖子依然打开着，心里不禁想，不知道这个机器人趁着她和马修睡觉的时候还摆弄过其他哪些传家宝。

她把怀表拿回来，细细察看它有没有遭到进一步的破坏——随后她的心却差点儿停止跳动。

怀表居然又在走了！

她太吃惊了，眼光没法儿从怀表上移开。接着她看见了机芯中部那个闪闪发亮的新零件，她不由得屏住了呼吸，"这东西你是从哪儿弄来的？"马瑞拉问道，同时抬起头严厉地看着安妮。

机器人举起一只手，放在自己的胸口，正是人类心脏所在的部位，"这里。"她坦率地说，说完把脑袋歪向了一边。

她用自己身体里的零件修好了这块表！马瑞拉知道这一举动对她来说多么重大。"昨天你在摆弄机芯的时候并没有把表弄坏，是不是？"她轻声问道。

"是的。"

马瑞拉叹了一口气，"那我问你的时候，你为什么要说是你弄坏的？"

"你对我说，除非我承认弄坏了表，否则下个月就不让我到飞艇上去参加黛安娜的生日庆典。"安妮说道，她那对大大的绿眼睛带着乞求的眼神望着马瑞拉，“于是我就承认了。”

“可那是撒谎，安妮。”马瑞拉指出道。

“你不会相信事实的。”

马瑞拉又叹了一口气，“所以你觉得你给我的回答是我想听的。你想要让我高兴。”她再次低下头看着那块修好的怀表，“安妮，咱们做个交易吧。我原谅你撒了谎，你原谅我没有相信你。”

“这原谅来原谅去的是怎么一回事？”马修一边问着一边走了进来。

马瑞拉理屈词穷了，“你是对的。”她承认道，随后一言不发地将怀表递给了他。

马修将怀表凑到提灯跟前仔细打量着。看到表又在走了，他并不吃惊。他曾经看到过安妮专心致志为他制造挤奶机的样子，所以早就有预感安妮会想办法把怀表修好。不过他没想到会在机芯里看见一个闪闪发光的新零件，它跟怀表其他部分的颜色都不一样。当他看出这个零件的构造比怀表的其他零件要精致许多时，大为震惊，转过头看着安妮。

安妮眨了眨她的绿眼睛，“我再也没法儿按时去上学了。”她说，马修这才明白过来，她是用自己身上内置时钟的一个零件让他父亲心爱的怀表起死回生。

他知道这对于机器人来说一定是一个很大的牺牲，从某种程度上来说，他手里握着的就是她身体的一部分，想到这个，他觉得自己的心跟安妮的心贴得更近了。

他走到她面前，在她额头上吻了一下，这让安妮和马瑞拉都大吃一惊。“你只要学着像咱们普通老百姓一样看钟就行了。”他说道，同时往后退了一步，声音因为激动而有点儿嘶哑。

“我来教你，安妮。”马瑞拉说道，“要是你跟着马修学的话，那以后到哪儿都会迟到的。”

安妮以前总是以为搭乘飞艇会给她一种自由自在的感觉，跟这世上一切其他的经历都不一样。

可是她错了。

是的，这的确很过瘾。是的，当她站在船头俯身下望，飞艇从又一座云堤中穿行而出，铜丝发辫被风吹了起来的时候，她的确感觉自己处在世界之巅——不过也就是字面意思上的而已。她很快就意识到，自己只不过是一个看着世界从身旁经过的旁观者而已。既然知道了这段旅途不由得自己掌控，她反而平静下来；她只要享受这趟旅程就够了。

她现在才明白，自己第一次真正尝到自由的滋味是三个月前在火车站站长让她从货运行李箱里出来的时候——可惜她当时并没有意识到这一点。她走出行李箱，踏进一个全新的世界，体会了以前从未知晓的各种感觉，在她这短暂的人生里，她第一次有机会被人接受、被人欣赏。

被人疼爱。

再也没有人叫她要像自动化的机器一样去做这做那。她必须弄明白自己的行为会带来什么样的后果，并且学会应付这些后果。到了这时，她才明白了自由的真正含义：拥有一个有意义的人生。

她用那对敏锐的机器人眼睛在离飞艇很远的田野里四处搜索，直到看见坐落在树林边上的绿山墙农舍才停下。看着这间屋子，她有了一种归属感，这是她以前从未有过的感觉。

“我们想要收养你。”马修轻声地说。这时她才刚刚从飞艇上跳下来，正在兴奋不已地说着这趟云中之旅给了她多么大的想象空间,听到马修的话,她停了下来。

“可是你们已经把我给买下来了呀。”安妮答道,注视着马修那羞怯的笑容,她有点儿困惑。

“这倒不假。”马瑞拉说道,“就这方面来说,你这姑娘可真不便宜。”她麻利地掸了掸自己的裙子,然后直视着机器人,后者也望着她。“可我们不想把你当成属于我们的物品。”她继续说道,同时伸手握住了马修的手,“我们想知道,你愿不愿意选择做我们的孩子,从而成为这个家的一员。在你进入我们的生活之前,我们从未有过孩子,甚至不知道自己想要孩子。”

安妮凝视着他俩,自从认识他们以来,她第一次无话可说了。

这一刻,她成了绿山墙的安妮。

她终于回到家了。

洄 游

[加拿大]德里克·昆什肯　著
虞北冥　译

当 下

革命爆发于巢穴日的第九百零三天，那时，脉冲星“英雄”在北方的地平线上闪烁，而整整一群掠食者噬咖正从西面的小行星后冒出。巨大的身影遮掩了它们呼吸时喷出的尾气，然而蜂巢内任何有灵的活物依然能看到它们的魂石发出微微蓝光，闪烁不定。

恐慌的情绪横扫了整个蜂巢。蜂群还没有做好准备，加注了燃料的发射管只能容纳一半公主。工蜂和魂石宿主们开始互相争吵，突然之间，就像发生了上千个小型链式反应一般，所有地方都陷入了惊惶。群蜂用他们的钢爪抓着地表，四处奔逃，进一步扩大混乱。

狄亚站在一处废弃的尾矿上，脚下是飞扬的尘埃。经过劳工营那些破烂棚屋时，他已经和半打的革命者见了面。这些革命者没一个有魂石，所以看不到噬咖，还以为警报意味着革命计划败露，兵蜂就要将他们统统逮捕呢。

“糟透了。”狄亚说。

“快走！”他的魂石在体内躁动，散发着无线电信号，“去救公主！”

“狄亚，革命尚未就绪！”提迦斯是没有魂石的工蜂，强化硼碳的甲壳呈扁平的三角形，粗大鳍片的前端长着三个晶状单眼，已经随着岁月流逝有了轻微的擦痕。“工蜂们还没聚集起来。”

几个小时前，来袭的噬咖分成了两群。其中一批依然直直地飞向蜂巢；另一批则改变航向，准备拦截迁徙队伍——而这时候迁徙队伍甚至还没有被发射出去。

“蜂巢的反应太慢，”狄亚说，“革命必须马上开始。”他看到三个兵蜂在尘埃和尾矿之间狂奔，朝巢穴入口方向奔去。他们眼中放射着辐射的光芒，那是魂石的热量。之所以慌忙离开矿场，只怕也是想加入迁徙的行列吧。

“只剩几分钟了。”狄亚的声音以微波方式朝周围扩散。想到时间所剩无几，他忧心不已。话虽如此，他依然指挥革命者们向前扑了出去。

兵蜂们被革命者跳跃着踩在身下的瞬间，狄亚下意识地发出了尖叫。同族相残，太骇人了！这感觉难以置信，甚至冲淡了蜂巢末日所带来的恐怖。

兵蜂们拼命挣扎，扬起阵阵石墨尘埃，飘荡在重力微弱的空中。它们被革命队伍掀了个底朝天，口器大张，钢爪徒劳地挥舞。而狄亚的同谋们依旧稳稳站立，爪子紧钩着表层尘埃之下的风化层冻土。

兵蜂的哀鸣与呼号在广袤的空间中传播，但蜂巢正陷于混乱，这小小的事件得不到任何人的关注。人们都在忙着拯救公主、亲王，还有他们自己。

也只有在这样的混乱中,劳动者的革命才有可能成功。

其中一个被捕者大概是领主,这家伙异常危险。硼碳复合的甲壳之下,他的魂石光芒强烈而持久,这当然是铀和钍的缘故。其中几抹温润的颜色,则源于氚和钾的反应。此时领主的魂石正发疯似的发射无线信号,而狄亚的魂石陷入了沉寂,让革命领袖觉得心惊肉跳。

领主的那一对对小短腿无助地摆动,体温越来越高,魂石简直点燃了他的身体。浪费反应物质是难以饶恕的罪孽,但狄亚不能让其与魂石上的挥发物产生反应,否则领主就会甩开按压着他的革命者,腾空而起升入轨道。这种事一旦发生,他们就再也奈何他不得了。

狄亚拿出撬棍和钳子,深深插进领主口器,开始分割安置着魂石的金属辐条。醒悟过来的领主惊骇至极,他疯狂扭动,鳍片后缘喷出一阵阵冰凉的气体。

多年的行医经验让狄亚的动作轻车熟路,他很快就掏出了魂石。脉冲星的照耀下,矩形的块状物不断闪烁着放射性同位素的光芒。所有人都敬畏地注视、聆听着这一切。只有狄亚曾见过这样赤裸的魂石,其他的革命者都是矿工、挑夫或者建筑工。

狄亚转向提迦斯。后者已经翻过身,张开了被液氮、石墨还有其他石材磨损、满布电离尘埃的口器。狄亚把依然尖啸不止的魂石放进提迦斯的口中。

任何人都能拥有魂石。正如蜂群从蜂后腹中的高热反应堆熔炉里铸造而生,魂石凝结于她体内的矿质脉络之中,从这个角度说,二者可谓同源。然而狄亚能成为医生、获得魂石只是出于偶然。那些没有这种运气的工蜂只能被发配去矿场工作,他们不但永远无法发现土壤里同位素所绽放的光芒,也绝无奔向星空的机会。狄亚收紧提迦斯体内的金属辐条，稳稳固定魂石，然后和其他人一道努力，让这个新获得魂石的同志翻过身来，重新腿肢着地。

蜂巢的慌乱加剧。蜂后发出电波，宣告她正在为公主们做着第一波发射的准备。狄亚急忙从另外两个被按住的兵蜂那里取出魂石，分给了巴芮尼和郁伽。

这几颗魂石往外散发的电波里充满恐惧与愤怒。换作平日，暴民只怕早被统统逮捕了，但这会儿正是魂石们一天到晚念叨的世界末日。

远方，蜂后庞大的身躯之上，第一波移民正在发射。高热挥发物的光芒在厚重的尘埃中短暂闪现，在这股推力下，公主们以惊人的速度升入星空。六、七、八。一群又一群亲王和侍臣离地升空，紧紧跟随在未来的蜂后身后。之后，移民的发射速度慢了许多，那是等级较低的贵族和领主。见到这番情景，狄亚的魂石说话了，开始是安静、满怀恐惧的低语，随后嗓门越来越大。

"出发！"狄亚喊道，"我们没时间了！"他注视着挤在身旁的这群革命者，这些没有魂石的工蜂把未来都托付给了狄亚。听到领袖的话语，他们瑟缩着退到一边。狄亚也伤心欲绝。他愿意付出一切去拯救这些工人，时间却只允许他选择其中的三个。

甚至连这三个也算不上拯救。前路漫漫，只要稍有差池，他们就会葬于噬咖之口，或者被移民潮本身所吞噬。革命者不是养尊处优的亲王，只有工蜂辛勤工作偷偷积攒的那么一点点挥发物和辐射尘。的确，每一块走私进劳工营的固态挥发物最终都落到了他们手上，但这可能依然远远不够。

是时候出发了。

狄亚打开体内隔膜，存储的挥发物如涓涓细流般淌过魂石，发出灼人的热量。混合了水蒸气、甲烷、氨还有氮的热流从身体后缘喷薄而出,带着他升向高空。他看到了蜂后庞大的身躯,在她面前,最雄伟的矿山也相形见绌。她以烧结陶瓷为材质的体表点缀着数排发射管,那就是公主们的升空之所。随着高度不断攀升,依旧震颤的发射管在狄亚的视野中越缩越小。曾几何时,群蜂们会排成几线朝她鱼贯前行,为她带去新的矿石和挥发物。而今,井然的秩序早已荡然无存。群蜂只是本能地扑向她,徒劳地希冀她能够再次庇护苍生。

又是一波新的齐射。公主们呼啸着经过狄亚身旁,距离之近,连紧紧收在身下的腿肢都清晰可见。她们瞬息之后便绝尘而去,但广袤空间里颤动的呼吸残留物依然让狄亚揪心不已,几乎想直接追随而去。这份思绪尚未落定,亲王和侍臣们便掠过了他的体侧。反射着淡雅星光的硼碳复合甲壳之上,他们宽广、纤尘不染的鳍片优雅翻转,露出固定其中的金属网。而后,这些金属网徐徐展开,直面英雄。那是光帆,能吸收微波辐射,为漫长的洄游提供能量的光帆。

壮观、惊人、雄伟。而这……就是他的同胞。

狄亚和赶上了他的三个同党调转方向,沿亲王们的轨迹追去。往回望,蜂巢所在的小行星不再占据整个视野,它渐行渐远,露出后方漆黑的深邃星空。蜂巢和它周围光环般分布的劳工营看起来阴暗而怪异,唯有尚未离去的魂石还散发着点点光斑。接着,第三波,也是最后一波移民潮开始发射,所有魂石宿主都尽其可能地离开了地表。但他们中的不少人燃料不足,注定死于半途。

狄亚看不见工蜂们。这些如尘土般暗哑的劳动者被人们抛弃在了身后。他照料过他们的伤口,曾为他们而战,还曾竭力想把他们带进移民队伍。兄弟们的命运撕扯着狄亚的心灵,但出乎意料,分离的痛楚并不如预料的那般强烈。狄亚本人受过教育,知道理性行事,可本能的力量依然让他惊讶不已。他必须控制住想去保护亲王,臣服于公主的剧烈冲动。

魂石低声吟唱着神圣的引航之歌,希望他能谨遵引导。他的魂石经历过上一次洄游,本来属于某个年富力强的亲王。它富有智慧,知道该怎么在苍茫宇宙中修正飞行角度,也知道该怎么引诱噬咖,让它们远离公主。每个魂石所知的洄游路线都一模一样,它们通向的目的地也别无二致。对狄亚的魂石而言,被抛弃的工蜂,还有因发射蜂群而灯枯油尽的蜂后,都已经不再重要。

两组噬咖中较小的那群直奔蜂巢。他们未用呼吸加速,但庞大的光帆接收着英雄每秒一次的微波辐射,将它转化成永不停歇的前进动力。在他们面前,垂死的蜂后和服侍她的工蜂劫数难逃。

而他们中更大的那组,必将与迁徙的蜂群交汇于远方。

过　去

带着一路扬起的尘埃,狄亚抵达了七号矿场。要进这地方可不容易,他拿固态氮贿赂了低层官员好些天,才终于搞到了这张许可证。此时,一只体格硕大、甲壳圆滑的兵蜂正在矿场边缘巡视。尽管附上了一层薄土,前缘宽大的横鳍上,他主子的标志依旧清晰可见。而晶状眼睛所折射出的明亮光芒,则清楚表明了此人到底携带了怎样一颗魂石。

"来干吗的?"他问道。

"有人需要看医生。"狄亚回答。没必要和领主的打手纠缠。他低头展示了一下自己的魂石,然后张开口器,从喉管中抽出那张印着许可的铝箔。

"请回吧,我们已经让那个懒汉回去工作了。"

“我就是为这事来的，我还得为其他矿工做体检。”

兵蜂掷回许可证，“要浪费时间的话，随你的便。”

“谢谢。”狄亚收回证书，跃进矿场。

七号矿场占地异常宽广，远处的矿山甚至隐藏在地平线之下。矿工们三角形的扁平躯体在风化层土壤中移动，用锋利的钢爪挖掘筛选矿石。光帆在他们横鳍上展开拉紧，同步接收着英雄之声所赋予的微波和能量。

此地的矿工大多不是魂石宿主。只有寥寥可数的几人被赋予了老迈虚弱的魂石，这也不过是为了方便他们在挖掘时发现放射性颗粒而已。相比之下，狄亚的魂石受人瞩目得多。医生需要能看穿皮相的敏锐眼光，最轻微的裂口和金属疲劳的早期痕迹唯有通过对甲壳进行射电扫描才能显现。

矿工们挖掘地表所产生的土壤堆成了狄亚正在攀爬的小丘。其中的氮、二氧化碳和铁镍合金早已被采集一空，送去蜂后体内充当熔炉与矿质脉络的原料了，留下来的不过是硅酸盐和碳酸盐的废土。

狄亚看到小丘顶上立着一位大领主。

从那个方向传来低沉的祈祷，但不是领主的声音。透过眼睛上的晶状透镜，狄亚看到领主的魂石正在对他说话。魂石富有韵律的电子音嗡嗡作响，还间或发出噼啪的爆音，想必已让领主沉浸在了神秘的英雄之声中。附近的贵族们接收、转发着同样的祷文，除了没有魂石的工蜂之外，所有人都陶醉在这令人麻木、重复冗长的旋律中。

好在狄亚已经学会了无视他的魂石，要不然也会成日迷失在传说和经文里，把与等级制度抗争的使命丢进九层冻土之中。通过几次抗议和集会，他已经和矿工们打成了一片，还知道其中不少人的名字。

“早上好,伊沙。”狄亚走向一个脏兮兮的工蜂。后者的爪子正在坚硬的风化层泥土中掘下道道深痕。微重力无法把细碎的泥土颗粒束缚于大地,扬起的泥土形成了片片尘云。伊沙是个好工人,透过飞扬的尘土,能看到他身后有不少冰氮和块状二氧化碳反射着英雄的光芒。它们肯定会成为王公贵族们大餐上的主菜,搞不好甚至还能获得某位公主的垂青。

“早安,狄亚。什么风把你吹来了这里?”

“有人在找医生。”

“都是好几天前的事了。达瓦尼被打了。”

“他在哪儿?”

“西侧矿山,他们还盯着他呢。”

一个兵蜂接近了。

“回去工作!”他喊道,“喂,你是谁?”

狄亚转过身,向来人亮了下蚀刻在前鳍片上的医生标志。但兵蜂只是冷哼了一声。给工蜂治疗的家伙。如果真有能力,肯定早就被亲王甚至公主给纳贤了。兵蜂没想到还会碰上狄亚这么低贱的医生,更别提这里还是七号矿场——虽然他肯定乐意让狄亚照看下自己的小毛病。

“嘿!”他突然喊道,“你居然没通知我来收集这些!”他把狄亚和伊沙推到一边,捡起地上的挥发物块。

“我刚刚发现它们。”伊沙说。

“又是这个借口!快滚回去工作!还有你,医生,在我收回你的许可证之前,最好赶紧把事情干完。”说完,他扭头跃向另一个矿工。

“看过达瓦尼之后去会会别的人吧。”伊沙悄悄说,“大伙都想知道他现在咋样了。工人们都指望着你呐。你有了魂石，却没把大家晾一边。”

狄亚打了个明白的手势。礼拜圣歌的嗡嗡声环绕着他，就像另一种英雄之声，但其中的内容早已陈腐过时。

当 下

身后的蜂巢已经消失不见。现在想来，他们曾经的居所是如此的破败，简直令人蒙羞；倒是自出生以来就高悬天顶的星辰，成了狄亚遥远的旅伴。他为劳动人民所做出的抗争，他对工人兄弟所高喊的话语，在星海中都显得空洞无比。也许持续了无数年的蜂群洄游之旅会继续下去，新生，死亡。死亡，新生。日光之下没有新鲜事，就像没有魂石的苍白躯壳。不存在未来。更罔论今日。

他的魂石倒是不怎么闹腾，也许在指望他能明白自己的本职所在。迄今为止，他依然和亲王们保持着很长的距离，只能看到一丁点残余的呼吸热量。这热量的轨迹直冲脉冲星近旁而去，让狄亚多少有些害怕。

终于，魂石伴着电波杂音说话了。当然，又是关于迁徙和洄游的诗篇：前进的矢量、星光、路标，以及传说中才有的急速冲刺。有的魂石真的经历过这些。它们会根据不同的迁徙路线、变动的小行星位置来重新斟酌诗篇的遣词造句。不过，无论在哪个版本的圣歌里，穿过英雄和饕餮圣域的弧度永不改变。

狄亚也知道迁徙的路线。他对此专门做过一番研究——这事要是被别人听说的话，对于一个医生来说多少有些不够体面。此时，他不顾诗篇教诲，暂停了呼吸。魂石马上告诫他必须加速前进，不可错失迁徙良机，但狄亚没有理睬。他早有定夺，为了达成计划，他要远远地尾随在亲王与公主们之后，为此必须故意抑制速度。

终于，脉冲星出现在视野中，由一个圆点慢慢扩大；与之相伴，引力也不住增长。一成不变的英雄之声放大成了震耳欲聋的持续咆哮。时候到了。狄亚展开光帆，连接它的金属缆绳根根绷紧。接着，狄亚又细调角度，借英雄的射电波束前进，同时又不至于和它迎头相撞。微波的斥力会随着接近英雄逐渐增长，以此抵消同步上升的引力。

随着时间的流逝，英雄从圆点膨胀成了圆盘。它的声音如此澄澈嘹亮，超过了狄亚的接收极限。现在，电磁脉冲扫过他的频率加速至每秒两次，为光帆带来了难以置信的动力，能量甚至充沛得让狄亚阵阵眩晕。在此期间，他的魂石重复祷告，祈求能够早日脱离圣域。这些诗篇终于结束后，它又开始说起了寓言，内容多为亲王们在被噬咖捕捉前的最后光阴。狄亚无暇分心倾听，他只感觉被英雄的声浪颠得七荤八素，根本无法回头去确认自己和噬咖之间隔了多远，甚至连其他革命者有没跟上也不清楚。圣域之中，人们总是只能孑然前行。

过　往

狄亚奔向达瓦尼所在的地方。一路上，被挖掘过的地面坑坑洼洼，满是长条状的沟渠；参差不齐的土层里冒着许多铁镍合金的边角。这么多合金会让英雄的声音发生奇怪的变化。只要可能，矿工们就会用泥土将其覆上，不过有时候，就算全蜂巢的人一齐上阵，也没法把这些金属统统掩盖。它们发出吱吱嘎嘎的怪响，让英雄的声音听起来跟发了疯似的。

眼前的西侧矿山硕大无朋,登上山顶便可以俯瞰整个平原。追溯其历史,甚至比蜂后和诸亲王在此行星的建巢之日更为久远。

“可怜的工人。”狄亚自言自语,“这样的大山耗去了他们多少光阴?”

“是无数洄游的亲王和公主们造就了这一切,”魂石说道,“一代代满腔热血的贵族和他们明察秋毫的魂石一道工作,为一个个新巢穴的建立倾尽全力。”

“惊人的付出。”

“所以我们今天才能站在这里。”魂石说。

狄亚一路上通过了许多关隘,许可证让他畅行无阻。那些守关兵蜂的魂石非常明亮,这八成是经年累月索贿的结果。如此一来,他们甚至有能力与亲王和侍臣们一道迁徙。为更上层阶级征税不是件轻松活,但其中的确利益良多。

西侧矿山是反社会者们的劳动场。此地的矿工所能享受的闲暇更少,所受的惩罚则更多。然而这样并不能提高工作效率,他们每一次挖掘的动作看起来都有气无力。问路后,一个兵蜂指向山脚,那儿有个无人监视的工蜂。

“达瓦尼?”狄亚走到工蜂近旁时问道。

缓缓转过身的工蜂让狄亚打了个哆嗦。对方的甲壳满目疮痍,本该光滑平坦的甲壳前缘支离破碎,头顶部位多了个锯齿状的大洞,里面积满了被静电吸引而来的尘埃。眼睛部分更是惨不忍睹,晶状透镜上全是刮痕,连一处完好的地方也没有。

“是谁?”达瓦尼问道。

“狄亚。”

“医生?”

“发生了什么,达瓦尼?”

“几个监工跟在大人物屁股后面来了一趟。强化硼碳顶不住铁棍啊。”

惊恐和愤怒的感情如此强烈，顿时攫住了狄亚的心。射线扫过达瓦尼的躯壳，魂石又报告出了许多处内伤和骨折。部分断裂和破损程度极其严重，无须射线扫描都能看到。有道裂口甚至从达瓦尼的前鳍片一直延伸到了他的后缘。尘埃颗粒，尤其是带电的石墨尘严重感染了伤口，堆积在眼部附近破洞里的尘埃更是不用多久，便会扰断达瓦尼的神经连接。

“揍你的家伙肯定没想给你留活路。”

“我感觉不到自己的爪子，不过应该还能继续工作。”说着，像是为了证明似的，达瓦尼动了动，但只有半打金属肢杆抽搐了一下，余下部分就那么耷拉着，“要是你跑这么大老远就是为了来看我，那可真是对不住了。希望你还有些别的病人。”

“知道这事以后，我就尽快赶过来了。”

“没用的，监工们打人在行得很。”

“抱歉。”

“别说什么‘抱歉’，去做点什么吧。做点比写写宣言、行动大纲还有大字报更多的事。”

“以暴易暴不会使我们进步，达瓦尼。”

“懦夫。”

“你的做法没有出路。你和工会的其他领导人宣扬的那些事……说得好像只要把蜂巢搅个底朝天，我们就会获得自由。”

“没有了压迫，我们当然会得到自由。”

“发起暴乱，不论成败，我们都至少会死一半人，”狄亚说，“再说除了削弱蜂巢之外，暴乱将一事无成。噬咖会轻易地消灭我们。”

“噬咖捕捉我们本来就轻而易举。”

“那公主们呢?”狄亚反问,“要是我们努力的结果是连她们也没有机会脱离虎口呢?种族灭绝不是社会变革。”

“你从不反抗,”达瓦尼叹了口气,“所以他们才赏赐了你魂石。”

当　下

他痛苦的嘶嚎和英雄绵延不绝的啸声缠夹在了一起,魂石甚至早在他之前就开始了呻吟。狄亚饱受重力的折磨,感觉整个星系甚至宇宙的重量似乎都压在他身上,随时会把他碾成齑粉。英雄已经化为狂怒的蓝紫色球体,每秒以喷薄而出的两道电磁波扫荡空间,剧烈摇晃着他的光帆。他前所未见的病态橘红色辐光像旋涡一样,浮在脉冲星的表面。

狄亚终于跌跌撞撞地到了近地点,那是人们能挨近英雄的极限距离。他调整角度,开始呼吸。疼。火焰烧灼。英雄之声穿刺而过。光帆被撕扯得吱嘎作响。身体就像要裂开。

终于,脉冲星落到了身后,可怖的引力猛地消散大半,留下英雄之声继续推着他前进。在两个恐怖的圣域之间,魂石低吟浅唱着迁徙者的逃逸速度和航程定位之歌。狄亚克服了朝魂石妥协的冲动,依旧和蜂群保持一段距离。与此同时,他的革命伙伴们追了上来,围在他身旁。

英雄灯塔般的光芒和声音不断拂过光帆,推动他们越飞越快。沿着这条轨迹,蜂群会径直冲进饕餮圣域,直面那可怕的黑洞。

英雄和饕餮之间隔着一片辽阔的星域。迁徙的蜂群常常会在被饕餮捕食之前,先在此地落入追赶上来的噬咖之口。每当这种情况发生时,总会有勇敢的侍臣挺身而出,以生命为代价,引诱噬咖离开既定航线。

这次当然也不会例外。狄亚拼命克制住回望的冲动。噬咖的动力源自巨大的光帆,他们体型庞大、力量充沛、行动迅速,身体前侧尖利的爪子可以将目标一击洞穿。

随着他们的不断前行,英雄之声日渐稀薄,尽管如此,狄亚依然在侧耳聆听。如果这声音突然下降了几个高度,那很可能就是噬咖降临的征兆。所有传说和故事都是这么讲的——噬咖会遮挡英雄传向蜂群的电波,令猎物陷于无助的寂静和黑暗,然后再缓缓接近,张开血盆大口,将他们肢解、吞噬。

故事虽然恐怖,从中却也能悟得不少知识。现在,狄亚瞄准了远方的某个亲王,开始用光帆屏蔽对方所能接收的电波。亲王侧转身躯,想避开这片阴影,但失却了英雄之声,他的光帆不过是张铁丝网。

亲王徐徐收回光帆。传说中对此有所提及,收帆意味着放弃外力,采用呼吸推进。但过了一会儿,这位亲王又犹犹豫豫地重新展开光帆,试图再度接收微波。毕竟,呼吸的燃料是英雄赐予人们、只为迁徙而使用的珍贵财富。它虽出于尘埃,但具有神性。因为每一点、每一滴都来之不易,所以关于反应原料使用的律法极其严苛。除了神学方面的考量外,这更是现实所迫——要是没靠近英雄和饕餮就滥用燃料,那到了真正急需使用的紧要关头,可能就会发现它已被消耗殆尽了。

"别!"狄亚的魂石终于醒悟到他要干什么,大叫起来,"快住手,你这个疯子!"

阴影中的亲王朝远处的迁移队伍发出啾啾的求救信号,但无济于事,移民潮早已远去。数小时流逝后,狄亚终于侧滑到了一边,准备对新的目标下手。终于再度聆听到英雄之声,亲王立即重新起航,但已经为时太晚。

因为噬咖也一直在加速。不等亲王逃逸,噬咖就会抵达他身旁。他的挥发物、他的放射性同位素、他的稀有金属材料都将被彻底消化吸收。

狄亚的三个同伴也在试图干扰各自的目标。他们的动作不如狄亚精准,大多数目标在革命者彻底屏蔽他们的电波前便重新收到英雄之声,逃出了阴影区。不过纵然如此,这些亲王也丧失了许多宝贵的加速时机。

如此看来,他的办法起效了。可这成功的喜悦尝起来是如此苦涩。这不是狄亚想要的结果。他原本只想终结劳动者所受的压迫。是那些高高在上的王公贵族们逼他掀起暴乱的。

一个远远跟在移民潮后面的侍臣也许是觉察到了逼近的阴影,认为自救无路,干脆收帆,优雅地转身,想把后方的掠食者带离航线。他没找到穷凶极恶的噬咖,却发现居然是几个工蜂在行谋杀之事。愤怒的电磁咆哮后,他精妙地操帆,划着"之"字形冲提迦斯而去。

狄亚大叫着发出警告,但提迦斯尚未反应过来,侍臣已经和他撞到了一起。锋利的钢爪剖开了提迦斯的眼,然后是嘴巴,接着是连接光帆的缆绳。四根缆绳中的两根彻底断裂,提迦斯的光帆不受控制地侧倾。而侍臣则从他身上轻巧地跳开。

"提迦斯!"狄亚吼道。

提迦斯的速度在战栗中不断下降。他没法调整光帆,动作无比怪异。狄亚微微转向,朝提迦斯接近,此时他同伴的震颤已经变成了不受控制的翻转。"狄亚!"他哭喊道,"修好帆! 救救我!"

确认伤势后狄亚的心冰凉一片。这是无可挽回的重创。在洄游途中,狄亚没有材料接合缆绳,而噬咖又如影随形。

“离开!”他的魂石说,“起航! 去保护亲王和公主!”

“我很抱歉,提迦斯。”

“别! 求求你!”

狄亚滑翔到了袭击提迦斯的家伙背后。不能给他通风报信的机会。那个侍臣发觉英雄之声接收不正常,立刻侧帆试图摆脱,但这次他的对手是狄亚。很快,移民群就把他们抛在了后边。除了狄亚之外,他高声的尖叫无人能闻。洄游者个体之间都保持着一段很长的距离,按照圣歌所言,这是为了防止被噬咖一网打尽。

“住手! 快住手!”魂石喊道。然后,也许是被狄亚的疯狂吓坏了,它的语气软了下来,“求你了。”

“你知道有多少工人因为这些家伙而蒙受苦难吗?”狄亚问道,“你知道有多少工人被他们殴打至死吗?”

“你太愤怒了。”魂石说,“你不明白,英雄之所以这么安排蜂巢的位置,之所以让我们苦难行军,是为了从我们之中遴选出最聪明和最强壮的,让他们继续繁衍新的一代。”

“他们不是什么最好的,”狄亚厌恶地说,“他们不过是获得了魂石,然后反过来用魂石奴役其他人。”

“你错了。之所以赋予你魂石,也是因为你比别人更强。”

“胡扯。蜂巢里医生不够,需要补充而已。我比别人学得快点,但在别的方面和落选者没有任何区别。用魂石来划分社会等级纯粹只是为了维护少数人的利益。”

“人们遗传之土里的信息的确一样,但不同的成长环境、所受到的教育,还有变幻莫测的命运让人们有了高下之分。但是记住,我们依然是同胞,我们分享同一个家园。其他人的成功也是你的成功，种族的延续也是你的延续。”

“我们不只是会迁徙的遗传之土。”狄亚回答，“再说，如果你真心认为我们是同胞，那就不该介意是谁陪伴公主结束这趟洄游之旅。是亲王还是我都一样。”

英雄的低吟浅唱把狄亚往侍臣方向不断推去，在他们快要相撞的瞬间，医生侧帆转向，把侍臣甩到身后。后者接收到了脉冲星的电波，想重新加速追上来，但狄亚知道，噬咖会替他完成一切。

过 往

建立巢穴的蜂后和她的配偶选定了这颗中轴线几乎正对英雄缓缓自转的小行星。蜂后筑巢于极点，沐浴着永恒的脉冲星之光。但对工作在劳工营附近、成日与瓦砾和碎石打交道的工蜂以及其他魂石光芒暗淡的人而言，夜晚的短暂意味着每分钟休憩时间都弥足珍贵。现在英雄已下山了一个多小时，照理说狄亚也该去小寐一番，但他并没钻回居所，而是进入了劳工营深处。他有个工人集会要参加。

“你不该和这些下等人来往，”他的魂石说，“我们还有未来，你大可以展示自己的才华，获得更高的社会地位，成为一个贵族、一个小领主，甚至哪个侍臣的专职医生。往好了说，你甚至可能捞到足够的挥发物参与迁徙。”

“我的未来可能要由接下来的会议所决定。”狄亚回答。他前面人头攒动，那是一大群工蜂。“看，那里有别的魂石。”

“有魂石的工蜂！”他的魂石对此不屑一顾，“这些下等的魂石甚至连洄游的记忆也没有。这儿没人能帮到你。”

医生没来得及答话，有人大声招呼着他。那是阿沛瑟瑞，正从人群中挤出来。经年累月的建筑工作让他这位朋友的甲壳伤痕累累,但晶状眼睛后面,魂石的光辉丝毫未减。和狄亚一样,他并非天生的贵族,而是后天才接受的赐福。作为积极的活动家,阿沛瑟瑞常常在集会里发言。

"听说你去了矿场?看过达瓦尼没?"

"他们下了狠手,达瓦尼没救了。"

阿沛瑟瑞啐了一口。

"社会的变化太慢了。"狄亚说。

"何止是慢。"阿沛瑟瑞的回答不是对狄亚说的,他朝向了众人,"根本没有变化!"

他们周围,工人们大声攀谈,电波声此起彼伏。叫嚷声、欢呼声不绝于耳。发觉被阿沛瑟瑞引导成了众人注意的焦点,狄亚窘迫不安起来。他向来不自认为是革命领袖。虽说他会在公共场合张贴亲手写下的宣言,但狄亚并不认可工人们的许多革命观点。

"我们不能指望社会自个儿缓慢变化,"阿沛瑟瑞语调激昂,"光靠慢吞吞的跳和爬,我们永远不能获得——自由!"

人们高声喝彩。狄亚也觉得该为这样的讲话叫好。达瓦尼残破的容颜在他脑海中一直挥之不去。

"我们必须离开会场!"他的魂石抗议道,"马上!"

"每一次洄游,我们都被抛弃,"阿沛瑟瑞继续道,"我们永远没有迁徙的机会。这特权是贵族的,是他们的侍臣的,是他们的支持者的——但从来不是我们的!"

"现在就革命!"有人在黑暗中喊道。

"把蜂巢翻他个底朝天!"

狄亚的魂石发出惊恐的尖叫,音量之高,连他身边的人也能听见。狄亚也吓坏了。他关心劳动阶级,和其中一些更是结下了友谊,被他们视为群众的一员。但暴乱会葬送他们的生命。一阵强烈的紧张感划过他的神经网,狄亚知道自己必须说点什么。

“我们不能推翻整个蜂巢,”他说,“暴力无法带来救赎。”

充斥着空间的电波里一片嘘声。

“亲王和他们的侍臣体型庞大,身手矫健,还有魂石相助。我们只能在地上奔走,而他们可以飞翔在天际。可以说整个蜂巢都与我们为敌。”

“说得好,”他的魂石赞赏道,“毫无胜算!”

“叛徒!”底下有些人叫嚷起来。

“快逃!”魂石低语。

“那是狄亚!”阿沛瑟瑞让会场安静了下来,“先让他讲完。”

“你以为我们还有多少时间闹革命?”狄亚问道。所有人都齐刷刷地看着他,让他恨不得找条地缝钻进去。“几个月?连王公贵族们都在担心燃料准备得不够充足,侍臣们更是怀疑自己连上天的机会都没有。而亲王们很清楚,没有侍臣的保护,噬咖就会捕食他们。”

一片寂静。“我们也害怕遭到遗弃。”

狄亚觉得头晕眼花,他从没做过这样的演讲。“在这种情况下,如果我们去要求魂石,他们会给吗?”

“不可能!”有人喊道,“他们会把我们活活打死。”

“是的,他们当然会这么做。”阿沛瑟瑞说。

“那我们该怎么办?”又有人问道。

“和他们做交易。”狄亚回答。

嗤之以鼻的声浪四起。

“增加产出,以此来交换魂石。”

“我们不能这么做!”人群中响起叫声。

“我知道你们想问:为什么要魂石？只是为了让我们之中的几个人得益、为了让他们参与迁徙吗?”

“没错。”阿沛瑟瑞显然是来了兴致。

“这样我们不可能全部得救!”黑暗中有个工人发出质疑。

“但只要有一些劳动者在洄游中活了下来,他们就会成为新一代的亲王。那之后,我们就有了改变社会的力量与权势。更少的贵族,更少的监工,更多获得魂石的工人——这就是我们的未来。”

“这样不够!”谁喊了一声,换来一片赞同声。

“当然不够,”狄亚表示赞同,“但这是最适合现在的决定。如果我们全部死在暴乱中,那么下一世代的工人将不得不从头开始奋斗。他们的遗传之土尚未淬火,我们不能让他们孤军奋斗。”

人群安静了下来。未来的责任、历史的重担突然间压得他们说不出话来。

“阿沛瑟瑞!”有人喊道。同时,另一批人则高呼“狄亚!”。

“这样不对!”狄亚的魂石说道,“这违背了英雄的意愿。”

“有些人会说这违背了英雄的意愿。”狄亚示意人们继续听他讲话,“英雄的确指引过年轻一代的蜂后和她的配偶们跨越死亡圣域。但在史诗里,英雄给其他的贵族和侍臣指点过迷津吗?”

工人笑了起来,然后转为更深层的愤怒,“没有!”

“而现在,我们有了个领袖。”狄亚说着,指向身边的同伴,“阿沛瑟瑞可以把我们的想法提交给亲王!”

“狄亚!”有些人叫道,阿沛瑟瑞也在其中。

“阿沛瑟瑞!”狄亚喊道。排山倒海的欢呼声响起时,他觉得自己长长地舒了一口气。

接下来是其他矿工的演讲。他们的辞藻自然没有亲王的演讲稿那么华丽,但内容发自肺腑、情感真挚。由于整日与风化层打交道，挖掘贵金属和反应材料，这些工人外貌粗犷，甲壳多有磨损。这些底层人民为蜂巢付出良多，狄亚觉得他们理当享有比他更多的权利，包括迁徙的优先权。

随着集会演讲的不断进行，许多工人都朝狄亚轻轻地双击鳍片以示敬意。

“离开！”魂石抗议道，“你这是在带着我往火坑里跳！”

“监工和兵蜂不会来这里的，”狄亚悄声回答，“那群贪婪又懒惰的家伙现在正缩在矿山里呢。”

“他们有线人。”

“在工人中间？”

“工蜂在噬咖面前只有死路一条，可这不妨碍他们中的一些人决定在活着的时候少受些劳役。”

就在这时，有个工人靠了过来。他的前缘抵上狄亚，两张脸几乎贴在了一起。

“你会参与迁徙吗，狄亚？”那个工人低低地问。

“我不为哪个贵人工作，我没有保护人，也没有任何呼吸燃料。”

“他们不会给你燃料，”矿工说道，“对蜂巢而言，这次的收成很差。甚至有很多领主要留下来和我们一起等死。”

“灾年。”狄亚简短地评论道。

“拿好了。”以他们的甲壳为遮挡，矿工偷偷递给狄亚半打固态挥发矿。那是一氧化碳、氮、二氧化碳和甲烷的混合物。“吃掉！”矿工低语，他把音量压低到了只有彼此能够听见的地步。

“这不合适。”狄亚回答。

“赶紧！我们没把你当外人，狄亚。”

狄亚紧紧地盯着这份馈赠。为了这么多的反应物，许多人什么事情都做得出来。有了这些东西,他能成功地贿赂一打收税官,甚至某个地位低下的亲王——如果他能接近的话。

“快点!”矿工急了。

狄亚把矿物块塞进喉管,深深咽下。它滑过魂石侧旁,但没有产生反应。将这堆挥发矿溶解提纯再重新冷凝可不是什么当务之急。

那个矿工回到人群中,仿佛只是个刚刚见到偶像,倍感羞涩的小年轻。狄亚也走到更加僻静之处。他还没从震惊中回过神来。还是个实习医生时,狄亚就认准了自己会死在噬咖带来的恐怖浪潮中。即使蜂巢赋予魂石,给了他最低级别的权柄,这种想法也没有丝毫变化。没有挥发反应物,就没有任何生还的希望。但现在,一个不知道从哪来的陌生人居然给了他这样的一份礼物。就像获得魂石让他脱离了底层阶级一样,这份礼物将再次彻底改变他的命运。

“我们能洄游了!”他的魂石欢呼雀跃,“虽然这些燃料还不够,不过这只是个开始。我们先离开这儿吧。”

“集会还没结束。”

“这里所有人都是叛徒!”魂石骂道,“应该有谁把他们统统告发了才是。”

当 下

迁徙的蜂群分成了三股,每支队伍都至少包含了一个公主、数个亲王以及他们的侍臣。狄亚跟上了速度最快,也是打头的那一支。遭遇噬咖之后,这也是被攻击概率最低的队伍。

巴芮尼和郁伽依然跟在他身后。狄亚并不特别了解他们,只知道巴芮尼是个多次参与集会的建筑工，而平日里挖掘土地的郁伽则有着不错的音乐天赋，人们都愿意和着他的电子韵律高唱政治歌曲或者呼喊口号。他们看起来都不是闹革命的料，但话说回来，狄亚自己也好不到哪去。达瓦尼、阿沛瑟瑞，其他真正的领袖，还有整个工人阶级都已不复存在。只剩下他们三个了。

周遭的变故使他们变得冷酷而高效。现在，他们的目标虽然想脱离突如其来的黑暗，却鲜有成功者。又是几个小时流逝，然后是几天、几周。英雄之声的节奏越来越慢，强度越来越低。脉冲星所能提供的最佳加速阶段已经过去，速度的增量不断降低。公主依旧遥遥领先，但亲王和侍臣们已经被拉开了一段距离。

狄亚收帆，呼吸，缓缓转身，面朝身后。英雄已经化作宇宙黑色背景中一个可怜兮兮的小蓝点，一秒两次的电磁波虽然稳定，却如此单薄。狄亚突然觉得惘然若失：周遭尽是冰冷而暗淡的空间，没有能够栖身的小行星，更罔论你死我活的阶级斗争。远方，噬咖的身影已经显现，虽然还是难以觉察的小点，但他们魂石闪耀的光芒正直冲而来。一共七只。狄亚轻轻侧喷，回过身来，然后展开光帆。

亲王和侍臣们距离他们已不再遥远，数周来的死亡追逐让他们对屏蔽光帆的技巧熟稔于心。只是现在脉冲星的光芒既遥远又暗淡，助推无力，狄亚和他的同伴们也疲惫不已。

随着时间流逝，革命者的位置不断前移。狄亚甚至听到了前头许多魂石的声音，那是陷入了疯狂的亲王和侍臣们。死亡将至，他们仍想竭力保护公主，不让她落入虎口。

就在这时，英雄之声突然黯淡了下去。狄亚打了个激灵，魂石则发出尖叫。该来的总会来。狄亚已经为此精心准备了数周，他计算过角度，在被彻底屏蔽前，时间应当还有余裕，至少现在微弱的英雄之声依然回响在耳畔。狄亚大角度侧转光帆,抓住那一丝微波,往侧面加速。刚开始似乎毫无起色,魂石甚至喋喋不休唱起了牺牲之歌。但事情慢慢起了变化。几分钟后,英雄之声越来越响,而狄亚也渐渐浮出黑暗。

他大张光帆,和那个瞄准了他的噬咖拉开角度,然后再次收帆转向。这么做很累。史诗和传说把这类体力耗竭而死称为慢性死亡,他可不愿意一语成谶。

“这不是我想要的结果。”沉默好久后,他的魂石耳语道,“我们本当尽力赶往蜂群前列,追随公主的步伐,现在却落到了最后。噬咖再临时,我们终究难逃一死。为族群献身,把噬咖带离队伍吧。我本该尽力阻止你的恶魔行径,可我太累了。我失败了,但也许赎罪而死还能换来英雄的怜悯。”

“我从没想过要成为亲王。”狄亚悄声回答。

“来吧!”他对巴芮尼和郁伽喊道,“让我们去创造一个工人不再受压迫的新时代!”

光阴似箭。

自迁徙之日始,四个月的时光悄然流逝。那一天,噬咖终于来了。黑暗来得突然而迅猛,巴芮尼瞬间被笼罩其中。

“巴芮尼!”狄亚大喊,他的声音以微波形式传向被困的同伴,“推进!呼吸!”

“不行!”他的魂石插嘴道,“洄游途中,只有公主才可以在万不得已的情况下呼吸。其他人的所有能量都要节约下来,应对饕餮。”

“巴芮尼!呼吸!”狄亚又重复了一遍。

“所有人都得各归其位,他不过是承认了自己的命运。”魂石说。

魂石说得没错。无论是亲王还是侍臣,只要被噬咖屏蔽的时间一长,就再无归来的可能。

但魂石也说错了。圣典中严苛的计算和狂热的教条,不过是为了维持等级制度的生存。公主当然必须得到保护,亲王和侍臣则可以被取而代之。巴芮尼开垦了一辈子土壤,可以说,是他给了公主呼吸,是他给了魂石新生。他比任何人都更有资格成为下一世代的众蜂之父。

就算听到了他的话语,巴芮尼也毫无反应。狄亚的魂石连篇累牍地背诵着关于牺牲的长诗,巴芮尼的魂石可能也正在对他这般耳语。

狄亚看着巴芮尼收回光帆,在阴影中默默地转向。他紧闭嘴巴,阖上眼睛,挡住了魂石发出的耀眼光芒。

本能的力量真是强大。

过 去

狄亚绕着蜂巢兜兜转转。像他这样小有天赋的人送去矿场挖掘反应材料实在是太浪费了。除了医生之外,同样不用终日苦役的,还包括在蜂后和巢穴周围工作的精算师和建筑工程师。他们在高耸的支架上拉起金属网,为蜂后传输英雄之声,同时负责监督和管理挑夫。后者背负着风化层泥土和冷凝的挥发物,在巢穴和矿场之间不断往复。

与纯粹的工蜂不同,获得了魂石的下等人偶尔也有闲暇光阴供自由支配。当然,他们没见过史诗中才有的剧院,不过矿山附近的洞穴也能用来表演节目。藏卷万册的图书馆自然是奢望,然而口耳相传的史诗和神话一样能洗涤着人们的心智。他们相信自己哪天一旦蒙获上天垂青,就能立刻跻身于亲王和侍臣们的行列。

尽管大多数时间服务于底层阶级,狄亚偶尔也会去给杂务人员或者另一些有点社会地位、但雇不起专用医生的低级文员看病。对这些生活、工作在矿场附近,甲壳冰冷的人们来说,获得炙热的魂石不一定是桩好事。虽然他们的硼碳身躯由蜂后在她的体内烧结而成,但魂石的持续高温依然会让其形变。最糟糕的情况下,甲壳甚至会碎裂。

至于他在蜂巢中的顾客,那些都是魂石宿主,这些人为了自己的利益结党营私,完全不给狄亚这种下等人以升迁的机会。就狄亚所知,只要能够不断地从手下那里捞得好处,亲王也并不介意他们的作为。

所有人都被教育要富有牺牲精神。牺牲,这个词听起来高贵而浪漫。自铸造之日起,新诞生的群蜂就浸润在侍臣诺拉的传说中。据说这个诺拉带着许多噬咖奔向黑洞,生命最后的时刻充满了光明。像这样的故事还有不少,它们被重复了一年又一年,一代又一代。

然而,牺牲还有更深一层的含义:蜂巢中所有雄性所携带的遗传之土都来源于蜂后体内的同一模板。在迁徙途中,一部分人以牺牲自己为代价,换来了另一部分人的幸存。这些从洄游中存活下来的高阶亲王为遗传之土带去了一丝变化。这就是所谓的进化。

可以说,狄亚是所有亲王、贵族、领主和工人的兄弟。但血缘的一致并没有带来地位的平等,兵蜂们照样会驱散工人阶级的集会。真正决定人们社会等级的东西是魂石。靠着从风化土层里采集得到的放射性同位素,蜂后创造了一颗又一颗魂石,得到那些矩形块就意味着更高的社会等级,以及无须电容就在黑夜中工作和活动的能力。除此之外,魂石宿主还能看见其他魂石的闪光。然而,最最重要的是,只有获得了魂石的人,才能从土层中找出固态的挥发矿,为将来的迁徙做准备。

狄亚与阿沛瑟瑞在蜂巢外的低等魂石宿主营地里见了面。为了获得这次与拉斯亚亲王会面的机会,阿沛瑟瑞上下打点了很久。

狄亚坐立不安。他从没和亲王交流过,所以总担心对方不能接受自己的观点。他说服过地位与他相当的人,但位高权重的听众完全是另一码事。在劳工营深处的黑暗之中对工人讲话很容易,可这里是巢穴,辉煌壮丽之地。

“这样很不好,”他的魂石说,“只要和亲王对过话,我们就会受人注目,你和我都是如此。精算师会拿出对比记录,看看究竟是哪颗魂石在以下犯上。我们会吃不了兜着走的。”

狄亚和阿沛瑟瑞走向两只兵蜂把守的边门。拉斯亚亲王的侍臣就在那里,他的魂石光芒令人目眩,复合甲壳光滑整洁,前缘上刻着保护人的家徽。阿沛瑟瑞把一块提纯挥发物递送进了他的喉管。不消说,这当然是违法行为,这样大量和高纯度的矿物理应只归亲王和公主拥有。但侍臣目不斜视,直接把矿吞进了肚中,周围的雄蜂也都故作不知。

“请讲。”侍臣说。

“我们被告知拉斯亚亲王恩准了与我们的会面。”狄亚说道。

“亲王没空处理繁杂小事。”

“事关重大,不可经他人转述。”

狄亚瞪着侍臣闪光的魂石,敬畏之心逐渐消散,一个可怕的念头占据了他的心间:如果魂石之间有一套通过粒子衰变来交流的密语怎么办？这想法既糟糕又偏执，但狄亚还是忍不住想象自己的每个把柄都落入对方手中的后果。

“任何信息都可以由我向拉斯亚亲王代为转述。”

狄亚和阿沛瑟瑞退开一步，低声交谈，用的是矿工之间才有的黑话。

“他不会真把话带过去的。”阿沛瑟瑞说。

“我们别无选择。”

“照他说的做！”狄亚的魂石低语，“这儿很危险。”

“亲王必须自己下判断，”阿沛瑟瑞道，“让侍臣转述，他肯定不会把事情往好了说。”

“要不是我们来这儿，工人们早已发起暴乱了。我们只能试一试。”狄亚面向侍臣，“那好吧。请转告拉斯亚亲王：鄙人偶得一方，只要贵族和工人都愿意接受，就可以增加矿物的产量。”

“请讲。”

“请务必告知亲王。”

“与矿物收成相关的都是大事，绝不会怠慢。你向谁效忠，医生？”

“蜂巢即吾命。”

“你的魂石亦如是？”侍臣问。他的魂石熠熠生辉，宛如英雄下凡，锐利的目光直刺狄亚的灵魂。

狄亚觉得浑身燥热。“毋庸置疑。”他答道。

“汝若忠诚，则务必告知矿产增加之方，医生。”

狄亚有些不知该如何开口，“工人们辛勤挖掘，但今年并非佳年。施予更多恩惠可以让他们愈发努力工作。”

“任何人，只要不尽力工作，都被视为罪犯。”

“他们并非不努力，而是效率不够高，”狄亚辩解道，“监工的责打使他们心怀愤懑。我亲眼见过被殴打致死的矿工,死者无法提供任何生产力。”

“懒惰者亦需尽其义务。偶尔的责罚能警醒他人。”

狄亚几乎要破口大骂。他多次劝导工人们要暂时隐忍,这样才有机会进行实质性的谈判,以取得更多权利。想到自己代表了诸多工人,重担在身,狄亚这才勉强咽下了满腹怒气。

“我们有更好的方法调动工人的积极性。”

“数个世纪以来的智者都对此无可奈何,而今一个医生居然有了妙方。”

狄亚努力控制着自己的情绪,阿沛瑟瑞退开一步,给他留出了更多空间。

“挖掘挥发物和放射性同位素的,是整日与泥土相伴的工人。他们知道自己不能迁徙,未来无望。但如果他们中的一些人能获得魂石,如果他们的加倍努力能换来此物作为奖励,那么土地的产出就会大大增加,远超赠予魂石的付出。”

“给工人魂石?”侍臣讥笑道,“魂石的馈赠不是儿戏。现在连皇室都未获得充足的迁徙燃料,若资源进一步减少,移民潮别说保证四分之一的生存率了,只怕没人能活下来。”

“参与洄游的人越多,就越能分散噬咖的注意力,从而保护公主,”狄亚说,“尤其是在这些人速度不快的情况下。”

“你的意思是让他们当活饵去送死?他们知道这事吗?”

“他们本就难逃一死。我们都难逃一死。移民潮启程后,所有工人都会被抛弃在空巢里,束手待毙。”

“你太天真了,医生,多一分给他人铸造魂石的原料,亲王和公主就少一丝生还的可能。圣典里多的是人们坠入饕餮之口的寓言故事。如果没有足够的燃料用于推进,甚至英雄圣域也会致人死命。你轻率的点子会危及整个种族。”

“如果挖掘出更多矿物的话则不然。”

“啊……”侍臣叹道。狄亚觉得他差不多该上套了。“那不妨让我们来实践一番吧。矿工可以增加多少产出?”

“这取决于我们能提供多少奖励。”

“叛族者。”侍臣轻描淡写的口气就像在谈论位移的星辰,“你知道叛族该当何罪吗?比方说私藏挥发物和同位素?”

“我清楚。”对方目光灼灼,狄亚浑身冰冷。

“那就让我们讨论一下该用什么策略来获取这些额外的矿产吧。”

“是指奖励措施吗?”

“我不相信什么奖励措施。就算王公贵族也不是每个人都值得信任。我说的是恐惧和责罚,它们才真正行之有效。”

当　下

辐射之光在黑洞附近裂解成了高温的带状,密密麻麻,仿若巨大的帘子。橙、红、白,光芒从崩落的星云中溢出,炙烤着狄亚。和饕餮的圣域还隔着数日航程,他们便已经听到了那亘古巨兽的咆哮。它永不停歇地吞噬着世界,放射性物质坠落它口中,发出的电流声似哀鸣、如爆裂,不绝于耳,令人胆寒。

饕餮的体积甚至超过了狄亚最夸张的想象。包裹着黑洞的灼热粒子之雨勾勒出了它的外表,这份力量之大,就连英雄也不能与之分庭抗礼。

数周的时间悄然而逝。冷酷计算之后,狄亚和郁伽又把四个亲王推离了迁徙的队列。不用多久,就没人能照护公主了。她的魂石与他们大不相同,其中记忆了建立巢穴的方法、创造蜂群的诀窍,却独独没有迁徙的奥义。她需要他们的指引。

现在,狄亚已经追上了迁徙队列的尾部。郁伽依然陪伴着他。

而饕餮之子——噬咖,也如影随形。狄亚能想象出它们在自己的领地和主子附近该有多么狂热、多么兴奋。它们不断猎捕着落单的亲王及侍臣,每分每秒都愈发靠近。

狄亚缓缓收帆,转身后望,顿时觉得身体一片冰凉。他从没直面过噬咖,而现在,三只怪物就跟在不远处,其中一只仅仅几步开外。靠圣典和史诗中的记载,狄亚拼凑过这怪物的长相,但现实远比空洞的想象更加可怕。噬咖身材臃肿,坚硬的金属复合体表反射着外界的弧光。它们的结构倒是与蜂群形似,呈扁平三角形,然而用以捕食的爪子更加修长。这梦魔生物活脱脱就是被饕餮俘获的迷失蜂群,在魔化后重新送回世间的模样。

那只噬咖奋力呼吸,纵身一跃扑向前方,抓住了郁伽。它伸出软管插入郁伽的口器,开始吸取他的燃料。郁伽疯狂地挥舞着爪子,在噬咖的甲壳上留下道道挠痕。然后,伴着撕心裂肺的惨叫,噬咖撕裂了他的整个颌部,让其体内的魂石暴露在外。

狄亚没有看到其余的部分。但他知道,抓着猎物的噬咖会飞到一边,进入另一条绕行黑洞的轨道,返回蜂群将要新筑巢穴的小行星带。

现在,狄亚失去了所有同伴。革命归于虚无。世间只剩下他、公主、亲王,还有一对不知疲倦的猎食者。狄亚始终无法超越亲王。亲王的魂石更大、更热,呼吸的能量狄亚望尘莫及。所以不管怎么看,他都是噬咖的下一个牺牲品。

接着,他果然坠入了黑暗。

"终于,祂也为蜂巢而献身。"狄亚的魂石喃喃道。这是蜂群自古以来的生存之道,也符合魂石的神圣职责。下等人为上等人牺牲,天经地义。

但狄亚开始呼吸推进。

“不!”他的魂石喊道。狄亚的后部爆发出剧烈的光与热,他从噬咖的阴影中浮出,甚至直冲到了前方追着公主的亲王附近。

“疯子!”亲王叫道,“居然浪费燃料!”

狄亚持续推进,不断缩短与亲王的距离。他们的魂石彼此抗议、尖叫、升温,但亲王不明白这份恐慌从何而来。狄亚抓住了亲王甲壳,攀附到他的腹部,继续向前爬行,直到爪子能碰到亲王的口器时,这才发起突袭。意识到情况不妙的亲王想猛地推开狄亚。

他力量惊人,险些把狄亚甩开。但狄亚已经扒拉住、用翘棍探进了他的口器。魂石的怒吼响彻医生的大脑,根本无法屏蔽。

亲王的魂石看起来硕大无朋,不愧是用最好的放射性同位素养护出来的。看看这么多挥发物,如果不是狄亚横生枝节,他肯定会是下一个巢穴的众蜂之父。

关于这事,狄亚曾请教过达瓦尼,后者的看法非常极端:他宁可毁灭下一代苍生,也不愿让蜂巢在亲王管理下重新建立,让发生在他身上的悲剧再次重演。

狄亚摸索着对方用以固定魂石的金属辐条。手足无措的亲王肢爪乱挥,在狄亚甲壳上刻下道道深痕。但狄亚不为所动,他把全部注意力都放在手头正在从事的活计上。撬断一根辐条,然后再一根,再一根。最后,亲王的魂石终于松脱。那个瞬间,他们都被莫名的恐惧所包围,一起纵声尖叫。接着,亲王倏地陷入了沉默。

狄亚推开因震惊而失去反抗力气的亲王,高举那颗尖叫的魂石,看着它的辐光在这永夜之地闪耀,然后把它送进嘴,吞下肚,继而升帆,航向前方。

受饕餮引力的拉扯，亲王在摇摆中渐行渐远。他现在所想的是什么？善恶终有报应吗？他会认为反抗等级制度的狄亚才是罪魁祸首吗？也许善恶、正邪的问题已经不再重要，他正在滑落饕餮的深渊，那里亡灵群聚，那里没有光明。

极高的速度让点缀在宇宙黑色幕布中的星辰转变了颜色，由赤红化作蔚蓝。狄亚、公主和那只锲而不舍追逐他们的噬咖组成了一支静谧的赋格曲[①]。时间失却了意义，仿佛不再流逝。英雄遥远，几乎听不见声音。收起的光帆不过是用来回忆光明之地的装饰物罢了。他们已跨入了饕餮的死亡圣域。

前方的饕餮隐匿在宽广的炙热星云中，但这不过是华美的寿衣，数以千计的移民队被埋葬其中，下方翻滚燃烧的云层才是地狱的真容。一闪而过的蓝光，坠落的绿点，悸动的红色，每一次扰动都表明有什么东西落入了饕餮无底的胃袋。

狄亚很害怕，不是因为无数圣歌和史诗中描述的可怕境遇，而是出于本能。他在战栗。两颗魂石，他的那颗和劫夺来的那颗，也在一道发抖。魂石的低语听起来就像催眠，诱惑着狄亚放弃自我，听信它们的言语。

他在坠落中不断加速。饕餮注意到了他，召唤着他。被饕餮看见是极其危险的事，然而，这也是达成迁徙的唯一途径。在饕餮的圣域，任何速度都会增加数倍。公主依然在前方不远处，失去了指引的她并不清楚自己该去向何方。

阵阵忏悔和指责的间隙，他的魂石依然背诵着迁徙的道标，但狄亚知道自己不会遵从这指引。他消耗珍贵的燃料，奋力向前，直到和公主并驾齐驱。

①音乐术语。源自拉丁语，原意为追逐、飞翔，用在这里语义双关。

公主的躯体光滑整洁，比狄亚大了一圈，也更为坚固。她真勇敢啊，狄亚心想。饕餮之前，所有魂石都会因恐惧而语无伦次，可她依旧勇往直前。作为遗传之土母本的携带者，她体内的矩阵黏土层层相叠，在晶化的土层里，在原子间的缝隙里，次世代蜂群的一半基因烙印其中。这些清莹剔透的晶片，只要与狄亚自己携带的那部分相合，就能用来创造新的时代。

“你准备好了吗，我的王子?”她问道。这话让狄亚一震。我的王子。在饕餮令人窒息的威压之中与公主同行，现实胜过了多少传奇。

“我将带领你跨越死亡圣域。”狄亚答道。

“可我们只有两人。”

狄亚突然意识到，虽说都由同一个母亲在腹中的溶火里赐予生命，可她还是个小姑娘。她肯定从未质疑过为何权柄与荣耀会加诸她，她的朋友也无须担心会因饥饿和责打而死。多么无知与纯良。

“我们必须立刻启程。”狄亚对比着当下星辰的坐标与魂石传授的学识。他要另辟蹊径。

狄亚对洄游途中的时间膨胀效应有过深入研究。洄游结束之时，小行星带的时间已经过去了数年，彼时噬咖会因缺乏食物而濒临灭绝。而在蜂群新巢穴建立之后，少数残留的噬咖会再度开始对他们的捕猎。

蜂群洄游，绕行饕餮然后返回小行星带大概耗时一年。而从外部相对静止的世界来看，这一去便是十七载。蜂群在迁徙途中需要相互协调，成功活过迁徙的人们不仅需要在空间上，还得在时间上再度团聚。也因此，黑洞附近的每次微小加速和转角都必须严格计算，一点点差池就会让你出现在错误的时间点，和迁徙队伍真正的抵达时间相隔数周、数月,甚至若干年之久。

狄亚并不准备带着公主跃迁到十七年后的未来。他再也不愿遭遇其他同胞,更不想重建那立于工人累累尸骨之上的社会。

可是,如果想缩短洄游路程,就得更加贴近饕餮,这意味着他们在近地点加速要克服的引力潮更为汹涌。独自推敲这新的迁徙路线并不容易,但即使没有魂石的协助,他最终还是得出了答案。他们要去的未来,在十三年之后。

“跟紧了!”狄亚无视魂石的抗议,高声叫道。紧接着,他转向包裹着饕餮的炽热云层,开始加速。

过 去

离开拉斯亚亲王的侍臣后,狄亚和阿沛瑟瑞紧张地瑟瑟发抖。侍臣下了明确的命令,让他们仔细监管工人并提交报告。只要在报告里发现了哪怕一丁点弄虚作假,也要挖出他们的魂石,再处以极刑。

“恐惧和责罚,”那个侍臣就是这么说的,“才真正行之有效。”

狄亚和阿沛瑟瑞无意出卖工人,幸好在搞鼓点什么东西糊弄侍臣之前,时间还有所余裕。他们让人把口信带给了伊沙以及其他工人领袖,举行秘密会议,计划来一场真正的、能让蜂巢暂时停摆的罢工。新的会议地点设在最脏最乱的棚屋,几乎没有监工愿意从此地经过。

彼时,英雄正从忠臣座奔向矿工座,为大地洒下片片吉祥之音,同时宣示着一年中最长夜晚的降临。没有英雄的照耀,工人们无法去矿场出工,监工们也懒得在漫漫长夜强迫工人劳动。所以,这也是矿工们在棚屋和工地上聚会联欢,表演史诗的愉悦之夜。

然而，就在狄亚和与会者密议之时，情况突然大变。从天而降的铁块轰炸而来，当场砸死了许多工人，然后兵蜂们随后降落营地。他们手持铁棍，冲击蜂群。到处都是碎裂的甲壳和横飞的血肉，慌乱之中，狄亚夺路而逃。他看到兵蜂们甚至已经组成了包围圈，正在不断地朝棚屋收拢。

阿沛瑟瑞把狄亚推进一条满是慌乱工人的小巷。“飞！”他说道。

“我做不到！”

“除了你没人能做到！这次他们动真格的了，趁着他们还不知道你能呼吸，快飞！”

一只兵蜂落在阿沛瑟瑞身上，照着他狠狠打下。说时迟那时快，狄亚朝兵蜂扑去，双方厮扭在一起。狄亚习惯了文质彬彬，而兵蜂生来就接受军事化训练，他猛一使劲，便把狄亚高高地甩了出去。小行星的微重力让医生没有立刻落下，他俯视着下方如潮水般退却的蜂群。工人们崩溃了。

狄亚喷出一口气，调整落地轨迹。他轻柔、优雅地降落在地面。几个虚弱的矿工注意到了他，但都没有反应。他们显然不认为狄亚是站在自己那边的。

纵然相隔甚远，狄亚还是听到了蜂群因恐惧而爆发出的电波杂音。那他的朋友和兄弟。除此之外，有一种更响亮、更镇定、更愤怒，也更有序的声音，无疑是兵蜂指挥官正在发号施令。他的声音里满是指令，其中一些显然经过数据加密。阿沛瑟瑞是对的，贵族们动真格的了。

“逃啊！”他的魂石高声叫道，“快逃！”

狄亚反复蜷曲、伸展着爪子。逃跑。战斗。逃跑。战斗。他的大脑一片混乱。他害怕自己在最终做出正确的决断时已经为时太晚，他害怕被殴打，害怕被流放矿场，害怕被剥夺魂石，害怕被降为不见光明的工人，害怕唯有用魂石才能感知的世界突然间消逝不见。

当 下

狄亚和身侧的公主不断提升速度，奋力向前，就像英雄曾经做过的那样，自天空降下，刺入死亡之地。饥饿的饕餮在两人身上打下紫罗兰色的灼热辐射，蔚蓝色的世界里激荡着急促而尖利的静电干扰。这一切都让人心神不宁。甚至连空间本身都对饕餮感到畏惧，它在鬼魅般的叫声中怪异地流动着。

高温云层擦伤了他的体表，魂石亦凄声恸哭。狄亚的甲壳并不能阻挡穿身而过的辐射和粒子流。这些五花八门放射性同位素侵蚀着魂石，造成了或积极或惰性的改变。这种情况下，魂石当然会发疯。

他们即将抵达近地点。骇人的速度让所见的景致也发生了变化。眼前群星云集，充盈太空，它们的歌声和魂石无休止的喧腾相互交融。

“祈祷！”狄亚朝魂石吼道，“祈祷！”

它们照做了。魂石们强压下恐惧，鸣啭啁啾，富有韵律的颂歌在医生体内响起。狄亚侧耳倾听，仿佛回到了初识魂石的当年。

他的甲壳嘎吱作响，饕餮恨不得把他从下腹到背部整个肢解。即使这样，他依然让黑洞不断加速自己。

在这里，生者世界的声音近乎绝迹。除了魂石的诵读外，只剩下英雄的三两道微声，但那位高尚的神灵对位于死亡圣域的人们爱莫能助。很快，狄亚被另一种难以想象的怪异声海慢慢淹没。

他所熟知的那些散发特定频段微波的星辰都消隐不见,被另一些光斑取而代之。那是早已死去的群星,它们的光芒恒定不变。

云层掠过狄亚,火焰之雨沸腾着魂石。在单调的祈祷声中,狄亚计算着时间。他的呼吸如此炽热,就像自己正驭星而行。他体内携带的遗传之土,或者说,蜂群一半的未来,也在这高温和高压之中硬化,形成可以与公主那一半相匹配的晶状结构。新的生命居然在这即将破碎的窑炉之中活化成型,多么有意思。

狄亚不停地计算着。终于,预估的时辰到了,他竭尽全力开始喷射。

死去的群星照耀着狄亚,他听不见公主的声音。如果他回望,两人就会永远迷失在这鬼魅般的群星之间。能做的只有拼命向前,再向前。天哪,如果公主没能跟上他步伐,所有的苦难和挣扎都将失却意义。

饕餮的巨爪攫向他,想把他压扁、拉长、折断。它喷射出的酸蚀粒子充斥黑暗空间,不断冲刷狄亚。愈发炫目的气态云层之中,狄亚的呼吸炙烤着甲壳。速度太快了,快得甚至连远方那些死去的星辰也转为了蓝色。

终于,巨兽放开了他。

云层渐稀,但远未冷却。每一粒撞击在他甲壳上的尘埃都接近光速。多么可怖的世界。他终于摆脱了饕餮的桎梏,然而死亡之地依然在前方蔓延。诡异的紫色翻卷绕曲,如波浪般冲刷着他。现在,狄亚自己也化作了鬼魅,生者的世界尚未向他敞开大门。

在这混沌之海中,狄亚看到遥不可及的远方出现了一个跳跃的、若隐若现的小点。那光芒颤动的频率似乎出自一颗年轻的脉冲星,它的电磁波涵盖了蓝色,以及更高的、只能看见而无法收听的频段。在这被覆上了一层隔膜、视线都被扭曲的世界里，狄亚不得不强迫自己相信，那就是英雄，召唤他离开死亡之地的英雄。

离家还很远，燃料却已经所剩无几。狄亚在绕过饕餮的马鞍型轨道中几乎耗尽了储备，他不知道自己还能否带着公主走完全程。

他轻轻地呼吸，以最慢的速度转身。他的心本能地悸动着，然后慢慢平静下来。几步开外，公主正朝着他微笑。他带着她进入死亡之地，然后活着冲出了饕餮圣域。虽然他们还是鬼魅的状态，但生者的世界已经触手可得——只需要几周的缓冲即可。她光滑的甲壳上满是条状的烧伤，依旧闪亮的魂石平静而谦和。

狄亚的目光跨越公主，落在了亘古巨兽身上。裹尸布下的黑洞重又开始熠熠生辉，云层呈螺旋状悠悠旋转，向外发散着强烈的辐射。尽管饕餮暗红的眼睛依然阴森森地望着他们，但它再也奈何他们不得了。

地狱之王迈着庄严的步伐退到一边。这一刻令人陶醉，但狄亚却猛地注意到远方有个模糊的身影，它正带着炽热的同位素闪光而来。

不。

不。不。不。饕餮本尊的确放过了伤痕累累的他们，可它依然让自己的子嗣、一台永不停歇的杀戮机器追了过来。太空寂寥，那头饥饿的怪物没有别的目标，除了狄亚和公主。

过 去

狄亚不再尊重他的魂石。一开始，他认为这是一份来自英雄和蜂后的馈赠，将引导着他完成洄游。从某些方面来看，魂石和蜂群完全不一样。它永不停歇的话语只能部分理解，而且魂石永远是那么冷酷无情、琐碎小气、不知通融，甚至连解决问题的手段也一成不变，更别提那始终站在道德制高点的姿态了。这颗魂石每每抗议自己的决定，而且越来越尖锐，很难把这个扰人的声音从大脑里屏蔽掉。

为了从无休止的指责中解放出来，狄亚向它请教起了洄游。蜂群没有被教授过任何有关迁徙的知识，他们学习的都是如何开垦大地。总之，这一招对魂石起了效果。思考洄游的时候，魂石会安静上一会儿，也许它觉得狄亚还不是那么彻底的无药可救。

刚开始，魂石对狄亚的鲁钝显得很不耐烦，然而随着时间流逝，它逐渐热心起来，把医生将会面临的一切都告诉了他。狄亚向它咨询的内容甚至包括神秘的时间膨胀效应、以何种入射角度和加速度才能达到十七年后。即使面对这些问题，魂石仍将圣典里提及的一切全盘托出。其中的部分内容过于抽象，或者更糟，只是寓言和传说。纵然如此，狄亚还是从魂石的絮絮叨叨中提取出了不少真正有用的信息，比方说精确的数学模型、角度和曲线。他从许多祷告文中悟出的真相甚至连魂石自己可能也不理解。

劳工营事变三天之后，狄亚终于离开藏身的矿山，进入另一片矿场。这里的尾矿分布均匀，矿工也更为年轻。附近似乎没什么人，毕竟这是闲暇时段，多数矿工都回巢休息了。但远方有个熟悉的身影，纵然尘埃飞扬，遮挡视线，狄亚还是认出了来者。

“提迦斯！”他喊道。

听到呼唤，提迦斯走了过来。他的鳍片上多了不少新划痕，甲壳前端缺了几个口子。“狄亚，”他悄声说，“我还以为你被捕了。”

“阿沛瑟瑞把我推进了一条没人的小巷。到底发生了些什么？”

提迦斯支支吾吾地回答,电磁爆音不时喷溅而出,“我们被镇压了,大多数革命党都被逮住了。我本以为自己也难逃一死。”

“什么罪名?”

“我不知道,”提迦斯叹息道,“他们都被送去了七号矿场。”

达瓦尼支离破碎的面容从提迦斯脑海中浮出。“恐怕阿沛瑟瑞死了,狄亚。”提迦斯哽咽着,话语支离破碎,“他们当场就掏出了他的魂石。那么粗暴……我不认为他能挺到现在。”

狄亚陷坐在土层中。安置和取出魂石是桩危险的事。作为医生,狄亚干过许多次,不是每次都会让人安然无恙。魂石的放射性会加热甲壳和神经连接,而陶瓷与金属复合而成的躯体则总会努力冷凝魂石。有时候,这种冲突会给双方造成过大的压力。而强行取出……

“他们说阿沛瑟瑞骨头硬得很,一个字也不肯说。但他的魂石出卖了一切。兵蜂在到处找你,狄亚,你得躲起来。”

“我告诉过你!”狄亚的魂石说道,“自首才能免死!把叛徒们都供出去!”

但狄亚的魂石已经无法再影响他了。蜂巢和魂石所带来的重压反而筑就了狄亚沉重的使命感。原本他对社会制度的反感还像摇摆不定的萌芽,现在则已发育成熟。是的,他很害怕自己成为下一个皮开肉绽、被夺去魂石的达瓦尼。但达瓦尼也告诉了他,成为英雄,必须有所担当。

“我会躲在劳工营里,提迦斯,”狄亚说道,“最脏乱的地方。我要你去把革命领导人们都召集起来,包括你自己在内。”

“我?我不是什么领袖,甚至不是工会成员。”

“现在是了。革命必须开始。不是达瓦尼和阿沛瑟瑞想要的那种。它会更暴力、更彻底。”

当 下

他们未能甩开追杀而来的噬咖。狄亚本计划在离开黑洞之后立即张帆减速,但这只会方便噬咖更快地追上他们。他们的速度太快了:饕餮和英雄之间的宇域宽广,迁徙队伍需耗费数月才能跨越,而他们只需几天就会抵达。该死,如果不尽快减速,照这么下去,他们会和家园擦肩而过。

无奈之下,他们一起升帆。顿时,蓝色的辐光开始强烈撞击光帆,减速导致的震动令二人头晕目眩。随着英雄赐予的斥力,宇宙不再疯狂蓝移。晃动中,他们慢慢摆脱着鬼魅状态。与此同时,死者纷纷消散,纠缠不休的怪声也逐渐低沉。狄亚所熟知的星辰如获新生一般再度闪耀夜空,几个世纪以来一直稳定可靠的英雄之声恢复到了每秒两次的频率。狄亚和公主终于重返人世。

"我们得想办法活下去。"公主说。

不对,不是公主。她现在是蜂后了。不对。还是不对。两个说法都欠妥。革命之后无有蜂后,无有亲王,无有侍臣。唯有蜂群,平等而共享财富的蜂群。

"没错,我们会活下来的。"

狄亚觉得自己在说谎。如果他们飞过了头,无尽的深空将会取代饕餮,成为他们的另一处墓地。

"我要屏蔽噬咖,把它送回黑暗。"狄亚说。

"那样只会让他更快地追上我们!"

"没错。"狄亚转身,直面噬咖魂石的光芒。那蓝点若明若灭,如此遥远,如此饥饿。"这个穷凶极恶的家伙只想毁了咱俩。"

哪怕距离这么遥远,看到噬咖展开的巨大光帆,狄亚还是感到一阵心惊胆战。在对方夸张的体积面前,自己能屏蔽的空间实在有限。噬咖越来越近,以惊人的效率不断降低航速。

狄亚冲到它和脉冲星之间,在噬咖身上投下黑影。随着噬咖接近,阴影越来越重。那个怪物明白了对手的打算,急扯光帆改变航向,但狄亚也相应地改变了自己的位置,逼得噬咖再度侧帆。这怪物显然从来没有遭遇过猎物的反抗,不太清楚如何才能脱离黑暗;然而,就算只能稍微变向,它依然在不断地逼近狄亚。终于,在距离不远处,噬咖猛地把光帆拉到最大,朝狄亚扑来。

狄亚朝侧旁使劲拽动光帆,英雄之声被他折射到了一边。但他的反应速度还是不够。噬咖的爪尖划过他身子,发出咣的一声巨响。这一击是如此沉重。

狄亚旋转着。痛。痛彻心扉。恐惧。尖叫。第二颗魂石几乎从他的嘴里甩飞出去。他拉住光帆接收英雄之声,放慢自转速度。终于,他恢复了平衡。

噬咖在减速,然而还是太快。它一头冲进了小行星带。狄亚成功了。尽管受创,他至少赢得了一些时间。现在,他和公主应该做的,就是尽一切努力不让自己飞过头。但狄亚有种不太妙的感觉,光帆撕扯着他,给下腹带来一阵阵痛楚。

浑身灼痕的公主靠到他身边。"你身子下面有道很长的裂口,能看到魂石的光。"她语速很快,满怀忧虑。狄亚也很害怕。

裂开了。他裂开了。达瓦尼残破的面容又浮现在他的脑海里。灰尘会渗进甲壳,腐蚀他的神经和关节。很快,他也会在哪处废矿堆中长眠不醒。

"你会活下来的,"她安慰道,"我们都会。你将成为最伟大的蜂王。"

狄亚感觉他的魂石,还有劫夺来的那颗,都大大地松了一口气。公主愿意接纳他成为配偶。尽管犯下了累累罪行,又在洄游途中备受折磨,但这时一切似乎都变得值得了。一个新的蜂巢。他的蜂巢。蜂王。狄亚将会成为众蜂之父。而这个巢穴,由于进入了不同的时间点,将永远不会和其他同胞相遇。这全新的国度将再也不会有领主、贵族、监工,也不会存在恃强凌弱。

过 去

矿工们偷偷摸摸地聚到了矿山顶上狄亚藏身的棚屋,对他说起了那场屠杀。实际上亲身经历的人并不多,但他们很清楚有哪些人被杀,又有哪些人遭到了流放。狄亚知道这些人心怀恐惧。他们为自己的懦弱感到羞愧、内疚,同时也为自己没在现场而庆幸。

话虽如此,他们愿意自我牺牲的情感依然充沛。在塑造之初,在同一块遗传之土按压复制之前,英雄便让他们乐意为彼此献身。工人兄弟或者亲王兄弟的成功也被视为自己的成功,为己谋私的思想在大多数人看来显得不可思议。新晋阶级如狄亚,必须在魂石的启蒙下才能学会为自己着想。他面前的这些工蜂,虽然没有勇气结社为自己而战,却还是悄悄聚集到了最后的工会领袖身边。他们背负着相同的愧疚感,他们是工会的新成员。

"你比这些下等贱民更高贵。"他的魂石说道,"好好利用你的影响力,告诉他们真正该干的是什么。然后把那些依然想背叛蜂巢的告发上去,把他们给你的赃物也一起上缴。"

狄亚的确有"赃物"。工人们冒生命危险偷运的、数不清的微小挥发物凝结而成的"赃物"。他的魂石永远不会理解这些,与它争辩毫无意义。

这时,他看到了。

远处有颗魂石。来人用放射性粒子压抑着它的光芒,他正在朝这儿看。

狄亚闭上眼睛,把自己的魂石屏蔽起来。

“睁开你的眼睛!”魂石抗议道。

“你猜到我看到了什么。”狄亚低声说。

魂石笑了起来。“兵蜂来抓你了。”它说,“如果不是哪个已经有了魂石的家伙在劳工营鼓动同族相残的话,矿工怎么敢做出如此大逆不道的行为?”

“真是讽刺。你说我残杀同族,可我从来没有伤过人。相反,我的好多朋友和兄弟,倒确实被他们的走狗和卒子杀了。”

“你的不忠威胁到了蜂巢中的每个人,甚至公主。睁开你的眼睛!”

狄亚不加理睬,继续闭着眼睛往矿山下面走。提迦斯与他同行,巴芮尼和郁伽也赶了过来。他们已经习惯了狄亚与魂石交谈时表现出来的沉默。

闭上眼睛之后,世界一片黑暗,然而听觉越发敏锐。周围充斥着英雄之声和自己走路时候关节之间的刮擦响动。当然,这么一来,他也看不见劳工营里其他魂石的闪光了。“你在干什么,狄亚?”提迦斯问道。

“有个魂石宿主到了劳工营边上。”狄亚说。

“我这两天见过一个偷偷摸摸的家伙,他好像在找什么东西。”提迦斯说。

“或者什么人。”

“我只看到了一个陌生人。也许是哪个野心勃勃的贵族想和工会领袖联手也说不定呢。”巴芮尼说。

“躲起来!”提迦斯发话了,“我们必须把你送走。”

“我?”狄亚有些不解。

“你是革命的关键。”提迦斯的语调紧张不安,看来十分相信自己所言。狄亚觉得自己又回到了首次在集会上发言的时光,和那时一样没有心机,根本不配充当领袖。

“提迦斯、巴芮尼,还有郁伽,”狄亚说,“离我近点。这样就算我闭上眼睛,你们也能利用我的魂石近距离传输的微波去观察周围。暂时充当我的眼睛吧。”

“你在干什么?”他的魂石问道。

几人拥着狄亚,沿着矿山走在一条蜿蜒曲折的小道上。

此时是正午,英雄高悬天顶,光线直射而下,大地上没有投下矿山的阴影。狄亚倾听着脉冲星的声音,每次拐弯,音调就会发生改变。捕捉这微妙的无线电偏振变化是另一种体验英雄之声的方式——也许是更直接的方式。在这样的冥想中,狄亚平静下来,坚定了自己的决心。

工蜂们本性良善,狄亚想。是亲王,还有那些狗仗人势的家伙,逼得他们抛弃了和平之道。

他们是同胞,同一块遗传之土所复刻出来的同胞,可工蜂阶层生来只是为了送公主和另一些雄性踏上洄游之路。虽然从物种延绵不断的角度而言,那些人的成功就是所有人的成功,然而,社会已经改变,蜂群脱离了蒙昧无知的神话时代。他们学会了思考,学会了用理智压制本能,不再需要魂石去教导他们应当如何对待彼此。那些被创造出来的不朽之物维护着蜂后、亲王、领主和工人之间牢不可破的秩序。然而这套强加于人们身上的制度终于引发了蜂群的不满,其中还有狄亚这样的试图掀起革命的叛逆者。

时代已经改变,魂石却总是固执己见。至少狄亚的这颗如此。

兄弟化陌路,手足成仇敌。

狄亚的爪子陷进厚重的风化土层里。卵石、大块的铁镍合金以及结块的硅酸盐乱糟糟地埋藏在地下,一不留神就会把人绊倒,对闭起眼睛的人来说自然更加糟糕。四人爬行着,跳跃着。从远方来看,他们只是群没有魂石的工蜂而已。

“他在我们左边。”提迦斯悄悄说。

“带我到山顶。”狄亚低语。提迦斯领着他爬到小丘顶上。

“你在干什么?快睁开眼睛!”魂石说道。

“他有没有在看我们?”

“没。我们面朝北方,他看着西边。”

革命必须开始。和贵族之间再也没有合作与协商可言了。狄亚抓起脚下巨大的铁镍合金,猛地睁开眼睛,同时呼吸加速,高高跃起,直冲那个魂石宿主而去。

“你在浪费呼吸!”魂石尖叫道,“停下,快停下!”

狄亚充耳不闻,他在掠过对方头顶的瞬间抛下了金属块——这招还是兵蜂们教他的。伴着可怕的碎裂声,铁块准确命中了目标。这一击力量之大,他差点儿在投掷时伤着自己腹部。

他侧喷转向,缓速落地,然后跳向那个魂石宿主。三个革命同伴也赶到了现场。

死者身躯的左侧,尤其是前方接近眼睛的位置,整个地凹了下去。魂石的光芒直接透出这个大洞。

“你罪无可赦,”狄亚的魂石说,“受到正义的制裁之前,我将永不停歇。”

“哦。”狄亚简短地回答。

他从自己的喉管里取出医用钳子和撬棍。这对器物已经蒙上了薄薄的一层灰。蜂巢授予狄亚魂石的初衷是为了让他能行医救人,修补创口,送矿工回到矿场与矿井之中继续干活。他已经好几周没有使用这种技艺了,再度启用居然是在这种情景下。

“别碰那魂石!”他的魂石嚷嚷起来。它和狄亚都能清楚地听到死者身上另一颗魂石在恐惧之中爆发出的电子杂音。“来人啊!报告蜂巢!没有亲王的授权,任何人碰触魂石都是犯罪!”

狄亚不管这一套。他的器械插进尸体,撬动包裹魂石的隔膜,然后轻轻巧巧地提起魂石,在尸体中留下一个余温尚存的空洞。

“不!”他的魂石叫道,“你要被处以极刑!从古至今,我从没听说过这样的罪行!”

它话音未落,狄亚就把钳子送进自己嘴里,撬开隔膜,取出了不住嘶叫的魂石。

刹那间,许久许久以前那个懵懂无知的工蜂又回来了。狄亚对大多数辐射波长和放射性粒子的感知能力瞬间消失,整个世界变得冷漠而暗淡。星辰不再闪耀,就连手握的魂石也成了个灰色的方块,仅仅比泥土暖和一点而已。

狄亚把他的魂石放在冰冷干燥的泥土上。它的温度扰动着周围的其他微波。接着,狄亚又小心翼翼地拾起另一颗魂石,放进喉管,随着金属隔膜的重新加固,美丽的超感官世界又回来了。他也再度做回了自己。

新的魂石立刻说话了,听起来远比狄亚自己那颗胆怯,“你要做什么?”

“别把我丢在这儿!”他丢在尘土里的旧魂石哭喊着,“来人啊!”

狄亚将它拾起,也塞进了喉管,免得它的辐光被人看到。

“把尸体埋了,”狄亚对同志们说,“待到它彻底冷却,我们再扒拉一番,看有没有什么还能利用的挥发物。”

他腾空而起,脱离地表,这么做其实不耗多少呼吸。小行星的引力微弱,把飞扬的尘埃拉回地面已是极限。接着,狄亚又吐出一口气,折转方向,朝着背离英雄和蜂巢的方向而去。

他的上一颗魂石还真是暴躁。

“我本打算选择与你同行参加迁徙。”他说道,“我甚至想过把你送给别的工人,让他们参与革命,然后再带领更多的人一道洄游。”他把那颗魂石取了出来,“但你太危险、太不知妥协。我不能让你毁掉革命。”

他的魂石闪耀着愤怒、恐惧与憎恨的光辉。狄亚把它使劲丢了出去。他沿那道轨迹往前飞了一段,然后掉头折返,复归蜂巢。而他的魂石则继续跌向冰冷的深空。

当 下

他们的新巢穴必须建立在某个重力适当的小行星上,处于英雄的背光处,最好自转速度缓慢,这样他们就能够沿着地表活动,让自己始终暴露在适度的脉冲星辐射之下。如果这颗小行星最近遭到过撞击,或者它的放射性同位素以及挥发物数世纪来都无人问津,那就更妙了。小行星带中,选址满足以上要求的地点成千上万,然而再加上“不让某只一心一意要毁灭他们的噬咖发现”这种限制条件,事情马上变得棘手起来。

传说中倒不是没有这样的先例:亲王与公主为了摆脱尾随而来的噬咖,马不停蹄地开始第二趟洄游。问题在于狄亚和公主已经差不多油枯灯尽,只剩一点燃料了,加上身上的创口,狄亚根本不可能挺过再度绕行饕餮时重力的撕扯。

他和公主收起帆，静静地飘荡，聆听噬咖归来的响动。那怪物没有出现，但肯定不会相距太远。它搞不好已经完成减速，甚至折返到了附近，正等着猎物主动上钩呢。狄亚升起光帆，让英雄之声推着自己往前飞了几步。

“你还能呼吸？”他问道。

“还留着最后一点挥发物。”

狄亚转身，解释了一番他的计划。那颗本属于亲王，后来藏在喉管里的魂石被他吐了出来，不住地颤抖。狄亚看到公主的魂石对此大声表示抗议。他自己的那颗也在不停地尖叫。

魂石的样子一点也不讨人喜欢。这块放射性砖块结构复杂、层层相嵌，放射着热量，嗡嗡作响，闪耀着强烈的辐光。只要带着它去小行星带里溜上一圈，噬咖保证会不约而至。

“这样行不通！”公主说。狄亚想干的事情何止是危险，根本就是自杀。“我连你需要的呼吸燃料都不够！”

“要么冒险要么死，殿下！我们只能赌一把了。只要一只穷凶极恶、饥肠辘辘的噬咖还潜伏在小行星带里，蜂巢就毫无安全可言。”

他们向着与英雄相反的方向前行，进入小行星带环区外侧，远离最好的筑巢地。缓缓飘行几个小时后，他们这才冒险展开光帆，接收脉冲推进。噬咖应当在比较靠近脉冲星的星带内环，这样才能让英雄之声掩盖它的回声。狄亚面向小行星带，朝着英雄举起亲王的魂石。从极远距离都能发现四射的强烈闪光。完事后，他缩回来静静等了一会儿，然后再次重复这个举动。

诱饵。

终于，愤怒的眩光闪现。一如所料，噬咖魂石熊熊燃烧般的光芒出现在非常靠近脉冲星的地方。狄亚举着魂石飞了一阵，让噬咖能看见其运动的轨迹，然后，他又一次收起这个矩形块状物。

公主用她的爪子搭着狄亚的光帆。他们正在接近一颗巨大的小行星，连上面坑洼不平的环形山也尽收眼底。

途经小行星的阴影区、脱离噬咖视野时，狄亚松开了手上的魂石。公主立刻全力呼吸反冲减速。巨大的压力弯折了狄亚的光帆，给腹部带去了又一阵痛楚。他和公主呻吟着，因为不自然的飞行动作备受折磨。

魂石尖叫着远去。

公主的燃料几乎耗竭，可他们依然在朝着小行星的边缘移动，而魂石的飞行距离还远远不够。

"加把劲！"

"我没法呼吸了！"

"那就转向！"他喊道，"冲向地面！"

"那样会死的！"

他们的速度还是太快。小行星的土层虽然贫瘠而松软，但剥去这层覆盖物，底下可能埋藏着铁镍合金或者坚冰，足以粉碎他们的甲壳。

"要勇敢！"狄亚大声说，"我们别无选择，公主！"她没有反应。狄亚又等了一会儿，听着她尽力呼吸发出的嘶嘶声。"拜托了！"

把二人连接在一起的缆绳猛地拉紧，带着他转向小行星地表。随着呼吸燃料彻底耗尽，他们旋转着斜斜坠落。在这样的速度下，就连尘埃看起来都如此可怕。

土层爆裂，卵石飞扬。最后，翻滚终于止息。

狄亚仰卧在尘埃中，这次受创的是背部。他感觉不到自己的光帆，倒是能看到几根爪子弯成了怪异的形状。用这些残废的爪子顶着身侧的泥土，他翻过了身，向后望去。那道撞击坑可真够长的,他们激起的尘埃在其中静静地盘旋着。

公主也从尘土中挣扎了起来。她蓬头垢面的样子倒是与狄亚挺般配。不,不只是蓬头垢面,两人的身体内部也吸饱了土,连魂石都暂时被灰尘覆盖,世界一片昏暗。下一刻,被他们向外喷出的废土形成了平地升起的云层。

“你做到了,公主。”他说。

“让我们停下来的是你。你是英雄。”公主吐出另一口灰尘。她依然在愤怒与恐惧双重情感的夹击下瑟瑟发抖。

“看啊!”狄亚说。公主顺着他面朝的方向望去。

遥远的星空中有个亮点,那是劫夺来的魂石。它高速飞行着,进入了一条终将落入脉冲星引力捕获范围的轨道。在这个距离上,它看起来完全是某个正在洄游的家伙。

在它轨道的前方,另一个亮点正赶来拦截。这颗灼热的魂石自然会落进噬咖手中。可等到明白这不过是个陷阱时,噬咖已经被英雄加速,只得再回黑洞重走一遭了。而它的下次归来,得等到多年以后。

到那时,巢穴早已建立,而且把新的希望送去了更加遥远的未来。